W0313488

Sahti, femme noire du Nil

Brigitte Riebe

Sahti, femme noire du Nil

Traduit de l'allemand
par Frédéric Weinmann

ÉDITIONS FRANCE LOISIRS

Titre original : *Schwarze Frau vom Nil*
publié par Droemer Verlag.

Édition du Club France Loisirs,
avec l'autorisation des Éditions de l'Archipel.

Éditions France Loisirs,
123, boulevard de Grenelle, Paris
www.franceloisirs.com

Le Code de la propriété intellectuelle n'autorisant, aux termes des paragraphes 2 et 3 de l'article L. 122-5, d'une part, que les « copies ou reproductions strictement réservées à l'usage privé du copiste et non destinées à une utilisation collective », et, d'autre part, sous réserve du nom de l'auteur et de la source, que les « analyses et les courtes citations justifiées par le caractère critique, polémique, pédagogique, scientifique ou d'information », toute représentation ou reproduction intégrale ou partielle, faite sans le consentement de l'auteur ou de ses ayants droit ou ayants cause, est illicite (article L. 122-4). Cette représentation ou reproduction, par quelque procédé que ce soit, constituerait donc une contrefaçon sanctionnée par les articles L. 335-2 et suivants du Code de la propriété intellectuelle.

© Droemersche Verlagsanstalt Th. Knaur Nachf. GmbH & Co, 2000. Tous droits réservés.
© Éditions de l'Archipel, 2004, pour la traduction française.
ISBN : 2-7441-7921-3

Prologue

Demain, je vais mourir.

Aussi étonnant que cela puisse paraître, je n'ai pas peur. Mon cœur bat, calme et régulier. Mes mains ne tremblent pas. J'ai l'esprit serein. Mon agonie sera sans doute très longue, peut-être sans fin. Mais qui sait où le soleil se cache, la nuit ? Qui peut dire où les hommes se rendent lors de leur dernier voyage ?

Dès l'aube, mes bourreaux viendront me chercher. Ils me traîneront à l'échafaud, enchaînée et la tête enveloppée d'une étoffe. Ils me tueront comme une ignoble traîtresse. Avant que l'enfant soleil ne renaisse entre les cuisses de la déesse céleste, avant que la barque ne sorte de la gueule du Grand Serpent et que les bras forts du dieu Chou n'élèvent l'astre brillant, mon cadavre appartiendra aux vautours.

Ils vont jeter mon corps dans la fosse commune. Ni cercueil, ni momification, ni vase funéraire pour moi. Je n'aurai même pas droit à la peau de vache dont on recouvre les plus pauvres avant de les enterrer dans le sable. On ne m'accordera pas non plus la prière qui assure un passage paisible à l'Occident :

Tu t'endors pour te réveiller. Tu meurs pour revivre.

Mais je n'ai pas besoin de cette formule, qu'elle soit gravée dans le bois ou la pierre ou écrite sur un papyrus. Car je connais d'autres prières et je vénère d'autres dieux.

Pendant des années, j'ai tenté de leur ressembler. Je voulais être une goutte parmi d'autres, discrète, invisible dans le courant du fleuve. Ce vain désir m'a conduite au bord d'une gigantesque chute. Alors, j'ai goûté le bouillonnement de la haine qui suscite l'envie de vengeance.

Maintenant, je sais qui je suis : une lionne du Sud, une fille d'Apédémak, une Kouchite qui aime l'homme assis sur le trône de Kemet et qui l'aimera toujours. Maintenant, je sens en moi une tranquille certitude. Personne ne me l'ôtera : aucun juge, aucun bourreau, pas même Pharaon. Seule Nabou savait d'où venait ce calme. Mais elle, la sorcière aux serpents que je n'ai longtemps pas comprise, m'a précédée dans le royaume des âmes d'où aucun mortel ne revient.

Je n'ai pas peur de mourir. J'ai seulement peur pour d'autres. Ma mort rendra service à des scélérats qui l'attendaient depuis longtemps, ou qui l'ont préparée ; mais il y a des gens que j'aime et qui vont me pleurer. C'est pour eux que je tremble.

J'ai peur pour Nouya, ma fille, qui n'a pas encore deux ans. Elle porte le nom de la mère que je n'ai jamais connue et que j'ai regrettée toute ma vie. Je ne pourrai plus caresser la peau soyeuse de mon enfant, plus entendre son babillement joyeux, plus observer ses efforts pour reproduire les sons étrangers que je lui soufflais à l'oreille. Qu'arrivera-t-il quand je ne serai plus là ? Va-t-elle aussi payer pour les crimes dont on m'accuse ? Ou l'amour de son père sera-t-il le plus fort ?

J'ai peur pour Namiz, mon ami venu du lointain

Kepni. Dès le jour où j'ai été enlevée, il a veillé sur moi comme un esprit bienfaisant. Plusieurs lunes sont passées depuis que je l'ai vu. Il a sans doute été fait prisonnier. A-t-il réussi à s'échapper, intelligent et rusé comme il est ? Ou a-t-il connu une fin misérable pour m'avoir protégée ?

J'ai peur pour Téti-Schéri, l'ancêtre de la dynastie de Ouaset. Amie prudente et femme habile, elle n'est pas un félin solitaire comme la fière grand-mère de mon enfance. C'est une élégante gazelle qui flaire sans cesse d'où vient le vent et se décide vite. Son visage triangulaire, ses pommettes saillantes et son nez fort me rappellent Kamosé, mon bien-aimé, le Pharaon qui m'a condamnée par peur de trop m'aimer…

Demain, je vais mourir.

On m'appelle l'étrangère, la fille du Sud, la traîtresse de Ouaouat, la Noire. Ils ne savent rien de moi, bien que j'aie vécu longtemps parmi eux. Leur pays n'est pas le mien. Kouch est le frère de Kemet, mais ce n'est pas un paradis que le fleuve recouvre tous les étés de son limon fertile. C'est une terre pauvre que le Nil arrache au désert dans un combat sans pitié. À tout moment, les hommes risquent d'y perdre le fruit de leur travail : les acacias aux longues épines et aux feuilles minuscules, les tamaris, les buissons de câpres et de henné, les courges dont les pépins soulagent les souffrances ou causent la mort.

Que serait pourtant le double empire du lotus et du papyrus sans les richesses du pays de Kouch ? Depuis des générations, nos voisins organisent des guerres sanglantes et des expéditions éhontées pour piller nos biens les plus sacrés : les bois rares, l'ivoire, l'encens, les huiles, les pierres précieuses, les peaux d'animaux, les plumes d'autruche, les bovins, l'or bien sûr, et même les hommes. Que serait Pharaon à la couronne rouge et blanche sans les richesses qu'il s'approprie au nom du dieu solaire ?

Certaines questions ne trouvent jamais de réponse. Je me souviens de ce que m'a dit ma grand-mère lorsque je lui ai demandé où s'arrêtait le sable. Elle a fixé l'horizon, plissé les yeux et gardé le silence pendant un moment. Jamais elle ne prononçait une parole irréfléchie. Parfois, elle ne disait rien du tout.

— Le désert est sans fin, a-t-elle alors déclaré. Il vaut mieux ne pas poser certaines questions.

Je revois la Daya aux cheveux blancs et à la peau sombre. J'ai encore sur la langue le goût de son thé, doux et amer comme le pays d'où je viens. J'ai encore en mémoire les teintes, les sons, les odeurs de mon village. J'ai encore dans les yeux les images de mon enfance.

Le matin, nous allions au bord du Nil. Le ciel était pur et transparent, l'air vibrait, l'eau était immobile au moment où la création, comme chaque jour, se renouvelait. Le midi, le soleil brillait au-dessus de la première cataracte. Le sable reflétait la lumière et brûlait la plante des pieds. Je me souviens de la lumière du soir, juste avant que l'obscurité ne s'abatte comme un coup de poing sur la terre. Pendant un court instant, les couleurs devenaient si vives que tout semblait se réveiller. Alors, la nuit répandait une fraîcheur agréable qui caressait la peau. La lune traversait le ciel comme une barque argentée. Autour des feux, on chantait des histoires qui parlaient d'amour, de danger et de mort…

Demain, je vais mourir.

Pour le moment, je vis encore. Ma poitrine se

gonfle et se baisse. Je n'ai plus que quelques heures pour achever ce testament. Depuis des mois, j'ai interrogé ma conscience. Je ne me reconnaîtrai pas coupable devant le tribunal des morts. Les lois de Maât, que respectent les gens de Kemet, me paraissent fragiles quand je repense à ma vie.

Oui, j'ai outragé les dieux, les leurs et les nôtres, mais mon intention n'était pas de blasphémer. J'ai souvent écouté ma colère, c'est mon plus profond regret. J'ai désiré un homme qui appartenait à une autre. J'ai commis des injustices parce que j'étais désemparée. J'ai menti parce que j'avais peur de la vérité. J'ai été violente en paroles et en actes. J'ai volé par désespoir et par nécessité. J'ai même tué pour échapper à une mort atroce.

Oui, j'ai bravé tous les interdits. Non, je ne suis pas pure. Je ne suis pas fière. Je suis juste une femme qui avoue ses erreurs. Une étrangère parmi des étrangers. Une mère qui emmène dans la mort son dernier secret, un enfant dont mon corps sera le tombeau. Pour ce petit être qui ne verra pas le jour et pour sa sœur qu'il ne connaîtra jamais, je prie une dernière fois le dieu de la Daya, le dieu de mon pays, le dieu qui me protège.

Je t'adresse cette prière, Apédémak,
Grand lion du Sud
Qui viens vers qui l'appelle,
Qui portes le mystère caché de son être
Sans qu'aucun œil ne le voie.
Sois le compagnon des femmes et des hommes
Sans connaître d'obstacle dans le ciel ou sur terre.
Toi qui crées la nourriture pour tous,
Toi qui craches ton souffle brûlant sur tes ennemis,

Toi qui punis tout sacrilège,
Toi qui prépares le siège de celui qui t'est soumis,
Seigneur de la vie à l'aspect imposant,
Maître de Kouch, c'est vers toi
Que viennent les rois pour demander de l'aide.
C'est vers toi aussi que j'élève ma voix
En cette ultime nuit.
Je t'en supplie, assiste ta fille Sahti…

PREMIÈRE HEURE

Le fleuve de la vie

Chaque matin, elle descendait au fleuve avec les femmes et les jeunes filles du village, à l'exception de celles qui étaient en couches ou qui subissaient l'influence de la lune rouge. Elle préférait à toute autre saison ces premiers jours de printemps. Les grenouilles s'accouplaient en coassant. La végétation qui perçait donnait aux campagnes une teinte vert émeraude. L'air chaud était empli du bruissement des libellules et du clapotis des flots qui coulaient sans repos vers l'embouchure. Bientôt, le pays serait calciné par le soleil ; déjà, les pierres étaient brûlantes et les sombres buissons d'absinthe qui envahissaient les îlots dégageaient un parfum sublime.

Prise d'une légère ivresse, elle s'élançait avant même d'avoir atteint les acacias et, sans prêter attention aux herbes raides, elle atteignait hors d'haleine les rives du Nil. Fine et svelte, Sahti avait la plante des pieds dure comme du bois. Elle était aussi agile qu'une belette et ne tenait pas en place. Sa curiosité s'opposait à la docilité de son aînée, Rouyou, une adolescente grassouillette qui ne s'éloignait jamais du groupe.

Comme d'habitude, Sahti arriva la première à l'endroit situé dans un coude du fleuve où l'on savait que les crocodiles, les gros poissons et autres monstres aquatiques ne s'aventuraient jamais. Elle avait hâte que les femmes se dévêtissent et entrent dans l'eau. Elle aimait le contact des corps qui se frôlaient et la sensation de chaleur qui s'en dégageait. Elle accordait peu d'attention aux petites filles, qu'elles soient de son âge ou plus jeunes. Les garçons impertinents, qui passaient les premières années de leur vie avec leur mère, la laissaient aussi indifférente. Elle ne s'intéressait pas non plus aux vieilles, qui surveillaient qu'aucun intrus ne vienne les déranger et se contentaient de tremper leurs pieds dans l'eau peu profonde. Sahti n'avait d'yeux que pour les femmes adultes.

La Daya avait appris à ses petites-filles qu'on ne regardait pas les grandes personnes, surtout pendant la toilette, mais elle ne les accompagnait jamais. Leur grand-mère ne quittait que rarement la maison ornée de puissantes cornes de bœuf, censées éloigner les mauvais esprits. Elle attendait que les deux enfants rapportent les cruches en terre dans lesquelles l'eau demeurait fraîche un bon moment. La vieille femme se baignait seule, à la tombée de la nuit, comme les animaux sauvages qui ne s'approchent des rives que s'ils ne flairent aucun danger.

Profitant de son absence, Sahti observait les corps nus. Quelques baigneuses avaient la peau sombre et lisse, alors que le teint de certaines rappelait la couleur des dattes mûres, ou celle du cuivre que convoitaient les émissaires du Pharaon. Celles-ci avaient le nez haut et fin, celles-là plutôt épaté. Les unes avaient des lèvres minces, qui donnaient à leur visage un air décidé, et les autres, au contraire, une bouche douce et lippue dont l'intérieur était marqué d'un tatouage bleu quand elles étaient mariées.

La plus belle était sans conteste Nabou, la troisième femme du père de Sahti. Elle faisait penser à une reine. Elle était plus grande que les autres et semblait cacher un secret derrière des allures fières. Aucune n'avait le cou aussi mince, ni la poitrine aussi ferme. Ses yeux n'étaient pas noirs, mais couleur de miel. Quand elle riait, on apercevait ses dents, plus blanches que l'ivoire. Elle ne traînait pas les pieds comme les autres épouses, qu'un fardeau invisible semblait écraser, mais se déplaçait avec grâce et légèreté.

Un tatouage ornait le haut de chacun de ses bras : à gauche, un reptile endormi formait un mince bracelet plus beau qu'un bijou d'or ; à droite, la tête d'un serpent se dressait, menaçante, et semblait prête à cracher son venin. Il ne lui fallait pas de bain de fumée ou d'huiles parfumées pour plaire à son mari. Elle ne devait pas s'enduire les cheveux de graisse animale, ni utiliser les herbes magiques que d'autres venaient demander en secret à la Daya, une fois la nuit tombée.

Comment s'étonner que, depuis le jour où Golo l'avait ramenée au village, trois ans auparavant, toutes les femmes médisaient d'elle ? Le père de Sahti était comme ensorcelé. Il avait prétendu l'épouser pour obtenir le fils qu'il attendait depuis longtemps. L'absence du moindre signe de grossesse et l'immuable minceur de « la mariée », comme on appelait Nabou avec ironie, ne le gênaient pas pour autant. On rapportait qu'il la rejoignait toutes les nuits, et même qu'il allait parfois la retrouver le jour, au lieu de s'occuper de l'imposant troupeau de bœufs qui faisait autrefois sa fierté.

Héoua, son autre femme, qui lui avait donné une fille, fuyait la maison pour échapper à leurs continuels ébats. Le désespoir enlaidissait encore son visage ingrat aux yeux renfoncés. Nabou riait quand on lui rapportait de tels ragots. Elle rejetait la tête en arrière, faisant tinter les lourds anneaux qu'elle portait aux oreilles, et s'en allait sûre d'elle, plus droite que jamais.

Seule Sahti savait que la troisième épouse de son père cachait un caractère mélancolique. Elle avait remarqué les regards furtifs de Nabou quand les jeunes mères baignaient leur enfant dans le fleuve, leur lavaient les épaules avec précaution, aspergeaient leur crâne, remontaient sur la rive, les attachaient dans le dos et repartaient au village, une cruche sur la tête.

Elle se souvenait aussi du jour où Nabou l'avait touchée dans l'eau. La caresse maternelle qu'elle lui avait prodiguée différait des gestes impérieux de son aïeule. Depuis lors, la petite fille évitait la jeune femme qui voulait remplacer la première épouse de Golo. Comme la Daya, elle haïssait Nabou, car si Sahti souffrait de l'absence, c'était le sentiment de culpabilité qui prédominait chez elle. Il ne faisait aucun doute qu'elle fût responsable de la disparition de sa mère.

Si elle n'était pas née, celle-ci ne serait pas morte, et Rouyou ne serait pas orpheline. *N'oublie jamais cela !* murmuraient des voix à l'oreille de la petite fille quand elle était couchée et qu'elle ne parvenait pas à s'endormir. *C'est toi seule qui l'as tuée. Tout le monde le sait, même ta sœur, et surtout la Daya. Ta mère est morte dans les pires souffrances en te mettant au monde.* Comment pourrait-elle oublier ?

Lorsqu'elle se sentait trop mal, elle plongeait parfois dans les flots et gardait la tête sous l'eau, jusqu'à ce que l'air lui manque et qu'elle doive reprendre sa respiration. Puis elle remontait sur la rive et se serrait contre Rouyou, qui ignorait ce qui oppressait sa petite sœur, mais lui faisait de minuscules tresses pour la distraire.

Aujourd'hui, cela n'était pas possible, car l'aînée prenait le premier des sept bains de fumée qui l'attendaient. Tout était prêt depuis longtemps pour le grand jour : le matelas rond en feuilles de palmier percé d'un trou, l'amulette, le voile rouge de mariée, la pommade au henné pour la peinture traditionnelle des doigts et des orteils, les encens rituels et la racine noueuse dont avaient peur tous ceux qui la voyaient. Dans sept jours, dès que la terre respirerait moins fort et que l'obscurité grandirait sous la lune noire, Rouyou serait confiée, dans la cabane du scorpion, aux mains expertes de la vieille sorcière.

La nuit tombait déjà quand les soldats atteignirent la forteresse d'Abou Rési. Il y avait quatre compagnies de quarante hommes, armés d'arcs, de frondes, de projectiles et de javelots. Chacune d'entre elles était dirigée par cinq sous-officiers et par un commandant, munis de lances et de poignards, conformément à leur rang. Deux cents ânes portaient les fardeaux. Voilà des années que l'on n'avait pas vu une telle expédition. Elle était placée sous les ordres du général Ipi, bien que l'émissaire du souverain fût le bijoutier Namiz.

L'atmosphère était tendue. Les hommes avaient

fait un trajet long et fatigant, la « route des quarante jours » comme on appelait le difficile itinéraire qui traversait les oasis de l'Ouest. Le général avait décidé d'emprunter cet ancien chemin de caravanes pour échapper aux pirates kouchites qui sévissaient depuis quelque temps sur le fleuve et avaient coulé de nombreux bateaux de Kemet*. Bien que tout eût été préparé avec soin, les vivres avaient manqué dans les deux derniers jours et il avait fallu rationner l'eau à l'extrême. Le chef de l'expédition avait forcé la cadence. Les soldats aspiraient donc au repos et souhaitaient de la bière – un tonneau pour chacun, si possible – ainsi que des plats épicés et copieux comme ils avaient l'habitude d'en manger.

Or, la forteresse était peu confortable et offrait un aspect inquiétant. Il y avait bien ces fossés aux parois abruptes et ce chemin de ronde d'où l'on pouvait faire pleuvoir des flèches et des pierres sur les assaillants. Le mur principal, plus haut que cinq hommes, construit avec des briques de limon cru et renforcé par des tapis d'alfa et des troncs d'acacias tenait bon. Les bastions, les tours, les créneaux et les passages permettaient de surveiller le territoire environnant. Mais l'ensemble était à l'abandon. Des blocs de pierre grise de diverses tailles, avec lesquels on devait renforcer le pied du mur, gisaient un peu partout et avaient fait trébucher de nombreux soldats.

L'intérieur de la citadelle était pire encore. Les salles de garde et surtout les quartiers des simples soldats étaient délabrés. Les toits étaient percés en

* Pour le nom des localités, l'auteur recourt aux termes égyptiens dont la liste et la traduction figurent en fin de l'ouvrage. *(NdT)*

plusieurs endroits, les planchers à moitié soulevés et les lits ne formaient plus que des grabats durs et sales. Les greniers étaient vides. Ipi décida de les remplir avec le froment qui devait en principe servir de monnaie d'échange. Le petit temple consacré à la déesse Isis et à son enfant Horus ne constituait plus qu'un monceau de gravats, ce qui mit le général hors de lui. Craignant sa colère, le commandant de la place forte lui offrit avec déférence des appartements d'une propreté surprenante ; mais cela ne calma pas la mauvaise humeur du chef.

— Comment avons-nous pu en arriver là, Améni ? demanda-t-il en mâchant avec dégoût du pain de la région et en cherchant des morceaux de viande dans la soupe placée devant lui. Les vaillants soldats de Pharaon qu'on envoie dans le Kouch – un pays qui regorge de gibier – ne peuvent-ils rien manger d'autre que de l'herbe ? Est-ce à moi d'organiser une battue pour que mes hommes ne meurent pas de faim ?

La bière à base de figues, fraîchement brassée, n'apaisa pas non plus le général. Il repoussa la chope que son aide de camp lui avait apportée et but de manière ostensible une gorgée d'eau. Ipi reprit alors ses lamentations.

— Quand je pense aux temps anciens ! Ni les hommes ni le bétail n'avaient le droit de dépasser la stèle qui marquait la frontière sud, à proximité de Semna. Nos quatorze forteresses s'alignaient jusqu'à la troisième cataracte, comme les perles d'un collier. Chacune d'entre elles était si bien conçue et si bien entretenue qu'une petite troupe suffisait à en assurer la défense. Aucun de ces sauvages n'aurait tenté de prendre d'assaut nos remparts. Ils nous obéissaient sans broncher et cherchaient de l'or pour la gloire du grand Pharaon.

— Tu as raison, mais cela est bien vieux, dit d'un air triste le petit officier bedonnant qui voulait amadouer son supérieur. Depuis que ces rois étrangers gouvernent le Delta et que le divin Pharaon doit se contenter de Ouaset et du sud de Kemet, la situation est devenue difficile. Car le maître de Kerma a commencé à...

— Prends garde à ce que tu dis ! l'admonesta Ipi d'un ton sec. La double couronne ne revient qu'à Séqénenrê Taa – vie, santé, force ! C'est à lui qu'appartiennent tous les pays ! Les frontières du sud vont jusqu'aux limites de la terre, celles du nord jusqu'aux marécages du Delta. Les intrus téméraires dont tu parles obéissent à ce prétendu prince de Hout-Ouaret, mais nos bras vigoureux les repousseront à la mer dans un avenir proche, sois-en sûr. Il suffit d'attendre le moment propice.

Il renifla de manière bruyante et poursuivit.

— Alors, une tempête se lèvera, et ni eux ni leur maudite descendance ne l'oublieront jamais.

— Ils mourraient de peur s'ils pouvaient t'entendre ! remarqua le bijoutier Namiz, qui avait vidé son assiette avec grand appétit et se faisait servir une troisième chope de bière.

Sur son front brillaient de petites gouttes de sueur. Ses yeux verts trahissaient un esprit intelligent et querelleur.

— Fasse Amon que nous en soyons bientôt là ! Je crains, pour ma part, qu'avant ce jour béni, ils ne nous causent encore beaucoup de mal.

— Je suis persuadé que nous finirons par battre les

Hyksôs, rétorqua Ipi. La puissante Kemet a vaincu des adversaires autrement plus forts !

Le militaire se leva alors.

— Je ne supporte pas ce genre de discours, ajouta-t-il. Surtout venant d'un homme qui n'est pas originaire des rives du Nil.

Namiz reprit son propos d'un air pensif, comme s'il n'avait pas entendu le général.

— Ne rapporte-t-on pas qu'ils possèdent des chars et qu'ils dépassent ainsi tout ennemi en vitesse et en mobilité ? Leurs sabres en forme de faucille ne sont-ils pas aiguisés comme des couteaux, et leurs haches en bronze de Keftiou ne peuvent-elles pas briser un crâne d'un seul coup ?

Le général esquissa un geste d'énervement, comme pour lui imposer le silence. Namiz fit à nouveau semblant de ne rien voir et se tourna vers leur hôte.

— Est-il vrai, Améni, qu'ils ont pris contact avec les chefs bédouins ?

— C'est possible. Oui, c'est même vraisemblable.

Le commandant de la forteresse, dont les mains s'agitaient sans cesse, hocha la tête d'un air soucieux.

— Cela expliquerait que les rebelles du désert fassent preuve d'une audace toujours plus grande. L'autre jour, une troupe nous a attaqués au moment où nous sortions de la mine. Ils avaient préparé une embuscade pour s'emparer de l'or.

— Et que s'est-il passé ?

— Nous avons tué sept d'entre eux et perdu trois de nos meilleurs hommes, qui n'ont d'ailleurs pas été remplacés, malgré la gravité de la situation. Nous avons certes mis l'or à l'abri dans la forteresse, mais les risques augmentent de jour en jour...

Le commandant fut saisi d'une quinte de toux qui secoua son corps. Il reprit ensuite à voix basse.

— Je suis sûr qu'ils vont recommencer. Leurs maudits éclaireurs ont sans doute signalé depuis longtemps l'arrivée de l'expédition et ils doivent déjà préparer une nouvelle attaque.

— Qu'importe ! se fâcha Ipi. N'avons-nous pas à notre disposition quatre compagnies de soldats aguerris ? Qu'ils nous attaquent et nous leur montrerons quel sort nous réservons aux rebelles et aux voleurs.

Dans son énervement, il saisit la chope de bière la plus proche et la vida d'un trait.

— Je vois déjà leur sang couler !

— Je me demande si Pharaon serait d'accord.

Namiz sourit d'un air entendu.

— Le grand Séqénenrê, rappela-t-il, exige que cette expédition se déroule sans le moindre incident. Il veut que le bois, les pierres précieuses, l'encens, l'ivoire et surtout l'or kouchitique arrivent à Ouaset en toute sécurité. Et c'est à moi qu'il a confié cette responsabilité.

Le bijoutier savoura l'effet qu'avaient produit ses paroles et poursuivit d'un ton impassible.

— Pharaon a l'intention, si je ne me trompe, d'accroître sa garde personnelle. Cela me paraît difficile si nous faisons la guerre au pays de l'or plutôt que de lui ramener sains et saufs les hommes dont il a besoin.

Il fit une révérence moqueuse à l'adresse du général, qui ne dit mot. Puis il continua.

— Voilà pourquoi le grand Pharaon a placé cette expédition sous les ordres du général Ipi. Il connaît l'expérience de son porte-étendard, il estime le commandant des troupes d'archers de Sa Majesté, il a confiance en l'émissaire du Roi à l'étranger...

— Je connais mes titres, l'interrompit son interlocuteur. Épargne-moi tes airs supérieurs. Personne mieux que moi ne sait ce qu'attend le Souverain des deux royaumes. Je donnerais ma vie plutôt que de le décevoir.

— Très bien. Dans ce cas, allons nous coucher afin de nous mettre au travail demain dès la première heure.

En dépit de sa corpulence, Namiz se leva d'un bond et quitta la salle des officiers. Depuis le début du voyage, Ipi avait du mal à supporter cet étranger qui ne manquait pas une occasion de le contredire. Désormais, il éprouvait à son égard une haine viscérale. Même si le Pharaon appréciait cet homme, bien qu'il ne fût pas de Kemet, le général avait l'intention de profiter de leur séjour en terre ennemie, au milieu de ces Kouchites sournois, pour se débarrasser de lui.

— Tu n'es pas encore premier trésorier du Roi ! murmura-t-il. Je ferai tout pour l'empêcher...

La nuit était son moment préféré et, en même temps, celui qu'elle détestait le plus. Dans l'obscurité, la vieille sorcière croyait entendre sa fille dès que le vent gémissait, qu'un animal criait ou qu'elle percevait le son étouffé d'un tambour. Aussitôt, le cauchemar reprenait. Elle se rappelait les plaintes de Nouya, souffrant depuis deux jours. Elle revoyait son corps dilaté qui s'affaiblissait sous les coups de l'enfant prisonnier. Elle se souvenait du sang qui lui coulait sur les mains pendant qu'elle incisait le ventre de sa propre fille.

À l'article de la mort, celle-ci l'avait en effet suppliée d'agir. La Daya avait dû obéir, en tremblant, aveuglée par les larmes. Presque neuf ans s'étaient écoulés depuis cet instant tragique. Mais, chaque jour, Sahti ressemblait un peu plus à la défunte : elle avait la même démarche, le même rire, les mêmes accès de colère quand elle n'obtenait pas ce qu'elle désirait...

Personne ne pouvait imaginer ce que la vieille éprouvait, pas même les deux petites-filles qu'elle élevait puisque leur père ne pensait qu'à l'amour et se moquait de tout. Il était déjà bien assez difficile pour Rouyou et Sahti d'être privées de mère. La Daya ne voulait pas les abandonner à une épouse aigrie, une coquette sans mœurs, qui leur ferait sentir qu'elles gênaient. Tant qu'elle le pourrait, l'aïeule veillerait sur les deux enfants.

Le corps robuste de la vieille femme résistait au poids des années. Elle se tenait encore droite. Seuls ses cheveux et son front sillonné de rides trahissaient son âge. Quand elle passait de sa démarche chaloupée, les gens, qui la respectaient et la craignaient à la fois, l'appelaient tout bas « la lionne blanche », car elle rappelait un félin à la crinière éclatante. Son caractère aussi faisait penser à un animal sauvage : elle était solitaire et méfiante. Elle n'avait jamais cherché à se faire d'amies, convaincue qu'elle les perdrait de toute façon.

La Daya possédait les connaissances des femmes de sa patrie, rares dans cette contrée. On avait recours à ses services quand il y avait un malade ou une naissance. Elle pratiquait l'excision des petites filles. Elle fabriquait des philtres d'amour et des amulettes qui débarrassaient des voisins gênants. Elle savait faire pleuvoir, guérir et soulager les souffrances, mais ses pouvoirs magiques pouvaient aussi nuire aux hommes et aux animaux.

Personne ne prononçait son vrai nom et tout le monde avait oublié celui de son mari depuis qu'il l'avait abandonnée. On l'avait d'abord appelée la sage-femme, puis la guérisseuse, et plus tard la sorcière. Enfin, ses petites filles l'avait baptisée « la Daya », ce qui signifiait « vénérable grand-mère », et le village les avait imitées.

Cela n'avait pourtant rien changé. Les gens l'évitaient plus que jamais, baissaient la tête quand ils la rencontraient et ne s'approchaient de sa maison ornée de cornes que pour lui demander de l'aide, une fois la nuit venue. On ignorait qui elle était vraiment. Elle habitait ce village, mais elle n'en faisait pas partie. Elle vivait parmi eux, mais ne serait jamais l'une d'entre eux. Elle était originaire du Sud, disait-on, de la région où un rapide rend le fleuve impraticable. Elle n'en parlait pas, sinon de manière allusive.

— Que veux-tu que je te raconte ? répondait-elle à Sahti quand celle-ci, plus curieuse et plus têtue que Rouyou, la pressait de questions. Combien de fois dois-je répéter cette histoire ancienne ? On m'a traînée ici comme une bête et j'y suis restée.

— Et après ?

L'enfant la fixait et son regard était aussi avide de savoir que jadis celui de Nouya. La grand-mère avait du mal à poursuivre, car des images du passé lui revenaient à l'esprit et des souvenirs lui nouaient la gorge. Elle faisait taire la petite en prenant un ton à la fois las et agacé.

— Rien. J'ai mis au monde quatre enfants. Les années ont passé. Un jour, mon mari m'a quittée.

Puis mes fils et mes filles sont morts, l'un après l'autre. Maintenant, cela suffit. Va balayer la maison.

À cette heure avancée de la nuit, les deux gamines dormaient. La vieille femme décrocha une natte de paille. Un œil étranger n'aurait vu qu'un mur de briques, mais elle retrouva aussitôt la marque infime qu'elle y avait faite à hauteur de poitrine. La vieille gratta l'enduit avec l'ongle et dégagea l'ouverture. La Daya avait rangé dans cette cachette une petite bourse en peau d'antilope qui contenait une patte de lionne séchée dans du sable. Elle prit la bourse et la soupesa sans l'ouvrir. L'influence du fétiche se fit tout de suite sentir.

La sorcière entonna une vieille mélodie qui lui réchauffait le cœur et elle se raidit d'instinct. Personne d'autre ne possédait la force du Lion. Elle n'avait rien à craindre de la belle jeune femme qui se réclamait du Grand Serpent et dont la démarche onduleuse et le sourire rusé fascinaient les hommes. La bouche de la Daya se crispa à la seule pensée de Nabou.

La troisième femme de Golo avait peut-être des mains habiles, elle connaissait sans doute les herbes et les plantes, il se pouvait même qu'elle ait mué plusieurs fois. Néanmoins, la vieille avait découvert depuis longtemps comment lui porter un coup fatal. Elle ne savait pas quand cela serait possible, mais l'échéance était inéluctable. Il n'y avait pas de place au village pour deux sorcières. L'une d'elles devait partir, et ce serait l'autre.

La Daya accrocha le fétiche à son cou sans cesser de chantonner. Cela lui faisait du bien de sentir sur sa poitrine la force extraordinaire qui se dégageait de la patte de lionne. Apédémak, le puissant dieu qui protégeait la magicienne depuis la naissance, ne l'abandonnerait pas. Elle n'avait pas oublié qu'il l'avait jadis sauvée. Ce n'était pas un hasard si le poison à base de racines de mandragore et de graines de pavot, qu'on avait préparé pour la faire passer dans l'autre monde, n'avait pas agi. Elle avait été la seule survivante au milieu de centaines de morts. Elle lui en serait à jamais reconnaissante.

La vieille glissa une deuxième fois sa main dans la cachette et sentit sous ses doigts les bijoux. Elle les avait dérobés lors de sa fuite, au lieu de les laisser dans le tombeau du maître. Il y avait des bagues, des chaînes, des bracelets, des colliers et un diadème en or pur. Elle ne les avait jamais sortis, de peur qu'on la surprenne ; même aujourd'hui, elle hésitait, bien que personne ne pût la déranger. Elle surmonta son appréhension et, l'espace d'un instant, ses souvenirs d'enfance lui parurent aussi vivants que s'ils dataient d'hier.

La Daya prit ensuite le couteau, une autre relique de son passé, dont elle s'était souvent servi au cours de son existence, et le contempla avec des yeux presque neufs dans la lumière vacillante des chandelles. Un frisson la parcourut. Elle crut entendre un chœur de femmes et de jeunes filles ; le chant s'amplifia au point qu'elle en eut mal aux oreilles. Puis le silence se fit tout à coup. La lame du couteau semblait brûlante au toucher. La sorcière remit les bijoux à leur place, à l'exception de quelques minces bracelets qui ne surprendraient personne si elle les portait. Elle glissa le couteau dans sa ceinture et referma sa cachette.

La grand-mère s'avança vers le lit de ses petites-filles. Rouyou dormait sur le dos. Ses bras étaient pliés tels ceux d'un nourrisson et elle prenait presque toute la place, comme d'habitude. Ses traits étaient calmes et il n'y avait pas la moindre trace de sueur sur son front. Les mauvais esprits la laissaient tranquille. Depuis quelques jours, l'adolescente débordait d'allégresse à l'idée de devenir femme, se réjouissant d'éveiller l'attention générale, de recevoir des cadeaux et d'être enfin reconnue.

Sahti offrait l'image opposée : petite et frêle comparée à sa sœur, elle était tendue comme la corde d'un arc. Ses paupières entrouvertes laissaient voir un regard angoissé. Elle était trempée et avait le souffle lourd. Cela inquiéta sa grand-mère, qui s'éloigna d'un pas rapide.

Dans le foyer où la braise mourait, quelques bûches suffirent à ranimer le feu. Bien que l'air du printemps fût tiède et le vent du désert presque chaud, la Daya grelotta, comme cela s'était souvent produit au cours des dernières nuits. Son existence touchait-elle à son terme ? Apédémak l'appelait-il à lui ? Parfois, la fatigue lui donnait envie de rester au lit sans rien faire d'autre que fixer le mur et laisser défiler ses souvenirs. Mais elle pensait à ses obligations domestiques, à ses plantes, ses potions magiques et surtout à ses deux petites-filles. Qui s'occuperait d'elles ?

Elle leva les yeux au ciel. La lune formait un croissant pâle. Dans quelques jours, l'astre serait sombre. La sorcière savait que le meilleur moment n'était pas encore venu pour lire dans les os, mais elle était trop impatiente pour attendre. Elle prit le vieux tambour que sa mère lui avait légué et se mit à en jouer. Elle accéléra progressivement le rythme jusqu'à ce que le monde des esprits s'ouvre à elle.

— Venez me chercher, murmura-t-elle. Approchez ! Prenez-moi ! Ne me laissez pas seule plus longtemps !

Elle tressaillit et frappa plus fort sur l'instrument. Son tremblement s'intensifia. D'un geste, elle jeta dans le feu les os de bœuf qu'elle avait préparés et elle continua de battre son tambour avec rage. Elle fut tentée de poser à voix haute la question interdite, mais au lieu de cela, elle se mit à taper plus doucement et observa les fissures qui se formaient à la surface des os. Les veines de ses tempes se gonflèrent tant elle se concentrait. La peur s'empara d'elle quand elle lut : « Danger. Grand danger. Plus rien ne sera comme avant. Tu es impuissante. Tu ne peux rien faire qu'accepter l'inéluctable. »

Des bruits de pas la sortirent de sa transe. Une affreuse tristesse l'avait envahie. Elle fut incapable de bouger et regarda par la porte.

— Sahti ?

La petite fille semblait ne pas l'entendre, bien qu'au son de la voix familière elle eût tourné la tête dans sa direction. Ce n'était pas la première fois que la vieille surprenait l'enfant marchant dans son sommeil. Pourtant, cette nuit-là, elle eut le pressentiment d'un malheur.

— Sahti ? C'est moi, la Daya ! Que fais-tu dehors, en pleine nuit ?

La somnambule ouvrit grands les yeux, mais son regard traversa le corps de sa grand-mère sans l'apercevoir. Qui l'appelait ? Qui lui donnait des ordres si puissants que son esprit était contraint d'obéir ?

Chaque mouvement demandait un terrible effort à l'aïeule. Pourtant, elle parvint à se lever et à se rapprocher à pas lents. Elle n'adressa plus la parole à la petite, de peur que son âme ne retrouve pas le chemin de son corps. Elle la prit dans ses bras et la porta dans son lit.

La mine de Sarras se trouvait non loin du fleuve, à une demi-journée de marche d'Abou Rési environ. C'était pour cette raison qu'on n'y avait jamais construit de village. Il n'y avait là que quelques huttes basses et rondes pour passer la nuit, ainsi qu'un emplacement recouvert tant bien que mal de branches de palmier jaunies pour faire la cuisine.

Dans les carrières à ciel ouvert où l'on chauffait d'abord le minerai pour le ramollir et l'extraire ensuite de la roche, le travail était éprouvant. Même à l'époque où le Pharaon régnait encore sans partage sur le Kouch, il était très difficile de trouver des ouvriers capables de supporter longtemps ce labeur et de fournir la quantité voulue. Maintenant que Kemet était divisé en deux empires, c'était devenu presque impossible.

Dans ce lieu désert, Namiz fut pris de découragement, pour la première fois depuis leur départ. Il ne portait pas un simple pagne de soldat, mais une large tunique en lin, qui lui collait à la peau, et un ceinturon en cuir orné de clous qui frottait désagréablement. Il mourait de soif, ses cheveux couleur de sable étaient trempés de sueur et il ne s'était pas encore remis du voyage en bateau. Le pire était qu'il désespérait toujours plus de résoudre jamais son problème.

Au bout de deux jours qui lui avaient paru interminables, il avait en effet pesé toute la poussière d'or que renfermait la forteresse et constaté combien il en manquait. Au cours du dîner qui avait suivi, il s'était à nouveau disputé avec le général qui se vantait d'avoir confisqué un grand nombre de bovins.

— Presque quatre cents têtes de bétail, répétait Ipi avec fierté. Sans compter quarante défenses d'éléphant et un bon soixante-dix *kidets* d'encens. Je pense que le tout-puissant Séqénenrê sera satisfait, d'autant que nous aurons bientôt la quantité de plumes d'autruche qu'il réclame. Je me charge en personne de recruter de nouveaux archers. J'ai repéré dans le village quelques hommes vigoureux que je vais m'empresser d'aller examiner de près.

Puis il avait esquissé un geste de reconnaissance à l'intention du commandant.

— Par bonheur, la construction des bateaux est bien avancée. La plupart des embarcations dont nous avons besoin sont déjà sur cale sèche. Les cabines et les cages sont également prêtes. Certes, Chémou nous attend, mais avec un peu de chance, si le Nil ne baisse pas trop, seule une partie de la troupe devra rentrer par le désert.

— À condition que nous ne devions pas rester ici pendant des mois, voire des années, avait répliqué Namiz d'un air sombre.

— Qu'est-ce que cela veut dire à nouveau ? avait demandé le général, ulcéré.

— Qu'il manque six cents *débens* d'or pour atteindre les deux mille qu'exige Pharaon, et qu'à moins de disposer d'un bon groupe de mineurs expérimentés, il faudra un moment pour en extraire autant de la roche.

— Améni ? avait hurlé le chef de l'armée.

Le commandant se fit tout petit.

— J'ai vraiment fait ce que j'ai pu, général. Crois-moi ! Mais la construction des bateaux a requis presque toute la main-d'œuvre et j'ai dû m'occuper moi-même des pierres précieuses, ce qui ne fut pas une mince affaire. Nous avons six cents *débens* de cornaline, huit cents d'amazonite, cinq cents de turquoise et deux mille de malachite. Demain, on nous livre exactement mille cinq cents *débens* d'améthyste, entreposés dans un magasin à l'extérieur de la forteresse. Il ne manque que le jaspe rouge, que nous n'avons par malheur toujours pas reçu des régions du Sud.

Trempé de sueur, Améni s'était essuyé le front.

— En ce qui concerne l'or, je veux dire cette quantité énorme... sans renfort... dans les circonstances actuelles... c'était tout simplement... impossible.

— Je ne connais pas ce mot ! Pourquoi ne m'as-tu pas dit depuis longtemps que tu n'y arrivais pas ? avait demandé Ipi furieux.

— J'ai bien essayé, s'était défendu le commandant. Plus d'une fois même. Mais tu ne m'as pas laissé terminer.

— Nous en reparlerons, avait conclu son supérieur. Ne t'avise pas de me prendre une seconde fois pour un idiot !

Ipi s'était dressé de toute sa taille. Il était grand et musclé. Avec son visage carré et viril, il aurait été bel homme si son nez tordu n'avait porté la marque de plusieurs fractures et ne lui avait donné un air roué. Il devait cette déformation aux bagarres de sa jeunesse. Il avait consulté en vain les meilleurs médecins du pays pour essayer de se faire opérer.

— Je voulais juste... avait tenté d'ajouter Améni.

— Désormais, avait décrété le chef, je prends les choses en main. Tu peux être sûr que nous l'aurons, cet or qui manque, quand bien même nous devrions leur briser les côtes à coups de fouet. Tu vas voir si ces Kouchites ne travaillent pas un peu plus vite avec deux compagnies de soldats postés devant leurs trous à rats.

— Ridicule ! s'était exclamé Namiz blême de rage. L'or ne sort pas de la roche comme le lait des pis d'une vache ! Il n'est pas donné à tout le monde de travailler avec ces maillets. Ce n'est pas qu'une question de nombre ; il faut des hommes forts et habiles.

— Et alors ? avait rétorqué le militaire. C'est moi qui commande !

— Erreur ! avait corrigé l'autre. Pour ce qui est de l'or, c'est moi qui décide. Je vais donc aller voir ce qui se passe à la mine, seul, et s'il le faut, je négocierai pied à pied avec les Kouchites. À *ma* façon. Et que personne ne s'en mêle, est-ce bien compris ?

Sous ce soleil de plomb, le bijoutier n'aurait pourtant pas été mécontent de partager ses responsabilités. Le Pharaon se montrait noble et généreux tant qu'on lui rendait les services qu'il attendait. Mais Séqénenrê Taa pouvait aussi se transformer en un despote écumant de rage, ignorant toute amitié et toute loyauté. Depuis qu'il était à son service, Namiz avait vu plus d'une fois des courtisans faire les frais de ces sautes d'humeur. Et ce qui était vrai pour les gens de Kemet valait plus encore pour un étranger qu'enviait toute la corporation locale et qui ne devait sa fortune qu'au bon vouloir du prince. Il fut pris d'un frisson. Mais l'idée de passer le restant de ses jours dans les cachots humides de l'île d'Abou lui donna la force de mener à bien cette mission.

Tout semblait mort. Quelques autochtones étaient assis sous un lambeau de toile où ils concassaient tant bien que mal le minerai dans des mortiers en pierre. Ils travaillaient, comme Namiz s'en doutait, avec de vieux maillets en basalte qu'ils tenaient dans une main. Combien de fois le bijoutier n'avait-il pas songé que des outils en métal seraient beaucoup plus efficaces ?

Une vingtaine d'autres faisaient tourner des meules dont sortait une poussière aussi fine que de la farine. Près du lavoir qui se trouvait au bord du fleuve, et dont les larges pierres inclinées étaient fissurées par la chaleur, ils feraient ensuite mousser cette poudre et la déverseraient sur des peaux de mouton pour que les paillettes d'or, plus lourdes, restent accrochées dans le fond. C'était une méthode ancestrale qu'on employait aussi à Kemet.

Indécis, l'émissaire du Pharaon allait s'adresser aux ouvriers quand il aperçut, sous un tamaris maltraité par le vent, quelqu'un qui regardait le fleuve. Namiz s'approcha avec lenteur et s'assit dans le sable, en face de lui. L'homme avait le visage dur, sans le moindre sourire, comme tous les Bédouins que le bijoutier avait rencontrés jusque-là. L'âge et les privations y avaient gravé des rides profondes. Mais surtout, le vieillard n'avait plus qu'un œil ; l'orbite, vide depuis longtemps sans doute, était entièrement cicatrisée.

Aucun des deux ne parla. Seul le vent murmurait dans les branches. Du sable s'éleva et forma de petites volutes qui se déplacèrent au-dessus du sol. L'espace d'un instant, tout parut plus pâle, comme plongé dans une brume jaunâtre qui estompait le contour des choses. Namiz frotta ses yeux qui pleuraient.

— Quelques questions me tracassent, commença-t-il en pesant chacun de ses mots.

Il parlait couramment le dialecte kouchitique ; il

connaissait en effet une bonne demi-douzaine de langues et arrivait à se faire comprendre dans plusieurs autres.

— Je donnerais beaucoup pour en connaître les réponses. Et tu me parais être celui que je cherche.

L'autre semblait ne pas l'avoir entendu. Namiz ne fut pas surpris et resta immobile pendant un moment. La faïence et la poterie bon marché ne feraient pas sortir le Bédouin de son mutisme. Par bonheur, le bijoutier avait sur lui quelque chose qui pourrait peut-être délier la langue du vieillard. Il tira de son ceinturon un poignard qu'il posa négligemment entre eux. C'était un bel ouvrage en argent bosselé, un précieux souvenir de sa ville natale ; Namiz avait quitté Kepni dans sa jeunesse, et il avait abandonné l'espoir d'y revenir un jour depuis bien longtemps. Il chassa cette idée de son esprit.

— Pourquoi y a-t-il aussi peu d'ouvriers ? Parce que les Kouchites considèrent l'or comme le sang de la terre ? Ou cela tient-il aux conditions de travail ? Réclament-ils quelque chose que le commandant de la forteresse leur refuse ?

Telles étaient ses hypothèses.

— Tu peux te confier. Cela restera entre nous.

À nouveau, il n'y eut aucune réaction pendant un certain temps. L'autre finit quand même par effleurer le poignard, comme s'il s'agissait d'un dangereux reptile. Son corps ne bougeait pas ; seuls ses doigts caressaient le métal.

— Le sable est venu telle une fièvre insidieuse.

Sa voix était rauque, comme s'il ne s'en était plus servi depuis longtemps.

— Portés par une petite brise, les grains de sable se sont accumulés au pied des murs et ont formé des bosses. Ce n'était pas la première fois et les gens ne s'inquiétaient pas. Mais la fièvre s'est aggravée. Les tas de sable gonflaient comme de la pâte à pain. Car, cette fois, le vent soufflait avec obstination et venait du sud.

— Du sud, répéta Namiz d'un air songeur.

Comme pour confirmer cette remarque, un souffle d'air frais se leva et tira sur le paysage de larges rideaux couleur d'or. Le bijoutier détourna le visage, mais ressentit néanmoins des picotements aussi vifs que des coups d'épingle.

— Oui. Désormais, le vent vient toujours du sud, vois-tu ?

Alors, le vieillard serra le poignard dans la main droite. Ses traits restèrent impassibles. Namiz recula sans le vouloir. Sa fatigue avait disparu et ses pensées se succédaient à toute allure, comme emportées par le vent. Il ne quittait plus des yeux la face ridée de son interlocuteur. Il n'était pas encore tout à fait sûr d'avoir bien saisi ce que l'autre voulait dire, mais il le pressentait. Avec un peu de prudence et de finesse, il parviendrait peut-être à une certitude.

— Que se passera-t-il si le vent du sud continue de souffler ? Je veux dire, qu'en sera-t-il de la mine d'or ? Et des gens de Kemet qui vivent ici ? Qu'adviendra-t-il de la forteresse ?

Cette fois, la réponse ne se fit guère attendre.

— Alors, le soleil s'effacera et le ciel sera jaune comme de la pisse d'âne. Tout à coup, il fera nuit, une nuit profonde et infinie. Car rien n'arrête une telle tempête.

— Rien ?

— Rien.

Il parlait d'une voix monocorde.

— Personne. Aucune forteresse. Aucun temple. Aucun rapide. Il ne s'agit pas de n'importe quelle tempête, comprends-tu ?

Namiz acquiesça d'un geste lent de la tête. Oui, il commençait à comprendre ce que le Bédouin voulait dire dans son style fleuri. Selon lui, le sable annonçait une attaque du roi de Kerma, qui s'apprêtait à agrandir son territoire. Quantité d'idées traversèrent l'esprit de l'émissaire ; il essaya de n'en rien montrer. Cela pourrait expliquer ce qui se passait : et l'échec du commandant et l'audace des Bédouins qui n'avaient plus peur de Kemet. Si cela se confirmait, tout prendrait un tour différent.

Tant qu'il était le seul à savoir, il avait sur les autres une avance inestimable qu'il comptait bien exploiter. Le bijoutier se doutait que le général ferait tout pour l'empêcher de devenir premier trésorier du Roi. Mais il avait fait trop de sacrifices pour capituler. Il se racla la gorge et feignit l'indifférence en voyant le Bédouin glisser le poignard dans sa ceinture, comme si l'arme lui avait toujours appartenu. Namiz posa avec prudence les autres questions qui le préoccupaient.

Dans moins de deux jours, Sahti aurait perdu son aînée, qui serait alors une grande. Rouyou se déplacerait avec lenteur, comme toutes les adultes, et passerait le plus clair de son temps à ramasser du bois, porter de l'eau ou écraser des céréales pour en faire de la farine. En réalité, la petite était déjà seule. Car la jeune fille qui déambulait dans la maison en se pavanant comme une mariée ne ressemblait guère à la camarade de jeu qu'elle connaissait et qui riait en permanence.

— Tu ne peux pas comprendre, avait déclaré Rouyou d'un air supérieur quand sa sœur s'était plainte d'être tenue à l'écart. Tu es encore trop petite. Quand tu auras onze ans et que ce sera ton tour, tu verras. Il sera toujours temps d'apprendre de quoi il s'agit.

Elle portait désormais à ses poignets d'enfant des bracelets d'or qui tintaient à chaque mouvement. C'était la Daya qui les lui avait passés dans le secret de sa chambre. De l'extérieur, Sahti avait bien essayé d'entendre ce qu'elles disaient, mais sa grand-mère et sa sœur avaient parlé trop bas, et la peur d'être prise sur le fait avait vite incité la curieuse à s'éloigner. Dans le lit qu'elles partageaient, en revanche, Rouyou n'avait pu lui échapper. Sahti l'avait assaillie de questions. L'aînée avait fini par céder et bravé l'interdiction de la vieille sorcière.

— Lorsque la première femme de l'humanité mit au monde ses premiers jumeaux, avait-elle répété, toute la souffrance de l'enfantement se condensa dans une perle. Cueillie par une main invisible, celle-ci se transforma en scorpion...

Maintenant, Sahti s'approchait de la cabane dans laquelle personne n'avait le droit d'entrer tant que le moment n'était pas venu. Soudain, elle crut percevoir tout bas la voix de sa sœur et s'arrêta pour vérifier que personne ne l'avait vue. Elle était seule. Pendant un instant, elle faillit faire demi-tour et rentrer chez elle en courant. Mais le mystère, ainsi qu'un sentiment jusqu'alors inconnu, où se mêlaient l'excitation et l'effroi la poussa à continuer. Elle ne parvenait pas à oublier les histoires incroyables que lui avait racontées Rouyou. Elle voulait s'en convaincre par elle-même.

La porte, ornée d'un dessin de scorpion, n'offrit aucune résistance. Quand elle l'eut refermée derrière elle, elle ne vit plus rien, quoique la chaude lumière d'après-midi s'infiltrât à travers les branches de palmier tressées. La petite fille dressa l'oreille. Elle crut à nouveau entendre la voix de sa sœur.

— ... son eau est le poison et son sang la douleur. Elle piquera tout homme qui s'approchera de la femme et le tuera avec le dard du scorpion.

La nuque de Sahti se raidit. Elle devina contre le mur un lit semblable à celui qu'elle partageait avec Rouyou, à ceci près que des cordes pendaient comme d'épais serpents sur chacun des côtés et au pied de celui-ci. Des taches plus ou moins sombres y formaient un étrange motif.

Soudain, elle sentit une odeur qui la pétrifia. Ce n'était ni de l'encens ni le sol en terre battue, comme dans la maison de la Daya. Elle reconnut la puanteur insupportable qui dominait, ce relent douceâtre et légèrement métallique qui se dégageait des proies quand les hommes rentraient de la chasse. C'était du sang.

— Les garçons sont également circoncis...

Sans s'en rendre compte, Sahti avait commencé à penser à voix haute. Elle répéta chacune des paroles qu'elle avait arrachées à Rouyou, et le son de sa propre voix lui donna du courage.

— ... sinon, leur prépuce pourrait se transformer en lézard. Il faut le sacrifier afin que l'homme éprouve de la pitié pour la femme, et non de la crainte ou de la haine. C'est le seul moyen pour qu'il comprenne ses douleurs...

Elle se tut car elle avait distingué un léger bruit, plus faible que tout murmure humain. Elle essaya de rester calme et de ne faire aucun mouvement, même si son cœur battait à tout rompre. Elle perçut à nouveau un frémissement, puis plus rien. Et soudain, elle le vit. Noir, brillant, immobile, le scorpion se dressait dans les roseaux du matelas. Elle eut du mal à contenir un cri. Elle sortit à toute vitesse de la cabane.

La petite fille allait se réfugier chez elle, mais elle s'arrêta devant les premières habitations. Elle n'avait pas la force d'affronter aussitôt la Daya, qui lisait sur son front la moindre de ses pensées.

Le silence régnait dans les ruelles. De temps en temps, le vent transportait le cri d'un âne, un rire d'enfant, les vociférations d'une vieille. Sahti s'engagea sur une petite place et s'introduisit dans l'arrière-cour de la maison la plus proche, qui était plus grande et plus propre que les autres. Un récipient contenant du thé se trouvait sur le feu. Quelques pains frais attendaient à côté, sur une grille. Des cruches à moitié remplies d'huile et de millet étaient abandonnées sur le sol. Des mouches bourdonnaient.

Il n'y avait personne, pas même la première femme de son père, qui logeait certes avec sa fille dans l'autre partie de la demeure, la moins confortable, mais qui traînait sans cesse de ce côté pour faire valoir ses droits.

Sahti savait où commençait le domaine de Nabou. On le reconnaissait sans peine car chaque objet portait sa trace. Il y avait de petits tabourets en acacia, un lit en bois aux pieds délicatement travaillés et un sommier en cordes tressées. Des pots en ivoire contenaient ses teintures et ses huiles parfumées. Elle conservait dans de petits récipients bariolés les pommades servant à noircir le bord de ses paupières. Un coffre renfermait ses vêtements ; une boîte contenait les chaînes en or ainsi que les minces bracelets réservés aux jours de fête.

Une invincible fatigue envahit la petite fille, qui se sentait malgré elle en sécurité. Elle s'allongea à même le sol sur une natte qui dégageait le parfum de Nabou et se glissa au bout de quelques instants en dessous du lit, comme dans une sombre grotte. Soulagée, elle ferma les yeux, se tourna sur le côté et s'endormit aussitôt.

— Pharaon attend deux mille *débens* d'or.

L'homme parlait d'une voix calme, mais peu cordiale.

— Qu'est-ce que cela peut me faire ?

Sahti n'osait pas bouger. Son père avait envie de se quereller, elle le sentait. Golo aimait se battre, physiquement aussi bien que verbalement. Elle savait qu'il s'emportait vite et, parfois, elle avait peur de sa violence imprévisible. Mais pourquoi avait-il amené son hôte dans cette partie de la maison réservée aux membres de la famille ?

— Les autres disent que tu seras le prochain chef de la tribu, poursuivit l'inconnu.

Elle ne voyait que leurs pieds. Obèse, pâle et poilu, l'étranger portait autour des chevilles de drôles de bandelettes de cuir entrecroisées. Golo avait des jambes fines et imberbes qui lui permettaient, à chaque course, de remporter la victoire.

— C'est le conseil qui décidera, déclara-t-il, quand notre vieux chef sera enterré, et pas avant.

— On dit qu'une terrible maladie lui ronge le corps…

L'autre parlait bien leur langue, mais Sahti

remarqua tout de même qu'il cherchait sans cesse le mot juste.

— ... et que tout le monde t'écoute.

— Notre chef respire encore, s'obstina à répéter le père de Sahti. Et voilà un bon moment que je devrais être auprès de mes bêtes. Je suis éleveur, moi, pas mineur.

— Nous sommes tous au service du grand Séqénenrê – vie, santé, force ! rétorqua le visiteur sur un ton soudain très formel. Pour ma part, je suis responsable de son or.

— *Son* or ?

Le rire de Golo était méchant.

— Il a déjà notre bétail. Que veut-il encore ? Nos femmes, peut-être ? Nos enfants ?

— Son or, en effet, répondit son interlocuteur sans se laisser impressionner. Et je lui ai promis sur ma propre tête qu'il obtiendrait la somme convenue.

— Convenue ? Convenue avec qui ?

La voix du père de Sahti se fit encore plus dure. La petite fille en eut la chair de poule. L'inconnu ne savait-il pas ce qui se passait quand il s'énervait ?

— Nous sommes des Kouchites, ne l'oublie pas, c'est-à-dire des guerriers libres. Nous possédons des troupeaux de bovins, du moins tant que vous ne nous les volez pas. Nous n'avons rien à voir avec cette racaille de Kemet qui vous obéit aveuglément.

Il se tut.

— Peut-être préfères-tu attendre le vent du sud pour prendre une décision ? demanda enfin l'homme qu'elle ne connaissait pas.

Il avait changé d'intonation. On aurait dit qu'il était épuisé et méfiant à la fois.

— Le vent du sud ? répéta Golo avec surprise.

— Laisse-moi te prévenir, ajouta l'autre. Le vent du sud est colérique et imprévisible. Parfois, cela dure beaucoup plus longtemps qu'on ne croit.

Les jambes de Golo se dirigèrent vers la porte.

— Je n'ai pas de temps à perdre, conclut-il d'un ton brusque. Si tu continues à parler par énigmes…

— D'accord.

L'étranger l'avait suivi à grands pas. Sahti vit alors son visage. Elle aimait sa voix, plus chaude et plus grave que celle de son père.

— Oublie ce que je viens de te dire et allons droit au but. J'ai une proposition à te faire, une proposition très intéressante, tu comprends ?

— Je doute que tu me convainques, le rabroua le Kouchite. De quoi s'agit-il encore ? De choses dont nous n'avons pas besoin ? Des récipients en pierre qui cassent tout de suite ? Ou un peu de froment, juste assez pour que nos enfants ne meurent pas de faim lors de la prochaine sécheresse ?

Son interlocuteur se fâcha.

— Je suis un homme d'honneur, pas un escroc. Personne n'a jamais regretté d'avoir fait affaire avec Namiz de Kepni. Je te parle d'or blanc, c'est-à-dire de la vie. Cela t'intéresse-t-il ?

Le père fit demi-tour. Sahti remarqua que ses genoux tremblaient.

— Alors, parle, l'exhorta Golo avec un accent de soudaine convoitise. Mais réfléchis bien à ce que tu dis !

— Du sel, murmura l'homme. Je t'en propose assez pour que le fils de ton plus jeune fils en ait encore.

Deux ombres dans l'obscurité. Un homme et une femme, façonnés dans l'argile. Il l'attire avec douceur, elle se laisse faire et s'approche. Ils se touchent, se caressent, s'embrassent jusqu'à se fondre l'un dans l'autre, jusqu'à ne plus former qu'une seule silhouette. Soudain, un cri.

La femme repousse l'homme, se redresse et le regarde remplie d'effroi. Il s'est métamorphosé en scorpion et enfonce son dard en elle. Elle crie sans pouvoir s'arrêter, elle se débat. Du sang coule le long de ses cuisses et forme une tache sombre sur le sol de la cabane.

Sahti se réveilla en hurlant. Son front était trempé, sa gorge sèche. Elle avait dans la bouche comme un goût de moisi et but un peu d'eau dans l'outre en cuir qui pendait près d'elle. Sa tête bourdonnait. Il faisait sombre. Elle se leva et se cogna contre un tabouret. En posant la main dessus, elle sentit quelque chose. C'était une bourse contenant une patte de lionne. Elle devait appartenir à sa grand-mère. Sans réfléchir, la petite fille la passa à son cou. Le cuir en était doux.

C'était juste un rêve, pensa-t-elle, *un cauchemar envoyé par un mauvais esprit. Je suis dans la maison de la Daya. Il ne peut rien m'arriver.*

Elle se calma peu à peu. Elle entendait juste le vrombissement d'un insecte qui était entré dans la pièce. Alors, elle prit conscience du silence inhabituel. Il manquait la respiration régulière de Rouyou et le souffle bruyant de son aïeule.

Allongée dans une position légèrement inclinée, la jeune fille avait les mains et les pieds attachés par des cordes. Autour d'elle, quatre femmes. Près de sa tête, l'une d'elles appuyait de tout son poids sur la poitrine de l'adolescente. Deux autres lui coinçaient les genoux. Au pied du lit, la quatrième tenait une torche qui éclairait faiblement la pièce. Rouyou essayait en vain de se libérer. Plus elle remuait, plus les liens lui entraient dans la peau des poignets et des chevilles.

— Calme-toi, murmura Tounbée, l'assistante de sa grand-mère. C'est bientôt fini. Nous en sommes toutes passées par là. Tu n'as pas le choix si tu veux devenir femme. Sinon, tu ne trouveras personne. Allez, petite, courage ! Cesse de gigoter et ce sera moins pénible, crois-moi !

Rouyou ne pouvait pas parler car elle avait dans la bouche un morceau de racine. Mais les yeux lui sortaient des orbites et elle bougeait la tête dans tous les sens pour manifester sa rage.

— Mords, continua Tounbée. Cela soulage, tu verras !

La vieille sorcière avait fini ses prières. Elle s'approcha du lit, prit le couteau et l'examina un instant avant de faire une première incision. Aussitôt, les jambes de la jeune fille se mirent à tressaillir. Elle se cabra avec une telle force que les femmes eurent le plus grand mal à la retenir. Après un geste autoritaire de la tête, la Daya poursuivit son travail. Rouyou tremblait maintenant de tout son corps. Elle était prise de spasmes, comme si des démons l'habitaient.

À ce moment-là, la porte s'ouvrit. Sahti apparut sur le seuil de la cabane du scorpion, haletante et trempée de sueur. Son regard balaya la pièce. Elle comprit aussitôt ce qui se passait. La Daya se tenait entre les jambes de Rouyou, et une mare de sang s'était répandue sur le lit.

L'enfant fut prise de nausée. La peur se mêlait à la colère. D'un geste inconscient, elle serra dans sa main la bourse en cuir qui pendait sous sa robe. Elle poussa un cri si perçant que les femmes se raidirent d'effroi et, sans savoir ce qu'elle faisait, elle s'enfuit dans la nuit.

DEUXIÈME HEURE

Dans la gueule du Grand Serpent

Un croassement rauque la réveilla. Dans le silence du petit matin, un corbeau tournoyait si près d'elle qu'elle aurait pu l'attraper. Il faisait un froid perçant. À l'est, au-dessus des montagnes escarpées, les premiers rayons du jour apparaissaient dans un ciel couleur de lavande qui pâlissait peu à peu. Elle se leva, les jambes raides. Sa robe lui collait au corps. Elle avait du sable sur les bras et les jambes, elle sentait même des grains crisser dans sa bouche. Elle fit quelques pas timides, ses membres engourdis lui répondaient mal. Sous ses pieds, le sol était encore frais.

Bientôt, elle s'arrêta. La bande de terre fertile qui longe le grand fleuve avait disparu, comme si les champs, les arbres et le village qui lui étaient si familiers n'avaient jamais existé. Sous ses yeux s'étendait un univers de sable et de pierres qui brillait aux endroits déjà touchés par la lumière du soleil. Seules quelques herbes jaillissaient du sol et se balançaient dans le vent.

Sa gorge se noua. Sa langue lui pesait dans la bouche comme un corps étranger. Pour la première fois de sa vie, elle était seule. Elle avait faim et très soif. Pourquoi ne s'était-elle pas réveillée dans la maison de la Daya, comme d'habitude, blottie contre le corps de Rouyou ? Elle songea à l'odeur pénétrante et suave du thé aux fleurs d'acacia que leur grand-mère préparait chaque matin.

Et le souvenir lui revint d'un coup. Sahti fut saisie d'effroi en repensant à ce qu'elle avait vu et entendu la veille. Aussitôt, elle s'accroupit et agita les bras autour d'elle, comme pour se protéger d'un ennemi invisible. Afin d'échapper au scorpion, elle avait couru à toute allure sans savoir où elle allait, jusqu'au moment où elle était tombée d'épuisement dans un endroit inconnu. Elle se rappelait les femmes aux gestes lents et au souffle lourd, sa sœur qui haletait, la Daya qui tenait un couteau ensanglanté dans les mains. Jamais elle n'oublierait l'expression de désespoir dans les yeux de Rouyou qui semblaient lui dire : « Aide-moi ! Aide-moi, je t'en supplie ! Pourquoi ne fais-tu rien ? »

Pourtant, Sahti l'avait abandonnée à son destin. Elle avait emporté avec elle la patte de lionne, que sa grand-mère devait chercher partout. Était-ce un châtiment si elle s'était égarée dans le désert ? La peur l'oppressait. Elle était condamnée à une mort certaine, comme on le répétait aux enfants du village dès qu'ils savaient marcher. Par réflexe, elle toucha la bourse accrochée à son cou et pria pour que le fétiche lui vienne en aide. Dans le ciel dont le bleu l'éblouissait déjà, le soleil était monté très vite. Bientôt, il empêcherait de poser un pied sur le sable. Mais où aller ?

Après avoir plusieurs fois tourné sur elle-même et scruté le paysage, elle partit en direction d'un rocher qui s'élevait non loin de là, comme un arbre bizarre. C'était la seule chose qui pût procurer un peu d'ombre. Elle remarqua bientôt qu'elle avait mal évalué la distance. Plus elle avançait, plus son but semblait s'éloigner. Le sable fin ralentissait la marche. Elle avait du mal à soulever ses jambes fatiguées d'avoir tant couru la veille. La soif devenait insupportable. Sahti essaya de produire de la salive mais, quand elle fermait la bouche, une croûte se formait sur ses lèvres et les collait l'une à l'autre.

Quoique à bout de forces, la petite fille finit par atteindre son but. La pierre aux tons rouges et jaunes était toute érodée. Le vent du désert avait creusé le bloc et façonné une sorte de nez. À la surface de la roche, un maillage de minces fissures évoquait des animaux, des dunes ou des nuages. Sahti plaqua son visage contre la paroi qui était d'une fraîcheur étonnante. Peut-être échapperait-elle quand même au désert infini qui menaçait de la dévorer ?

Cet espoir ne dura guère. Elle se mit à trembler en reconsidérant sa situation. La vallée s'ouvrait sur une étendue dépourvue de toute végétation. Il n'y avait ici que des pierres, du sable et le vent. Elle n'arrivait même pas à pleurer, le désespoir la paralysait. Elle s'effondra et s'accroupit dans l'ombre qu'offrait la partie saillante du rocher.

Peu après, un bruit très léger la fit tressaillir. Elle aperçut une souris au pelage gris et jaune, qui se fondait dans la couleur du sol. La bestiole avait de grandes oreilles rondes et regardait l'intruse de ses minuscules yeux noirs. Elle remuait la queue, qui était plus longue que le corps lui-même. Dès que la petite fille esquissa un geste dans sa direction, le rongeur fit un saut extraordinaire, sans pourtant s'enfuir. Sahti ne put s'empêcher de rire et oublia un instant ses malheurs. Quelle drôle de créature ! Du moins n'était-elle plus toute seule.

La souris tendit le museau vers elle et inclina la tête, comme pour réfléchir. Les poils de ses moustaches tremblaient. Sahti eut envie de la caresser, mais quand elle avança le bras, l'animal s'éloigna à grands bonds et disparut. Au même moment, quelque chose bougea sous l'enfant, quelque chose de puissant et néanmoins de doux. Des ondes traversaient le sable, comme s'il prenait vie. Un corps mince, jaune et marron, strié d'anneaux gris s'en dégageait.

Sahti perçut un sifflement tout proche qui lui glaça les sangs. Elle allait se relever, mais il était déjà trop tard. Son regard rencontra deux yeux fendus à la verticale. La tête du serpent se projeta en avant et les crochets lui pénétrèrent dans la cuisse.

La chasse avait été bonne. Les soldats étaient impatients de goûter au gibier qu'ils avaient abattu. Le général Ipi, qui avait tenu à mener l'expédition, semblait satisfait. Ils étaient partis à l'aube pour profiter de la fraîcheur du matin et avaient tué nombre de gazelles et d'antilopes, non avec des flèches et des lances, mais au moyen de pièges. Ils rapportaient aussi quelques bouquetins, dont la chair était prisée des deux côtés de la première cataracte et dont les cornes torsadées constituaient des trophées précieux.

Seul Namiz, qui avait pris part à la chasse pour flatter le général, ne partageait guère cette fièvre. Il avait d'autres préoccupations. Depuis qu'il avait comploté avec les autochtones, il croyait à nouveau au succès de l'expédition. Grâce à son talent de négociateur, environ huit douzaines de Kouchites avaient accepté de se rendre à la mine. Il avait convenu avec Golo qu'une compagnie de soldats menés par le commandant de la citadelle les accompagnerait, à la fois pour les protéger et pour les surveiller. Cela n'arrangeait pas tout, car les mines étaient parfois plus pauvres en or qu'on ne croyait, mais il espérait satisfaire les exigences du Pharaon. C'est pourquoi il avait hâte de retourner à Sarras pour contrôler ce qui s'y passait.

La chaleur força les hommes à s'arrêter un moment. Ils buvaient sans cesse, mais la soif ne les quittait pas. La brise matinale était retombée depuis longtemps. Il régnait un silence absolu. Tous les habitants du désert – lézards, serpents et insectes – se cachaient. On n'entendait plus un cri d'oiseau, comme si la nature s'était arrêtée de respirer. Le premier à apercevoir le danger fut Antef, l'aide de camp du général.

— Regardez ! s'écria-t-il. Là-bas, un énorme mur !

Namiz se redressa. Soudain, il sentit le vent sec lui brûler les narines. Tout se déroulait comme le vieux Bédouin l'avait prédit. Au sud, le ciel était jaune comme de la pisse d'âne ; ailleurs, il n'était plus que bleu pâle.

— Le sable arrive !

Il parvint à se mettre debout.

— Vite ! s'exclama-t-il. Rentrons à la forteresse pendant qu'il est encore temps !

— Pourquoi tant d'énervement ?

Le général ne broncha pas. Il était ravi d'avoir une nouvelle occasion de se moquer de l'étranger.

— Il en faut plus pour impressionner l'armée du grand Pharaon ! déclara-t-il avec fierté.

— Ce n'est pas du vent, insista Namiz. C'est une

tempête qui se prépare. Nous devons rentrer tout de suite. Je sais de quoi je parle. Les gens du pays m'ont mis en garde.

L'inquiétude gagna les soldats. Tous se relevèrent et regardèrent vers le sud. Ipi finit par donner l'ordre de se remettre en marche. Le vent se renforçait de seconde en seconde. Des bosses se formaient sur le sable. Les buissons d'épines claquaient contre le sol. Des tourbillons de couleur brune traversaient l'espace. Les petits ânes, qui avaient jusqu'alors supporté sans broncher les obstacles du difficile itinéraire de chasse, regimbaient. Les soldats aussi se seraient volontiers arrêtés. Des grains de sable leur piquaient le visage et le cou. Leurs yeux brûlaient, leurs lèvres se gerçaient. La troupe ralentit. Enfin, elle s'immobilisa.

— Nous devons faire halte, constata Ipi en luttant contre le vacarme. Restons ici. De toute façon, nous ne pouvons plus avancer.

— Tu veux nous enterrer vivants ? protesta Namiz.

Comme les soldats, il avait enveloppé sa tête, mais cela ne servait pas à grand-chose. Le vent leur cinglait le visage.

— Allons au moins là-bas, suggéra-t-il. Le grand rocher nous épargnera le pire.

Il fut surpris que le général ne s'y opposât pas. Peut-être était-ce seulement parce qu'une partie de la troupe n'avait pas attendu son ordre. Le ciel se confondait depuis longtemps avec la terre. Le désert engloutissait hommes et bêtes. La pierre leur offrit un abri. Les soldats libérèrent les ânes de leurs fardeaux et tous se pressèrent les uns contre les autres.

— Il y a quelque chose de mou ! s'écria l'aide de camp qui creusa aussitôt. Sans doute un cadavre...

— Qu'est-ce que cela peut faire ? hurla Ipi. Ferme la bouche, baisse la tête et débrouille-toi pour en sortir sain et sauf.

Malgré l'injonction de son supérieur, Antef continua de dégager le sable à mains nues.

— Un enfant !

Il colla son oreille à la maigre poitrine recouverte de sable.

— Une petite fille ! Elle respire encore !

Le visage de Rouyou avait une teinte jaunâtre qui ne promettait rien de bon. Tout son corps était brûlant. Tounbée, qui secondait la Daya au chevet de la malade, lui posait sans cesse des chiffons humides sur le front, mais rien n'y faisait.

Je crains que les choses ne se gâtent, pensa-t-elle d'un air soucieux. *Cette odeur ne me dit rien qui vaille. Il faudrait quand même qu'elle urine.*

— Bois ! l'exhorta-t-elle. Sinon, tu vas te dessécher.

— Non, pas d'eau, murmura Rouyou. Je n'ai pas soif.

Ses jambes, liées l'une à l'autre, furent prises d'un faible tremblement. La Daya l'avait recousue avec du boyau de bœuf et une épine d'acacia. Elle n'avait laissé qu'une ouverture de la taille d'un grain de millet, à peine. C'est pourquoi Rouyou devait rester allongée, sans bouger, pendant des semaines. Si elle se levait trop tôt, tout pouvait échouer. Dans certains cas, il fallait répéter deux ou trois fois l'opération. À chaque intervention, les souffrances devenaient plus insupportables.

— Je sais, petite, personne ne veut boire au début, parce que cela fait très mal d'uriner. Crois-tu que je ne m'en souvienne pas ? On n'oublie jamais ce moment-là. Cela brûle comme le feu. On craint de ne pas survivre. Mais n'aie pas peur ! Sois raisonnable. Il n'y a rien à faire, il faut que l'eau rentre et sorte de ton corps si tu ne veux pas mourir.

Tounbée s'efforçait, non sans mal, de parler avec entrain.

— Attends, poursuivit-elle, je vais t'aider. Ce sera plus facile à deux, tu vas voir. Je vais te soulever un peu et glisser le pot.

— Laisse-la en paix !

La Daya revenait avec deux récipients en terre. Elle s'assit au bord du lit, redressa avec précaution le buste de Rouyou et lui présenta une fine coupelle.

— C'est du thé de tamaris séché, n'est-ce pas ? demanda l'assistante. Pour calmer l'inflammation, j'ai raison ?

Bien que très faible, Rouyou avait détourné la tête et refusait le breuvage. À la plus grande surprise de Tounbée, la sorcière n'insista pas et prit le second pot, qui était un peu plus grand.

— Et là, qu'y a-t-il ?

Rien n'arrêtait l'assistante.

— Ah, bien sûr ! continua-t-elle. De la pommade de cumin... Tu ne veux pas rajouter quelques gouttes d'huile de ricin ? Parfois, c'est miraculeux !

Sans dire un mot, la grand-mère avait soulevé la chemise de la jeune fille et lui avait glissé une main entre les cuisses. Avant même qu'elle n'ait étalé sur la plaie la crème vert-de-gris, l'adolescente se contracta. Elle se replia sur elle-même et se mit à hurler comme si on voulait la tuer. La vieille femme la reposa en haussant les épaules. On n'entendit plus qu'un gémissement.

— Elle saigne encore ! commenta Tounbée, à qui

la grande tache sombre sur le matelas n'avait pas échappé. Et beaucoup, en plus ! Peut-être n'aurions-nous pas dû la transporter chez toi.

La tradition voulait que les jeunes filles restent sept jours dans la cabane du scorpion, jusqu'à ce que le pouvoir de celui-ci diminue et que son dard ne puisse plus les empoisonner. L'assistante prit un ton de reproche.

— C'est toi qui as voulu la ramener dès la première nuit...

— Ne vois-tu pas que j'avais raison ?

La Daya avait retrouvé l'usage de la parole.

— Je sais ce que je fais, déclara-t-elle. Si cela ne te plaît pas, tu n'as qu'à rentrer chez toi ! Oui, c'est cela, va-t'en ! Je ne te supporte plus.

Tounbée qui, d'habitude, obéissait toujours à la sorcière, ne broncha pas.

— C'est à cause de Sahti, finit-elle par remarquer tout bas sans quitter la lionne blanche des yeux. Voilà ce qui te pèse.

La vieille garda le silence, comme s'il ne valait pas la peine de répondre. Mais elle jeta un regard menaçant en direction de la jeune femme.

— Tu as peur de perdre encore un des tiens, osa pourtant ajouter cette dernière. Tu crains que le passé ne se répète.

— Quelle stupidité ! rétorqua l'autre, en remuant la pommade de cumin avec tant de violence qu'elle en projeta sur le sol. Sahti va revenir. Elle doit se cacher quelque part.

— Et sinon ?

Tounbée ne s'en laissait pas conter.

— Et si elle ne rentrait jamais au village ? poursuivit-elle. Si elle s'était perdue ? Imagine qu'elle ait été arrêtée par les soldats...

— Assez ! Tais-toi !

La Daya s'était levée d'un bond. L'assistante continua malgré tout.

— Sahti nous a peut-être appelées jusqu'à en perdre haleine. Je n'arrive pas à chasser cette pensée de mon esprit.

Tounbée enfouit son visage dans ses mains.

— Je sais ce que tu ressens, comme si elle était de ma famille.

— Comment pourrais-tu ? s'insurgea la grand-mère. Tu n'as pas de fille !

La Daya poussa son assistante vers la porte de manière brusque. Elle était épuisée, moins par la fatigue que par de lancinantes questions. La veille, l'oracle des os l'avait abandonnée pour la première fois. Elle n'avait vu qu'un vide infini. Elle ne s'expliquait pas la disparition de la griffe de lionne. La colère qu'elle avait d'abord éprouvée contre Sahti avait cédé la place à une folle inquiétude.

La sorcière était impuissante, condamnée à attendre, à espérer, à prier. Elle avait perdu ses pouvoirs magiques. Elle se retrouvait livrée à elle-même pour tenter de sauver son autre petite-fille. Elle n'était plus qu'une vieille femme exténuée. Les dieux avaient de toute évidence décidé de la mettre à l'épreuve. Elle ne comprenait pas pourquoi, et elle ne le pourrait sans doute jamais. Tout avait commencé par la prédiction affreuse qu'elle avait reçue dans la nuit du croissant de lune.

— Sahti ?

Rouyou s'agitait dans ses rêves fébriles, comme si elle avait perçu les pensées de sa grand-mère.

— Sahti ? Où es-tu ? M'entends-tu ?

Elle se cabra sur sa couche.

— Chut ! Ce n'est rien ! Tout va bien.

La Daya s'approcha.

— Sahti sera bientôt de retour. Tu dois boire et dormir pour recouvrer la santé.

La tête de Rouyou retomba sur le côté. Ses joues n'étaient plus rebondies. Son menton, encore si rond quelques jours auparavant, semblait désormais presque pointu. À cela s'ajoutait la puanteur qui emplissait toute la pièce et que l'encens ne parvenait pas à chasser. On aurait dit que la vie refluait du corps de cette enfant qui aimait autrefois plaisanter, rire et chanter.

La situation était grave. La vieille savait ce qu'il en était quoiqu'elle eût voulu jusqu'à présent se convaincre du contraire. Elle n'avait pas besoin des commentaires de Tounbée pour s'en rendre compte. Ses sens lui disaient qu'il aurait fallu un miracle pour que la fièvre retombe.

« On ne peut échapper à la mort – ni à la sienne propre, ni à celle de ses proches. » Combien de fois n'avait-elle pas répété cela pour consoler d'autres personnes. Voilà qu'elle était à nouveau confrontée à cette affreuse vérité. Elle retrouvait la peur viscérale qui l'avait paralysée au chevet de Nouya et qui lui coupait le souffle. D'abord sa propre fille, puis la fille de celle-ci. Quelle cruelle similitude !

Le maître de la vie et de la mort est fier et sévère. Il ne se laisse pas souvent fléchir par les plaintes et les lamentations. Mais ce fut plus fort qu'elle : elle se jeta sur le sol et l'implora. Ses lèvres prononçaient une prière muette :

— Non, Apédémak, pas elle ! Prends-moi, si tu veux. Je n'ai que trop vécu !

Les gémissements de la petite s'accrurent.

— Tu ne dois pas partir, Rouyou. M'entends-tu ? suppliait la Daya. Pas toi, après tous les autres ! Tu ne peux pas mourir et me laisser seule !

Rouyou la regardait de ses yeux brillant de fièvre, mais elle ne la voyait pas.

— Sahti ? Sahti ?

Elle se tut. Désespérée, la vieille se pencha sur le lit et prit le corps brûlant de la pauvre enfant dans ses bras.

Après le banquet où ils s'étaient repus d'antilopes et de gazelles, quelques soldats enivrés par la bière de figue descendirent au village voisin. La plupart des Kouchites étaient partis à la mine, sur l'ordre de Golo. Les militaires n'avaient donc rien à craindre. Il ne restait que quelques vieillards et quelques adolescents qui les avaient regardés, bouche bée, rentrer de la chasse couverts d'une épaisse couche de sable.

Les habitations se trouvaient en hauteur, à l'abri des crues du Nil. Les terres inondables servaient à l'agriculture et le reste des rives était couvert de prairies qui s'étendaient jusqu'au seuil du désert. Seules quelques bêtes y paissaient encore. La majeure partie des bovins mugissait désormais dans les étables provisoires du fort d'Abou Rési, attendant le départ pour Ouaset où ils iraient agrandir les énormes troupeaux du Pharaon.

Les huttes étaient, comme chez eux, construites en briques de limon séché, mais c'était néanmoins pour les soldats un monde étranger. Une loi séculaire stipulait qu'aucun Kouchite n'avait le droit de pénétrer dans la citadelle sous peine de mort. Par ailleurs, le général Ipi avait formellement défendu à ses hommes tout contact avec la population locale. L'attrait de l'interdit s'alliait donc aux mystères de l'inconnu, d'autant que la longue traversée du désert avait échauffé leur imagination.

Une fois entrés dans le village, ils déchantèrent. La lumière de leurs torches vacillait sous l'effet du vent nocturne et projetait des ombres bizarres. Les rues étaient désertes et les maisons plongées dans l'obscurité. Aucun bruit ne provenait des arrière-cours. Cela faillit gâcher leur bonne humeur. Ils s'arrêtèrent.

— Mais où sont-elles, ces chiennes de Kouchites ?

Le chef de la meute était un sous-officier au corps sec et aux yeux brillants. Tous les hommes de la compagnie l'appelaient le chacal, parce qu'il aimait tuer en bande. Il fit demi-tour et repartit.

— Avons-nous vaincu la tempête et le sable pour nous retrouver devant porte close ? Allez, sortez, mes petites colombes ! Vous allez voir ce que c'est, des hommes !

— Il paraît qu'elles sont si étroites qu'on a l'impression d'être dans les bras d'Hathor, se réjouissait un petit gros qui le suivait en haletant.

— On raconte même qu'une seule d'entre elles vaut tout un harem de Kemet !

— Tu vas voir si ce n'est pas vrai !

Des rires gras retentirent. Leur impatience et leur désir augmentaient à chaque pas. Ils donnèrent des coups de pied à un chat qui ne s'était pas enfui assez vite et brisèrent les côtes du malheureux animal. Ils tranchèrent la gorge à deux pauvres biquettes attachées au mur d'une maison. Le sang chaud amplifia leur ivresse. Seuls quelques-uns revenaient à eux petit à petit.

— Le général nous fera pendre si l'on nous prend

sur le fait, murmura un soldat chétif qui était pour la première fois loin de chez lui et qui le regrettait déjà.

Il titubait, à la fois sous l'effet de l'alcool et de la peur. Son acolyte, à peine plus âgé, ne se sentait guère mieux et opinait de la tête d'un air oppressé.

— Mon grand frère m'a raconté ce qui attend les soldats qui ne respectent pas ses ordres. Dis, tu ne crois pas que nous ferions mieux de rentrer sur le champ ?

— Allez, gamins ! s'écria un troisième pour les encourager. Une fois que vous aurez goûté aux plaisirs que ces femmes vous réservent, vous oublierez vos scrupules, je vous le promets !

Cela suffit à briser la résistance des jeunes gens. Ils n'avaient de toute façon pas le choix. Ils avaient couru le risque et devraient aller jusqu'au bout.

Le chacal s'arrêta tout à coup. La maison devant lui était plus grande que les autres. L'aile latérale, presque plus importante que le bâtiment principal, semblait de construction récente.

— Vous n'entendez rien ? demanda-t-il. De petits oiseaux gazouillent à l'intérieur ! Vous savez ce que nous allons faire ? Si elles ne veulent pas venir à nous, nous allons les aider !

Il tint sa torche contre la porte. Le feu prit très vite tant le bois était sec.

— Allez, mes petites colombes ! hurla-t-il. Sortez, ou bien vous allez rôtir vivantes !

La porte s'ouvrit de façon hésitante. Deux femmes et une petite fille se protégeaient le visage avec des foulards.

— Eh bien voilà ! s'exclama-t-il avec un sourire satisfait. Pourquoi avoir attendu si longtemps ?

Il poussa l'enfant sur le côté.

— Allez, dégage, petite ! lui ordonna-t-il sur un ton presque gentil. Ta mère n'a pas besoin de toi ici.

— Va-t'en, Minnée, cours ! s'écria Héoua, folle de peur, en ôtant son voile.

Elle avait un visage grossier, couvert de cicatrices, et les yeux écarquillés par l'angoisse. Déçu, le militaire se détourna d'elle.

— Cours chez la Daya aussi vite que tu peux et dis-lui que des soldats…

Un coup dans l'estomac l'obligea à se taire. Elle s'effondra en poussant un cri. Sa fille disparut sans tarder dans l'obscurité.

— Et si elle allait chercher de l'aide ? s'inquiéta l'un des jeunes soldats. Si elle revenait avec quelques hommes forts et que nous étions en minorité ?

— Ils n'ont qu'à venir ! se vanta le chef de la bande. Peut-être ramèneront-ils avec eux quelques tantes ou quelques sœurs un peu plus jolies que celle-là. Ce ne serait pas mal !

Le chacal arracha le foulard de la seconde femme et poussa un petit sifflement admiratif. Il tourna la tête vers les autres qui, hormis celui qui avait éteint le feu en jetant un seau d'eau, n'avaient pas l'air de vouloir bouger.

— Qu'est-ce que vous attendez ? Vous ne voyez pas comment on fait ? Un peu de fumée et aussitôt les souris sortent de leur trou. Allez chercher des proies ! Prenez la laide, tenez, je vous la laisse !

Il donna un coup de pied dans les côtes d'Héoua, qui gisait toujours repliée sur elle-même, immobile.

— Parce que cette petite colombe-là, c'est tout à fait mon genre !

Il saisit sans ménagement Nabou par le bras et la

tira à lui. La lumière de sa torche éclaira une tête de serpent tatouée sur le bras droit de sa victime. Le sous-officier hésita un instant. La jeune femme lui cracha juste entre les sourcils.

— Ah ! ce n'est donc pas une colombe, mais un cobra !

Il s'essuya du revers de la main. Ses yeux brillaient de désir.

— Cela ne me gêne pas. Au contraire, cela augmente encore mon plaisir ! Tu veux que je t'attache, hein ? Si tu crois que je vais refuser !

Il la poussa à l'intérieur et la bloqua contre un mur. La poitrine de la jeune femme se soulevait et se dégonflait de manière saccadée. Il faisait trop sombre pour distinguer les traits de son visage, mais il devinait sous la mince étoffe de sa robe les charmes de son corps. Le chacal lui plaqua d'abord une main entre les cuisses, puis il changea d'avis.

— Par terre ! ordonna-t-il. Ou préfères-tu sentir le froid de mon couteau ?

À sa plus grande satisfaction, elle obéit tout de suite. Elle semblait si consentante qu'il se demanda si elle comprenait sa langue. Il se laissa tomber sur elle, lui arracha ses vêtements, lui toucha avec concupiscence les hanches et la poitrine. Elle gisait comme une morte, sans le moindre mouvement.

Les mains du soldat pétrissaient le corps de la malheureuse. Pourtant, son excitation restait sans effet. Contre toute habitude, l'organe de son désir ne réagissait pas. On aurait dit qu'il n'avait jamais connu de femme. Les jambes de l'inconnue étaient grandes ouvertes, mais il ne pouvait pas la pénétrer.

— Bouge ! ordonna le chacal dans un râle.

Il suait de plus en plus, fou de rage contre la Kouchite et honteux de sa propre impuissance.

— Remue-toi ! Crois-tu que j'aie envie d'une momie ?

Pas la moindre réaction.

— Tu es sourde ?

Il la frappa au visage de toute sa force, deux fois coup sur coup, si vite qu'elle n'eut pas le temps de se protéger. La tête de la jeune femme cogna contre le sol, mais pas un son ne sortit de sa bouche, pas même un gémissement. Ce silence le fâcha encore plus.

— Il te faut une vraie raclée pour te mettre en train ?

Peu lui importait qu'elle comprenne ou non ce qu'il disait. Elle saisirait bien le langage de ses poings. Il fallait qu'il la possède, sur-le-champ, même s'il devait la rouer de coups.

Une douleur brutale l'arrêta. Il n'avait eu aussi mal qu'une seule fois dans sa vie, un jour où une piqûre de scorpion avait failli le tuer.

— Sale sorcière !

Il avait l'impression que sa chair prenait feu. Il se renversa sur le côté et prit son sexe entre ses mains, mais cela n'y changea rien.

— Qu'as-tu fait ? Parle !

Il était trop accaparé par sa souffrance pour remarquer ce qui se passait au-dessus de lui. Une main se posa sur son épaule et l'obligea à se retourner. Sous l'effet de la surprise, il en oublia un instant la brûlure qui le pliait en deux. La voix du général retentit comme le tonnerre.

— Voilà tout ce que tu as appris à l'armée ? C'est ce que tu appelles m'obéir ?

— Je voulais juste...

— Ligotez-le !

Quelques hommes le redressèrent, mais il se tordait de douleur et tenait à peine debout.

— Elle m'a ensorcelé, cette maudite femme serpent ! s'écria-t-il rempli d'épouvante. Elle m'a injecté un poison, une potion magique, que sais-je ? C'est sa faute si je...

— Faites-le taire !

Deux coups de poing lui brisèrent la mâchoire. Il tomba droit devant lui, face contre terre.

— Attachez-le sur l'âne. Gare à vous si nous le perdons en chemin !

La voix d'Ipi était glaciale.

— Puis occupez-vous de ses complices. Pour tout homme qui parviendra à s'enfuir, l'un d'entre vous mourra. Est-ce clair ?

— À tes ordres, général !

Tous sortirent en courant. Seuls deux soldats restèrent indécis sur le pas de la porte.

— Et la femme, général ? demanda l'un d'eux. Qu'en faisons-nous ?

Nabou était accroupie contre le mur et ne bronchait pas.

— Pouvons-nous nous permettre d'avoir des témoins ? lança le chef.

— Non, général, répondit aussitôt le second.

Dehors, des voix se firent entendre. Tous ceux qui étaient restés au village semblaient avoir accouru. C'était justement ce que Ipi aurait voulu éviter. Il n'hésita pas un instant. Il fallait déguerpir. Il serait toujours temps de s'occuper du reste plus tard.

— Enchaînez-la ! ordonna-t-il. Nous l'emmenons !

— À la forteresse ? s'exclama un soldat.

Son visage trahissait la stupéfaction.

— À la forteresse, confirma son supérieur, comme s'il s'agissait d'une consigne de routine. Qu'attendez-vous ?

Quand ils essayèrent de la relever, Nabou se défendit de toutes ses forces. Elle mordit la main de l'un et donna à l'autre un coup de pied violent dans le bas-ventre. Ce dernier ne pouvait presque plus respirer, mais à eux deux, ils parvinrent quand même à la maîtriser. Ils la bâillonnèrent, lui attachèrent les mains dans le dos et lui nouèrent les chevilles. La pauvre pouvait à peine marcher. Elle était à moitié nue, son œil droit avait gonflé et plusieurs plaies saignaient. Pourtant, elle se tenait droite et fière comme une reine.

— Elle n'a pas l'air commode, remarqua tout haut le général.

Il considérait la jeune femme avec un certain dégoût, qui s'accrut encore quand il aperçut les tatouages sur ses bras.

— Ne la quittez pas des yeux, prévint-il ses subalternes, ou vous le regretterez. Il faut se méfier des animaux sauvages. Allons-y !

Quand ils sortirent pour rejoindre les soldats déjà rassemblés devant la maison, les vieux, les enfants et les femmes reculèrent. Héoua, qui s'était relevée de sa feinte syncope, étouffa un petit cri en voyant dans quel état se trouvait Nabou. Les traits de son visage traduisirent même une sorte de pitié.

Une seule personne leur barra le passage. C'était une vieille au nez épaté et aux cheveux blancs, qui haletait comme si elle venait de courir. Elle fixait la prisonnière et semblait trouver une joie maligne à ce spectacle. Soudain, elle changea d'attitude. Elle cracha en direction de la troupe, sortit de sa robe une longue chaîne à laquelle étaient fixés des cauris et commença à tracer dans l'air des dessins mystérieux. Elle entama un chant monocorde qui s'intensifia et se fit menaçant.

Les soldats échangèrent des regards inquiets. La plupart d'entre eux se seraient volontiers enfuis, mais aucun n'osa le faire. Même Ipi semblait fasciné et restait immobile. La vieille s'arrêta de manière aussi brutale qu'elle avait commencé. Elle baissa les bras et la tête, se recueillant en silence au beau milieu du chemin. Avant que le général n'ait décidé quel sort il lui réservait, la sorcière s'était évanouie dans la nuit.

À la demande de Namiz, on avait couché l'enfant trouvée en plein désert dans l'une des chambres de la forteresse. Il s'agissait à vrai dire d'une cellule assez mal entretenue. Quand il allait la voir, il trouvait presque toujours au chevet de la petite fille l'aide de camp du général. La première fois, le militaire avait semblé gêné. Néanmoins, une sorte de confiance s'était vite établie entre les deux hommes.

Ce soir-là, des rires et des éclats de voix montaient du réfectoire. Le vent tiède de la nuit transportait une odeur de viande rôtie. Tous étaient repus et la plupart déjà saouls. Le général était parti depuis un bon moment avec quelques hommes qui tenaient encore à peu près debout. Namiz aurait aimé savoir où il était allé, mais Ipi s'était bien gardé de le lui dire. Il y avait de toute façon plus important pour l'homme de Kepni. La chasse et le banquet étaient terminés. Dès le lever du soleil, il pourrait retourner à ses propres occupations.

— La plaie guérit plus vite que je n'aurais pensé, confia Antef à voix basse. Elle commence même à dégonfler. Mais la petite va sans doute garder une cicatrice.

— A-t-elle déjà dit quelque chose ? se renseigna le bijoutier.

— Non, mais elle ne crie plus et elle réagit quand on la touche.

— Et que porte-t-elle au cou ? l'interrogea encore l'émissaire du Pharaon.

— Une amulette, supposa le militaire. Qui sait quelles sont les mœurs des Kouchites ?

L'étranger regardait le visage de l'enfant avec une certaine tendresse. Les yeux de la petite bougeaient en dessous de ses paupières closes.

— Tu lui as sauvé la vie, constata-t-il. Un bon esprit devait la protéger pour qu'elle survive à une piqûre de serpent et une tempête de sable. Mais, sans ton intervention, et surtout sans ta potion, elle aurait été dévorée par les chacals avant de reprendre connaissance.

Il fit une courte pause.

— Le général sait-il à quoi tu passes ton temps ? se risqua-t-il à demander.

— Tant que je fais mon travail, répondit l'aide de camp, il n'y verra rien de mal. Quant à l'antidote, il n'est pas de moi, mais de Tama.

Antef écarta avec précaution quelques cheveux qui collaient sur le front de la petite fille.

— C'est elle, continua-t-il, qui a insisté pour que j'emporte ce remède contre le venin de vipère. Elle ne m'aurait pas laissé partir sans cela.

— Tu parles de ta femme ?

— Et quelle femme ! s'exclama-t-il. Elle a dépensé une fortune pour cette potion. Je lui en ai fait le reproche, mais elle s'en moquait. De toute façon, elle fait toujours ce qu'elle veut, et elle m'a dit qu'elle voulait que je rentre sain et sauf, parce qu'elle a besoin de moi.

— C'est bon signe, commenta l'autre en souriant. Je suppose que vous n'avez pas d'enfants.

— Tama a déjà été trois fois enceinte, mais à chaque fois...

Il se tut. Namiz vit son visage s'attrister dans la lueur de la lampe à huile.

— ... à chaque fois, j'ai cru qu'elle n'y survivrait pas. Par bonheur, je me trompais. Et toi, as-tu des enfants ?

— Non, répondit aussitôt l'étranger.

Son passé ne regardait personne. Pourquoi raconter ce qui était si vieux ? À Kepni, il avait vu venir au monde un petit garçon aux yeux verts, avec des boucles de cheveux noirs dès la naissance. Jamais, sans doute, il ne reverrait ni l'enfant ni sa mère. S'il était rentré, il aurait mis leurs vies en péril. Dans ses plus beaux rêves, il continuait de tenir dans ses bras cette belle jeune femme ; dans ses cauchemars, il la voyait attendre avec désespoir le retour de son mari. La forteresse n'était pas un lieu propice pour replonger dans ces souvenirs, qui le faisaient encore souffrir. Il devait garder toutes ses forces pour les jours suivants. Il aurait dû dormir depuis longtemps, mais il aimait s'entretenir avec cet homme d'ordinaire silencieux, dont il était si facile de deviner les pensées.

— Tama se réjouirait sans doute d'avoir une petite fille, suggéra-t-il. Elle la traiterait comme son propre enfant... même si celle-ci avait la peau noire, qu'elle venait du Sud et qu'elle ne parlait pas sa langue. Est-ce la raison pour laquelle tu viens si souvent ici ?

Antef évita de regarder le bijoutier et se tut pendant quelques instants. On entendait la respiration régulière de la petite.

— Ne dit-on pas que les enfants apprennent très vite ? finit-il par avouer.

— Et si quelqu'un la cherche ? Elle n'est pas tombée du ciel ! Elle doit bien avoir un père et une mère qui seront accablés s'ils ne la retrouvent pas.

— Non, je ne crois pas.

— Comment peux-tu penser cela ?

— Parce que, sinon, nous ne l'aurions pas trouvée en plein désert. Quand on aime son enfant, on la protège. On ne la laisse pas courir vers une mort certaine !

Sa décision était prise et le ton résolu sur lequel il prononça ces paroles inspira le respect à Namiz, qui se demanda comment l'aide de camp comptait s'y prendre. Il avait du mal à croire que l'implacable général emmènerait de son plein gré à Ouaset une enfant du pays de l'or.

— Ce n'est pas une mince affaire, conclut-il en s'apprêtant à partir.

— Hathor et Isis ne manqueront pas de m'aider, répliqua Antef. Tama répète sans cesse que l'une vient au secours des amoureux et que l'autre veille au bonheur des enfants. Or, je n'ai encore jamais eu à douter de la véracité des propos de mon épouse.

Les ombres s'allongeaient. L'air s'était déjà rafraîchi. Le commandant était en train d'expliquer à deux soldats, plus ou moins capables de lire, comment graver sur des tablettes la quantité d'or mis au jour. Soudain, il remarqua que toute la mine s'était immobilisée. Les meules s'étaient tues, on n'entendait plus la roche broyée glisser sur la surface polie de la pierre et tomber dans l'eau. Dans ce silence, l'insupportable clarté d'un ciel sans nuages semblait avoir paralysé tous les êtres vivants.

Comme d'habitude, Améni se tourna d'abord vers le futur chef de la tribu. Golo avait revêtu sa ceinture de guerrier, tenait sa lance dans une main et le regardait d'un air haineux, comme prêt à combattre. D'autres se tenaient derrière lui. Leurs visages étaient couverts d'ocre et faisaient penser à des masques. Le militaire sentit sa gorge se nouer : c'était la couleur de la guerre, le signe d'une attaque imminente. Golo leva son arme, tendit le bras en arrière et projeta de toutes ses forces la lance qui vint se planter tout contre le pied gauche du commandant.

— Il y a un malentendu, murmura ce dernier qui n'osait pas baisser le regard et ne savait que faire. C'est une erreur.

Il n'obtint aucune réponse, ce qui accrut son appréhension. Les deux futurs comptables, qui n'avaient pas d'armes non plus, avaient d'instinct fait un pas en arrière. Le gros de la troupe était allé ramasser du petit bois. Namiz était parti avec les autres soldats inspecter l'embarcadère. Même s'ils revenaient, les Égyptiens étaient inférieurs en nombre. Le commandant fit une deuxième tentative. Il gardait un faible espoir, car cela faisait des années qu'il pratiquait ces populations.

— Nous devons discuter, proposa-t-il comme en le suppliant. Que s'est-il passé ? Nous pouvons trouver une solution.

Les Kouchites se mirent à parler tous en même temps, produisant avec les lèvres et la langue un bruit confus qui faisait penser à des coups de fouet.

Ils balançaient le corps en rythme. Leur groupe était traversé d'une ondulation rapide qui donnait le vertige. Ils remuaient les hanches en avançant par à-coups leurs parties génitales et en faisant tourner leur bassin.

Les soldats rentrèrent à ce moment, mais aucun ne s'apprêtait à venir en aide à son supérieur. Tous regardaient ce spectacle avec stupéfaction. Le son qui sortait de la bouche des autochtones s'était mu en un dangereux sifflement. Les rotations étranges de leurs corps faisaient penser à une danse de serpent. Le commandant eut l'esprit absent pendant un bref instant et sursauta lorsqu'une deuxième lance cloua au sol la pointe de sa sandale droite.

— Namiz ! hurla-t-il. Ramène tes hommes tout de suite !

Les guerriers au visage ocre continuaient de se mouvoir et prononcèrent un mot qu'il n'identifia pas sur-le-champ, un son qui devint vite insupportable. Soudain, le militaire comprit ce qu'ils disaient. « Femmes », voilà ce qu'ils criaient dans leur langue. « Femmes, femmes, femmes », répétaient-ils sans cesse. L'angoisse paralysa l'officier.

Sans doute avaient-ils eu vent de ce qui s'était passé au village. Pénétrer dans la hutte d'un Kouchite était un grave délit ; s'en prendre à ses femmes était une faute qui ne pouvait être expiée que par le sang. Que leur importait que le commandant de la forteresse n'y fût pour rien et qu'il ait condamné le crime ? C'était lui qu'ils avaient en face d'eux et qui représentait l'ennemi. Le moindre geste était risqué. Pourtant, l'Égyptien tourna un peu la tête.

— Qu'attendez-vous ? demanda-t-il d'une voix fluette à ses soldats qui restaient figés et n'avaient pas encore saisi leurs lances, leurs javelots et leurs arcs. Ne voyez-vous pas ce qui se passe ? Ils sont pris de folie ! Ils nous attaquent ! Ils vont nous tuer, moi, vous, nous tous...

Les soldats sortirent enfin de leur stupeur et coururent dans tous les sens, mais trop tard pour leur chef. Car une troisième lance vint lui transpercer la gorge.

TROISIÈME HEURE

Les griffes de Pakhet

Bien qu'elle ne comprît rien à ce qu'il disait, Sahti appréciait l'homme dont les grandes mains la touchaient avec précaution. Elle lui était reconnaissante de tout ce qu'il faisait. Il s'occupait avec soin de sa blessure. Il lui apportait de l'eau, de la soupe, puis des repas plus consistants. Il la soulevait quand il fallait et glissait un pot sous elle.

Déjà, elle se sentait mieux et se demandait où elle était. Elle avait étudié de manière approfondie la pièce étroite dans laquelle on l'avait enfermée. Une couche d'argile recouvrait les murs pleins d'aspérités. Quelqu'un y avait gravé des images et des signes mystérieux qu'elle ne pouvait déchiffrer. Le petit carré au-dessus de sa tête laissait passer en alternance l'intense lumière du soleil et la pâle lueur de la lune.

À l'endroit de la piqûre de serpent, on avait fait une entaille. Parfois, la convalescente soulevait le bandage pour toucher la croûte. Parfois aussi, elle avait l'impression de sentir encore le venin. Alors, elle n'éprouvait pas seulement une brûlure autour de la plaie, mais son corps tout entier lui faisait mal. La peur du désert l'assaillait comme un cauchemar. Elle appelait Rouyou et la Daya. Elle pleurait, elle les suppliait de venir la chercher, mais elle se rendait bientôt compte que c'était impossible. Sa sœur devait encore être convalescente et sa grand-mère ne pouvait pas savoir où sa petite-fille se trouvait. En outre, Sahti craignait que l'aïeule ne lui en voulût d'avoir dérobé la patte de lionne.

Épuisée par les souffrances et les larmes, l'enfant dormait beaucoup et ne se réveillait en général qu'en entendant, près de son lit, une voix déjà presque familière. Or, ce matin-là, ce n'était pas l'homme aux grandes mains qui lui apporta de l'eau, du pain et de la bouillie de millet. C'était l'étranger aux jambes pâles qui avait discuté avec son père quelque temps auparavant. Quoiqu'elle le reconnût aussitôt, Sahti fut surprise de l'entendre parler sa langue. Il pesait chacun de ses mots, des gouttes de sueur recouvraient son front et il avait l'air tendu, mais le ton de sa voix était calme et amical.

Un silence inquiétant régnait au-dehors. On n'entendait ni les pas rapides ni les cris des soldats. Sahti percevait juste des crépitements qui montaient de la cour. On eût dit que toute la forteresse retenait son souffle. Ce calme oppressant laissait craindre le pire. La petite fille regretta soudain les bruits qui l'avaient effrayée au cours des derniers jours.

L'étranger lui demanda son nom et lui expliqua qu'il s'appelait Namiz, ce dont elle se souvenait, mais qu'elle ne lui dit pas. Il semblait avide de mieux connaître les conditions de vie au village. Sahti s'efforça de répondre à ses questions de manière aussi exacte que possible. Elle se montra pourtant moins loquace dès qu'il l'interrogea sur ses parents.

— Mon père s'appelle Golo, répondit-elle avec prudence.

Devait-elle ajouter qu'elle n'habitait pas chez lui et qu'en vérité, elle le connaissait à peine ? Ou le savait-il déjà ?

— Golo, celui qui mène la tribu ? demanda l'adulte, comme s'il n'arrivait pas à croire ce qu'il venait d'entendre.

La gamine, pensa-t-il, n'avait pas besoin d'apprendre que l'ancien chef du village était mort quelques jours auparavant. Elle, de son côté, faillit répondre : « Oui, Golo, l'homme auquel tu as promis des montagnes de sel, pour les fils de ses fils. Mais mon père n'a pas de fils, pas même de sa femme préférée. »

— C'est le mari de Nabou, se contenta-t-elle d'expliquer.

— Nabou ? Qui est-ce ?

Sahti ne répondit pas. On frappa à la porte. Namiz se leva. Il discuta avec plusieurs hommes à voix basse, comme s'il avait peur d'être épié. Lorsqu'il revint, il avait le visage rouge. Il s'assit avec précaution au bord du lit et reprit la conversation là où ils l'avaient interrompue.

— Qui est donc Nabou ? Cela compte beaucoup pour moi.

Elle sentit qu'il disait la vérité. Pourquoi ne pas lui faire plaisir ?

— C'est la femme qu'aime mon père, qu'il aime plus que tout. Il l'a épousée il y a deux étés. Depuis, tout le monde l'appelle « la mariée ».

— « La mariée » ? Pourquoi cela ?

— Parce qu'elle n'a toujours pas d'enfant. Elle ne lui a pas donné de fils. Ni même de fille. Et la Daya dit qu'elle n'en aura jamais.

— La Daya ? Qui est la Daya ?

— La Daya, c'est la Daya, répliqua Sahti désemparée.

N'arrêterait-il jamais de lui poser toutes ces questions ? Plus elle lui donnait de renseignements, plus il en voulait.

— C'est ainsi que tout le monde l'appelle au village.

Elle se tut un instant en cherchant à saisir son regard. Puis elle reprit la parole.

— Puis-je aussi te demander quelque chose ?

— Bien entendu !

Il avait l'air surpris, mais ne baissa pas les yeux.

— Vas-y.

Elle rassembla son courage.

— Suis-je prisonnière ? demanda-t-elle tout bas.

Il mit un certain temps à lui répondre.

— Ce n'est pas tout à fait ce que je dirais, conclut-il un peu embarrassé. Mais comment sais-tu ce que cela veut dire, être prisonnière ?

— C'est la Daya qui me l'a appris.

La petite fille commençait à s'énerver. La prenait-il pour une idiote, juste parce qu'elle était plus jeune que Rouyou ?

— Je suis quand même obligée de rester, non ?

— Eh bien…

Il y avait dans son hésitation quelque chose de mystérieux.

— Je crains que tu n'aies pas le choix, en effet.

Namiz regarda par la fenêtre comme s'il s'attendait à y trouver une solution. Dehors, la voix tranchante d'un homme brisa le silence. Sahti pensa malgré elle à la lame d'un couteau et se recroquevilla dans le lit.

— Et cette Daya, c'est ta mère ?

Elle remarqua qu'il accordait toute son attention à ce qui se passait dans la cour.

— Mais non ! soupira-t-elle, bien sûr que non.

Il ne comprenait décidément rien.

— La Daya est la sorcière du village. Elle déteste Nabou, celle qui possède la force du serpent...

Les yeux de l'adulte se plissèrent tout à coup.

— Répète cela ! lui ordonna-t-il, le souffle coupé.

— Quoi ?

— Ce que tu viens de dire. À propos du serpent.

— Je sais seulement ce que les autres racontent. Et ce qu'affirme la Daya.

Que voulait-il, à la fin ? Elle était troublée. Sa jambe lui faisait à nouveau mal et elle avait envie de rentrer au village. Elle aurait voulu qu'il parte pour se tourner vers le mur et ne plus prononcer un seul mot. Il donnait l'impression de compatir, mais il poursuivit quand même son interrogatoire.

— Rien qu'une dernière chose : cette Nabou, a-t-elle deux serpents tatoués sur les bras ? C'est elle, n'est-ce pas ?

Il la quitta dès qu'elle eut confirmé son soupçon. Une terrible fatigue, presque aussi forte qu'après sa course dans le désert, envahit alors la petite fille qui sombra aussitôt dans un sommeil profond.

Le soleil calcinait la place d'armes dépourvue de la moindre source d'ombre, mais personne n'osait bouger. Dès l'aube, après un maigre repas, le général Ipi avait fait aligner ses hommes sans distinction de titre ou de rang. Depuis lors, ils attendaient en ordre, assoiffés et en nage.

Deux grandes cages en bois, conçues pour le transport du bétail, étaient placées devant eux. Celle de droite contenait les soldats qui étaient descendus au village, enchaînés comme des animaux. Dans l'autre se trouvaient les rebelles kouchites. Entre les deux flamboyait un énorme feu, entouré de blocs de pierre et entretenu par l'aide de camp du général.

Au centre de la cour, deux pieux avaient été plantés dans le sol. Golo était attaché à celui de gauche, le chacal à l'autre. On avait fouetté les deux hommes jusqu'à ce qu'ils perdent connaissance. Puis on les avait fait revenir à eux en les aspergeant d'eau froide et on avait continué à les frapper un bon moment. Depuis, personne ne s'était plus occupé de leurs plaies et de grosses mouches noires s'étaient amassées sur le sang qui séchait. Leurs corps pendaient sans vie, ne tenant plus droit que par les liens qui leur incisaient la peau. Des fagots et des branches de tamaris séchées étaient déposés à leurs pieds.

Un silence de mort planait sur la forteresse. La joie insouciante qui avait suivi la chasse et animé le banquet s'était à jamais évanouie. Debout entre les deux poteaux, Ipi contempla la scène avant de se mettre à parler. À l'exception d'Antef, personne ne l'avait vu depuis trois jours. Maintenant encore, il se donnait du temps avant de prononcer le jugement que tout le monde attendait avec angoisse.

— Cette nuit, Améni a succombé à ses blessures.

Sa voix emplit la place d'armes.

— Il est mort en fidèle serviteur du grand Séqénenrê Taa – vie, santé, force !

Rien ne transpirait de ce que le général pensait en vérité du défunt.

— Abou Rési a besoin d'un nouveau commandant, mais personne n'a le pouvoir de le nommer, sinon Pharaon lui-même. En vertu de mon autorité, je confie cette charge, à titre provisoire, à Hori de Ouaset.

Le jeune officier s'avança et baissa la tête avec modestie, malgré l'honneur étonnant qui lui était rendu.

— Kemet est maîtresse du monde, dit-il selon la formule consacrée, et Pharaon, le roi des rois.

Ipi lui tendit une dague en bronze dont le manche était orné d'ivoire et un bouclier ovale en peau de bœuf, dont la poignée était elle aussi ciselée avec art.

— Montre-t'en digne ! déclara-t-il. Tu dois faire tes preuves en des temps difficiles. Je compte sur toi.

— Ma vie appartient tout entière à la puissante Kemet, répondit le jeune homme comme il se devait. Je servirai son divin souverain jusqu'à la fin de mes jours.

Muni des insignes de sa nouvelle fonction, Hori retourna à sa place.

— Une nuit longue et obscure s'est abattue sur nous, reprit le général sur un ton tranchant. Elle a engendré d'abominables excès. Un ordre qu'on bafoue ressemble à un monstre femelle qui met sans cesse au monde des créatures affreuses et qui ne trouve jamais de repos. C'est pourquoi il ne faut laisser aucun de ces crimes impunis, afin de ne pas aller à l'encontre des lois de *Maât*.

Les soldats pensaient à leurs camarades tombés à Sarras ou luttant contre la mort dans une tente au milieu du désert. Les Kouchites songeaient aux frères et aux amis : certains avaient payé de leur vie la rébellion dans la mine, d'autres étaient rentrés au village couverts de blessures et n'osaient plus sortir de leurs maisons.

— Vous avez rompu la trêve et nous avez attaqué

avec perfidie, s'exclama tant bien que mal le général dans le dialecte des autochtones. Vous ne méritez rien d'autre que la mort.

Les visages sombres et brillants des prisonniers, marqués par leur séjour dans les cachots souterrains, restèrent impassibles. Ils étaient si serrés dans leur cage qu'on aurait dit un être fantastique à plusieurs têtes.

— Quant à vous, continua-t-il en s'adressant aux compagnons du chacal, vous avez bravé mon autorité et les avez provoqués. Votre faute est plus grave que celle de ces pauvres Kouchites, car vous êtes des hommes de Kemet. Vous avez juré fidélité au grand Séqénenrê Taa. C'est pourquoi une mort rapide, par l'épée ou la corde, serait trop douce.

Il se retourna à demi. Antef, qui attendait derrière lui telle une ombre muette, lui présenta un fouet en cuir. Ipi fit claquer celui-ci plusieurs fois dans le sable, presque par jeu.

— Dans tout corps, poursuivit-il d'une voix assez basse, comme se parlant à lui-même, il y a des membres qui courent, qui attrapent, qui saisissent, qui tirent, coupent et tuent. Parfois, ils commettent l'irréparable. Mais que seraient-ils, hurla-t-il tout à coup, sans le cœur impitoyable qui leur ordonne de faire le mal ?

En deux enjambées, il fut près du chacal et lui fouetta plusieurs fois le dos couvert de croûtes. Aussitôt, il infligea le même traitement à Golo. Aucun des deux ne cria lorsque leurs plaies se rouvrirent et que le sang se mit à couler. Mais ils s'affaissèrent en poussant un râle, surtout le soldat, qui était de loin le plus faible.

— Quand une épidémie ravage le pays, il n'y a

qu'un moyen de s'en débarrasser : le feu. Une vie nouvelle ne reprend que si la flamme a détruit tout ce qui était gagné par la pourriture.

Il se dirigea d'un pas rapide vers le bûcher, en tira une branche qui avait commencé à brûler et s'approcha des soldats mis aux arrêts.

— Que faire de vous ? demanda-t-il en contemplant le morceau de bois qu'il tenait dans la main. Vous envoyer à Ament, le pays rouge du dieu Seth, et vous y laisser mourir de soif dans le sable et le vent du désert ? Ou vous brûler tout de suite pour extirper à jamais le mal que vous portez en vous ?

Apeurés, les hommes reculèrent autant que le permettait leur cage exiguë. Ipi s'adressa alors dans leur langue aux autres prisonniers.

— Et vous, suffit-il que je vous fasse rôtir pour que les Kouchites apprennent l'obéissance et la loyauté ?

Là encore, le rondin effleura les barreaux en bois.

— Ou cela n'est-il pas assez ? Faut-il en plus que je m'occupe de vos maisons, de votre bétail, de vos femmes et de vos enfants pour que vous fassiez preuve envers Pharaon du respect qu'on lui doit ?

Les Kouchites ne pouvaient reculer. Certains toussèrent, d'autres regardaient l'Égyptien les yeux écarquillés.

— Ne vaut-il pas mieux, au bout du compte, attaquer le mal à la racine et détruire le cœur qui l'a conçu ?

Il revint près du chacal, se pencha et alluma les brindilles sous le condamné. Le feu prit aussitôt. Les flammes lui léchèrent les pieds et les jambes. Un cri atroce sortit de la gorge du supplicié et traversa la place d'armes. Puis le malheureux poussa un gémissement continu et bouleversant. Ses camarades regardaient la scène avec consternation.

Ipi faisait semblant de ne rien remarquer. Il se tourna vers Golo, qu'il considérait avec dégoût et auquel il réservait de toute évidence le même sort. À ce moment, Namiz accourut, le visage rouge et trempé de sueur.

— Que veux-tu ? lui demanda le chef de l'armée à mi-voix.

— Te ramener à la raison, répondit tout bas le bijoutier. Je dois te parler d'urgence.

— Maintenant ?

— Oui, tout de suite.

— As-tu bien conscience que tu mets ta vie en jeu ?

— Et toi, que tu mets en danger celle du pays tout entier ? rétorqua l'homme de Kepni avec fermeté. Deux nouvelles viennent d'arriver. La première est un message écrit de Séqénenrê, qui nous ordonne d'interrompre l'expédition et de rentrer sur-le-champ.

— Et pour quelle raison ? ironisa le général. Les Hyksôs sont devant Ouaset, peut-être ?

— Un ordre de Pharaon ne te suffit pas ? l'humilia son interlocuteur.

Le visage du militaire se figea. Quel plaisir il prendrait à se venger de tant d'arrogance !

— Et ton autre information ? demanda-t-il d'un air mauvais. Dépêche-toi ! Mais fais attention à ce que tu racontes.

— Nos observateurs de la troisième cataracte, poursuivit Namiz, nous préviennent que le maître de Kerma s'apprête à agrandir son territoire. Ses troupes descendent en grand nombre le long du Nil. Si nous ne nous pressons pas, elles nous attaqueront.

— Qu'ils viennent ! lança le chef de l'armée. Nous n'avons pas peur de nous battre.

— Aucun incident dans le pays de l'or, répliqua à nouveau le bijoutier, tel est le souhait de Pharaon – au cas où tu l'aurais oublié. Ce qui s'est passé est déjà bien assez grave.

Une odeur de chair brûlée empestait l'air. Les plaintes du soldat consumé par les flammes devenaient toujours plus pathétiques. Même le général ne pouvait plus faire comme s'il n'entendait rien. D'un signe de la tête, il chargea Antef de porter le coup fatal. L'homme que tous appelaient le chacal s'effondra sans résistance.

— Je vais au moins achever ce qui doit l'être, déclara Ipi en se penchant pour allumer le feu en dessous de Golo.

Namiz le retint par le bras.

— Je connais un bien meilleur moyen de le mettre hors d'état de nuire, affirma-t-il. Le vieux chef de la tribu est mort. C'est lui qui doit lui succéder. Et jamais plus il n'osera se dresser contre nous. Je te jure sur ma vie qu'il empêchera ses hommes de se rebeller.

— Qu'est-ce que cela signifie, par Amon ?

— Des otages, affirma le bijoutier, voilà la solution. La femme-serpent que tu as ramenée à la forteresse est son épouse préférée ; et la gamine que nous avons trouvée dans le désert, sa fille. Si nous nous y prenons bien, il ne reverra jamais ni l'une ni l'autre.

Malgré la légèreté du corps qu'elle tenait dans ses bras, la Daya faillit le laisser tomber tant elle était bouleversée. Son assistante l'avait suppliée d'accepter sa présence, mais la vieille ne l'avait pas autorisée à l'accompagner. Elle voulait affronter seule cette dernière épreuve. De toute façon, personne ne pouvait l'aider.

Il faisait encore noir quand elle était partie vers le cimetière, qui se trouvait en dehors du village, non loin du port d'Abou Rési. Dans les premiers rayons du soleil, elle posa avec précaution sa petite-fille sur le sol. Puis elle examina le travail que son assistante avait effectué selon ses instructions et, contre toute habitude, avec un soin manifeste. Tounbée avait creusé un trou entre les monticules funéraires. Ensuite, elle y avait étalé plusieurs couches de roseaux sur lesquelles le vent nocturne avait parsemé une légère couche de sable clair, brillant dans la lumière naissante. À gauche et à droite, elle avait préparé deux gros tas de pierres, qui devaient recouvrir la tombe et empêcher les animaux sauvages de dévorer la dépouille.

L'aïeule s'assit près du corps et souleva le drap qui l'enveloppait avec un profond soupir. En ultime marque d'amour, elle avait orné la tête de la défunte du diadème que renfermait sa cachette. Elle allait confier à la terre sa petite, parée comme une mariée. Les larmes coulaient sur ses joues. Elle récita des prières :

Toi qui, de ton souffle brûlant, redonnes vie aux morts, accorde-moi la sagesse et révèle-moi la vérité...

Même dans le sommeil éternel, le visage de Rouyou n'avait pas retrouvé la grâce qu'il possédait auparavant. Ses traits reflétaient encore l'angoisse et les souffrances. Ils paraissaient lancer une accusation muette. La grand-mère sentit son cœur se serrer, mais elle se força à ne pas détourner le regard.

Qu'y pouvait-elle ? Depuis toujours, les adolescentes subissaient cette cérémonie. Les esprits tout-puissants se vengeaient avec cruauté si elles refusaient de devenir femmes. Sans excision, il n'y avait pas d'honneur, pas de mariage, pas de bonheur possible. Toutes celles qui avaient connu ce rite savaient quelles en étaient les douleurs. En règle générale, si la convalescente gardait le lit et ne se levait pas trop tôt, les souffrances diminuaient peu à peu. Par malheur, une fièvre rapide et vicieuse s'était emparée de Rouyou. Ce n'était pas la première fois que les choses tournaient mal après la nuit du couteau noir. Mais, cette fois, il ne s'agissait pas de n'importe qui.

Pourquoi la sorcière n'avait-elle rien pu faire en dépit de toutes ses connaissances ? Avait-elle eu tort, prise d'un mauvais pressentiment, de faire sortir l'enfant de la cabane du scorpion ? Le pouvoir de la patte de lionne l'avait-il à jamais abandonnée ? Elle avait la tête trop lourde et le cœur trop triste pour trouver une réponse à ces questions, mais elle ne parvenait à penser à rien d'autre.

Ses remèdes les plus efficaces étaient restés sans effet. Elle avait en vain attendu les bienfaits de la tisane de balah-hava, qu'elle n'utilisait que dans les pires situations. La compote à base de cendre de roseaux pilée et de minuscules gouttes de résine, qui donnait d'habitude de l'appétit, n'avait servi à rien non plus. Elle avait sacrifié son encens le plus précieux. Elle avait glissé sous le dos de la malade des pointes de corne trempées dans du sang de chevreau frais pour chasser la malédiction. Elle avait prié et jeûné pendant plusieurs jours pour calmer les dieux : rien n'y avait fait.

Tout en fredonnant une mélodie, elle reprit l'enfant

dans ses bras et la porta dans la tombe. Elle ne repoussa plus le moment ultime, mais descendit elle-même dans le trou et installa Rouyou sur le matelas de roseaux, en position accroupie, le visage tourné vers l'ouest. Elle étala des jouets aux pieds de la défunte : des coquillages, la toupie en argile que sa petite-fille emportait partout avec elle, une palette ovale en diorite avec laquelle elle se maquillait les yeux comme une grande. Elle remit en ordre le linceul qui, en vérité, avait été fabriqué à son intention et caressa ainsi pour la dernière fois le corps amaigri.

Au même moment, elle aperçut une caravane qui se dirigeait vers des bateaux amarrés à la rive. Les hommes du Pharaon rentraient chez eux et exploitaient sans vergogne les prisonniers kouchites qu'ils rouaient de coups. Des villageois portaient des sacs d'or, d'autres d'énormes défenses d'éléphant, des peaux d'animaux ou des paniers de pierres précieuses.

Une terrible colère envahit la Daya, qui serra de toutes ses forces une grosse pierre dans la main droite.

— Mes coquillages magiques n'ont rien pu faire contre les envahisseurs. Pourquoi les laisses-tu faire, Apédémak, grand Lion du Sud ? Pourquoi ne les extermines-tu pas de ton souffle enflammé, comme des fourmis qu'ils sont ?

Derrière la troupe, deux soldats tiraient un homme enchaîné qui avait du mal à tenir debout. Arrivés au bord de l'eau, ils le laissèrent tomber et il s'effondra sur le sol. Lorsqu'il se releva, la vieille sorcière aperçut son visage et reconnut Golo.

Quel sort lui réservent-ils ? se demanda-t-elle.

La réponse à sa question muette ne se fit guère attendre. D'autres Égyptiens traînaient derrière eux une femme bâillonnée, qui avait les pieds et les poings liés par de grossières cordes et ne pouvait faire que des pas minuscules. Dans un effort désespéré, elle gigotait et se pliait sans cesse, comme pour se libérer. Ces vaines tentatives amusaient les soldats : ils riaient, la pinçaient et lançaient des plaisanteries.

La Daya devina qu'ils embarquaient Nabou sous les yeux de Golo. Au même instant, elle aperçut une petite fille aux cheveux crépus qu'un homme portait dans ses bras. Ce ne pouvait être que Sahti. L'aïeule s'élança en vociférant, le caillou dans la main.

— Sahti ! cria-t-elle. Sahti ! Rendez-moi ma petite, espèces de chiens, rendez-moi l'enfant de Nouya !

Golo sortit de sa léthargie et se mit lui aussi à hurler.

— Nabou ! Non, pas Nabou !

Le général Ipi, jusqu'alors satisfait des préparatifs du départ, identifia aussitôt la vieille qui, dans le village, avait craché sur ses hommes en agitant un collier de cauris. Jamais il n'oublierait que cette folle avait osé se mettre en travers de son chemin. Cette fois, elle assaillait les soldats de Pharaon avec une grosse pierre. Il ne supporterait pas qu'elle le provoque une seconde fois. Il leva le bras droit. Ses archers se mirent en position sur-le-champ et les soldats qui entouraient Golo le firent taire à coup de gifles. L'aïeule était arrivée près d'Antef, qui avait le plus grand mal désormais à retenir l'enfant.

— La Daya ! s'exclamait-elle. La Daya ! Ma Daya !

— Prêt ! ordonna Ipi.

Quelques pas seulement séparaient encore la

grand-mère de sa petite fille. Stupéfaite de constater soudain que sa bourse en cuir était accrochée au cou de l'enfant, la sorcière se détendit et laissa tomber le caillou.

— Tirez !

Une flèche s'enfonça dans la poitrine de la lionne blanche. Deux autres lui transpercèrent les jambes. Coupée dans son élan, elle s'abattit face contre terre.

Couchée dans l'une des deux grandes cabines du deuxième bateau, Sahti refusait de parler, de manger et même de boire depuis plusieurs jours. Namiz lui humectait les lèvres en permanence et essayait de lui faire avaler contre son gré de petites gorgées d'eau.

— Tu vas mourir si tu continues, répétait-il d'un ton soucieux.

L'enfant avait le visage creusé et le corps amaigri. Pour la faire céder, le bijoutier avait commandé au cuisinier du Taamiya une purée de haricots épicée dont le parfum embaumait tout le vaisseau. Il lui en présentait à intervalles réguliers une portion accompagnée de pain frais.

— Ne veux-tu pas en goûter ? Juste une cuillère !

Mais ses prières restaient sans effet. La petite semblait ne pas entendre. Le brave homme aurait souhaité qu'Antef fût à sa place. Le jeune soldat était plus patient que lui et il aurait peut-être su comment s'y prendre. L'orpheline faisait preuve d'une extraordinaire résistance, mais celle-ci ne suffirait pas à la maintenir en vie. Namiz se résolut donc à un geste qui lui coûtait beaucoup.

Le soir venu, alors que le vent se levait et apportait une fraîcheur bienfaisante, l'embarcation du général et celle de Namiz – plus rapides que les autres puisqu'elles ne transportaient pas de bétail – jetèrent l'ancre. L'équipage mit pied à terre et installa le campement sur un champ de lin. Les voix des hommes retentissaient dans l'obscurité.

Quand il fut sûr qu'Ipi aurait terminé son repas, le bijoutier se dirigea vers le foyer réservé à celui-ci, à l'écart des autres. À son habitude, Antef se tenait à proximité du général. Il regarda Namiz d'un air inquiet, sans oser lui demander comment allait Sahti.

— J'ai besoin de la femme-serpent, déclara Namiz sans détours. Je veux qu'elle m'accompagne, tout de suite.

Ipi lui répondit après avoir reniflé avec mépris.

— Je suis sans doute le seul ici à ne pas désirer la même chose. Je ne vois vraiment pas ce que vous trouvez à cette noire qui sort ses griffes dès qu'on l'approche. Mais en ce qui la concerne, j'ai des projets qui ne regardent que moi pour le moment. C'est pourquoi elle va rester à mes côtés jusqu'à ce que nous soyons arrivés à Ouaset.

— Tu ne m'as pas compris.

Namiz essayait de contenir la colère qui montait en lui.

— Ce n'est pas à moi que je pense, mais à l'enfant. Elle ne survivra pas si elle ne mange pas. Il faut que quelqu'un la convainque… dans sa propre langue.

— Je croyais que tu parlais le kouchitique comme les gens du pays ! rétorqua le militaire avec sarcasme. Dis-moi, étranger, y a-t-il encore d'autres choses dont tu te vantes à tort ?

Namiz ferma les yeux un instant. S'il s'énervait, tout échouerait.

— Je t'en prie, supplia-t-il d'un ton aussi servile

qu'il le croyait nécessaire. Rien qu'un moment. La petite est un otage précieux, comme tu sais...

Puis il ajouta de manière assez tranchante :

— ... tant qu'elle est en vie, du moins.

Antef, qui se faisait beaucoup de souci, lui adressa un regard rempli de reconnaissance. Le général se laissa le temps de la réflexion.

— Bien, finit-il par décider, s'il le faut... Je souhaite en effet que les deux prisonnières soient livrées vivantes à Pharaon. Mais mon premier officier va t'accompagner, et si tu poses ne serait-ce que le petit doigt sur la femme-serpent, ou qu'elle ose entreprendre une tentative de fuite, je te promets qu'avant l'aube ton crâne de vieux têtu sera planté au mât de mon bateau !

L'officier se rendit avec deux soldats sur le pont de la première embarcation et fit sortir Nabou de l'une des deux cabines, où elle se trouvait attachée à son lit. Pour la première fois depuis le début de sa captivité, elle ne se défendit pas, mais les suivit sans résistance sur la rive, puis à bord du second navire. Namiz se tenait derrière eux, bien décidé à ne pas s'éloigner, quoi qu'il arrive. Il remarqua que la Kouchite fut prise d'un frisson en apercevant l'enfant.

La jeune sorcière tendit vers lui ses deux mains enchaînées et déclara :

— Dans cet état, je ne peux rien faire pour elle.

Elle devait savoir depuis longtemps qu'il était le seul à comprendre leur langue.

— Enlevez-lui ses liens ! ordonna-t-il. Dépêchez-vous !

L'officier obéit en fronçant les sourcils. La prisonnière se dégourdit d'abord les poignets par un mouvement de rotation et se frotta les paumes des mains l'une contre l'autre. La corde était entrée dans la chair et y avait causé des ecchymoses. Gênés, les deux soldats regardaient alternativement l'adulte et la petite fille maigre qui était allongée sans rien dire sur sa couche.

— Je dois rester seule avec elle, continua Nabou tout bas à l'intention de Namiz.

Elle posa la main sur le front de Sahti, puis caressa avec tendresse sa minuscule poitrine.

— Attendez dehors ! exigea l'émissaire du Pharaon. Je me porte garant.

Les trois Égyptiens hésitèrent, mais finirent par s'exécuter.

— Pourquoi ne mange-t-elle rien ? demanda le bijoutier en s'approchant.

— Elle a perdu son âme, répondit Nabou. Son esprit s'est envolé quand elle a vu vos flèches tuer la Daya.

Elle repoussa avec dédain le récipient contenant les haricots froids.

— Ce plâtre la tuerait sur-le-champ. Vous devez commencer par lui donner de petits morceaux de fruits, ou une bouillie de céréales très liquide. Tout autre aliment est bien trop lourd pour le moment.

Elle se tut un instant.

— Le mieux serait encore du lait chaud avec du miel... et surtout, les bras d'une mère remplie d'amour.

Ce fut comme si un souffle frais traversait l'air étouffant de la cabine. Namiz se rappela ce que l'enfant lui avait confié à propos de « la mariée » et des insinuations de son aïeule.

— Qui est-ce, la Daya ? l'interrogea-t-il pour changer de sujet.

L'enfant n'avait pas voulu ou pas été capable de le lui expliquer. Peut-être pourrait-il en savoir plus.

— C'est sa grand-mère, répondit-elle sans quitter des yeux la malade.

Ses doigts tournoyaient comme une volée d'oiseaux noirs autour de la bourse en cuir qui pendait au cou de la petite, mais elle n'osait pas la toucher.

— C'est elle qui s'est occupée de Sahti depuis le jour de sa naissance. Et vous l'avez abattue sous ses yeux !

La voix de la femme-serpent se fit soudain violente et rageuse, en totale contradiction avec l'expression sereine de son visage, dont elle avait gardé le contrôle. Namiz ignorait quels sentiments elle éprouvait, mais il était sûr qu'elle souffrait, et admira sa maîtrise de soi.

— Son âme peut-elle revenir ? l'interrogea-t-il. Je t'en prie, aide-la si tu le peux ! Il faut qu'elle vive.

Nabou haussa les épaules. Sans exprimer l'impuissance, son geste laissait entendre que c'étaient des instances supérieures qui décidaient. Dans la lueur des torches, son visage, encore beau malgré les blessures à peine guéries, luisait comme un masque d'or sombre.

— Laisse-nous seules, conclut-elle. Va sur le pont, regarde l'eau ou le ciel et prie tes dieux les plus grands. Pour l'heure, tu ne peux rien faire d'autre pour elle.

Quand il fut sorti, elle entendit le pas des hommes s'éloigner de la cabine. Elle se tourna vers l'enfant, qui avait toujours les yeux fermés, et repoussa la bourse en veillant à ne la toucher que du bout des doigts. Elle sentit la force qui s'en dégageait sans savoir ce qu'elle contenait. Elle avait la conviction qu'il valait mieux ne pas mêler deux influences.

— Tu me vois, murmura-t-elle, mais tu ne le veux pas parce que tu penses que je vous déteste, la Daya et toi. Pourtant, tu te trompes. Car je t'aime, petite fille muette. Et la Daya, cette vieille intraitable, je l'aimais aussi.

Nabou souleva la fine couverture et la chemise qui couvraient la malade. Elle se pencha au-dessus d'elle et apposa ses tatouages sur l'ensemble du corps de Sahti.

— Quand il change de peau, poursuivit-elle, le serpent ressemble à l'enfant qui abandonne sa mère dès qu'il a grandi…

La jambe blessée de Sahti devint rouge, comme si le venin se réveillait soudain.

— Les serpents, ajouta la sorcière, vivent pour l'éternité parce qu'ils possèdent le don de la mue, tandis que les hommes meurent parce qu'ils ne savent plus se débarrasser de leur peau.

La voix de la jeune femme se fit stridente.

— Je suis Nabaï, le grand serpent. Je meurs et je renais. Mon pouvoir t'habite désormais. Reviens, âme ! Reviens dans ce jeune corps ! Toi non plus, tu ne mourras jamais !

L'enfant avait maintenant la peau brûlante. Elle tremblait de tous ses membres. Sahti semblait vouloir se débarrasser d'un poids qui pesait sur elle, mais Nabou la tenait avec force.

— Sais-tu comment tout a commencé ?

On aurait dit que l'adulte voulait raconter l'une de ces vieilles légendes dont la fille de Golo ne se lassait jamais.

— À l'origine, expliqua-t-elle d'une voix plus

calme, une mère vivait avec ses deux enfants. Elle se défit de sa dépouille et redevint jeune. Mais sa cadette trouva la peau au bord du fleuve et la lui enfila de nouveau. Depuis lors, tous les hommes doivent mourir parce qu'ils ont oublié le secret de la mue.

Elle éleva de nouveau la voix.

— Métamorphose-toi, Sahti ! Respire ! Vis ! Toi non plus, tu ne peux échapper à ton destin. Ton moment viendra, je te le promets. Alors, tu vengeras la Daya et tu leur feras payer tout le mal qu'ils nous ont causé !

Sahti ne réagit toujours pas. Elle ressemblait à une morte. Nabou lui ouvrit la bouche avec deux doigts, se pencha une deuxième fois sur elle et expira un souffle léger dans sa gorge. Petit à petit, l'enfant reprenait connaissance et sentait en elle la chaleur de la vie. Mais le froid de la nuit revint tout à coup. Elle éprouva l'effet de la patte de lionne sur sa poitrine.

Quand elle ouvrit les yeux, elle aperçut à son chevet Nabou, les mains attachées. Des soldats firent alors sortir la femme-serpent de façon si brutale que les deux Kouchites ne purent échanger le moindre regard. Namiz resta seul à côté de la malade. Il faisait partie des agents du Pharaon, qu'elle détestait depuis qu'ils avaient tué la Daya. Cependant, elle ne parvenait pas à le haïr. Elle ne savait pas pourquoi, mais ce n'était pas seulement parce qu'elle n'avait personne d'autre.

— J'ai faim, murmura-t-elle en évitant de le regarder.

Tous les matins, le soleil baignait le Nil d'une couleur d'or et, tous les soirs, d'un reflet cuivré. Le fleuve majestueux serpentait à travers le désert, luisant comme du métal poli quand l'astre du jour s'élevait dans le ciel et enveloppait toute la terre de sa chaleur. De part et d'autre du cours d'eau, la limite entre le sable et les terres fertiles semblait tracée au cordeau par une main divine. La verdure gagnait peu à peu du terrain. L'époque de grande inondation à laquelle Kemet, la « terre noire », devait son nom n'était pas encore venue. Pourtant, les arbres et les plantes étaient déjà plus denses et plus luxuriants.

Posté à l'avant du bateau, le pilote avait pour mission de contrôler la profondeur à intervalles réguliers. Les gués et les bancs de sable constituaient un grand danger en cette saison où le Nil était à son niveau le plus bas. Namiz avait fait relever les tentures qui protégeaient leurs cabines du vent et du soleil. Depuis, Sahti passait de nombreuses heures à contempler le fleuve qui se divisait sans cesse en de multiples bras et qui changeait de couleur selon le moment : s'il était presque bleu au petit matin, il virait ensuite au vert profond.

L'enfant ne voyait guère Nabou que de loin. Les deux prisonnières n'avaient jamais la possibilité d'échanger plus qu'un regard, un signe de tête ou un petit sourire. Les sentiments que la petite nourrissait envers l'épouse de son père étaient contradictoires. Quelque chose l'attirait vers la seule personne originaire de son village. De plus, celle-ci semblait contrôler son âme depuis la nuit qu'elle avait passée à son chevet. En même temps, la peur et la méfiance continuaient d'habiter le cœur de Sahti. Malgré la distance, elle devinait que les soldats désiraient la femme-serpent. Elle avait l'impression que la jeune sorcière possédait encore ce charme qui avait fasciné

Golo et elle détournait d'elle son regard pour se protéger.

Elle évitait aussi de penser à Rouyou ou à la Daya, même si les souvenirs et la douleur l'empêchaient souvent de dormir. Elle appréciait en revanche de plus en plus la présence de Namiz. Ce dernier avait remarqué qu'elle commençait à comprendre des mots égyptiens et il s'amusait à lui faire répéter des expressions ou des morceaux de phrases en lui en donnant, si nécessaire, la signification.

— Tu apprends beaucoup plus vite que moi, s'étonna-t-il un soir. Dommage que le voyage ne dure pas. Avec un peu plus de temps, tu aurais maîtrisé la langue de Kemet à notre arrivée dans la capitale.

Antef approuva d'un signe de tête plein d'admiration. Le général avait beau lui jeter des regards sombres, il trouvait désormais toujours un prétexte pour leur rendre une petite visite. Il s'occupa de la jambe de l'enfant, désormais presque guérie. Après avoir ouvert une fiole en terre cuite, il versa quelques gouttes d'huile de sésame pour que la croûte reste souple. Il répéta qu'il avait honte de sa lâcheté et qu'il regrettait d'avoir abandonné Sahti si longtemps.

— Tama ne me le pardonnera jamais si je le lui raconte, soupira-t-il. Mais il faut dire que Tama est beaucoup plus courageuse que moi.

Sahti regardait ses lèvres avec concentration, car elle comprenait mieux quand elle observait les mouvements de sa bouche.

— Qui est Tama ? se renseigna-t-elle auprès de Namiz.

— C'est son épouse, une femme extraordinaire, semble-t-il.

L'homme de Kepni lui avait répondu en égyptien, comme il avait commencé à en prendre l'habitude.

— Je suis sûr que tu feras sa connaissance lorsque nous serons arrivés.

Au cours d'une nuit claire, ils jetèrent l'ancre peu avant la première cataracte. Le général resta à bord tandis qu'une grande partie de l'équipage descendait pour dormir sur la rive. Comme toujours, deux sentinelles surveillaient les environs, mais la fatigue ou la négligence les fit s'endormir au petit matin.

Sahti fut réveillée par d'étranges gloussements. Elle se redressa et écarta la tenture de sa cabine. Les bateaux étaient encerclés par une douzaine de barques en tiges de papyrus dans lesquelles étaient assis, en armes, des hommes à la peau sombre et au nez épaté. Les jours précédents, elle avait vu à plusieurs reprises des embarcations de ce genre. C'étaient des pêcheurs qui avaient jeté leurs filets dans le fleuve. Mais il s'agissait cette fois de tout autre chose. Namiz, qui occupait la cabine voisine et avait lui aussi été tiré du sommeil, lui parla à voix basse.

— Des pirates ! Couche-toi sur le plancher et ne bouge pas !

Un groupe avait déjà pris d'assaut le premier navire. Il tenait l'équipage en respect avec de petits couteaux en croissants de lune. Allongée sur le ventre, le souffle coupé, Sahti aperçut le général qu'on faisait sortir de sa cabine et conduisait de force vers la rambarde. Elle avait d'emblée haï l'homme au nez cassé. Elle craignait sa voix qui pouvait se faire cinglante. Mais, à ce moment, elle eut presque pitié de lui. On le frappait au visage, on lui donnait des coups répétés dans l'estomac, il secouait la tête avec obstination.

— Ils nous suivent sans doute depuis un bon moment, murmura Namiz. Et ils veulent lui faire avouer où se trouvent les richesses.

Cependant, quelques soldats étaient parvenus à monter sur le bateau. Un combat violent s'engagea sur le pont de la première embarcation. La petite percevait des cris et le cliquetis des armes. Elle voyait les hommes s'affronter deux à deux. Soudain, des assaillants s'emparèrent d'Ipi et le jetèrent par-dessus bord. Celui-ci tomba tête la première et coula à pic.

— Il ne sait pas nager ! s'exclama Namiz à voix basse.

On entendit alors un second bruit de chute. Antef avait réussi à se débarrasser de ses adversaires et avait plongé au secours de son chef. Il remonta à la surface en tenant dans ses bras le général qui recrachait de l'eau et se débattait avec rage. Sans se soucier des efforts désespérés de son supérieur, l'aide de camp le retourna de toute sa force et le tira sur le dos jusqu'au rivage.

Entre-temps, les soldats du Pharaon avaient repoussé leurs ennemis. Certes, deux sacs dont s'étaient emparés les pirates tombèrent dans le fleuve. Mais les hommes à la peau sombre, dont plusieurs étaient grièvement blessés, se hâtèrent de retourner sur leurs barques et de prendre le large.

Les navires levèrent l'ancre dès que le tumulte fut calmé. Ipi se réfugia dans sa cabine, dont il ne sortit pas de toute la journée. Le soir, il fit une brève apparition pour tripler le nombre de sentinelles. Il annonça qu'il prendrait lui-même en charge le moment le plus difficile, au milieu de la nuit. Son visage était tuméfié et il marchait un peu courbé, mais il ne fit aucun commentaire sur ce qui s'était passé.

Son aide de camp, lui aussi, exécuta son travail sans rien dire, comme à l'accoutumée. Rien sur son visage ni dans son comportement ne trahissait qu'il s'était produit quelque chose d'extraordinaire. Pourtant, il ne dormit pas tranquille au cours de cette nuit-là. Il quitta sa couche pour se dégourdir les jambes sur la rive et s'avança au bord de l'eau. Tout était calme. Pas le moindre indice de présence ennemie. Les Kouchites semblaient avoir renoncé à les épier et à leur tendre une embuscade.

— Pourquoi t'es-tu relevé ? demanda Ipi qu'il n'avait pas entendu approcher. Tu auras besoin de forces demain. Peut-être reviendront-ils à l'attaque.

Surpris, Antef se retourna.

— Je ne suis pas fatigué, se contenta-t-il de répondre. Et je ne crois pas qu'ils recommencent de sitôt.

— Je n'en suis pas si sûr. En tout cas, je te promets que je serai heureux d'être arrivé.

Il était rare que le général se confiât de la sorte à son aide de camp. Celui-ci poussa un petit grognement approbatif. Il comprenait très bien ce que voulait dire son supérieur, car il partageait son angoisse. Et l'envie de revoir Tama grandissait de jour en jour. Il se prenait à rêver d'être un poisson pour la rejoindre plus vite.

— Je tiens à t'exprimer ma reconnaissance de manière formelle, continua Ipi au bout d'un moment, après s'être raclé la gorge. Je te dois la vie et je n'ai pas pour habitude de rester débiteur. Tiens, prends ! C'est tout ce que j'ai pour le moment. Mais une fois à Ouaset, tu trouveras sans doute quelque chose dont tu as besoin.

Il mit dans la main du soldat interloqué une statuette en lapis-lazuli. Une femme à tête de lionne enjambait deux ennemis enchaînés, un Kouchite et un homme du Nord, ce qui reflétait bien les pensées du général.

— On rapporte que la déesse Pakhet, la Grande aux yeux perçants et aux griffes féroces, est plus que toute autre capable de vaincre les puissances ennemies, comme tu l'as fait tout à l'heure. Qu'elle te porte bonheur !

— Cette œuvre est bien trop belle ! s'écria Antef. Je ne peux pas l'accepter. C'est mon rôle de te servir. Je n'ai fait que mon devoir.

— Comment, tu ne veux pas la prendre ? s'insurgea le chef. Tais-toi si tu ne veux pas encourir ma colère. Ma vie ne serait-elle pas assez précieuse pour que mon sauveur reçoive une récompense digne de ce nom ?

Antef ravala sa salive avant de le remercier.

— Tu sais, général, que je ne suis pas ami des grands discours. Mais j'aurais quelque chose à te demander qui me tient à cœur plus que tout.

L'appréhension lui nouait la gorge.

— Alors parle ! Que veux-tu ?

Ipi s'apprêtait à poursuivre sa ronde.

— La petite, avoua le soldat d'une voix à peine audible. L'enfant, comme un don du ciel pour mon épouse chérie.

En voyant la première cataracte, beaucoup moins impressionnante que Sahti ne se l'était imaginée d'après les descriptions de Namiz, les soldats bondirent de joie. Certains se donnèrent l'accolade, d'autres tombèrent à genoux et se mirent à prier. Ils remercièrent les dieux de les laisser rentrer sains et saufs. Le soulagement gagna même le général, qui se montra d'une affabilité peu coutumière. Il partagea le repas de ses hommes au lieu de se mettre à l'écart comme à son habitude. On apporta d'un village voisin cette bière forte à laquelle les soldats avaient dû renoncer pendant si longtemps. On tua des canards et des poules, qu'on fit rôtir sur des feux de camp.

Le lendemain, le capitaine et les pilotes parvinrent après plusieurs tentatives à traverser sans dommages la première cataracte. Les rapides étaient plus calmes en cette saison. Les deux bateaux passèrent ensuite devant Sounou. Namiz expliqua à Sahti que c'était l'un des sites préférés du Pharaon, car sa mère était originaire de cette ville. Ils longèrent plus tard des forêts de dattiers : leur tronc, bon marché, servait de matériau de construction ou de rigoles pour l'irrigation.

La moisson du lin était terminée. On récoltait le froment et le millet, qui poussaient sur les champs en hauteur et dont les épis mûrs s'inclinaient dans la lumière vive du soleil. Les fermiers et leurs femmes travaillaient ensemble, tandis que les enfants couraient en poussant des cris pour effrayer les oiseaux. Des deux côtés du fleuve, des couches de limon d'un marron jaunâtre dominaient les flots et faisaient penser à des murs à moitié écroulés.

— C'est parce que nous sommes à la fin de la saison sèche, expliqua Namiz avant d'aller se coucher, surpris de la curiosité dont faisait preuve la petite fille. Attends de voir ce qui se passe au moment de la crue : tu reconnaîtras à peine le Nil ! De vert, il devient gris. La cataracte qui t'a déçue mugit comme un taureau féroce quand il fonce sur son adversaire. On ne voit plus rien tellement l'écume jaillit à des hauteurs insensées. On croirait que Hâpy ouvre sa terrible gueule pour dévorer tout ce qui l'approche.

Face à l'île d'Abou, ils durent contourner de gros blocs de granit noir qui se dressaient au-dessus des eaux nonchalantes. Le bijoutier attira l'attention de la petite fille vers un escalier en pierre sortant du fleuve.

— Vois-tu les marques horizontales sur les parois de l'escalier ?

Sahti répondit d'un mouvement de tête.

— Plus le niveau est élevé, plus la récolte sera abondante, expliqua-t-il. Quand Hâpy atteint la dernière coudée, on fait partout des offrandes car on sait que les greniers seront bientôt pleins à craquer.

— Mais que se passe-t-il si l'eau n'arrête pas de monter ?

— Alors, une dangereuse inondation menace les hommes, déclara Namiz avec gravité. Beaucoup perdent leurs bêtes, leurs maisons, voire leur vie. Mais cela ne se produit pas souvent, par bonheur. Au cours des dernières années, Kemet a été épargnée par les crues excessives ainsi que par les sécheresses qui répandent la faim et le chagrin.

Sahti avait bâillé.

— Veux-tu quand même que je continue ? demanda l'adulte avec sollicitude.

— Bien sûr ! répondit-elle en se frottant les yeux.

— Pour commencer, ajouta-t-il, un limon noir et fertile recouvre le sol et lui apporte la nourriture dont il a besoin pour la récolte suivante. Quand l'eau se retire, il faut à nouveau mesurer les champs.

— Donc, personne ne meurt de faim ?

Sahti avait l'air épuisée et même un peu perdue.

— Non, la rassura-t-il, surpris une fois encore par cette question.

Quelles souffrances cette enfant n'avait-elle pas déjà endurées ?

— Quand le Nil apporte assez d'eau, le pays mange à sa faim.

— Alors les gens de Kemet doivent être très riches, poursuivit-elle, songeuse. Et ils doivent tous être heureux, puisque le fleuve se montre si généreux à leur égard…

— Riches et heureux ? répéta-t-il en riant. Non, ce n'est pas le cas, du moins pas pour tout le monde. Et pas tout le temps. Il y a des riches et des pauvres, des gens heureux et des gens malheureux, des bons et des méchants – à Kemet comme dans le pays de Kouch.

À ces mots, elle hocha la tête et regarda avec tristesse en direction d'un petit bateau aux voiles maintes fois reprisées qui passait à proximité. Il se reprocha aussitôt sa stupidité.

— Excuse-moi, petite, murmura-t-il. Je suis désolé.

Au cours du voyage, il avait développé de tels sentiments envers cette enfant qu'il était de plus en plus souvent gagné par les remords. Lorsqu'ils étaient encore à Abou Rési, quelques jours après l'avoir trouvée dans le désert, il n'avait vu en elle qu'une pièce sur un échiquier. Il pensait pouvoir la déplacer à volonté, selon les besoins de sa tactique. La prendre en otage en même temps que Nabou lui était alors apparu comme la seule solution sensée. Mais quel destin attendait les deux Kouchites qui avaient, à cause de lui, perdu leur patrie pour toujours ?

Il était trop tard désormais pour y changer quelque

chose. Il ne lui restait plus qu'à espérer que le Pharaon serait bien disposé à son égard. Il avait déjà connu des moments où le souverain s'était montré compréhensif, voire ouvert et bienveillant. Peut-être Namiz parviendrait-il à faire valoir le souhait d'Antef, qui lui semblait la meilleure issue possible pour la petite fille.

Pour initier celle-ci, il avait commencé à lui donner de nombreux détails sur le lieu où ils se rendaient. Il lui avait décrit le palais royal, les temples et les rues. Il avait évoqué la famille princière et les courtisans qui vivaient dans l'entourage du souverain. Il avait parlé de tous les individus qui travaillaient pour celui-ci : les scribes, les prêtres, les artisans et les jardiniers, dont faisait partie Antef.

Enfin, il lui avait expliqué sa propre activité, un sujet sur lequel il était intarissable dès qu'on l'écoutait. Il lui avait raconté où il se rendait pour chercher les pierres précieuses qu'il faisait ensuite polir, percer ou sertir. Il lui avait dépeint par quels procédés complexes la poussière d'or qu'ils avaient trouvée dans les mines de Ouaouat et transportaient dans de gros sacs serait transformée en bagues, en amulettes ou en colliers.

Lorsqu'ils entrèrent dans le port de Ouaset, six jours plus tard, les voiles furent baissées et les rameurs purent enfin se reposer. Se dressant au milieu de la douce verdure des jardins royaux, le palais resplendissait dans les derniers rayons du soleil. Sur la rive droite, la ville semblait grandir sans cesse au-dessus du cours d'eau argenté, comme une vision se détachant du ciel déjà sombre. Namiz avait le cœur gros.

Par un étrange paradoxe, plus l'atmosphère devenait onirique, plus le bijoutier retombait dans la réalité. Il aperçut sur une hauteur le temple d'Amon, dans lequel le souverain suprême officiait en peau de léopard lors des grandes fêtes dédiées à ce dieu. Il fut alors pris de doutes. Il se reprocha d'avoir cru qu'il pourrait influencer les décisions d'un souverain imprévisible et capricieux, connu pour ne faire confiance à aucun conseiller.

— Est-ce la ville de toutes les merveilles ? l'interrogea Sahti à voix basse. Le lieu où réside Pharaon ?

La petite fille était stupéfaite de la splendeur des bâtiments. Elle observait les bateaux qui avaient jeté l'ancre dans le port. On les déchargeait à l'aide de petites barques qui faisaient penser à de minuscules insectes s'activant à la surface de l'eau. Malgré l'heure tardive, il régnait encore une grande animation. Des marchands ambulants transportaient leurs victuailles dans des paniers accrochés à leur ceinture.

— Oui, répondit Namiz en se rappelant soudain la première fois qu'il était arrivé dans la capitale.

Il se souvenait que Kepni, sa patrie, lui était apparue tout à coup comme un port sale et vétuste. Pourtant, il songea aussi à Hout-Ouaret. Cette cité grandiose du Delta, où les Hyksôs s'étaient installés depuis longtemps, grandissait et embellissait d'année en année. Il s'était déjà rendu dans cette ville, contrairement aux souverains du Sud, et il n'avait pas raconté à Pharaon tout ce qu'il y avait vu, par peur de ce qu'il adviendrait s'il disait la vérité.

Un palais imposant y constituait une citadelle à l'emplacement stratégique, dans un méandre du Nil. On y voyait des rues larges, des maisons de plusieurs étages et d'immenses sanctuaires. On y avait planté des vignobles et de magnifiques parterres de fleurs entourés d'arbres qui les protégeaient de leur ombre. Devant ce spectacle, on ne pouvait s'empêcher de craindre que le Pharaon de Ouaset n'ait depuis longtemps perdu son autorité divine et qu'il ne dépende en fait que du bon vouloir d'un souverain terrestre beaucoup plus puissant que lui.

À cette pensée, Namiz se demanda si tout ce qu'il avait raconté à Sahti pendant les jours précédents n'était pas un mensonge. En même temps, il savait que la réalité était trop confuse et trop complexe pour remettre en cause les propos qu'il avait tenus. L'enfant attendait en silence qu'il se mît à parler. Cette fois pourtant, c'est l'adulte qui se contenta d'un signe de tête et qui se détourna. Il ne supportait pas le regard à la fois investigateur et innocent de la petite fille.

QUATRIÈME HEURE

Cette eau est du feu

L'air était étouffant dans le cabanon où l'on avait enfermé Sahti pour la nuit. La pièce mesurait huit pas de long sur cinq de large. Les deux petites fenêtres munies de barreaux étaient trop hautes pour que l'enfant pût voir ce qu'il y avait derrière le mur. La veille, après avoir traversé la ville à dos d'âne, elle était arrivée devant une grande muraille. Un portail en bois s'était ouvert et elle avait aperçu des arbres immenses et des buissons odorants. Des pelles et des bêches entreposées dans un coin laissaient penser qu'elle se trouvait dans les jardins de Pharaon. Elle entendait le clapotis régulier d'une fontaine dont l'eau devait tomber dans un bassin artificiel, comme Namiz le lui avait dépeint. Cette richesse la fascinait et l'indignait en même temps. La Daya lui avait appris, toute petite déjà, qu'il ne fallait pas gaspiller une seule goutte si l'on ne voulait pas provoquer la colère des dieux.

Malgré une brève interruption, son sommeil avait été profond. Elle n'avait pas entendu qu'on lui avait apporté de l'eau, des fruits, une bouillie de céréales au goût étrange et une de ces chaises percées qu'elle avait découvertes sur le bateau. L'enfant mangea avec appétit et réserva une partie de l'eau pour se rincer le visage, la nuque et surtout les mains, toutes collantes. Elle se passa les doigts dans les cheveux. Il y avait tellement de nœuds qu'il aurait fallu les mains expertes de Rouyou pour les démêler. Le souvenir de sa sœur traversa l'esprit de Sahti comme une flèche incandescente. Elle crut entendre la voix de son aînée qui l'appelait, faible et pourtant méconnaissable. Elle chassa cette idée et se demanda pourquoi personne ne venait la chercher.

D'emblée, tout ici paraissait différent. L'air était sec et doux, comme un voile très fin sur la peau. La végétation était luxuriante. Les plantes, d'une grande variété, semblaient avoir été conçues par un autre créateur. On avait du mal à croire qu'un désert impitoyable commençait aux confins de la vallée verte où s'étaient installés les Égyptiens. Même les gens n'étaient pas pareils. Les hommes avaient les hanches étroites et le visage rasé. Les femmes avaient la peau claire et portaient des vêtements si transparents que Sahti avait détourné les yeux avec pudeur. Tous couraient, grands et petits, jeunes et vieux. Au village, elle n'avait jamais vu personne marcher si vite. Malgré les leçons de Namiz, elle était bien loin de comprendre ce qu'ils disaient et elle avait du mal à prononcer les sons étranges de leur langue. Dubitative, elle se recoucha sur la paillasse, fixa le plafond et ferma les yeux.

Elle se leva au bruit d'une clé qu'on tournait dans la serrure. Contre toute attente, ce ne fut ni Namiz ni Antef qui apparut, mais une vieille femme au visage renfrogné. Elle avait un œil à moitié fermé et ses mains noueuses aux veines saillantes s'agitaient sans relâche.

— Méret ! répéta-t-elle plusieurs fois en frappant sa poitrine décharnée que recouvrait tant bien que mal une mince robe en lin multicolore. Viens !

Sahti la suivit avec docilité, soulagée de pouvoir quitter la remise. L'inconnue la précédait d'un bon pas. La veille, l'obscurité avait privé la petite fille du plaisir de regarder autour d'elle. Maintenant, c'était l'inconnue qui l'empêchait, par ses bougonnements, d'examiner l'écorce gercée d'un arbre, de contempler les fleurs rouges d'un buisson ou d'écouter le cri d'un oiseau sifflant avec entrain. La fontaine qui avait bercé son sommeil se jetait dans une mare ovale, entourée de hauts sycomores et recouverte de centaines de lotus à moitié épanouis. À cet endroit, Méret dut faire claquer plusieurs fois la langue pour que Sahti se remette en marche.

Un énorme portail flanqué de deux tours marquait l'entrée du palais. Des oriflammes étaient accrochées à des hampes en cèdre qui se dressaient dans des niches du mur d'enceinte. Dans la cour pavée où se trouvaient deux jets d'eau, Sahti eut le plaisir de reconnaître Namiz. Les cheveux blonds et clairsemés du bijoutier étaient recouverts d'huile et peignés en arrière. Un pagne blanc bien amidonné soulignait la rondeur de son ventre. Rasé de près, il répandait un parfum suave. En s'approchant, Sahti remarqua qu'il avait maquillé ses paupières et ses sourcils d'un trait noir. Il agitait un éventail tressé pour se procurer de la fraîcheur. Son attitude ainsi que l'expression de son visage trahissaient sa nervosité.

— Enfin ! s'écria-t-il en kouchitique, ce qui bouleversa l'enfant. C'est le grand jour !

Il l'examina de la tête aux pieds d'un air critique, comme s'il la voyait pour la première fois.

— Mais à quoi ressembles-tu, ma petite ! On dirait que tu sors d'un charnier.

Il s'adressa à la vieille d'un air bourru.

— N'y avait-il personne pour s'occuper d'elle avant qu'on la présente au Seigneur des deux couronnes ?

— On ne m'a rien dit, répliqua Méret. De toute façon, à quoi cela servirait-il ? Ses membres ressemblent à des bâtons. Elle a les côtes et le bassin aussi saillants qu'une vache étique ! Et puis je ne suis pas là pour laver des moitiés de sauvages et leur chercher les poux comme une mère singe.

Son regard révélait combien l'idée seule la dégoûtait déjà.

— C'est bon, reprit Namiz sans insister. Nous n'avons de toute façon plus le temps. Allez, viens, petite !

Les trois vestibules firent grande impression sur Sahti. Le bleu était la couleur dominante des décorations, il s'y déclinait dans toutes ses nuances. Le ciel sur les fresques était d'une clarté resplendissante. Des paillettes d'or luisant comme des éclats du soleil relevaient la teinte profonde du fleuve. Les grosses perches qui frétillaient dans les filets des pêcheurs avaient des écailles aux reflets argentés.

Ils traversèrent ensuite la grande salle de réception ornée de plusieurs douzaines de colonnes polychromes, dont les chapiteaux représentaient des fleurs de lotus. Ils parvinrent enfin dans la salle d'audience. Les murs étaient couverts de scènes de chasse. Des barques étroites glissaient entre les buissons de papyrus sur la lagune qui brillait comme un miroir. Des flèches pareilles à un essaim d'abeilles assaillaient un gros hippopotame qui se cabrait dans un ultime effort, menaçant de renverser les embarcations. Pharaon se tenait dans une posture de vainqueur à l'avant de son bateau chargé de proies.

Le sol exerçait sur Sahti une attirance irrésistible. On y avait peint des prisonniers à la peau jaune ou noire avec tant de vraisemblance que l'enfant hésitait à y poser le pied. Namiz la poussa d'un geste imperceptible.

— Avance ! murmura-t-il pour l'encourager. À la prochaine colonne, tu t'arrêtes et tu ne bouges plus. Tu baisses les yeux avec humilité et tu fais tout ce que je te dis.

— Mais je ne peux pas les piétiner ! protesta-t-elle.

Il lui donna alors une bourrade.

— Tu vas voir si tu n'y arrives pas ! la gronda-t-il. Il y a beaucoup de choses que tu vas devoir apprendre, petite.

Sahti fit quelques pas, mais elle ne parvint pas à maîtriser son regard. Elle examina, d'abord gênée, la foule des courtisans qui se tenait des deux côtés, en petits groupes. Ils étaient tous maquillés – hommes et femmes –, vêtus de lin d'une blancheur éclatante et couverts de bijoux. Ensuite, elle aperçut le trône en cèdre aux accoudoirs élevés dont l'armature avait la forme de papyrus et dans lequel était assis un homme voûté.

Celui-ci lui parut vieux et d'une laideur effroyable. Son pagne blanc au rabat trapézoïdal laissait voir une poitrine osseuse, un ventre plissé et des cuisses maigrelettes. Était-ce lui, le grand Pharaon, le dieu vivant, le maître de Kemet que tous devaient servir ? Il avait la mâchoire forte et les joues tombantes. Des rides profondes partaient des ailes de son nez et les lourdes paupières qui cachaient une partie de ses yeux faisaient plutôt penser à un grand-père fatigué dont la fin approchait. Mais le linge strié à trois pans qui lui recouvrait la tête et retombait sur ses épaules était tenu par un bandeau en or. Sur son front se dressait un cobra en lapis-lazuli dont les yeux de pierres précieuses brillaient tant qu'ils donnaient l'impression d'être vivants. Prise d'effroi, la petite fille recula.

À droite du souverain se trouvait un second trône, plus simple et plus bas que le sien. La femme qui y siégeait parut à Sahti âgée elle aussi. Mais son ventre arrondi, visible à travers une robe diaphane, révélait qu'elle mettrait bientôt au monde un enfant. Elle portait un collier de petits coquillages et de lourds pendentifs en or. De larges bracelets entouraient ses poignets. Des anneaux agrémentés de serres dans lesquelles étaient montées des pierres précieuses recouvraient ses chevilles. Au moindre de ses mouvements, les bijoux cliquetaient. On aurait dit que cette femme n'était pas un être de chair et de sang, mais une harpe éolienne.

— Tous ses joyaux sont l'œuvre de mes orfèvres, murmura Namiz qui avait bien vu que la petite fille avait relevé la tête malgré ses instructions. La reine Ahhotep a toujours exigé la perfection.

— Qui est le gros à côté de Pharaon ? demanda Sahti à voix basse.

L'homme qu'elle désignait était vêtu d'un manteau sans manches qui lui descendait jusqu'aux chevilles. Des cercles d'or comprimaient ses bras dodus. Son visage avait un teint rougeaud. Il respirait par à-coups, comme un vieux taureau.

— Il s'agit de Seb, le vizir de Sa Majesté, expliqua

le bijoutier. On dit qu'il est aussi puissant que Pharaon. À la cour, tout le monde espère qu'il partira bientôt dans l'autre monde.

— Et le maigre au crâne rasé ? voulut-elle encore savoir.

— C'est Nebnéfer, répondit Namiz, le grand prêtre d'Amon, un être dévoré par la haine. Mieux vaut ne pas s'opposer à lui.

La porte de la salle d'audience s'ouvrit. Deux jeunes hommes entrèrent. Le premier sautillait plutôt qu'il ne marchait. C'était un adolescent fougueux aux membres élancés, qui semblait avoir grandi trop vite. Une boucle de cheveux se dressait sur son crâne rasé de frais. Les traits encore enfantins de son visage s'opposaient à une pomme d'Adam saillante. Il inclina la tête avec maladresse devant le Pharaon. Son geste ne traduisait pas tant le respect que l'envie de se débarrasser d'une obligation pesante. Puis il s'assit comme un chiot aux pieds de la reine.

— C'est Ahmosis, chuchota Namiz, le premier-né du couple royal.

L'autre, plus âgé de quelques années, s'avançait avec nonchalance. Il était mince et de taille moyenne, mais ses épaules étaient larges et son pas viril. Il avait une dense chevelure noire, un nez proéminent, des yeux sombres très écartés et un menton carré. S'il n'était pas beau, il avait une fraîcheur et une vitalité provocatrices. Il baissa la tête de façon compassée, mais au moment où il la redressa, Sahti crut percevoir sur ses traits un soupçon d'amertume. Il alla sans hâte prendre place derrière le trône.

— Voilà Kamosé, son cousin, poursuivit le bijoutier. C'est un jeune homme opiniâtre qui passe pour préférer la solitude et le désert à toute autre chose.

Namiz se tut soudain en rougissant de honte : le souverain l'avait regardé.

— Les princes sont donc arrivés, s'exclama Séqénenrê d'une voix aiguë aussitôt que le silence régna. Mais pourquoi ne vois-je point la grande Téti-Schéri ? ajouta-t-il en étendant les jambes.

— La reine mère se sent mal, répondit avec douceur Ahhotep.

En y prêtant attention, on percevait derrière ses propos mielleux une méchanceté mal dissimulée.

— Le feu qui habite ses articulations depuis l'hiver dernier la fait de nouveau souffrir. Elle te prie mille fois de l'excuser. Il fallait qu'elle consulte ses médecins avant de quitter sa couche ce matin.

Le Pharaon produisit un son assez indéfinissable.

— Et où se cache le général ?

À peine avait-il proféré cette phrase que l'intéressé fit son apparition, comme s'il avait attendu un signal. Il s'avança à grandes enjambées vers le trône. Il était coiffé d'une perruque à trois pans, vêtu d'un pagne blanc et chaussé de sandales dorées. Son nez cassé lui donnait néanmoins l'air d'un pugiliste déguisé. Antef, qui le suivait de près, avait du mal à garder la cadence.

Derrière eux, des soldats tiraient Nabou, dont les mains étaient toujours attachées et la bouche bâillonnée. Elle était dans un état pitoyable : sa robe était sale et déchirée, ses bras et ses jambes couverts de griffes, ses cheveux hirsutes. Interloqué, le Pharaon la regarda avec horreur, puis se tourna vers la petite fille de couleur.

— Qui sont ces créatures ? demanda-t-il. Comment osez-vous m'imposer ce spectacle ?

— À genoux ! murmura Namiz en kouchitique.

Pose le front et la paume des mains sur le sol. Ne bouge surtout pas avant que je te le dise.

Elle obéit aussitôt. Nabou, en revanche, n'avait pas de traducteur pour l'initier au cérémonial. Les soldats le lui inculquèrent d'un coup dans le dos. Elle tomba par terre avec un gémissement. Un mouvement d'inquiétude traversa la foule des courtisans, mais on ne fit bientôt plus attention à elle.

— Je vais t'expliquer, vénéré Pharaon.

Ipi avait pris la pose, s'apprêtant à tenir un discours. Le souverain l'interrompit d'un geste de la main.

— Plus tard ! Pour commencer, je voudrais entendre le rapport du responsable de l'expédition !

Namiz frémit. Jamais il n'avait été aussi proche du poste de trésorier royal. Il exposa de manière concise ce qui s'était passé à Abou Rési. Il parla de l'or qui manquait, de la tempête de sable dont ils furent victimes au retour de la chasse, de la descente des soldats dans le village, de la révolte des hommes qui travaillaient à la mine, de la mort d'Améni et de la terrible répression qui suivit.

Il n'omit pas de signaler que la citadelle était pour l'heure sous le commandement de Hori. Il expliqua qu'au lieu d'archers pour la garde de Pharaon, ils ramenaient à Ouaset la femme et la fille du chef du village voisin afin de garantir une paix durable. Pour conclure, le bijoutier signala même que des troupes venues de Kerma remontaient vers le Nord. Il n'embellit rien et ne dit pas qu'il était à l'origine de l'idée des otages. Il laissa croire que le général et lui-même avaient tout décidé de concert pendant l'expédition.

À la fin de son rapport, le souverain fit un rapide signe de la tête, puis déclara :

— Nous irons chercher plus tard l'or qui fait défaut. En ce qui concerne les archers, leur nombre est suffisant pour le moment. Avec la protection d'Amon, les bateaux et les troupeaux devraient arriver sous peu. Je suis donc satisfait. Mais plus que tout, je suis heureux de constater que vous avez agi selon mes instructions et que vous ne vous êtes pas laissé provoquer.

Le général ouvrit la bouche, comme pour faire une remarque, mais il la referma aussitôt, comprenant que le souverain n'avait pas terminé.

— En effet, le pire qui puisse arriver à Kemet aujourd'hui serait une guerre dans le Sud. Je souhaite même me faire un allié du maître de Kerma, et attaquer avec lui ce fils de hyène qui a pris le pouvoir dans le Delta et qui essaie de poser ses marques dans l'ensemble de mon empire. Cet usurpateur sans vergogne – les traits de son visage se déformèrent à ces mots –, cet impertinent a besoin d'une bonne leçon. C'est pourquoi je vous ai fait rentrer avant terme.

Il ne restait plus au général qu'à approuver ce qu'il venait d'entendre.

— Qui doute que nous soyons vainqueurs, Seigneur des deux terres ! Nous sommes à tes ordres. Tes soldats te suivront comme un seul homme car tout ce que Ré illumine est sous ton pouvoir. Toi seul, Maître tout-puissant, toi seul es l'héritier d'Isis.

— Redressez cette femme ! s'exclama Séqénenrê sans prêter attention aux louanges superflues du militaire. Et relevez l'enfant noire.

Sahti se remit d'elle-même sur pied tandis qu'on dut aider Nabou à se relever.

— Ôtez-lui les liens et le bâillon, ajouta le roi en pinçant les lèvres. Comment les gens du Sud pourraient-ils avoir confiance en nous si nous traitons leurs femmes et leurs enfants plus mal que le bétail ?

À peine fut-elle libérée que la jeune femme tendit les bras vers le ciel. Les serpents tatoués sur sa peau dorée semblèrent ainsi prendre vie. Un son étrange sortit de sa gorge, un sifflement aigu et intense qui emplit le silence de la salle d'audience. Tous les courtisans la fixèrent avec incrédulité et, pour la plupart, un air effrayé. Le prêtre Nebnéfer leva les deux mains pour se protéger et murmura une rapide formule pour chasser les puissances maléfiques.

Même Séqénenrê Taa avait pâli. D'un geste involontaire, il porta la main droite à l'*Uraeus* dont le venin était censé empoisonner tous ceux qui attaquaient ou trahissaient le Pharaon. Il reprit ensuite sa position initiale. Mais, dans ses yeux auparavant ternes et fatigués, brillait désormais une flamme mystérieuse.

— Voilà donc une magicienne kouchite, commenta-t-il, une de ces femmes qui parlent aux serpents comme la divine Isis. Quel hasard ! À moins que ce ne soit un plan… Pourquoi n'as-tu pas évoqué ce détail dans ton rapport, homme de Kepni ?

Nebnéfer adressa un affreux sourire au général, comme pour l'inviter à se venger de Namiz. Ipi fit alors un pas en avant et commença à discourir, en reprenant tout depuis le début.

— En ce qui me concerne, vénéré Horus d'or, j'ai tout de suite perçu le risque et j'ai pensé qu'il était d'importance. Cette femme est très dangereuse. C'est pourquoi j'ai fait en sorte qu'elle…

— Faites-la approcher de mon trône ! l'interrompit à nouveau le roi sans ménagement. Je veux la voir de près.

Comme si elle avait compris ses propos, Nabou se dégagea avec mépris des mains des soldats qui s'étaient emparés d'elle. Elle avança sans crainte, d'un pas lent et régulier, puis s'arrêta avec fierté devant le souverain. Ils se fixèrent en silence. On aurait dit non pas un prince et son otage, mais deux adversaires de rang égal, qui se jaugeaient avant un duel.

La tension montait dans la salle. Personne n'osait prononcer le moindre mot. Sahti se sentit gagnée par cette excitation. La reine avait peine à cacher son impatience. Ipi attendait de pouvoir continuer. Inquiet, Namiz tentait de garder contenance. Ce fut Séqénenrê qui baissa le regard en premier. L'étrangère l'avait-elle battu ? Il n'en laissa rien voir.

— Emmenez-la sur-le-champ dans mon harem, ordonna-t-il aux dames d'honneur sur un ton indifférent. Je veux qu'elle prenne un bain, qu'on la couvre d'onguent, qu'on lui donne des vêtements corrects et qu'elle ait à manger et à boire. Ensuite, mes médecins l'examineront.

Le visage du vizir était comme pétrifié. Le grand prêtre, quant à lui, considérait Nabou avec un dégoût non dissimulé. Le Pharaon se leva, puis il se ravisa. Deux femmes entraînèrent Nabou avec des airs attentionnés.

— Et l'enfant, Majesté ? se risqua à demander le bijoutier. Que devons-nous faire d'elle ?

Namiz perçut le regard implorant qu'Antef lui adressa.

— L'enfant… c'est-à-dire…

Le souverain caressait son menton pointu de ses mains soignées et montrait beaucoup moins d'intérêt pour la petite fille au corps chétif.

— Puis-je me permettre de faire au Seigneur des deux terres une modeste suggestion ? s'enquit le général avec déférence.

— Parle !

— Cette enfant, commença le chef de l'armée, n'a pas sa place à la cour, Majesté. Pourquoi ne pas la confier à un couple d'Égyptiens ? J'entends des gens fiables qui prendraient soin d'elle et l'auraient en même temps à l'œil. Ainsi, l'otage serait en permanence sous notre contrôle sans pour autant être à notre charge.

Ipi se tut et inclina la tête. Le souverain sourit.

— Et comme par hasard, maître des belles paroles, tu as trouvé le brave homme et la femme soumise !

Puis il continua d'un ton sévère.

— J'ose toutefois espérer que tu n'as pas toi-même l'intention d'élever cette enfant. Je me trompe peut-être...

— Oui, bien sûr. Enfin, je veux dire non...

La sueur coulait sur le front du général. Il avait le souffle court, comme si son nez cassé l'empêchait de respirer.

— Je pensais en réalité à mon aide de camp, se défendit-il. Il me semble être la personne tout indiquée pour cette mission. C'est un soldat honnête et courageux, dévoué corps et âme à Sa Majesté. Quant à son épouse...

— Qu'il prenne l'enfant si tel est ton désir !

À ces mots, un large sourire traversa le visage d'Antef.

— Toutefois, je ne fais que vous la prêter. Je peux à tout moment la réclamer. Ce n'est pas un don.

Le général et son aide de camp firent un signe de la tête, l'un avec indifférence, l'autre déjà soucieux.

Sahti, elle, n'avait guère compris que quelques paroles, mais elle savait ce dont il s'agissait. Elle se tourna vers Namiz, son seul repère dans cet univers étranger qui l'effrayait.

— Pourquoi ne puis-je pas rester avec toi ? s'inquiéta-t-elle.

— Tout ira bien, tu verras, la rassura le bijoutier en essayant de dissimuler sa propre émotion. Tu seras beaucoup mieux chez eux que dans la maison d'un vieux garçon comme moi. N'oublie pas que c'est Antef qui t'a sauvé la vie !

— Oui, mais moi, je préfère t'accompagner !

Elle se mit sur la pointe des pieds et s'accrocha à son bras.

— Tu vois comme je suis grande déjà ? Et puis, à qui vais-je m'adresser ? Quand ils parlent, on dirait qu'ils aboient !

— Je suis sans cesse en voyage, chuchota-t-il encore. Qui s'occuperait de toi quand je suis parti ? Je suis sûr que, dans quelques semaines, tu maîtriseras l'égyptien comme ta propre langue. Allez, Sahti, sois raisonnable.

— Emmène-moi, je t'en prie, le supplia-t-elle, des larmes dans la voix. Je ne te dérangerai pas, je te le promets !

Namiz posa l'index sur ses lèvres, car Séqénenrê s'était levé pour la seconde fois. Il dressa les bras comme un prêtre qui prononce un sermon ou une formule de conjuration.

— J'ai interrogé mon cœur, annonça-t-il, et résolu d'ordonner un *heb Sed*. Tous nos ennemis, au nord comme au sud, trembleront en entendant parler de la splendeur de ces jours de liesse. Ils n'oseront plus attaquer la double couronne de Kemet !

Le vizir approuva de la tête comme s'il attendait depuis longtemps une telle déclaration. Nebnéfer laissa échapper un murmure d'approbation. Les autres restèrent impassibles.

— Quand cette fête doit-elle avoir lieu, grand Pharaon ? s'enquit Kamosé qui avait quitté sa place et s'était approché du trône.

— Dès que la déesse Sépédet sera apparue dans le ciel et qu'elle se sera unie à Osiris pour enfanter l'étoile du matin.

Ces paroles prononcées, Séqénenrê quitta la salle d'audience. Son épouse, le vizir, le grand prêtre d'Amon et les deux princes le suivirent à quelques pas de distance. Puis les courtisans se dirigèrent en rang vers la sortie. Antef hésita quelques instants, mais Ipi le poussa vers Sahti qui s'agrippait toujours au bras du bijoutier.

— Viens, petite ! murmura-t-il en lui caressant les cheveux de sa grande main chaude. Allons enfin à la maison !

Sahti ne broncha pas. Elle fixait toujours Namiz, que la prière muette de l'enfant mettait au supplice et qui parvenait juste à remuer la tête pour l'encourager.

— Pourquoi jette-t-elle un regard si sombre ? interrogea l'aide de camp. Ne m'a-t-elle pas compris ?

— Je pense que si, répondit le bijoutier, mais je crois qu'elle a peur quand même. Elle ne connaît rien ici, et elle a perdu tout ce qui comptait pour elle. Par bonheur, les dieux lui ont donné du cœur et du caractère. Elle percevra vite la pureté de tes intentions et appréciera d'être dans un foyer où règne l'amour.

— N'aie crainte, reprit Antef avec gentillesse. Je suis ton ami, petite.

— Sahti, le corrigea Namiz, elle s'appelle Sahti.

L'enfant ne bougeait toujours pas. Après un instant de réflexion, le soldat détacha un à un ses doigts crispés et il les prit dans sa grande main maladroite. Il serra avec douceur la menotte de la petite fille. Alors, l'orpheline répondit à ce geste avec timidité et tourna le regard vers lui.

— Sans doute Tama nous attend-elle déjà, Sahti.

La femme qui les accueillit incarnait la joie de vivre. Elle avait les yeux rieurs. Ses joues rondelettes étaient marquées par des fossettes. Ses lèvres découvraient des dents assez mal rangées, mais d'une blancheur remarquable. Sa robe était translucide, comme c'était ici l'usage, et descendait jusqu'à ses pieds. On apercevait ses orteils, courts et bronzés. Elle avait accouru en criant. Après une brève hésitation, elle avait serré dans ses bras son mari, avant d'étreindre l'enfant qu'elle ne connaissait pas.

— C'est le plus beau jour de ma vie ! répétait-elle en pleurant de joie et en les touchant l'un après l'autre, comme pour s'assurer qu'elle ne rêvait pas. Isis, la mère de toutes les mères, m'a donc entendue !

Avant même qu'ils n'ouvrent la bouche, Tama leur fit descendre les marches qui menaient à l'intérieur d'une maison simple, mais propre et confortable. Ils s'installèrent dans une petite arrière-cour où se trouvait le foyer. Elle était recouverte d'un toit de branches et de paille qui abritait du soleil, mais laissait passer la fumée.

La jeune épouse les obligea, avec douceur, à prendre un repas qui aurait suffi à nourrir une famille de plusieurs enfants. Après une soupe de haricots et de lentilles bien épicée, elle leur apporta des tartines de pain frais couvertes de purée de pois chiches. Vint ensuite un bouillon de canard dans lequel nageaient plusieurs gousses d'ail sauvage. Enfin, elle posa sur la table une assiette pleine de figues et de noix. Elle s'était même procuré une cruche de vin bourru, le préféré de son mari, et servait celui-ci en abondance.

— Veux-tu nous faire mourir ? fit semblant de se plaindre Antef, qui avait suivi avec un plaisir non déguisé le moindre de ses mouvements.

Elle lui arrivait à la poitrine, mais compensait par son tempérament la différence de taille.

— La petite ne ferait pas mal de s'épaissir un peu, répliqua-t-elle sur le ton de la plaisanterie. Quant à toi…

— Tu crois peut-être, rétorqua-t-il, que je me suis amusé pendant toute cette absence ! Et comment veux-tu que je te comble, avec un ventre aussi plein…

— Je te reconnais bien là ! l'interrompit-elle en souriant avec malice. Comment peux-tu penser à cela un jour pareil ? Que va dire notre fille de ses nouveaux parents ?

— Qu'ils s'aiment comme au premier jour ! continua-t-il avec conviction. Et qu'après des mois d'abstinence, un brave soldat n'aspire qu'à retrouver les doux bras de sa femme.

— Juste les bras ? le taquina-t-elle en l'effleurant des hanches et en s'esquivant dès qu'il tenta de la retenir.

— Nous en reparlerons plus tard, laissa-t-il entendre, quand la petite sera couchée.

Sahti observait la scène avec curiosité. Jamais elle n'avait vu un homme et une femme se cajoler de manière aussi libre. Ce rapport lui plut, quoiqu'elle éprouvât une certaine gêne. Elle ne put s'empêcher de songer un instant aux caresses toujours rapides et brusques de la Daya, à ces mains incapables de grande tendresse dans lesquelles elle avait aperçu le couteau de pierre noire...

Tama remarqua aussitôt qu'une ombre traversait le visage de l'enfant. Elle s'assit à ses côtés et lui posa un bras sur les épaules, sans laisser voir combien sa maigreur l'effrayait.

— Je suis si heureuse que tu sois parmi nous, Sahti ! déclara-t-elle en articulant bien chacune des syllabes. Tu ne peux t'imaginer combien de fois j'ai rêvé d'avoir une petite fille. Me comprends-tu ?

Sahti fit oui de la tête. *Si, j'imagine très bien, car moi aussi, j'ai toujours rêvé d'avoir une mère,* pensa-t-elle, surprise d'autant de chaleur. Pourtant, elle essaya de chasser la joie qu'elle éprouvait et qui lui paraissait dangereuse.

— Nous allons très bien nous entendre, continua l'Égyptienne. Certes, nous aurons besoin de patience avant de nous connaître vraiment. Il faut que tu apprennes notre langue. Ensuite, tout sera beaucoup plus facile.

Antef partit se reposer. Sahti regarda la jeune femme faire la vaisselle, balayer, décrocher la lessive sur la pointe des pieds. Dès que le jour commença à tomber, Tama emmena la petite dans une pièce inoccupée. Elle lui ôta sa robe usée, puis elle l'allongea et la recouvrit d'un drap léger. La fenêtre était munie d'un voile de gaze pour empêcher les moustiques d'entrer.

— Voilà longtemps que ce lit attend une petite fille, Ibib, murmura-t-elle en se penchant sur elle. Ibib, cela veut dire « ma chérie ». C'est peut-être le mot le plus important de toute notre langue.

Elle dégageait une agréable odeur de pain et ses lèvres effleuraient les joues de Sahti sans pourtant les embrasser. Il était encore trop tôt, pour toutes les deux.

— Je me réjouis qu'il ne soit plus vide, continua-t-elle. Parce qu'il s'ennuyait, tout seul !

Cette pensée amusa Sahti, qui avait compris. Tama lui rendit son sourire, puis ajouta sur un ton grave.

— Antef et moi sommes à côté. Si tu as peur ou que tu as besoin de quelque chose, appelle-nous, ou bien viens nous voir, d'accord ?

Sahti remua de nouveau la tête. *Reste encore un peu*, pensait-elle, *allonge-toi près de moi. J'aime ta présence.* Mais elle ne trouva pas les mots justes ni le courage d'avouer la vérité. Tama lui fit une dernière caresse, brève et douce, puis elle sortit en silence. La pièce avait une odeur inconnue. Pourtant, la fatigue entraîna aussitôt l'enfant dans le sommeil, comme une vague du Nil un bateau vers la mer.

Quand leur respiration se fut calmée, elle se colla à lui. Elle pressa les doigts sur son corps nu, trempé de sueur et gorgé d'amour. Ils restèrent allongés sans rien se dire pendant un bon moment, jouissant de cette confiance silencieuse qui les unissait.

— Jamais je n'ai été aussi heureux de rentrer, confia Antef d'une voix lasse. Je préfère mille fois être jardinier que soldat. S'il ne tenait qu'à moi, je renoncerais à l'armée. Le général est capricieux, même s'il s'est montré généreux avec nous, comme tu vas le voir.

— Je n'oublierai jamais que tu as tenu ta promesse lors de cette expédition difficile, susurra son épouse. Jamais de ma vie.

Il toussota.

— Tu ne dois pas te faire de faux espoirs, ma chérie. La petite n'est pas un cadeau, mais juste un prêt, pour ainsi dire. Pharaon l'a bien précisé, et il ne l'oubliera pas.

— Où l'as-tu trouvée ? demanda-t-elle.

Tama fronça les sourcils quand son mari évoqua la piqûre de serpent, contre laquelle sa potion magique avait agi, par bonheur. Son visage prit aussi une expression de commisération quand il raconta comment la grand-mère de Sahti était morte. Il n'aimait guère parler, mais il s'efforçait de dépeindre ce qui lui paraissait important. Il termina par la chute du général Ipi et de son sauvetage de la noyade. Puis il prit à tâtons, d'un air presque gêné, ses affaires dispersées sur le sol pendant leurs ébats amoureux. Il sortit d'une bourse en lin la statuette en lapis-lazuli et la lui tendit.

— C'est pour toi, dit-il simplement. Une déesse de pierre pour ma petite déesse.

Remplie d'émotion, sa femme se pencha sur lui pour l'embrasser. Ses cheveux effleurèrent son visage, sa bouche était chaude et douce. Il eut envie de l'aimer une deuxième fois, avec une tendresse infinie.

— Mais il ne va pas nous la reprendre, gémit-elle malgré ses baisers qui se faisaient de plus en plus passionnés. Il n'a pas le droit. Un enfant est un don du ciel. On ne peut pas le prêter, même quand on est Pharaon !

Pour toute réponse, il l'embrassa avec fougue. Tama ne put lui résister plus longtemps.

Sahti s'accoutumait tous les jours un peu plus à sa nouvelle vie. Une rue poussiéreuse séparait les habitations en briques crues. Les voisins avaient des enfants et des animaux domestiques – chèvres, poules, canards et chiens. Elle descendait souvent le sentier défoncé qui menait au fleuve, mais restait le plus souvent dans sa nouvelle maison.

Quelques semaines après leur arrivée, le général Ipi était venu en inspection. Quelque temps plus tard, c'était le bijoutier qui leur avait rendu visite. Cette fois, la petite Kouchite ne l'avait pas supplié de l'emmener avec lui, mais avait récité avec fierté tous les mots nouveaux qu'elle avait appris. Les deux époux avaient échangé des regards inquiets, sans oser demander s'il passait par simple curiosité ou sur ordre du souverain. Namiz avait eu l'air satisfait en voyant où dormait la petite. Il avait fait l'éloge du vin et du petit pain à l'ail que Tama lui avait servis. Puis il avait pris congé en leur souhaitant beaucoup de bonheur.

La mère d'adoption n'avait pu se résoudre à raser la tête de l'enfant. Elle s'était contentée de couper si court ses boucles rebelles que celles-ci faisaient comme un bonnet sombre autour de son crâne. Dès lors, le cou de Sahti paraissait d'une finesse émouvante, et ses yeux d'une profondeur insondable. Comme elle mangeait bien, elle n'était plus aussi maigre qu'à son arrivée. Sa peau noire avait maintenant des reflets dorés. Des passants s'arrêtaient en la voyant et lui souriaient avec gentillesse. Mais d'autres personnes se méfiaient et ne cachaient pas leurs sentiments.

— Une Noire ? s'étonnaient des femmes bornées, auxquelles Tama racontait son histoire en frottant la lessive sur la grande pierre du lavoir. On peut dire que tu n'as pas peur ! Elle ne vient pas du pays de Kouch, quand même ?

— Ma petite chérie en or ! C'est Isis en personne qui me l'a envoyée, s'exclamait la bavarde révoltée.

En rentrant chez elle, elle se jurait de veiller à ce que la petite n'entende jamais de telles abominations. Après bien des négociations, elle avait obtenu que l'enfant se défasse de la bourse en cuir qui pendait à son cou. Elle l'avait remplacée par une amulette ovale en argile, sur laquelle était représenté l'œil d'Horus, censé protéger celui qui la portait. Toutefois, la petite fille avait tenu à conserver la patte de lionne sous le tissu où elle posait la tête tous les soirs. Parfois, dès que Tama avait fini de lui raconter une histoire et qu'elle était sortie, Sahti collait ce souvenir contre son visage. Néanmoins, dans son esprit, les images du village s'effaçaient inexorablement.

Le jour, elle n'avait guère le temps de s'abandonner à la nostalgie. Elle aidait Tama aux tâches ménagères, comme elle le faisait autrefois chez la Daya. Elle allait chercher l'eau, balayait la maison et la cour, lavait les légumes ou faisait de la pâte. L'adulte parlait sans interruption, nommait tout ce qu'elle voyait et répétait les mots autant de fois qu'il le fallait, jusqu'à ce que Sahti parvînt à les prononcer de façon correcte.

Parfois, Antef emmenait l'enfant dans les jardins royaux qui, grâce au système d'irrigation, restaient luxuriants même pendant la sécheresse. Elle aimait le regarder attacher les jeunes pousses ou couper les branches des buissons pour qu'ils fleurissent plus vite. Mais elle préférait encore tremper ses pieds dans l'un des grands bassins en écoutant les sifflements des oiseaux cachés dans la cime des arbres.

Jamais elle ne voyait le Roi ou son épouse. Quand elle demanda au jardinier où ils étaient, Antef se mit à rire et lui expliqua, comme à son habitude de façon laconique, qu'ils étaient sans doute occupés à préparer le *heb Sed*. Un jour, elle crut apercevoir le neveu du Pharaon, mais quand elle s'approcha avec timidité, Kamosé avait déjà disparu derrière de hautes palmes de dattiers.

Bientôt, l'enfant eut même des amis. Une petite voisine vint frapper à la porte, gênée, pour demander si elle ne voulait pas jouer avec elle. Mais Sahti se lia surtout à Maj, le fils de Nofret, l'assistante de sa mère. Il avait deux ans de plus que la petite fille, il était aussi maigre, mais plus grand d'une main et il courait encore plus vite. S'ils avaient au début du mal à se comprendre, ils n'avaient pas besoin de mots pour s'amuser.

Néanmoins, Tama avait souvent besoin de l'enfant, car son plus gros client, l'embaumeur Ut, lui avait passé commande d'une grande quantité de bandelettes. C'était une fileuse incomparable. Quand elle la regardait, Sahti se disait qu'elle ne saurait jamais passer le fuseau, tendre les fils ou manier le peigne comme elle. Quelque effort qu'elle fît, Nofret n'arrivait d'ailleurs pas à la suivre. Pourtant, ce talent ne suffisait pas, même si les deux femmes passaient toutes leurs journées à tisser, laissant de côté les vêtements et les draps destinés aux voisins.

Le préparateur de momies était très exigeant : il voulait que le travail soit à la fois rapide et impeccable. Il contrôlait la marchandise avec minutie. Il refusait une pièce au moindre défaut ou baissait le prix sans scrupules. Lorsqu'il était là, Sahti en avait vraiment peur et se cachait derrière les ballots de lin.

Cet homme de petite taille ressemblait à une boule de chair suspendue dans les airs. Son buste épais était posé sur des jambes d'une maigreur extraordinaire. Son crâne était si lisse qu'on aurait dit qu'il n'avait jamais eu de cheveux. On distinguait à peine ses yeux rapides et durs au milieu des bourrelets de son visage. Quand il se fâchait, ce qui n'était pas rare, son triple menton tremblait et sa voix faisait penser au cri d'un porcelet qu'on égorge.

Seule Tama savait s'y prendre avec lui. Elle restait toujours aimable, qu'il se plaigne, qu'il se fâche ou qu'il réduise le délai convenu. Elle parvenait même à lui sourire alors que tous évitaient de l'approcher. Elle ne souffrait pas que quiconque, y compris Antef, se moque ou dise du mal de lui.

— J'ai la chair de poule chaque fois que ce suppôt d'Anubis passe le seuil de notre maison, avoua un jour le jardinier en frissonnant de dégoût. N'as-tu pas remarqué son odeur ? Il sent la pourriture et la mort. Même si ses coffres regorgent d'argent, le plus précieux des baumes au safran ne peut rien contre cette puanteur... Ne peux-tu pas travailler pour quelqu'un d'autre, ma chérie ?

— Bien sûr, lui répondit-elle impassible, pour des douzaines d'autres.

— Pourquoi ne le fais-tu pas ? s'étonna-t-il.

— Parce que sans lui, il n'y aurait pas de nouveau métier à tisser et que je n'aurais pas mon petit atelier. Il est bien placé et il paie en argent comptant, tandis que les autres, quand ils y pensent, m'apportent une poule ou une cruche d'huile. Et puis, je n'aime pas que tu dises du mal d'un dieu.

Ses lèvres au tracé délicat s'étaient soudain durcies.

— Anubis n'est pas seulement le gardien de tous nos secrets, mais aussi le maître de la balance au regard de Maât. Le jour viendra où toi aussi, tu seras heureux qu'il te vienne en aide.

Le jour de l'*heb Sed* était arrivé. Dès le petit matin, tout Ouaset était en effervescence. La veille au soir, on avait enterré une statue de Pharaon dans l'enceinte du temple – une cérémonie qui symbolisait la mort du roi et préparait sa résurrection. De fait, lorsqu'il s'avança sur l'estrade recouverte d'une tenture, Séqénenrê semblait rajeuni comme par miracle.

Le souverain avait les traits détendus, ses yeux brillaient et il se tenait droit. Il portait un manteau d'apparat en lin bleu empesé, qui couvrait ses bras et descendait au-dessus du genou. Il tenait dans les mains les symboles de son pouvoir, le sceptre et le fouet. Il était coiffé du *némès* et son front était orné du cobra solaire.

La reine était restée dans ses appartements car elle avait mis au monde une petite fille quelques jours auparavant et souffrait, à ce qu'on disait, des suites de l'accouchement. Tous les autres personnages officiels, en revanche, étaient présents : non seulement les deux cousins, mais aussi les trois princesses, qui ricanaient dans le fond du pavillon, le vizir Seb et le grand prêtre Nebnéfer. Même la reine mère, Téti-Schéri, assistait au spectacle dans une chaise à porteurs munie d'un baldaquin pour la protéger de la chaleur.

Tel un maréchal vainqueur, Ipi ouvrit l'immense cortège des soldats qui portaient les trésors de Kouch enfin arrivés dans la capitale : les sacs d'or et de pierres précieuses, les peaux d'animaux, l'ivoire et les œufs d'autruche. Ils étaient suivis par des troupeaux de bœufs dont les beuglements faisaient un vacarme assourdissant et qui salirent la cour d'honneur. Des émissaires de toutes les contrées, des dignitaires du royaume, des grands fonctionnaires et des prêtres fermaient la procession en l'honneur de Pharaon.

Ensuite, on dressa en face du trône un pilier décoré de quatre rubans, emblème de la stabilité du régime. Nebnéfer prononça d'une voix grave, mais un peu tremblante, les paroles rituelles.

— Le *djed* se plante dans le corps de la terre comme un pilier fructueux. Et une vie nouvelle naîtra de cette union.

Alors, Séqénenrê se leva et s'apprêta à entreprendre la course sacrée. Un murmure d'impatience s'éleva dans la foule. Assise sur les épaules d'Antef, Sahti se mit à crier au même moment, car elle venait d'apercevoir Namiz. Celui-ci se frayait un passage jusqu'à la tribune. Il était d'une pâleur inquiétante.

— J'ai cru que j'allais mourir de migraine cette nuit, se plaignit-il en arrivant près d'eux. Par bonheur, j'ai quand même réussi à me lever.

La petite fille s'apprêtait à lui faire une caresse quand elle aperçut une femme mince qui pénétrait dans la cour d'honneur. Elle portait une robe de lin blanc semblable à un voile. Son cou, ses oreilles, ses poignets et ses chevilles étaient parés de bijoux en argent qui luisaient dans la lumière du soleil.

Le Pharaon venait d'ôter son manteau et s'apprêtait à fixer à son pagne la queue d'animal que lui tendait le prêtre. Dès qu'il vit la nouvelle venue, il s'immobilisa. De loin, Sahti eut l'impression qu'il souriait.

— C'est la nouvelle favorite, leur confia le bijoutier

sans songer à qui il parlait. On dirait qu'elle l'a ensorcelé. Du moins un grand émoi règne-t-il dans le harem. La reine est si jalouse qu'elle a refusé de se montrer aujourd'hui.

C'est alors que Sahti la reconnut. Nabou ! Elle eut dans la bouche un goût de trahison et son cœur se serra. Au moment où il lui revenait à l'esprit, son pays lui sembla plus lointain que jamais. Son regard s'arrêta sur les mains de la courtisane.

— Mais pourquoi a-t-elle la peau si claire ? s'étonna-t-elle.

— C'est de la poussière d'albâtre, répondit Namiz d'un ton moqueur. Simple, mais efficace.

Le silence se fit. Séqénenrê mit la double couronne rouge et blanche, ornée du faucon et du cobra, ainsi que la barbe postiche. On avait posé autour de lui de petits écrins qui symbolisaient les sanctuaires des différentes régions. Il fit alors d'un pas lent le tour de la cour d'honneur. Il s'élança ensuite à une vitesse étonnante entre deux séries de stèles qui représentaient les frontières de son royaume.

Haletant et trempé de sueur, mais avec une prestance majestueuse, il prit enfin place sur deux trônes différents, l'un après l'autre. Tous savaient ce que signifiait ce rituel. Pharaon revendiquait une domination absolue sur les deux parties de l'empire. Sa course équivalait à une déclaration de guerre dirigée contre Apopi, le puissant roi des Hyksôs installé dans le Delta.

Nebnéfer s'avança devant le souverain et leva les deux bras pour prononcer une prière.

— Toi seul garantis la sécurité de Kemet ! Tu satisfais nos besoins, fondateur des deux pays. Tes dignitaires sont à la place qui convient. Tu renforces tes frontières pour nous protéger des neuf arcs. Ton trône est celui de Ré, ton père. Grand est l'effroi qu'on éprouve devant toi dans toutes les contrées.

Ipi confia au souverain l'arme traditionnelle. Pharaon se mit en position, tendit l'arc et fixa sans hâte la première cible. Il tira d'abord au nord, puis à l'est, à l'ouest, et enfin au sud. En voyant cette dernière flèche fendre l'air en direction de sa patrie, Sahti ferma les yeux.

CINQUIÈME HEURE

Dans les bras de l'obscurité

L'inondation était passée. Le Nil s'était retiré dans son lit et les champs étaient recouverts de limon noir. Le mois de *Peret* avait commencé depuis un certain temps. On en était à la deuxième lune des semailles. La température agréable de cette saison invitait à la baignade ou à la promenade. Comme souvent, Sahti retrouva l'adolescent près de l'endroit où les femmes venaient depuis des générations battre leur linge. Quelques canards s'envolèrent quand elle s'approcha des roseaux.

À cette heure de la journée, les ombres s'allongeaient déjà. Le fleuve avait une couleur vert foncé. On aurait dit qu'une pellicule d'or flottait sur l'eau. La jeune fille ne s'étonnait plus de ces reflets changeants : cela faisait plus de quatre ans déjà qu'elle était arrivée, et elle s'était tout à fait accommodée à sa nouvelle vie. Elle aurait voulu ne plus penser à ses origines. Sa mère d'adoption semblait d'ailleurs l'avoir compris et ne lui posait plus jamais de questions sur le pays de Kouch.

Maj sortit du Nil sans hâte. Il avait la peau bronzée mais néanmoins plus claire que la petite étrangère.

Son corps était sec et ses jambes musclées. Il avait encore beaucoup grandi ces derniers mois et se déplaçait avec maladresse, comme s'il devait s'habituer à sa nouvelle taille. Ses épaules s'étaient élargies depuis qu'il travaillait chez les charpentiers du port. Son sexe, pareil à une fleur sombre, fit rougir l'adolescente.

Il aperçut Sahti au dernier moment, et sa démarche se modifia aussitôt. La jeune fille sentit monter en elle une chaleur troublante. Elle prenait peu à peu conscience des transformations de son propre corps. D'habitude, c'était la nuit qu'elle en étudiait l'évolution : sa poitrine commençait à s'arrondir, un duvet noir était apparu sous ses aisselles et sur son pubis, et ses hanches n'étaient plus aussi droites. En caressant sa peau dans l'obscurité, elle était saisie d'un mélange de plaisir, de peur et de culpabilité.

Plus que tout, elle craignait la vengeance du scorpion, car elle avait échappé au couteau noir. Serait-elle condamnée à rester seule toute sa vie ? N'aurait-elle jamais d'enfants ? La malédiction la poursuivrait-elle jusqu'à Kemet ? Sahti aurait volontiers demandé à Tama, mais elle n'osait pas, quoique la jeune femme fût si naturelle et si franche. Et les soupirs qui provenaient parfois de la chambre voisine ne faisaient qu'augmenter la gêne de l'adolescente.

Sahti détourna le regard un bref instant pour cacher son embarras. Maj se pressa de mettre un pagne. Elle s'assit sur la plus grosse pierre, encore brûlante de la chaleur du soleil. Il s'installa à côté d'elle et regarda dans l'eau. Elle observait avec une feinte indifférence le jeu d'ombres que produisaient sur sa propre peau les palmes de dattiers. Tous deux se taisaient.

— Comment va Nofret ? finit-elle par demander.

Mais elle connaissait la réponse. Depuis plusieurs lunes déjà, la mère du jeune homme n'était plus en mesure de travailler. C'était désormais la grosse Rédi qui venait à l'atelier. Sahti avait elle aussi appris à tisser et secondait parfois Tama quand l'embaumeur Ut avait passé des commandes urgentes.

— Sa santé empire de jour en jour, répondit-il.

— Pourquoi n'es-tu pas auprès d'elle ? lui reprocha-t-elle.

— Parce que je ne supporte plus de rester, expliqua-t-il à voix basse. Si elle criait et qu'elle pleurait, au moins… Mais elle s'efforce de faire preuve de courage. C'est pire. Parfois, je souhaite que tout soit fini. Peux-tu comprendre ?

Elle fit un bref signe de la tête. Elle regrettait de le voir souffrir.

— En même temps, poursuivit-il, je m'en veux. Je me hais. Suis-je un monstre ?

Il se tourna tout à coup vers elle. Leurs genoux se touchèrent. Elle sentit le souffle de sa respiration.

— D'abord mon père, puis ma mère. Je me demande si les dieux veulent me punir. Mais de quoi ? Je n'ai rien fait !

— Non, le rassura-t-elle avec douceur. Tu n'y es pour rien. Tama prétend que personne ne peut comprendre le destin.

Elle passa ses doigts d'un geste tendre sur les mains calleuses du garçon.

— Peut-être les dieux veulent-ils te mettre à l'épreuve parce qu'ils te réservent un grand avenir ?

Elle lut un rapide soulagement dans les yeux de Maj.

Mais cela ne dura guère. Elle aurait aimé le prendre dans ses bras et le serrer tout contre elle. Elle n'en fit pourtant rien. Elle se contenta d'ôter l'amulette que lui avait donnée sa mère et de la passer à son cou.

— Tu me l'offres ? s'étonna-t-il.

Après avoir acquiescé de la tête, elle répéta les paroles de Tama.

— Que l'œil guérisseur d'Horus, Udjet, te protège ! À présent, tu as sur la poitrine la lune qui s'élève tous les soirs dans le ciel. Je suis sûre qu'elle te portera bonheur.

— Jamais je ne me déferai de ce cadeau ! déclara-t-il avec emphase. Ni de mon vivant ni dans le tombeau.

Il essaya avec maladresse de l'enlacer. Sahti se dégagea aussitôt, quoiqu'elle en eût envie elle aussi. Elle avait promis à sa mère de ne laisser approcher aucun homme. Elle n'était certes pas encore nubile, mais la tisseuse avait déjà forgé des projets d'avenir. La jeune fille ne devait pas se marier trop tôt, répétait-elle souvent. Tama voulait agrandir son atelier. Avec l'étoffe qu'elle fabriquait, la petite pourrait tailler et coudre des vêtements.

— Mieux vaut attendre pour trouver un époux, jugeait-elle. Avec l'âge, tu auras plus d'expérience. Tu sauras qui te convient vraiment.

Alors, elle la serrait contre elle et avouait en l'embrassant :

— Et puis je ne veux pas voir partir aussi vite ma petite chérie en or…

Ces propos étaient sensés et paraissaient inspirés par un amour maternel. Mais sa fille avait depuis longtemps compris que ce n'était pas tout. L'adulte ne supportait pas de la partager. Sahti devait se justifier dès qu'elle avait du retard : elle avait bavardé avec une amie, elle avait rendu visite à Antef ou elle n'avait pas fait attention à l'heure en allant chercher l'eau. S'il n'avait tenu qu'à elle, Tama ne l'aurait sans doute jamais laissée sortir. Et cette tendance s'était beaucoup aggravée ces derniers temps.

Après avoir pris congé de Maj, l'adolescente se demanda d'ailleurs comment expliquer son absence prolongée. Elle ne voulait pas attaquer sa mère de front, car celle-ci était capable de bouder pendant des jours. Mais elle ne voulait pas non plus céder, comme autrefois, à ce chantage. De plus en plus souvent, elle aspirait maintenant à imposer sa volonté.

Elle oublia bientôt ses propres soucis et pensa de nouveau à son camarade. Maj gagnait assez d'argent pour nourrir sa mère et lui-même. Mais cela ne suffisait pas pour acheter des médicaments. De toute façon, Sahti ignorait s'il existait un traitement efficace. Nofret crachait du sang. Même Tama, qui n'était d'habitude jamais à court d'idées, restait perplexe. Elle avait suggéré un jour que Selkis pouvait guérir les poumons, mais elle ne savait rien de précis.

Comment Nofret aurait-elle pu se concilier la bienveillance de cette divinité ? Les temples de celle-ci n'étaient pas ouverts aux simples mortels. Même les petits sanctuaires qu'on trouvait à Ouaset étaient réservés aux prêtres. De toute façon, la malade n'était plus en état de sortir. Elle aurait dû disposer chez elle d'une statuette pour implorer la déesse. Émue par le sort de la malheureuse, Sahti se résolut à demander de l'aide à Namiz.

Séqénenrê mit un certain temps à trouver sa mère dans les jardins du nouveau palais royal. La reine s'était installée sur un banc en albâtre à l'ombre d'un dattier. Comme souvent, Méret était agenouillée à ses côtés, le visage renfrogné.

— Salut à toi, grande Téti-Schéri ! s'exclama-t-il de manière courtoise. Je suis venu te demander conseil.

— Cela m'honore autant que cela me touche, répondit-elle sur un ton non moins formel en inclinant la tête. Laisse-nous seuls un instant, je te prie, Méret !

Celle-ci se releva en grommelant, puis s'éloigna sans hâte, pour manifester sa désapprobation. Le Pharaon s'assit près de sa mère et suivit la vieille femme d'un regard sévère.

— Comment peux-tu supporter sa présence ?

— N'oublie pas qu'elle est ma sœur de lait, expliqua Téti-Schéri avec calme. Elle est plus jeune que moi d'à peine quelques jours. Chaque matin nous rapproche toutes deux de la mort. Et plus nous attendons celle-ci, plus nous sommes attachées l'une à l'autre.

Séqénenrê l'observa d'un air surpris. Sa mère n'avait pas quinze ans quand elle l'avait mis au monde. Elle n'était pas princesse de sang. Elle n'était que la fille d'un juge, mais elle avait fasciné le Pharaon son père. En l'espace de quelques semaines, celui-ci l'avait élevée au rang de première épouse. Téti-Schéri alliait en effet la beauté et la grâce à l'intelligence la plus aiguë. On susurrait dans l'ensemble du royaume qu'elle avait deux paires d'yeux et qu'elle pouvait regarder dans toutes les directions en même temps. Pas un instant son fils n'imaginait que ses forces puissent décliner. Ses cheveux noirs étaient striés de mèches argentées et un réseau de minuscules rides entourait ses yeux. Pourtant, même à ce moment précis, elle lui paraissait sans âge.

— Promets-moi de ne jamais mourir ! s'écria-t-il de manière puérile en s'emparant des mains délicates de sa mère.

— Comment le pourrais-je ? rétorqua-t-elle en riant. Mon cœur est encore tout entier avec toi mais, parfois, il aspire à changer de demeure.

— Il faut que tu restes, s'obstina-t-il. C'est pour toi que j'ai fait construire ce magnifique palais !

— Je parle de ma demeure dans l'autre monde, continua-t-elle avec calme, de la tombe qui m'attend sur l'autre rive. Ma mère terrestre m'a portée dix lunes. Bientôt, je serai pour toujours dans les bras de la Nout céleste. Mon cœur s'en réjouit déjà quand j'y pense.

Elle lui caressa le front avec douceur, comme pour effacer une ride de colère.

— Tu avais cet air furieux avant même de savoir marcher. À cette époque déjà, tu étais un petit héros qui rêvait de conquérir le monde. C'est toi qui es le souverain unique, mon fils. En quoi une vieille femme pourrait-elle t'être d'aucun conseil ?

— Une reine intelligente aide le roi à protéger sa patrie et à garantir son empire, déclara-t-il.

— Cette reine s'appelle Ahhotep, rétorqua Téti-Schéri.

Elle se tut un instant.

— Elle ne t'a toujours pas pardonné ?

Le ton de sa voix exprimait clairement qu'elle ne comprenait pas le comportement de la jeune femme.

— Être reine, reprit-elle, signifie donner priorité au devoir. C'est ce que j'ai fait toute ma vie. C'est ce que doit faire toute reine.

Séqénenrê secouait la tête.

— Elle ne me pardonnera jamais; surtout quand elle saura que Nabou vient avec moi à Hout-Ouaret.

— À Hout-Ouaret? Pourquoi cela?

— Parce que je n'ai pas l'intention de laisser Apopi me provoquer plus longtemps, s'exclama-t-il.

Il se leva et marcha de long en large devant le banc où était assise sa mère.

— Il est temps de lui rappeler à qui il a affaire!

— Qu'attends-tu de cette confrontation? s'inquiéta-t-elle.

Sa voix monta soudain dans les aigus.

— C'est toi qui as tiré le premier dans sa direction, lors du *heb Sed*! Il était bien obligé de répondre.

— Mais de quelle manière il le fait! s'insurgea-t-il. Les images qu'il utilise dans ses missives prouvent combien il nous méprise, moi-même et l'ensemble de notre famille. Il ne me prie pas, il ordonne! Le cri des hippopotames que nous chassons dans les buissons de papyrus l'empêche de dormir, écrit-il, car ce sont les animaux de son dieu, Soutech.

Il s'enflamma et prit un ton injurieux.

— Je sais ce que veut dire cette canaille! Mais je n'entreprendrai pas ce dangereux périple sans Nabou. Qui me protègera de la haine des Hyksôs mieux que le pouvoir du serpent?

— Tu as donc déjà pris ta décision, l'interrompit sa mère, que la suite n'intéressait pas. Tu n'as pas besoin de conseil. Ta flotte est-elle prête?

Téti-Schéri estimait que les questions de harem n'avaient rien à faire en politique. Voilà ce qu'elle avait inculqué à son fils. Mais c'était lui le Pharaon. S'il voulait s'écarter de ce principe, elle n'avait rien à dire.

— Le fier pavillon de Ouaset flotte en haut des mâts, répondit-il d'une voix maintenant hésitante. Mais qu'adviendra-t-il si je suis vaincu malgré tous nos préparatifs ? Nos alliés peuvent nous trahir. Et beaucoup d'observateurs considèrent Hout-Ouaret comme une citadelle imprenable. Je peux très bien tomber au combat. Alors, la guerre s'étendrait à tout le territoire et ferait un grand nombre de victimes. Cela peut-il être la volonté d'Amon, mère ?

Elle ne prononça tout d'abord aucune parole. Elle était émue par la franchise de son fils, qui ne lui avait pas parlé ainsi depuis longtemps. Au bout d'un moment, elle finit par l'encourager.

— Kemet aux gens de Kemet ! Voilà trop longtemps que des étrangers décident du sort de notre pays. Je suis sûre que tu reviendras sain et sauf. Mais si ce n'était pas le cas…

Elle poussa un profond soupir, puis continua d'une voix ferme.

— … Kamosé et Ahmosis sont deux à pouvoir te succéder. Ces faucons dans le nid sont prêts à prendre leur envol. L'un d'eux a déjà une femme, l'autre se mariera bientôt. Pour quelle raison n'auraient-ils pas d'enfants ? Notre famille survivra… bien longtemps après notre propre mort !

Elle était impatiente d'entendre sa réponse, car elle avait nommé le neveu avant le fils du Pharaon. À sa plus grande surprise, il ne prit pas la peine de relever ce détail.

— Tu es donc favorable à une guerre ?

Il semblait pendu à ses lèvres, comme si la décision dépendait en dernière fin de sa mère.

— Un trône bâti sur la faiblesse ou la lâcheté est dépourvu d'honneur, énonça-t-elle d'un air majestueux. Tu as invoqué Amon. Tu n'ignores pas que je préfère Iah, le protecteur de la lune. Sous son empire, rien n'est ni noir ni blanc. La nuit, toute chose jette des ombres mystérieuses, qui peuvent avoir beaucoup d'importance.

Il approuva de la tête, mais il ne donnait pas l'impression d'avoir tout à fait compris où elle voulait en venir.

— Laisse-moi t'expliquer, poursuivit-elle. Les maîtres du monde n'ont jamais hésité à se servir de la ruse. Même le dieu de la lune se cache sous des noms d'emprunt pour tromper ses ennemis. Pourquoi ne ferais-tu pas de même, grand Horus des deux pays ?

— Parle, l'exhorta-t-il. Que veux-tu dire ?

— Pourquoi ne pas commencer par endormir Apopi en faisant semblant de lui obéir ?

Les yeux de la vieille femme brillaient de malice.

— Tu lui promets que plus un hippopotame ne gémira dans tout ton royaume. Tu lui envoies de riches tributs, plus élevés que ceux qu'il réclame. Tu te comportes en vassal fidèle. Et pendant qu'il se berce d'illusions, qu'il se réjouit de t'avoir vaincu...

— ... ma flotte part en secret vers la Basse Égypte pour l'écraser et faire valoir mes droits sur la double couronne !

Il avait la voix triomphante et le sourire aux lèvres.

— Oui, confirma Téti-Schéri pleine de fierté, la couronne blanche du Nord et la couronne rouge du Sud. Qu'il en soit ainsi, mon fils ! Que les dieux t'aident dans ton entreprise !

Namiz accueillit Sahti sur le seuil de sa magnifique demeure. C'était un palais au bord du Nil, avec un ponton privé. Il donnait une grande fête le soir même, et il ne restait plus que quelques heures avant l'arrivée des convives. L'ensemble du personnel s'activait depuis l'aube. Les domestiques avaient préparé toutes sortes de rôtis, de pains et de tartes. Des décorateurs finissaient d'orner les pièces de guirlandes et de couronnes de fleurs multicolores. D'autres confectionnaient les fameuses boules de pommade parfumée que les invités se mettraient sur la tête et qui, en fondant, teinteraient peu à peu leurs habits blancs de jaune safran.

Namiz arrangea des lotus qui flottaient dans une coupe en argent. Il en offrirait un à chacun de ses hôtes en signe de bienvenue. Chez lui, il portait une longue chemise qui descendait jusqu'aux chevilles, comme c'était la coutume dans son pays d'origine. Depuis quelque temps, il ne se rasait plus, bien que ce fût la mode du moment. La barbe lui donnait une certaine dignité.

Sahti connaissait bien sa maison. Le bijoutier la priait de venir le voir dès qu'il passait plus de quelques jours dans la capitale. Mais, cette fois, elle était troublée par l'animation générale et l'étalage de luxe. Elle hésita avant d'exposer les raisons de son intrusion.

— Une statue de Selkis ? s'exclama Namiz stupéfait. Pourquoi cette déesse en particulier ?

— Elle a envoyé sept scorpions à Isis pour la protéger de Seth, lui exposa-t-elle en faisant allusion à l'une des nombreuses légendes que lui avait racontées Tama. De plus, elle guérit les poumons.

Namiz essayait de dissimuler sa curiosité. C'était le meilleur moyen, croyait-il, d'apprendre toute la vérité.

— Une statue en or ? poursuivit-il. Non seulement cela coûte une fortune, mais c'est pour ainsi dire impossible. Seul le roi a le droit d'en posséder.

— Le matériau n'est pas ce qui compte le plus, répondit-elle avec gravité. Il faut juste que l'œuvre soit belle. Très belle même.

— Pourquoi ? demanda-t-il.

— Pour que l'on puisse faire de très belles prières.

Soudain, ses scrupules s'évanouirent. L'adolescente parla sans détours de la mort prochaine de Nofret et de la souffrance de Maj. Namiz l'écouta en silence. Il pinçait les lèvres, comme chaque fois qu'il était captivé.

— Maj est ton petit ami ? lui demanda-t-il au bout d'un moment. C'est le garçon que j'ai déjà vu chez vous ?

— Oui, mon ami, répondit-elle. Mais on ne peut pas vraiment dire qu'il soit petit. Il est au moins grand comme cela.

Elle se mit sur la pointe des pieds et indiqua de la main la taille approximative de l'adolescent.

— Es-tu prêt à m'aider ? l'adjura-t-elle.

— Tu ne trouveras pas une telle statuette ni sur le marché ni dans aucun magasin, marmonna-t-il.

Une idée folle lui traversa l'esprit. Il était d'un naturel raisonnable mais, pour une fois, le risque le tentait.

— Peut-être faudrait-il... suggéra l'adulte.

— Quoi donc ? demanda Sahti en retenant son souffle. Que faudrait-il ?

Namiz se caressait la barbe en réfléchissant.

— ... la fabriquer exprès pour toi.

En un instant, il s'était décidé. Il lui proposa de s'en occuper.

— Tu ferais cela pour moi ? s'étonna-t-elle.

Elle lui sauta au cou avec tant de spontanéité qu'il recula sans le vouloir.

— Comment pourrais-je jamais te le revaloir ? lui murmura-t-elle à l'oreille. Je ne peux pas demander d'argent à Tama. Elle met tout de côté pour agrandir son atelier.

— Ne te fais pas de soucis, répondit-il à voix basse, effrayé par sa propre inconscience. Si besoin est, je me ferai rembourser en nature. Mais je te préviens, tes jolies menottes devront travailler pour moi jusqu'à la fin de tes jours.

— D'accord ! Promets-moi juste d'avoir bientôt la statue, ajouta-t-elle après avoir relâché son étreinte.

Elle haletait. Namiz remarqua sur son cou une petite veine qui battait.

— Car je crains que Nofret ne vive plus longtemps, expliqua-t-elle.

— J'en parlerai ce soir même à Boutou, lui assura-t-il. C'est le chef de mon atelier de Ouaset.

Il était bien obligé de confier ce secret à son bras droit. Du moins était-il sûr de sa fidélité et de sa discrétion. L'autre ne parlerait pas, même sous la torture.

— Je vais lui faire une description minutieuse de ce que tu veux, ajouta-t-il. Dans une semaine, rends-toi chez lui. La statue sera prête. Tu sais où mes ouvriers travaillent ?

— Bien entendu ! répondit-elle aussitôt. Qui ne connaît ton empire, grand artisan ?

— « Orfèvre », la corrigea-t-il avec une pointe de fierté. C'est le titre de ceux qui savent manier le métal des dieux.

Lorsqu'elle fut partie, il accueillit ses premiers

hôtes. Les jardins et les pièces de sa maison se remplirent d'hommes et de femmes vêtus de blanc. Les domestiques leur avaient passé au cou des guirlandes de fleurs. Et le banquet commença. On servit des plats de victuailles, on vida quantité de cruches de vin, on buvait sans cesse à la santé des uns et des autres : « Pour le salut de ton Ka ! Profite de la noble ivresse ! Jouis de cette belle journée ! »

Des musiciens jouaient de la flûte, du luth ou de la harpe. Plus tard dans la soirée, ils cédèrent la place à des danseuses qui exécutèrent des rondes au son des tambourins. Les unes portaient des robes diaphanes, les autres n'avaient qu'une ceinture couverte de perles qui leur cachait à peine le pubis. Une jeune fille d'une beauté remarquable, accompagnée à la harpe par sa sœur, interpréta ensuite un chant qui plut beaucoup aux invités :

Jouissez de l'huile et de la myrrhe,
Mettez des couronnes à votre cou !
Vos tables regorgent de beauté :
De tous les fruits sucrés,
De toutes sortes de goûts,
Et des parfums de fête...

À l'issue des festivités, une danseuse un peu rondelette, plus claire de peau mais à peine plus âgée que Sahti, suivit Namiz de plein gré dans sa chambre. C'était une pièce aérée qui se trouvait au fond de la maison. Il l'allongea tout de suite sur de doux coussins qui sentaient l'huile de rose, puis la posséda avec avidité. Quand il eut payé son tribut à la déesse de l'Amour et de l'Ivresse, Hathor, il eut honte d'avoir assouvi ses besoins sans penser à la jeune fille. Mais cela ne semblait pas la gêner. Peut-être se félicitait-elle même d'être si vite débarrassée d'une pénible obligation. Elle saisit le petit sac rempli d'éclats de turquoise qu'il lui donna pour prix de ses services et disparut sans bruit dans le jardin.

Namiz s'avança sur la terrasse. Il faisait encore noir, mais la nuit s'apprêtait à céder la place au jour. L'expérience lui avait appris que cette heure magique était dangereuse. Les plaisirs de la fête lui laissaient un goût pâteux sur la langue. Il pensa soudain à de l'eau froide, à des roches dures et au cri d'un faucon dans l'air pur. Il descendit vers le fleuve. L'herbe sous ses pieds était fraîche, la brise courbait les arbres et les buissons. Il s'avança sur le ponton, s'assit sur les planches et trempa ses pieds dans l'eau. Le Nil était si noir et si profond que le bijoutier prit peur. On eût dit qu'un monstre allait en sortir ou que les flots pouvaient tout engloutir.

Tout à coup, il revit son passé. Sa femme et son fils se dressaient devant lui. Peu à peu, leurs visages prenaient les traits de Sahti. La Kouchite n'était plus une enfant, c'était déjà une jeune fille dont la beauté naissante l'émouvait. Parfois, l'adulte ne tient pas les promesses du charme enfantin. Chez l'adolescente venue du pays de l'or, en revanche, une richesse intérieure venait s'ajouter au physique et la rendait de plus en plus attirante.

Pendant leur voyage en bateau, quatre ans auparavant, Namiz s'était pris d'affection pour elle. Depuis, il avait préféré garder une certaine distance, mais il avait toujours été soucieux de son bonheur. Le Pharaon ne se souvenait peut-être même plus qu'elle existait. Qui sait d'ailleurs ce qui se passerait s'il en était autrement ? L'humeur du souverain était changeante. La petite otage avait bien besoin d'un protecteur à la cour. Il y avait certes Nabou, qui demandait de ses nouvelles à intervalles réguliers. Néanmoins, la favorite du roi paraissait contrariée, voire fâchée que l'adolescente oublie peu à peu leur patrie commune. Par ailleurs, Sahti ne voulait pas entendre parler de l'ancienne épouse de son père. Elle se renfrognait dès que le bijoutier essayait d'aborder ce sujet.

Maintenant, Namiz réalisait qu'un sentiment nouveau s'était joint à ses attentions paternelles. Il ne trouvait pas d'autre explication à son propre comportement. Il avait fait à la jeune fille une promesse téméraire, qui pourrait un jour lui coûter la vie. Il aurait dû la mettre en garde. Or, il avait juste pensé à lui faire plaisir, car il savait qu'une mauvaise surprise attendait Sahti. En effet, la guerre était inévitable. Séqénenrê ne supportait plus les brimades d'Apopi. Quoique les Hyksôs fussent des ennemis très dangereux, il semblait décidé à l'attaque. Les troupes feraient le siège d'Hout-Ouaret sous le commandement d'Ipi. Bien entendu, le général ne renoncerait pas aux services d'Antef, son fidèle aide de camp. Sahti perdrait donc son père adoptif, du moins pour un certain temps.

Namiz retira ses pieds de l'eau. Il fut soudain pris d'un frisson. Il n'avait pas dormi, et se sentait épuisé comme après un long voyage. Il se demanda s'il serait jamais premier trésorier du Roi. Devait-il renoncer au rêve qu'il nourrissait depuis tant d'années ? Ou allait-il au contraire bientôt le voir enfin se réaliser ? Depuis plusieurs jours, il cherchait à comprendre pourquoi il ne participait pas à l'expédition contre les gens du Nord. Était-ce un mauvais signe, comme il l'avait d'abord cru ?

Le Pharaon l'envoyait avec une troupe d'élite à

Biau. C'était une péninsule déserte de la mer Rouge, où se trouvaient les plus importantes mines de turquoise. Le souverain s'était pris de passion pour cette pierre verte et bleue. Il l'estimait plus que le lapis-lazuli, qui était pourtant plus précieux et que ses prédécesseurs avaient préféré.

— Mon tombeau doit avoir les couleurs de la mer, avait-il déclaré. Bleu comme les vagues tranquilles d'un jour d'été, vert comme les flots malmenés par la tempête quand le vent balaie les nuages à l'horizon. Alors, ma dernière demeure réunira ce que le ciel et la terre ont produit de plus beau.

Namiz devait se mettre en route deux jours plus tard. Quand il reviendrait dans la capitale, le destin de l'Égypte serait scellé. Apopi avait pour lui des chars, des chevaux et des armes nouvelles qu'il s'était procurées à l'étranger. Séqénenrê, quant à lui, était animé par la colère sacrée. Successeur légitime des rois de Kemet, il était prêt à tout pour secouer le joug qui pesait sur son pays. S'il remportait la victoire, il serait le plus grand souverain du monde. Une défaite, en revanche, remettrait en cause toute son autorité.

Qu'adviendrait-il de Namiz dans ce cas ? Son avenir dépendait tout entier de la famille royale. Il recevait certes de nombreux convives et avait fait maintes conquêtes parmi les femmes. Mais, au fond, il restait un étranger de Kepni et menait presque une vie d'ermite. Il n'avait personne avec qui s'entretenir.

L'eau devenait peu à peu plus claire. Le bijoutier vit à nouveau défiler des images de son passé comme des barques sur le Nil. Le temps ressemble vraiment à un fleuve, songea-t-il. Tantôt, il dévale ; tantôt, il coule tranquille. Un couple d'ibis blancs dont la tête et le cou étaient noirs sortit des buissons de papyrus et passa au-dessus de lui. Une sensation de solitude, qu'il n'avait plus éprouvée depuis longtemps, s'empara du bijoutier et lui noua la gorge.

— C'est la guerre, ma chérie.

Cette annonce pétrifia Tama. Étendue contre son mari, elle ne sentait plus ses membres.

— Quand ? murmura-t-elle.

— La flotte part dans trois jours, répondit-il. Mais le général a ordonné à tous les soldats de se rendre à leurs casernes demain, dès le chant du coq. Je voulais te le dire depuis longtemps, mais je n'ai pas réussi.

— C'est donc la dernière nuit que nous passons ensemble... observa-t-elle.

Des larmes qui ne voulaient pas couler lui brûlaient les yeux. Pourtant, sa voix paraissait tranquille, presque guillerette.

— Cela ne me laisse même pas le temps de te procurer un antidote, ajouta-t-elle, pour le cas où tu rencontrerais à nouveau un serpent.

— Une fille ne te suffit donc pas ? continua-t-il sur le ton de la plaisanterie.

Antef était soulagé qu'elle ne lui fît pas de reproches.

— Note que nous ne partons pas dans le Sud, précisa-t-il encore, mais que nous faisons voile vers les marécages du Nord.

Il lui sourit, sentant combien elle s'était raidie dans ses bras.

— Ne te fais pas de soucis ! Je te promets de faire attention. Je serai de retour parmi vous plus tôt que tu ne le crois.

— J'espère, murmura-t-elle.

Un poids terrible lui pesait pourtant sur la poitrine. Les baisers de plus en plus pressants que son mari lui donnait avaient un goût amer. Il s'allongea sur elle, mais elle ne ressentait aucun désir. Malgré tous ses efforts, son agitation frénétique ne lui procura aucun plaisir. Pour la première fois de leur vie, elle fut heureuse quand ce fut fini.

Alors, elle fut tentée de parler. Il y avait tant de choses qu'Antef devait savoir à tout prix. Elle avait rassemblé à peu près la somme nécessaire pour agrandir son atelier. Nofret ne survivrait sans doute pas aux prochains jours. À plusieurs reprises, l'embaumeur Ut avait posé des questions insistantes au sujet de Sahti, ce qui inquiétait beaucoup Tama. Mais comme il ne leur restait plus que quelques heures en commun, elle préféra se taire.

Elle ne lui confia même pas le plus important. La jeune épouse préférait attendre que les fleurs lui apportent la certitude : elle avait planté des graines d'orge dans un pot et du froment dans un autre. Quelques gouttes d'urine matinale suffiraient à indiquer en dix jours si elle attendait un enfant. Si l'orge germait en premier, ce serait un garçon. Si c'était le froment, une fille. S'il ne se passait rien, cela voudrait dire que c'était une fausse alerte. Le corps de Tama était tout entier en éveil. Elle était sûre qu'elle ne se trompait pas – pas cette fois. Comme elle aurait voulu voir la joie briller dans les yeux de son mari ! Pourtant, là encore, elle garda le silence.

À l'aube, Antef déposa un baiser sur le front de Sahti endormie et serra une dernière fois sa femme dans ses bras. Puis il partit pour ne pas être en retard à la caserne. Tama s'assit à son métier et travailla comme tous les jours à côté de Rédi. Le jour du départ, elle ne pleura pas, mais elle n'eut pas la force de se rendre au bord du Nil. Elle envoya Sahti, qui courut vers le port aussi vite qu'elle pouvait.

Une escadre impressionnante avait jeté l'ancre à quelque distance de la rive. Les robustes navires pouvaient accueillir un équipage et un chargement beaucoup plus importants que les bâtiments dont on disposait jusque-là. Voilà presque trois ans que l'ambitieux projet de Séqénenrê occupait les chantiers navals de la capitale. L'œil d'Horus qui ornait la proue des bateaux rappelait à Sahti l'amulette qu'elle avait donnée à Maj. Les mâts étaient ornés d'un drapeau clair orné d'un sceptre, emblème de Ouaset. À l'aide de petites barques à rames, on chargeait les ultimes provisions. Sur plusieurs embarcations, on avait déjà hissé les voiles et relevé la passerelle.

Une foule nombreuse s'était amassée sur le quai pour assister au départ. Sahti essayait en vain d'apercevoir Antef parmi les soldats. Elle soupçonnait qu'il était comme d'habitude près du général, mais elle avait beau se mettre sur la pointe des pieds, elle ne parvenait pas à les voir. La fleur qu'elle tenait dans la main commençait déjà à ployer la tête. Elle allait renoncer quand elle les découvrit enfin.

À côté d'eux se tenait Pharaon en personne. Séqénenrê était coiffé du casque de guerre bleu, orné du cobra, et Nabou se tenait près de lui. La favorite ne portait aucun bijou et n'avait couvert sa peau que d'une très fine couche de poudre. Cela mettait plus encore en valeur les serpents tatoués sur ses bras, qui produisaient un effet effrayant. À ce spectacle, un murmure s'éleva dans le peuple. Les commentaires étaient très méchants. Depuis le début, on rapportait les histoires les plus fantaisistes sur la magicienne noire. On disait qu'elle avait envoûté le souverain. Voilà qu'elle l'accompagnait à la guerre ! Cette nouvelle enflamma les esprits.

— Jette-la par-dessus bord ! s'écria soudain une femme à l'intention du souverain. Sinon, c'est elle qui te tuera un jour.

— Oui, c'est vrai ! reprirent d'autres personnes en colère. Mets-la à l'eau, on verra bien de quoi ses serpents sont capables.

Le couple ne pouvait sans doute pas entendre ces paroles haineuses. De loin, Sahti eut néanmoins l'impression que le visage du roi s'assombrissait. Aussitôt que Nabou lui murmura quelque chose à l'oreille, ses traits s'égayèrent à nouveau et il la serra un instant tout contre lui. On aurait dit qu'ils avaient oublié où ils se trouvaient. Ils étalaient leur intimité sans se soucier de la foule. Après avoir lâché sa compagne, le Pharaon se retira avec le général Ipi dans l'une des deux cabines protégées de rideaux. Nabou se réfugia dans la seconde.

À force de sauter et de crier, Sahti put attirer l'attention d'Antef. Ému, l'aide de camp agita le bras. Il lui envoya des baisers de la main jusqu'au moment où le bâtiment du Pharaon eut quitté le port au milieu de la flotte. La jeune fille continua longtemps encore à faire des signes. Quand les voiles eurent disparu derrière un méandre du Nil, elle laissa tomber dans l'eau sa fleur déjà fanée. Elle prit alors le chemin de l'atelier de Namiz.

Le bruit était assourdissant. Des hommes aux muscles saillants frappaient avec des marteaux en pierre le métal brûlant posé sur des enclumes. Des ouvriers assis à de petites tables en bois tapotaient sur des feuilles d'or placées entre deux peaux d'animaux pour éviter qu'elles ne cassent. Face à eux, d'autres fabriquaient des broches ou des boucles de ceintures en appliquant de minces couches du précieux matériau dans des moules en roche dure. Enfin, des femmes de tous âges faisaient des colliers de perles.

— Comment peux-tu supporter cela toute la journée ? demanda la jeune fille en se bouchant les oreilles.

— On s'y fait, répondit le chef d'atelier avec un sourire. Je ne changerais de métier pour rien au monde.

Boutou emmena Sahti dans la pièce voisine. Il ferma la porte et mit dans les mains de la jeune fille la statuette de Selkis.

— Elle est magnifique, murmura l'adolescente, pleine d'admiration. On dirait que c'est Ptah lui-même qui l'a créée.

— Qu'est-ce qu'une petite Noire peut bien savoir sur le plus grand des artisans et le protecteur des orfèvres ? releva-t-il incrédule.

— Je sais beaucoup de choses, rétorqua-t-elle. Sa femme s'appelle Sekhmet, elle a une tête de lionne. C'est lui qui a créé le monde en forgeant des pensées dans son cœur et en les prononçant de sa langue. Je ne crois pas qu'il existe un seul dieu sur lequel ma mère ne m'ait pas raconté une histoire.

La jeune fille regarda Boutou, qui avait l'air surpris. Puis elle caressa de ses doigts le corps lisse de la statuette. La déesse avait les bras écartés, l'un en signe de bénédiction, l'autre dans un geste protecteur. Ses rondeurs féminines étaient revêtues d'une robe légère. Ses cheveux étaient couverts d'un voile couronné d'un scorpion, le symbole de la puissante guérisseuse. Elle portait un collier de perles. Les traits de son visage étaient d'une telle finesse que l'on aurait pu croire qu'elle allait se mettre à respirer.

— Je ne connais pas ta mère, poursuivit l'artisan, mais je sais combien mon maître t'aime. Il m'a ordonné de prendre l'or le plus pur. J'espère que tu apprécies à sa juste valeur ce qu'il fait pour toi.

— Namiz est mon ami, répondit Sahti qui ne comprenait pas où il voulait en venir. N'est-il pas normal de s'aider entre amis ?

Elle rentra en courant tant elle était heureuse. Tout pouvait encore s'arranger. Nofret guérirait peut-être ; Maj pourrait alors dormir tranquille. Sahti avait l'impression de sentir elle-même le pouvoir de la statuette, qu'elle avait attachée contre son corps par peur de la perdre. Elle souriait à tous ceux qu'elle rencontrait, même aux mendiants qui traînaient sur la rive dans l'espoir de trouver quelque chose à manger.

À l'embranchement qui menait chez Nofret, la jeune fille hésita un instant. Son cœur lui suggérait de montrer la déesse à Tama pour lui faire oublier le départ de son mari. Mais il n'y avait pas de temps à perdre. Voilà trois jours qu'elle n'avait plus vu son ami au bord du Nil : c'était mauvais signe. Aussi décida-t-elle de lui apporter au plus vite le précieux cadeau. Elle arriva trempée de sueur devant leur petite maison. La porte en bois bleue était entrouverte. Elle la poussa et entra. L'habitation ne comptait que deux minuscules pièces et l'arrière-cour, recouverte d'une espèce de toit. Un chien aboyait audehors, mais il n'y avait personne à l'intérieur. Comment cela était-il possible ? Nofret n'était plus en état de quitter sa couche depuis des lunes.

Une odeur aigre qui lui rappelait quelque chose donna soudain la nausée à Sahti. Elle fut tentée de s'enfuir, mais elle se força à rester. En traversant à nouveau les deux pièces, elle remarqua les chiffons qui traînaient un peu partout. Le matelas en paille était couvert de taches. Même sur le sol, elle aperçut des traces sombres. Puis elle vit un objet par terre. En se penchant, elle reconnut un fragment de l'amulette qu'elle avait offerte à son ami. Le ruban de couleur que Tama avait tissé avec amour était déchiré. Il ne restait qu'une moitié du médaillon en céramique. L'estomac de Sahti se contracta. Il avait dû se passer quelque chose d'affreux. Maj devait être en danger, car il ne serait jamais parti sans lui dire adieu ; et surtout, il n'aurait jamais abandonné de plein gré le pendentif. L'adolescente sentit le métal de la statuette contre sa peau et reconnut l'odeur qui flottait dans l'air : c'était celle de la cabane du scorpion.

Elle courut chez elle à moitié inconsciente. En arrivant, elle fut envahie par un immense soulagement. Il était midi. La cour était propre. Sa mère venait de poser la soupe sur le feu. Comme d'habitude, la lessive était accrochée au soleil. La jeune fille, maintenant plus grande que l'adulte, s'assit sur un tabouret. À sa plus grande surprise, Tama ne fut pas étonnée, mais posa sa petite main chaude sur la tête de Sahti et écouta sa fille en silence.

— Je sais, Ibib, avoua-t-elle enfin. Je voulais te le dire ce matin déjà. Mais j'ai préféré attendre qu'Antef soit parti. As-tu réussi à le voir ? Comment allait-il ?

— Il va bien, répondit-elle. Mais qu'en est-il de Nofret et de Maj ?

— C'est-à-dire, ma petite...

Tama ne savait comment aborder ce sujet. Elle avait le visage grave, elle s'éclaircit plusieurs fois la gorge.

— Nofret est morte, annonça-t-elle d'un air mystérieux. Je crois que cela vaut mieux ainsi. Elle a tant souffert.

Sahti eut envie de s'écrier : « Ce n'est pas possible ! J'ai ramené une statuette de Selkis pour qu'elle guérisse. Je veux encore entendre le rire de Maj. » Pourtant, elle ne put prononcer un mot. Tous ses efforts avaient été vains. Le don généreux de Namiz lui apparut comme un geste stérile.

— Et Maj ? finit-elle par murmurer. Est-il lui aussi... ?

— Mais non, que vas-tu chercher là ?

— Alors, où se cache-t-il ? s'étonna l'adolescente. Pourquoi n'est-il pas chez nous, ses amis ?

— Parce que c'est un gentil garçon, expliqua la tisseuse.

Elle prit sa fille dans ses bras. Celle-ci se sentit prisonnière d'un piège étroit et chaud.

— Il veut peut-être exaucer le vœu de sa mère, supposa Tama. Te rappelles-tu que Nofret souhaitait être momifiée ? Elle rêvait d'aller dans le domaine des bienheureux.

— Mais cela coûte une fortune ! s'exclama Sahti.

Elle se dégagea des bras de sa mère. Soudain, elle n'avait plus envie de montrer la statuette en or. Si Selkis ne pouvait plus sauver Nofret, elle pouvait peut-être encore aider son fils. Il n'était pas question que la déesse serve à acheter des ballots de lin ou des briques en limon.

— Il ne gagnait presque pas assez pour se nourrir,

objecta l'adolescente. Comment pourrait-il se permettre une telle folie ?

— Sans doute a-t-il accepté l'offre de l'embaumeur, suggéra sa mère.

Tama s'approcha du foyer et remua la soupe.

— Manges-en une bonne assiette, ou même deux. Cela te donnera des forces.

— De quelle offre s'agit-il ? demanda Sahti comme si elle n'avait pas entendu. Je ne suis pas au courant.

— Ut lui a proposé d'exaucer le désir de sa mère à une condition. Tu sais comment il est. Il ne fait de cadeaux à personne.

Elle se tourna vers sa fille.

— Maj devra travailler pour lui jusqu'à ce que la momie soit payée.

Quatre mois plus tard, la flotte de Séqénenrê Taa revint à Ouaset. La sécheresse écrasait le pays. Dans les champs, les épis mûrs se balançaient au vent. Des rumeurs inquiétantes avaient précédé les navires. On parlait de ruse et de trahison. On évoquait une bataille qui aurait coûté la vie à de nombreux hommes du Sud. On craignait la victoire d'Apopi.

Les soldats ne furent donc pas accueillis par une foule en délire, mais par des femmes et des enfants remplis de crainte. Ils furent chassés du quai sans ménagement par la garde personnelle du général Ipi. Les hommes devaient encore rester deux jours dans leurs casernes. Ils pourraient seulement ensuite rentrer chez eux. Malgré cette mesure, les nouvelles se répandirent à grande vitesse. Le soir même, toute la capitale savait que Pharaon était mort. On l'avait abattu à coup de massue. La population fut prise d'effroi. Les femmes des militaires n'eurent de repos jusqu'au moment où elles purent serrer leur époux dans leurs bras.

Parmi elles, Tama passa deux jours à se ronger les ongles. Elle ne cuisinait rien. Pour la première fois depuis que Sahti la connaissait, elle ne toucha pas à son métier à tisser. Même la lueur qui brillait dans ses yeux depuis quelque temps avait disparu.

— Il faut qu'il vive ! répétait-elle sans cesse. Je porte son enfant et je ne lui ai même pas dit. Il faut qu'il vive !

— Bien sûr qu'il va rentrer, tentait de la rassurer sa fille.

Plus les heures passaient, plus ses paroles lui semblaient manquer de crédibilité. Elle ne parvenait pas à convaincre sa mère ni à lui faire penser à autre chose. Le matin du troisième jour, Tama resta au lit. Elle avait passé la nuit à pleurer et elle était livide. Sahti décida d'agir seule.

Arrivée devant la grande caserne, elle fut éconduite. Personne ne voulait lui donner de renseignements sur Antef. Elle rassembla tout son courage et demanda à voir le général. On lui rit au nez. Les soldats firent même des allusions vulgaires en formant un cercle autour d'elle. Par bonheur, elle fut libérée par un capitaine qui portait le bras en écharpe et qui leur ordonna de laisser partir la jeune fille sur-le-champ.

Sahti ne s'avoua pas si vite vaincue. Elle connaissait bien les jardins du palais royal. Elle se mit donc à courir dans cette direction, bien qu'il fît une chaleur torride. Ayant atteint son but, elle frappa au portail avec force et exposa sa requête. Le vieux gardien, qui l'avait souvent aperçue en compagnie d'Antef, la laissa entrer sans discuter.

La végétation l'enveloppa comme dans une oasis. Elle ralentit le pas, goûtant l'ombre des arbres et les parfums des buissons verts. Elle faillit oublier ce qui l'avait amenée là. Elle s'arrêta à son bassin préféré, couvert de fleurs de lotus, et se rafraîchit les bras et les jambes. Elle étancha sa soif à une fontaine et chercha à qui elle pouvait s'adresser. Elle fut prise de peur en entendant une voix dans son dos.

— N'es-tu pas la petite du jardinier ? La fille qu'il a ramenée du pays de Kouch ?

Elle se retourna. Une petite femme aux membres frêles se tenait devant elle. Ses yeux sombres et tristes s'opposaient à son sourire.

— Oui, répondit Sahti, c'est moi, grande maîtresse.

Elle fit une profonde révérence, comme Antef le lui avait appris.

— Peut-être sais-tu où se trouve mon père ?

— Faisait-il partie de l'expédition ? demanda la vieille dame.

Sahti fit un signe de la tête.

— Mais il n'est pas encore rentré, ajouta-t-elle. Ma mère est terrifiée. Or, elle est enceinte et ne doit pas s'énerver.

— Ce sont toujours les femmes qui pleurent, expliqua la souveraine. C'est pourquoi elles connaissent mieux la vie. Moi, j'ai perdu mon enfant.

— J'espérais que ce ne serait pas vrai, murmura Sahti.

— Il a donné sa vie pour Kemet, mais je sais qu'il ne s'est pas sacrifié en vain.

Elle cligna plusieurs fois des yeux et tourna la tête.

— Mon père est l'aide de camp d'Ipi, reprit Sahti. Peut-être…

— Le général ? l'interrompit Téti-Schéri. Mon fils

est mort, mais lui, il vit. Pourquoi ne l'interroges-tu pas en personne ?

— Je me suis déjà rendue à la caserne. Les soldats se sont moqués de moi et m'ont renvoyée.

Elle redressa la tête.

— Mais je ne rentrerai pas avant de savoir ce qu'il en est, déclara-t-elle d'un air résolu.

— Cela ressemble à une menace ! sourit à nouveau la vieille femme aux yeux tristes. On peut dire que tu sais ce que tu veux.

— Excusez-moi, grande maîtresse, la pria la jeune fille.

Elle craignait de s'être mal comportée et de devoir revenir chez sa mère sans rien avoir appris.

— C'est juste parce que...

— ... l'attente est intenable, compléta la souveraine, quand on est dévoré par la peur. Je sais. Parfois, on renoncerait presque à tout espoir pour obtenir quelque certitude, même si celle-ci devait nous abattre comme un coup de marteau et détruire notre vie. Comment t'appelles-tu, petite ?

— Sahti.

— Eh bien, Sahti, peut-être que je sais qui peut te venir en aide.

Le regard de la reine devint pénétrant. L'adolescente se sentit percée à jour. Elle ne parvint pas à cacher son trouble. Personne ne l'avait jamais dévisagée de cette manière.

— Qui ? réussit-elle néanmoins à demander.

— La magicienne noire, répondit la reine en observant sa réaction avec une extrême attention. Elle a pris part à l'expédition. Elle pourra te dire ce qui s'est passé.

La vieille souveraine fit demi-tour et partit vers le palais. Elle se retourna un instant pour ajouter :

— Elle est là, au fond, à gauche.

Sahti ne remarqua son excitation qu'au moment où elle frappa de ses doigts tremblants à la porte indiquée. Personne ne lui répondit. Au bout d'un moment, elle crut percevoir de l'autre côté un bruit qui s'amplifiait. Elle rassembla son courage, ouvrit et entra. La pièce étroite ne contenait qu'un lit et deux coffres en bois.

— Que veux-tu ?

Nabou était allongée et ne fit pas le moindre geste en direction de la jeune fille.

— Si tu es venue pour jouir de ma déchéance, sors !

Elle parlait la langue de Kemet de manière fluide, mais avec un accent nasal et doux qui trahissait ses origines étrangères.

— Je cherche Antef, l'aide de camp du général, se justifia Sahti avec timidité, en égyptien également.

Pourquoi l'ancienne épouse de son père était-elle si désagréable ?

— Ici ? Dans le harem ? s'exclama la sorcière avec un rire méchant. Il ne survivrait pas une heure dans ces murs. N'as-tu pas vu les gros eunuques qui nous surveillent comme des criminelles ?

Sahti oscilla de la tête.

— C'est la grande Téti-Schéri qui m'a envoyée ici, expliqua-t-elle, parce que…

— J'aurais dû m'en douter ! s'écria Nabou en se redressant à moitié.

Elle sentait mauvais, n'était ni coiffée ni maquillée et ne portait qu'un voile jaune autour de son corps nu. Sa peau noire était couverte de gouttes de sueur car il faisait chaud comme dans une étuve.

— Quel plaisir elle doit prendre à me savoir enfermée dans cette cellule !

— Où est mon père ? insista Sahti.

La prisonnière plissa les yeux et répondit cette fois en kouchitique.

— Ton père est au pays de l'or, de l'autre côté de la première cataracte. On dirait que tu as oublié le village. Est-ce que je me trompe ? Ton père m'aimait plus que tout et sans doute m'aime-t-il encore, si du moins les soldats l'ont laissé en vie. Que veux-tu savoir d'autre ?

— Je parle de mon père d'adoption. Est-il mort ?

Sahti ne parvint plus à contenir ses larmes. Le passé et le présent étaient soudain imbriqués l'un dans l'autre. Dans son esprit, le feu qu'elle avait entendu à la forteresse d'Abou Rési se mêlait aux bruits d'armes et aux rugissements d'animaux qu'elle n'avait encore jamais vus. Elle ne comprenait pas pourquoi la sorcière aux serpents se montrait si distante. Cela lui faisait mal. Elle continua sur un ton de supplique.

— Dis-moi où est Antef si tu le sais !

L'adulte répondit par un bref signe de tête.

— Est-il mort ? demanda la jeune fille incrédule.

— Il est tombé parmi beaucoup d'autres, expliqua Nabou d'un ton moins dur. Il a perdu la vie parce que Pharaon voulait à tout prix récupérer la double couronne, mais qu'il n'en était pas capable malgré son imposante flotte. Séqénenrê a été battu à plates coutures, son crâne est maintenant percé de trous et on a failli laisser son cadavre dans le sable. Il voulait faire de moi une reine, car je lui avais révélé des secrets dont personne ne lui avait encore jamais parlé, et me voici enfermée dans ce cachot.

— Il y a déjà une reine, remarqua Sahti.

— Ah ! s'emporta-t-elle, tu es passée à l'ennemi. Tu es devenue une vraie petite patriote. Je te félicite. Golo serait fier de sa fille. Et qu'est-ce que dirait la Daya ?

Elle saisit la jeune fille par le poignet et la secoua jusqu'à ce que Sahti se dégage dans un accès de colère.

— Lâche-moi ! Tu es folle !

— Oui, peut-être, murmura l'autre. Mais pas folle au point de tuer le roi, comme tout le monde le prétend. N'as-tu pas encore entendu parler de cette légende ? Je vais te la raconter.

Elle se mit à marcher à se déhanchant. Ses pieds étaient ornés d'étranges peintures au henné qui avaient pâli et produisaient désormais un effet sordide.

— Mes serpents se seraient introduits dans le palais d'Apopi, auraient ingéré son venin mortel et seraient venus planter leurs crochets dans le crâne de Séqénenrê. Sais-tu pourquoi ?

Sahti la fixait en silence.

— Parce qu'une sorcière noire comme moi est capable de tout !

Elle criait et frappait des ennemis invisibles.

— Prends garde, Sahti ! Prenez tous garde ! Nabou n'est pas encore vaincue, même si vous le croyez. Pharaon est mort, certes. Mais quelle importance ? Il a un fils, et un neveu, et mes serpents sauront bien les fasciner à leur tour...

Elle était en transe. Ses yeux étaient écarquillés. Sa voix s'était faussée. D'un coup, la porte s'ouvrit. Deux hommes trapus à moitié nus se précipitèrent dans la petite pièce.

— Que se passe-t-il ? demanda le plus fort.

Il parlait d'une voix très aiguë, presque aussi stridente que celle de l'embaumeur Ut.

— Cela ne te regarde pas, gros impuissant, lui cracha la sorcière à la face. N'oublie pas que je suis la favorite. Je peux faire ce qui me plaît.

— Pharaon est mort, à cause de toi d'ailleurs. Alors, ne prononce plus son nom, serpent noir ! s'écria l'autre eunuque en la frappant sans prévenir au visage. Tu l'appelleras une dernière fois quand ta tête roulera dans le sable. En attendant, tais-toi.

À la plus grande surprise de Sahti, Nabou ne répondit rien, se laissa tomber sur le lit et commença à gémir tout bas. Le premier gardien saisit alors la jeune fille par le bras.

— Et toi, que fais-tu ici ? hurla-t-il. Disparais sur-le-champ ou je te fais enfermer.

— C'est la grande Téti-Schéri qui m'a envoyée, rétorqua-t-elle sans la moindre peur. Si tu ne me lâches pas tout de suite, je hurle.

Stupéfait, il desserra sa prise. Sahti profita de cet instant d'étonnement pour s'enfuir. Elle courut à toute vitesse le long du bâtiment, prit le sentier qui menait au portail et sortit des jardins royaux. Ils n'essayèrent même pas de la poursuivre.

Sur le chemin du retour, elle ne s'arrêta pas une seule fois, de peur de ne pas avoir la force de se remettre en marche. Ses pensées tournaient en rond. Le mouvement régulier de ses jambes et de ses bras avait quelque chose de rassurant. Arrivée devant chez eux, elle faillit se cogner contre l'embaumeur. L'un des employés de celui-ci, qui était aussi maigre qu'Ut était gros, suffoquait sous le poids d'un ballot de tissu. Sahti recula avec dégoût. Le faiseur de momies dégageait une odeur de mort et de pourriture, comme Antef l'avait toujours dit.

— Tu arrives à point, déclara l'entrepreneur en l'examinant de la tête aux pieds, comme s'il estimait une marchandise. Tu as encore grandi ?

Elle fit non de la tête. Elle détestait qu'il la regarde ainsi. Elle avait l'impression d'être à sa merci et se sentait presque souillée. Mais elle ne s'enfuit pas. Elle n'était plus une petite fille. Elle n'avait plus peur et n'avait plus besoin de se cacher.

— Où est Tama ? demanda-t-elle sans détour.

— Dans la maison. Ta mère ne va pas bien du tout. Pas moyen de trouver Rédi, comme d'habitude. Dès qu'il faut porter quelque chose, elle disparaît. Nous avons donc dû nous servir nous-mêmes. Encore une négligence de la sorte et je retiens au moins trois gouttes d'argent !

— Que s'est-il passé ? demanda Sahti, atterrée.

— Elle a reçu une visite, expliqua-t-il. Un homme qui ressemblait à un soldat. Il n'est pas resté longtemps. Depuis, elle n'arrête pas de pleurer.

Il se retourna vers son domestique qui avait maintenant chargé le lin.

— Nous reviendrons à la fin de la semaine pour prendre le reste. Je compte sur vous.

Il s'en alla. Sahti perçut alors une plainte qui ressemblait au gémissement d'un animal. Elle mit un moment à comprendre que c'était quelqu'un qui pleurait.

— Tama ! s'exclama-t-elle. Tama, où es-tu ?

La jeune femme était assise sur le tabouret de Sahti et se balançait dans un mouvement continu. Son visage était baigné de larmes. À ses pieds, le sol était couvert de débris de poterie et de taches de sang vermillon.

— Qu'est-il arrivé ? Parle ! supplia l'adolescente.

— Il est mort, murmura sa mère. Ipi est venu me le dire en personne. Le général est en vie et Antef n'est plus. Il est mort parce qu'il a protégé son supérieur. Ils ne l'ont même pas ramené ! Son corps est en train de pourrir quelque part dans les marécages du Delta ! Il n'a pas de tombeau et n'ira donc pas dans les bras de la Nout céleste ! Il ne verra jamais notre enfant !

— Je sais quelle douleur tu éprouves, lui assura Sahti en prenant sa tête contre sa poitrine, comme si elle était l'adulte. Moi non plus, je n'arrive pas à y croire. Mais Antef va continuer de vivre parmi nous. Les morts reviennent avec le vent, c'est toi qui me l'as raconté. Nous devons être fortes, parce qu'il nous aimait toutes deux.

Elle prit sa main dans la sienne.

— Ta blessure est-elle profonde ? Laisse-moi voir. Je vais faire un pansement.

Elle ne distingua rien de précis. La paume était toute sale, comme si elle avait gratté dans la terre. Une croûte s'était déjà formée. La malheureuse retira la main avec une expression de douleur et l'enfouit entre ses jambes.

— C'est juste une égratignure, déclara-t-elle. Juste une égratignure.

Trois jours plus tard, Tama fut prise de fièvre, puis de spasmes. Sahti n'osait plus quitter son chevet. Quand elle se levait, c'était pour aller chercher de l'eau ou des linges frais, et elle revenait aussi vite que possible. Mais sa mère ne la reconnaissait pas. Elle avait le visage ravagé par la douleur. Ses maxillaires ressortaient et sa bouche avait un rictus inquiétant. Elle rejetait sans cesse la tête en arrière et avait le ventre tout gonflé.

— Mère ! chuchota la malade au moment où Sahti lui mouilla le front. Es-tu venue me chercher ?

Alors, elle se mit à crier le nom d'Antef. Désemparée, l'adolescente courut dans le petit sanctuaire que Tama avait installé au fond de son atelier. Elle revint avec les statuettes d'Isis, Pakhet et Thouéris et se mit à prier.

— Aidez-la ! Sauvez-les, elle et l'enfant !

Au petit matin, la malade semblait plus calme. Sahti, en revanche, était si fatiguée qu'elle s'endormit près d'elle. Quand elle se réveilla, il faisait grand jour. Le corps de Tama formait un arc de cercle et ne reposait plus que sur la tête et le bassin. Son souffle était imperceptible. Sahti dut coller l'oreille contre sa poitrine pour s'assurer qu'elle respirait encore. Dans sa détresse, elle lui humidifia les lèvres, qui étaient toutes gercées. Vers midi, Rédi fit une apparition.

— Elle va bientôt te quitter, murmura-t-elle en larmes avant de sortir. Il n'y a plus rien à faire. Mais que vas-tu devenir, ma petite ? Sans père ni mère…

Sahti était trop faible pour pouvoir pleurer. Elle ne pouvait même plus caresser la mourante. Elle resta immobile près du lit jusqu'à ce que Tama, dans une dernière convulsion, arrête de respirer. D'instinct, elle lui ferma les yeux et lui croisa les bras sur le ventre.

— À toi maintenant d'accueillir Antef, chuchota-t-elle. Que ton amour l'accompagne pour toujours.

Elle savait où la défunte conservait ses économies. Le petit sac en lin était rempli de gouttes d'argent.

Combien de fois Tama n'avait-elle pas recompté sa fortune ? Sahti posa la bourse sur le tabouret à côté du lit de la défunte et se rendit dans sa chambre.

Voilà des années qu'elle n'avait plus touché la patte de lionne de la Daya. Elle la tira des habits dans lesquels elle était enfouie et l'accrocha à son cou. Aussitôt, elle sentit les griffes lui gratter la peau. Un flot d'images anciennes lui envahit alors l'esprit. Elle fut prise d'un vertige contre lequel elle résista de toutes ses forces. *Plus tard,* se dit-elle, *plus tard, quand je serai en sécurité auprès de Maj. Là, je pourrai pleurer.*

Sur l'exemple de la Daya, elle avait dégagé une brique du mur quelques lunes auparavant et y avait dissimulé son trésor secret. Après avoir ouvert sa cachette, elle en sortit la statuette de Selkis, l'enveloppa dans un chiffon et l'attacha contre son corps, en dessous de sa robe. À peine avait-elle fini qu'elle entendit la voix stridente d'Ut.

— Elle est morte ?

Il se dressait dans la pièce comme un esprit venu de l'autre monde.

— Il m'en faut une autre de toute urgence !

— En effet, répondit la jeune fille en se tournant avec calme, tu vas devoir trouver quelqu'un d'autre.

Chaque mot importait. Il fallait que l'embaumeur s'imagine avoir les rênes en main. C'était la seule façon d'obtenir ce dont elle rêvait. Elle rejeta la tête en arrière.

— Peux-tu d'abord me rendre un service ? Je désire qu'elle soit momifiée, avant qu'on l'enterre. Et pas comme une paysanne : je voudrais qu'on l'embaume pour l'éternité.

— Et comment veux-tu payer cela, petite ?

Ut s'était emparé de la bourse de Tama et la balançait sous les yeux de Sahti.

— Avec le peu d'argent que vous m'avez soutiré au cours de ces années ? Je crains que cela ne soit pas suffisant !

— Je n'en suis pas si sûre, rétorqua l'adolescente.

— Qu'est-ce qui te fait croire cela ?

— J'ai quelque chose à te proposer, déclara-t-elle.

— Ah oui ? demanda-t-il d'un air curieux. Quoi donc ?

— Moi.

Le cœur de la jeune fille battait à tout rompre. Elle suppliait en son for intérieur tous les dieux dont Tama lui avait parlé. Elle se sentait toute petite, alors qu'elle devait donner l'air d'être sûre d'elle-même.

— Je suis prête à travailler pour toi jusqu'à ce que tu sois remboursé. Emmène-moi dans la cité des morts.

Les petits yeux de l'embaumeur parcoururent son corps comme s'il y cherchait la raison de cette proposition subite.

— J'accepte, conclut-il en traînant la voix, comme s'il lui accordait une faveur. Je te prends à mon service. Mais n'oublie pas que ce sont d'autres lois qui prévalent sur la rive ouest. Tu ne feras pas ce que tu veux.

— Je sais, prétendit-elle. Allons-y.

SIXIÈME HEURE

Dans le royaume d'Anubis

Dès qu'elle fut plongée dans l'obscurité, Sahti eut l'impression d'entrer dans un cauchemar. Elle sentit la puanteur de la mort s'infiltrer dans ses poumons. Quand, par inadvertance, elle inspirait trop fort, elle devait ravaler sa salive en se bouchant le nez. Bientôt, elle regretta la chaleur intenable des jours et même des nuits qui suivaient l'inondation, quand il fallait sortir les matelas sur le toit plat des maisons pour dormir au moins quelques heures. Que n'aurait-elle pas donné pour entendre le chant des oiseaux, les aboiements des chiens du quartier, les disputes des voisines ? Mais ce qui lui manquait le plus, c'était le murmure du Nil.

L'atelier d'Ut n'était pas situé dans une bâtisse en brique ou une grange en bois, comme les « maisons de beauté » des autres embaumeurs. Il se trouvait dans deux anciennes sépultures reliées par une galerie souterraine. Ses assistants habitaient à l'extérieur et voyaient au moins la lumière du jour le matin et le soir. Mais le sinistre préparateur de momies quittait sa demeure aussi peu que possible, et les enfants qu'il employait n'avaient pas le droit d'en sortir.

À son arrivée, Sahti ne retrouva pas seulement Maj, mais fit la connaissance de trois autres garçons et d'une fille qui travaillaient aussi pour le compte de l'entrepreneur sans scrupules. D'emblée, Ut la convoqua dans la chambre mortuaire où se dressait son propre lit. Sur le pas de la porte, elle fut prise d'un frisson, car deux images d'Anubis étaient peintes sur la paroi au-dessus d'elle. Dans la pénombre, les têtes de chacal vertes, leurs oreilles pointues et leur mince museau semblaient terriblement réels.

Les domestiques l'empoignèrent sans un mot et la tirèrent au centre de la pièce. Ils la serrèrent comme un étau pendant que leur chef soulevait la robe. Le vicieux tâta d'un air indifférent la bourse en cuir usée qui pendait au cou de la jeune fille. Il fit ensuite glisser ses doigts boudinés sur la peau de Sahti et caressa un instant la cicatrice sur le haut de sa cuisse. Mais ce qui l'intéressait le plus était le chiffon de lin noué autour de ses hanches. Il claqua la langue en découvrant la statuette. Il la leva pour mieux l'examiner et croqua l'un de ses bras minces pour en vérifier la consistance.

— Une Selkis en or pur... s'exclama-t-il. Je comprends maintenant pourquoi tu étais si sûre de toi.

La graisse animale mélangée à du sel dans des récipients en argile crue produisait une lumière tremblante qui donnait à l'embaumeur une mine démoniaque.

— Où l'as-tu dérobée ? Au palais du Roi ? Dis-moi la vérité, sinon tu vas comprendre ton malheur.

— Je ne l'ai pas volée ! riposta-t-elle.

Elle releva le menton pour cacher sa peur. D'un air impertinent, elle examina les parois de l'ancienne tombe. Celui qui l'avait commandée n'avait pas hésité à la dépense. Des musiciennes et des danseuses pleines de grâce y étaient peintes, des fleurs de lotus blanches dans les mains. Sahti se rappela la fête à la maison de Namiz, le soir où elle avait prié le bijoutier de lui procurer la statuette.

— C'est un ami qui me l'a offerte, précisa-t-elle.

— Un ami ?

Son ironie avait quelque chose de cruel. Sahti commença à réfléchir à sa situation. Quelque part dans les chambres ou les galeries de l'ancienne sépulture devait se trouver le corps de Nofret, plongé dans un bain de soude. Elle ne voulait pas décevoir Tama non plus. Peut-être pourrait-elle adoucir Ut en se montrant bien disposée ?

— Tu peux l'avoir, déclara-t-elle en feignant l'assurance. C'est pour cela que je l'ai apportée. Mais je veux que Nofret et Tama reçoivent le meilleur traitement possible. Telle est ma condition.

— Tu n'as pas d'autres souhaits ? l'interrogea-t-il.

Il avait fait quelques pas en arrière et se balançait sur ses petites jambes maigrelettes. Il regardait Sahti d'un air amusé :

— Je suis tout ouïe.

— Je voudrais encore que tu libères Maj sur-le-champ. Je demande qu'il sorte d'ici et qu'il retourne travailler au port.

— C'est tout ?

Un large sourire barrait son visage.

— C'est tout, confirma-t-elle, troublée par cette subite gentillesse.

Quelle était son intention ? Sans le vouloir, la jeune fille porta la main à la bourse en cuir qui contenait la griffe de lionne. L'homme se dressait devant elle comme un rocher de graisse et de chair.

— Pour quelle raison devrais-je exaucer un seul de tes désirs ? objecta-t-il alors. Ce chef-d'œuvre est de toute façon déjà en ma possession.

Il soupesa la statuette.

— Comme toi, d'ailleurs. As-tu enfin compris, gamine ? Je n'ai pas l'intention de vous rendre, ni l'une ni l'autre. Que dis-tu de cela ?

Le désarroi de Sahti le faisait jubiler.

— Alors, où est passée ton effronterie ?

— Tu n'as pas le droit de me prendre la statuette !

Un vertige affreux s'empara de la jeune fille. Elle avait sous-estimé son adversaire : Maj et elle allaient faire les frais de sa naïveté.

— Pas le droit ?

Il rit à gorge déployée.

— Ici, c'est moi qui dicte les lois !

Il s'approcha. L'odeur de myrrhe qui se dégageait de son corps à chacun de ses mouvements la fit tressaillir. Les deux serviteurs la tenaient toujours avec fermeté et l'empêchaient de s'enfuir.

— En outre, l'or est la propriété de Pharaon. Lui seul peut en offrir, et toute personne contrevenant à cette règle doit craindre le pire châtiment. Tu ne le savais pas ?

Sahti secoua la tête. *Tu me le paieras*, pensa-t-elle. *Un jour, c'est moi qui me moquerai de toi !*

— Mon ami n'a rien fait de mal, répondit-elle sur un ton de défi en regrettant que Namiz ne soit pas là.

— Et qui est donc ce mystérieux protecteur, qui distribue avec tant de générosité des trésors interdits ?

— Cela ne te regarde pas !

Jamais elle ne livrerait le nom du bijoutier. Elle se détourna et tenta en vain de se libérer des assistants.

— Lâchez-moi ! hurla-t-elle. Vous me faites mal.

— Il pourrait bien perdre la vie, ton ami, s'il ne fait pas plus attention.

On aurait dit qu'il éprouvait de la jouissance à cette idée.

— Et toi aussi, d'ailleurs, poursuivit-il. Il suffit que tu te trouves avec ta statuette au mauvais endroit et au mauvais moment. Mais je sais comment nous allons te préserver de ce risque.

Ses yeux brillaient.

— Ne te fais pas de soucis, gamine ! Je vais conserver la déesse au scorpion. Pour l'éternité !

Son ton se durcit d'un coup.

— Et maintenant, ramenez-la auprès des autres !

Sahti revint, tête baissée, dans la petite chambre où l'on faisait dormir les enfants sur quelques chiffons posés à même le sol. Il restait un peu de place au milieu, près de Maj. Elle s'allongea et se recroquevilla sans dire un mot de ce qui s'était passé. Le jeune homme, qui ne dormait pas, la secoua à plusieurs reprises pour l'encourager, mais n'osa pas poser de questions. Une petite lampe à huile brûlait au-dessus de leurs têtes, et donnait à Maj un air pâle et angoissé. Où était l'adolescent svelte qui allait encore se baigner dans le Nil quelque temps auparavant ?

Soudain, Ita, l'autre fille du groupe, se tourna vers elle. Dès l'arrivée de Sahti, elle avait sans gêne dévisagé la nouvelle.

— T'a-t-il frappée ? demanda-t-elle tout bas. Ou bien attaché les bras et les jambes et piquée avec ses longues aiguilles ?

— Comment ? Il frappe et il torture ?

Sahti se redressa.

— Pourquoi fait-il cela ?

— Pour que nous n'oublions pas qui commande ici, expliqua la jeune fille. Surtout, ne fais pas de bruit, sinon il recommencerait.

Ita l'obligea à s'allonger.

— On ne peut jamais savoir à qui sera le tour, continua-t-elle. Le plus souvent, c'est Pani – peut-être parce qu'il est le fils d'un riche scribe. À mon avis, Ut déteste au plus profond de son cœur ceux qui ont de l'argent.

Elle fut prise d'un rire affreux.

— À supposer bien sûr qu'il ait un cœur...

Pani était le plus jeune du groupe. Ses membres étaient squelettiques et ses épaules creusées. Il avait une touffe de cheveux noirs rebelle. Ses yeux exprimaient une extrême vulnérabilité.

— Ce scribe laisse son fils souffrir ? demanda Sahti, incrédule.

— Il est mort, bien entendu, répondit l'autre en lui donnant une petite tape sur la tête. Sa mère aussi est décédée. Il n'a plus aucun parent. Donc, personne ne se soucie de lui parmi les vivants, sur l'autre rive. Pas plus que de toi ou de moi...

— Mais moi, je connais quelqu'un qui va me rechercher ! protesta Sahti.

Namiz allait bien finir par revenir dans la capitale et s'inquiéter de son sort.

— Je ne vais pas rester longtemps dans ce caveau puant !

Pendant un instant, un silence de mort régna autour d'elle. Ita reprit tout bas.

— C'est ce que nous avons tous cru en arrivant. Mais il n'y a qu'une seule issue, et elle est toujours fermée. Jusqu'à présent, personne n'est jamais parvenu à s'échapper. Du moins, pas depuis que je suis ici et, sauf erreur de ma part, cela fait plus d'un an.

— Une année complète dans l'obscurité ? Ce n'est pas possible...

La Kouchite sentit monter en elle une peur glaciale. Que se passerait-il si Namiz ne parvenait pas à retrouver sa trace ? La grosse Rédi l'avait bien vue partir en compagnie de l'embaumeur, mais le bijoutier penserait-il à l'interroger ?

— Il y a bien pire ! précisa la jeune fille qui prenait plaisir à effrayer Sahti. Les garçons sont là depuis plus longtemps que moi. Regarde Amek, qui se ronge les ongles jusqu'au sang, et Bija, qui ne se souvient même plus de sa mère. Quant à Pani, il ne se passe pas une journée sans qu'il ne reçoive de gifles. Mais tu sais, au bout d'un moment, on s'y fait. On s'habitue à la soude, aux bandelettes et aux amulettes... même aux cadavres. Parfois, les morts nous racontent des histoires.

Elle se mit à rire.

— Que disent-ils ?

— Tu le sauras quand tu seras ici depuis assez longtemps.

— Mais je ne vais pas rester longtemps ! insista Sahti d'une voix fluette qui l'étonna elle-même.

Ita se racla la gorge avant de poursuivre.

— Mais dis-moi, pourquoi es-tu si noire ? Je me le demande depuis que tu es arrivée. Tu ne viendrais du pays de Kouch ?

Cette fois, Sahti ne répondit rien. Elle serra les poings et s'efforça de ne pas pleurer. *Plus tard*, pensa-t-elle dans un effort désespéré, *je vais attendre qu'ils dorment pour pleurer. Ils ne me poseront plus de questions.*

— Je suis désolée, reprit l'autre au bout d'un

moment. Au fond, c'est pareil. Du moins ne suis-je plus la seule fille.

Thau, le vent chaud qui fatigue et énerve, poussait la barque royale vers la rive ouest. Téti-Schéri se tenait debout sur la proue. Les autres bateaux suivaient à une certaine distance. Dès qu'ils eurent accosté, la reine descendit sans attendre qu'on eût déchargé le corps et le vase canope contenant les viscères.

Derrière une fine bande de terre arable se dressait une montagne abrupte, dont la cime formait une pyramide naturelle qui dominait la vallée. C'était là que résidait la déesse serpent Meresger, dont le nom signifie « celle qui aime le silence ».

— Qu'attends-tu ? lança la grande maîtresse sur un ton d'impatience à la reine Ahhotep qui n'avait pas bougé. Isis et sa sœur Nephtys n'ont pas perdu un instant pour pleurer leur cher Osiris.

— J'arrive !

La fine robe de la veuve était déchirée sur la poitrine en signe de deuil. Mais la reine était, comme à l'accoutumée, couverte d'or, tandis que la mère du défunt ne portait aucun bijou.

— Ne sois pas si désagréable avec moi, mère !

La vieille femme ne répondit rien. En dehors de Méret, sa sœur de lait, personne ne savait qu'Ahhotep n'était pas sa fille, mais celle d'une domestique qui avait plu jadis à son mari. À l'époque, Téti-Schéri avait fait une fausse couche. Elle avait donc joué la comédie jusqu'à la naissance de l'enfant naturelle du Pharaon. Par bonheur, la servante ne survécut pas à l'accouchement. La souveraine choisit elle-même le nom d'Ahhotep, en l'honneur du dieu lunaire qu'elle aimait plus que tout autre. Elle éduqua la petite fille au nez retroussé et aux grands yeux noirs comme une véritable princesse. Elle approuva même son mariage avec son fils préféré, qui ne sut jamais qu'elle n'était que sa demi-sœur.

Aujourd'hui, la vieille femme n'était plus sûre de ne pas avoir commis une erreur. *Une domestique reste une domestique, tout l'or du monde n'y changera rien*, pensa-t-elle en l'observant. Même en cette occasion, il fallait que la jeune reine se fasse remarquer. Elle portait une coiffure représentant une maison stylisée, attribut de la déesse Nephtys à laquelle elle voulait être identifiée, laissant à sa prétendue mère le rôle d'Isis. *Du moins lui a-t-elle donné quatre filles et un fils*, poursuivit Téti-Schéri en son for intérieur. Cette pensée était rassurante, même si elle avait elle-même poussé Séqénenrê à choisir son neveu comme héritier.

— Un roi sage ne quitte pas sa maison sans avoir pris ses dispositions, lui avait-elle déclaré avant son départ pour le Delta.

Le Pharaon l'avait regardée d'un air surpris.

— Tu as un merveilleux petit-fils, avait-il fait remarquer. N'en es-tu pas reconnaissante aux dieux ?

— J'ai deux petits-fils, avait-elle rectifié d'un ton ferme. Et tous les jours que mes vieux os le permettent, je me jette à terre pour les en remercier. Tu sais toi-même lequel des deux serait le meilleur souverain.

— Ahmosis est le fils de ton fils et de ta fille. Qui pourrait mieux que lui remplir cette tâche ?

— Son cousin, avait-elle insisté, le fils de ta défunte sœur. Kamosé est l'aîné. C'est lui qui devrait monter sur le trône.

— Une succession par les femmes ? avait-il objecté

après un long moment de réflexion. Tu me demandes beaucoup, mère.

Elle avait approuvé de la tête.

— Ce n'est pas qu'une question d'âge, s'était-elle alors justifiée, mais de mérite et de talents. Je suis sûre que tu y as déjà pensé. Kamosé signifie « le plus fort est né ». Ton neveu est un soldat courageux et un homme prudent. Alors que je vois en lui une flamme continue qui chauffe et qui protège, je n'aperçois chez ton fils que des étincelles dangereuses.

— Mais Ahmosis… avait-il contredit.

Elle ne l'avait pas laissé continuer.

— Fais de Kamosé ton régent pour toute la durée de ton absence et ton successeur pour le cas où tu ne reviendrais pas. Kemet a besoin d'un souverain tel que lui, d'un roi qui poursuive notre œuvre quand nous ne serons plus, toi et moi.

Soudain, Séqénenrê était devenu livide.

— Tais-toi, je ne veux pas entendre parler de cela, lui avait-il confié. Des rêves angoissants m'empêchent déjà de dormir. J'ai peur, mère.

Elle entendait encore sa voix quand le cortège funéraire se mit en route. Il n'y avait pas de pleureuses professionnelles. Sur ce point encore, la reine mère avait imposé sa volonté contre celle d'Ahhotep, qui aurait préféré un enterrement traditionnel.

Tous suaient à grosses gouttes en arrivant sur le plateau où se situaient les sépultures. Séqénenrê n'avait pas fait construire de pyramide, mais s'était décidé pour une tombe discrète et sobre, taillée dans la roche, à l'abri du monde, des regards et du bruit, comme le voulait l'usage. Les serviteurs posèrent son cercueil en bois sur des tréteaux à l'entrée du caveau. Ils soulevèrent le couvercle.

Le visage du Pharaon était caché par une feuille d'or : le masque mortuaire ne trahissait ni l'âge ni les souffrances de l'agonie, mais reproduisait les traits du roi jeune. Sa poitrine était couverte d'un pectoral également moulé dans le précieux métal et orné de ces turquoises qu'aimait tant le souverain. Le reste de son corps était enveloppé dans des bandelettes. Les quelques prêtres qui assistaient à la cérémonie répandirent de l'encens et entonnèrent des prières. Nebnéfer se plaça derrière le cercueil et prononça les paroles magiques qui permettaient au défunt de recevoir par la colonne vertébrale la protection divine.

Ce fut alors le tour de Kamosé. Sans se soucier des regards haineux que lui jetaient Ahhotep et son fils, il s'avança vers le corps. Comme la tradition le voulait, il commença par appeler les dieux dans les directions cardinales en aspergeant la momie d'eau puisée dans quatre récipients d'or différents. Il prit ensuite une boule de soude et une autre d'encens dans une petite corbeille que lui tendait Seb. Il les appliqua deux fois sur la bouche, deux fois sur les yeux et une fois sur chaque main de Séqénenrê.

Après cela, il prit le couteau en forme de queue de poisson qu'on appelait le « grand enchanteur » et d'autres instruments sacrés qu'il tira de sa ceinture. Il les posa les uns après les autres sur la bouche, les yeux, les oreilles, le nez, les bras et les jambes de la momie pour rendre au défunt l'usage de ses sens et de ses membres.

— J'ouvre ta bouche, père adoré, afin que tu puisses parler et manger, déclara-t-il d'une voix puissante qui retentit dans le silence de l'après-midi.

Pour terminer, il prit la momie dans ses bras.

— Lève-toi et réveille-toi. Les morts quitteront la

terre, non comme des morts, mais comme des êtres vivants. Leur visage exprimera la vie et la force. Leur nez sentira la fraîcheur du vent septentrional. Leurs yeux verront le froment pousser sur les champs célestes.

Des larmes lui coulaient sur les joues. On sacrifia des animaux et on frotta quatre fois des morceaux de bœuf, de gazelle et d'oie sur la bouche et les yeux de la momie afin que le défunt prenne goût à la chair fraîche. Après ce rite ancien auquel Téti-Schéri avait formellement tenu, Kamosé était consacré comme successeur légitime du Pharaon. Ils s'éloignèrent et la vieille reine s'arrangea pour marcher aux côtés du futur souverain.

— J'ai le cœur brisé, lui confia-t-elle. Sa demeure éternelle n'est même pas finie, à lui qui souhaitait y marier le vert de la mer et le bleu du ciel.

— Personne ne pouvait s'attendre à ce qu'il meure si tôt, répondit son petit-fils avec respect.

— Qu'il meure ? s'exclama-t-elle hors d'elle-même. Qu'on l'assassine, veux-tu dire ! Qu'on lui tende un guet-apens ! Qu'on l'attire dans une lâche embuscade ! Voilà ce qui arrive quand on s'entoure mal, quand on choisit un général qui laisse mourir son roi plutôt que de perdre la vie, quand on favorise un étranger qui part au loin plutôt que de s'occuper des finances !

La vieille femme posa une main sur le bras du jeune homme et l'obligea à s'arrêter. Maintenant qu'il allait assumer la plus haute fonction de l'État, il aurait besoin de soutien. Elle veillerait à ce qu'il ne commette pas les mêmes erreurs que son fils mort au combat.

— J'espère que tu seras plus prudent dans le choix de tes conseillers.

Ces paroles retentissaient encore à l'oreille du nouveau Pharaon quand on mura la tombe et qu'on la condamna du sceau de la nécropole. Il y pensa pendant tout le banquet que les membres du cortège funéraire prirent à l'ombre de feuilles de palmier. Elles continuaient de l'habiter tandis qu'il descendait vers le fleuve, et même pendant que la barque royale le ramenait sur la rive des vivants.

La vie sous terre était abominable. Le jour se distinguait à peine de la nuit dans l'obscurité permanente de l'ancienne sépulture. Sahti avait le sommeil léger et, parfois, elle passait des heures entières sans dormir. On servait aux enfants affamés une nourriture fade qui n'était même pas abondante. L'odeur de terre se mêlait aux relents de pourriture humaine et aux effluves amères des cristaux de soude, qui collaient à la peau des mains même quand on les frottait très fort.

Le prospère entrepreneur possédait trois tables en albâtre : elles avaient la forme d'un couple de lions reposant l'un à côté de l'autre. Ut attachait la plus grande importance à la propreté de son matériel. À chaque fois, les enfants devaient polir la surface de la pierre et astiquer les crochets, les pincettes, les spatules, les cuillères, les aiguilles et autres ustensiles. Mais c'était le couteau d'obsidienne en croissant de lune, assez semblable à celui de la Daya, dont l'embaumeur prenait le plus de soin.

— Le meilleur artiste ne vaut rien sans ses outils, répétait-il avec rage quand il examinait ses instruments. Il ne faut pas se contenter de la médiocrité, surtout quand on travaille pour l'éternité.

La jeune fille apprit vite qu'on entaillait d'abord le côté gauche du cadavre et qu'on en extrayait tous les organes, à l'exception du cœur. De ses mains habiles, Ut enfonçait ensuite différents instruments dans le nez des morts pour liquéfier leur cerveau qui s'écoulait par les narines. Le monstre maltraitait les enfants en permanence. Par exemple, il les insultait jusqu'à ce que l'huile sacrée – un mélange de résine, de bitume et de cire d'abeille – ait la consistance voulue. Quand, par inadvertance, il renversait un peu de ce précieux liquide qu'il introduisait par un trou dans la boîte crânienne de la future momie, il s'en prenait de préférence au plus petit. Pani essayait en vain de se protéger en se courbant et en mettant ses maigres bras au-dessus de la tête. Les autres ne bronchaient pas. La première fois qu'elle assista à ce spectacle, Sahti voulut s'interposer. Ita lui mit la main sur la bouche.

— Surtout pas ! murmura-t-elle. Si tu protestes, il se mettra encore plus en colère et le frappera deux fois plus. Le mieux est que tu t'occupes de ce qui te regarde. C'est le seul moyen de s'en sortir, ici.

Les plus grands, Maj, Sahti et Ita, devaient laver l'intérieur du cadavre à l'eau et à l'alcool de palmier. Pendant ce temps, les deux assistants nettoyaient avec précaution les intestins, le foie, l'estomac et les poumons, puis les plongeaient dans un bain de soude et les enveloppaient dans un tissu en lin. Enfin, ils les déposaient dans un vase canope en céramique ou en calcaire, parfois en cuivre et plus rarement en albâtre poli, qui serait joint à la momie.

Il fallait plonger le corps privé de ses organes dans un bain de soude auquel on ajoutait dans certains cas des sels minéraux. On l'y laissait environ soixante-dix jours pour le dessécher et empêcher le processus de putréfaction. Les galeries et les anciennes chambres funéraires étaient pleines de baignoires contenant des cadavres à divers degrés de corrosion. Pour les momies les moins chères, on n'ouvrait pas la dépouille, mais on se contentait d'y introduire, avec une seringue à lavement, de l'huile de cèdre qui diluait les organes. La soude détruisait ensuite toute chair, de sorte qu'il ne restait plus au bout du compte que la peau et les os.

Au début, Sahti était prise de frissons à la vue des cadavres et elle se détournait en faisant une rapide prière. Bientôt, ce spectacle la laissa indifférente. Il n'en alla pas de même, bien sûr, quand elle vit Nofret. La chose sombre et toute froissée qu'elle avait sous les yeux n'avait rien de commun avec la femme joyeuse qu'elle avait connue avant la maladie. Si Maj n'avait pas poussé un petit cri, elle ne l'aurait sans doute pas reconnue. À genoux devant la baignoire, le jeune homme se mit à pleurer.

— Si au moins je n'avais pas perdu ton amulette, Sahti ! C'est là que tout a vraiment commencé. L'œil d'Horus nous aurait sans doute protégés tous les deux contre cet abominable rapace. Je n'aurais jamais dû faire confiance à Ut.

Il regarda autour de lui pour vérifier qu'ils étaient bien seuls. Ses yeux prirent alors un éclat rageur.

— Parfois, gémit-il, j'ai l'impression que les dieux nous ont oubliés ici-bas. J'aimerais être déjà mort.

— Quelle stupidité ! s'écria-t-elle pour le consoler et se rassurer en même temps. Nous sommes encore en vie, les dieux ne peuvent pas nous avoir oubliés ! Peu importe où l'on se trouve, ils sont toujours avec nous. Tama me l'a assez répété, et elle savait de quoi elle parlait.

— C'est possible, rétorqua-t-il, mais elle est morte quand même, comme ma mère. À quoi lui a donc servi tant de sagesse ?

— Nofret ne devrait-elle pas être enterrée depuis longtemps ? lui demanda alors Sahti pour éviter de répondre.

Elle ne supportait pas qu'il critique sa mère adoptive, mais elle ne voulait pas montrer ses sentiments.

— Je ne sais pas, murmura-t-il sur un ton de désespoir. Les autres prétendent qu'Ut ne termine jamais certaines momies. Il ne me laisserait de toute façon pas aller aux funérailles.

— Mais que fait-il de ces cadavres ? Où les range-t-il ? Et comment les morts iraient-ils rejoindre Osiris s'ils ne sont pas inhumés ?

Maj jeta un regard sombre et perdu.

— Je n'en sais rien, conclut-il. Et, pour tout dire, j'ai bien trop peur pour me mettre à y réfléchir.

Ces pensées ne quittèrent plus l'esprit de Sahti, qui n'avait vu nulle part le corps de Tama. Elle ne voulait en parler à personne, pour ne pas accabler les autres maintenant qu'elle connaissait le destin de presque chacun d'eux. Amek avait été vendu par sa propre tante pour quelques gouttes d'argent. Comme Maj, Bija avait été attiré dans l'empire souterrain par de fallacieuses promesses. Quant à Pani, il était encore tout petit à la mort de ses parents et avait été enlevé par l'embaumeur. Seule Ita ne voulait rien raconter au sujet de son passé.

Je suis sans doute la seule à être arrivée ici de mon plein gré, pensait Sahti. *À l'époque, je m'imaginais pouvoir tromper Ut et sauver Maj. Peut-être suis-je aussi la seule à garder malgré tout l'espoir de m'enfuir.*

Quelques jours plus tard, elle se retrouva seule avec Ita. Le tyran avait ordonné aux deux jeunes filles de remplir un corps avec des copeaux de bois et de la mousse végétale, ce qui était réservé aux momies les plus chères. Elles auraient dû ensuite remplir les orbites des yeux avec des compresses de lin imbibées de diverses épices, pour donner au visage un air plus vivant. Mais l'embaumeur avait cette fois préféré, sans doute par économie, de petits oignons blancs. Sahti dut empêcher sa compagne de les dévorer.

— Personne ne s'en rendra compte quand il sera emballé ! protesta sa compagne d'infortune. Est-ce que tu sais combien j'ai faim ?

— Je sais.

Sahti poussa un profond soupir. Pouvait-elle lui faire confiance ? Elle décida de tenter le tout pour le tout. Elles avaient terminé leur travail. Leur bourreau ou l'un de ses complices viendrait bientôt les chercher.

— Il doit y avoir des pièces dans lesquelles Ut ne laisse entrer personne, pas même ses employés. Es-tu au courant ?

— C'est possible…

Elle avait l'air méfiante.

— Que serais-tu prête à me donner pour cette information ? s'enquit la gourmande.

— Deux petits pains, proposa Sahti. Deux jours en suivant.

— Deux pains, rectifia l'autre. Et trois jours de suite. Sinon, je ne dis rien.

— D'accord, à condition que tu saches vraiment quelque chose.

— Donne-moi d'abord le pain, s'obstina-t-elle avec un sourire vainqueur.

Ita était la seule du groupe à manger tant soit peu à sa faim, sans doute parce qu'elle trouvait souvent un moyen de doubler sa ration. Ainsi, Sahti n'eut d'autre choix que de jeûner trois soirs consécutifs. Elle l'assaillit de questions dès que la gourmande eut terminé sa dernière bouchée. Les garçons étaient déjà partis se laver les bras et les mains.

— Alors ? demanda-t-elle avec impatience. Que sais-tu ?

— Il y a quelque temps, il m'a forcée à venir dans sa chambre, raconta-t-elle avec une certaine gêne. C'était en pleine nuit. Vous dormiez déjà et ses ouvriers étaient rentrés chez eux. Je craignais qu'il me frappe ou me pique, comme d'habitude, mais ce n'était pas cela.

Elle fixait le sol.

— Que s'est-il passé ?

— J'ai dû me déshabiller, reprit-elle, m'allonger sur un cercueil et fermer les yeux comme si j'étais morte.

Elle n'avait plus qu'un filet de voix.

— Et alors... hésita-t-elle.

— Parle, enfin ! s'écria Sahti.

— Alors, il s'est couché sur moi, ce gros monstre puant. J'ai cru qu'il allait écraser chacun de mes os. Il me dit de ne pas respirer. Comme si j'avais pu ! Soudain, il se mit à chanter. Ses chansons parlaient de femmes qui partent et d'autres qui reviennent, de pyramides et de murailles détruites... Je suppliais tous les dieux de me venir en aide. J'avais déjà perdu tout espoir quand soudain il s'arrêta et se releva. Je gardai les yeux clos un bon moment, par peur qu'il me fasse encore quelque chose. Puis je trouvai enfin le courage de regarder autour de moi. Il se tenait à quelque distance, devant une porte entrouverte. Il pleurait.

— Il pleurait ? s'étonna Sahti.

— Oui, confirma-t-elle. En même temps, il bredouillait des paroles confuses dont je ne veux plus me souvenir. Mais le domaine que tu recherches doit se trouver derrière cette porte. Quand elle est fermée, on ne la remarque pas. C'est la paroi un peu abîmée avec les danseuses aux lotus blancs…

Sahti se souvenait du soir de son arrivée. Elle dodelina de la tête.

— Là où le mur ressemble à du granit rose couvert de peinture, précisa Ita.

L'image devenait de plus en plus nette dans l'esprit de sa camarade, qui se concentrait pour se rappeler les détails.

— Je suis sûre qu'il y a une entrée secrète, poursuivit-elle. Il ne faisait pas assez clair pour bien voir ce qu'elle cache, mais…

— Quoi ?

— … il y a une table en forme de lion, comme celles sur lesquelles il découpe les cadavres. J'ai aussi aperçu une baignoire…

Ita ravala sa salive.

— … et il en sortait une puanteur intenable.

La lune projetait sur le fleuve des éclats de lumière quand deux eunuques présentèrent Nabou à la porte du palais royal. Voilà longtemps que l'otage attendait ce moment. Privée de domestiques, elle n'avait pu ni poudrer son corps ni maquiller son visage, comme c'était l'usage à la cour. Elle n'avait pas osé mettre les bijoux que lui avait offerts Séqénenrê, de peur qu'on les lui enlève. Elle avait préféré les garder dans ses coffres pour acheter les bourreaux si jamais on l'exécutait. C'est pourquoi elle ne portait qu'une simple robe jaune qui soulignait les reflets cuivrés de sa peau. Elle était pieds nus et n'avait pour toute parure qu'un bandeau dans les cheveux.

Kamosé la reçut dans une pièce qu'elle ne connaissait pas. L'ameublement se limitait à une multitude de coussins et un grand nombre de lampes. Le jeune souverain l'invita à s'asseoir d'un geste nonchalant.

— C'est une coutume que j'ai découverte chez les Bédouins. J'espère que ce confort te suffira.

— Je suis une fille du pays de l'or, répondit-elle avec politesse. Je ne suis pas exigeante.

— C'est ce qu'on m'a dit.

Il souriait d'un air mystérieux. La porte était ouverte, laissant entrer dans la pièce la chaleur de cette nuit d'été. Nabou se méfia de ce sourire qui lui rappelait la vieille reine, son ennemie de toujours.

— Pourquoi m'as-tu fait venir ? s'enquit-elle. Pour m'envoyer en exil ? Ou pour me condamner à mort ? Parle ! J'ai le droit de savoir.

— Je voulais faire ta connaissance, expliqua-t-il. La femme qui a…

— … tué ton oncle ? l'interrompit-elle. C'est ce que tu crois, comme tout le monde ?

Ils s'observèrent en silence. Aucun des deux ne voulait parler en premier. Nabou avait une fois déjà gagné cette épreuve de force. Ce soir-là, elle remporta à nouveau la victoire.

— La sorcière noire… finit-il par murmurer.

Le regard de Kamosé parcourait son corps comme s'il prenait ses mesures.

— Voilà comme on t'appelle, ajouta-t-il. Je me demande depuis un certain temps si cela est juste...

Nabou leva ses bras avec lenteur pour qu'il puisse mieux voir ses tatouages sombres. Le serpent de gauche dormait, paisible en apparence, mais celui de droite se dressait d'un air menaçant.

— Ils vous font peur, à vous, gens de Kemet. Parce qu'ils vous sont étrangers et que vous sentez qu'ils possèdent une force originelle.

— Est-ce vrai ? s'étonna-t-il.

Kamosé s'était levé avec souplesse et vint s'agenouiller près d'elle. Leurs jambes se touchèrent. Elle sentit une odeur de sueur fraîche malgré un parfum épicé. Le visage du jeune homme n'était plus qu'à une coudée du sien. Les commissures de ses lèvres tremblaient.

— Que veux-tu, en réalité ? demanda-t-elle à voix basse. Tu ne songes pas, j'imagine, à agrandir ton harem avec une ancienne favorite qu'on croit capable du pire ? Tes femmes seraient jalouses, surtout ton épouse sévère et triste.

— Ne parle pas d'Ascha !

Il se détourna. Son sourire s'était évanoui.

— Je t'interdis de parler d'elle en ces termes, décréta-t-il.

— J'implore ton pardon, grand Pharaon !

Elle baissa la tête avec une humilité excessive.

— Je ne suis qu'une proie que vous avez ramenée du Sud...

À ce moment, elle leva les yeux et soutint à nouveau son regard.

— ... mais tu ne peux empêcher mes yeux, continua-t-elle, de voir ce qu'ils voient, ni mes oreilles d'entendre ce qu'elles entendent, même si cela ne te plaît pas.

— Et qu'as-tu vu ? s'emporta-t-il. Qu'as-tu entendu ?

Son corps viril était bandé comme un arc. Nabou perçut cette tension.

— Tu voudrais bien le savoir ! s'exclama-t-elle en riant. Dis-moi plutôt ce que tu désires. Un sort pour qu'elle te laisse enfin entrer dans son lit et te donne l'héritier qu'attend le pays ? Une prophétie, pour savoir quand son cœur glacé cédera enfin à tes prières ? Une potion magique, comme on en fabrique au pays de Kouch ?

— Tais-toi !

Kamosé s'apprêtait à la gifler, mais Nabou arrêta son bras de la main et le retint de toutes ses forces.

— Tu peux me condamner à mort, Pharaon, lança-t-elle. Mais tu ne me frapperas pas, jamais !

Leurs regards se croisèrent une nouvelle fois et leur duel se poursuivit.

— Tu es bien le serpent noir, déclara-t-il d'une voix pleine de respect.

— Je suis la femme capable de mues, répondit-elle en se redressant.

Elle se mit alors à balancer lentement son corps d'avant en arrière.

— Sais-tu comment tout a commencé, en des temps reculés ?

Kamosé remua la tête en silence. La langue lui collait au palais. Son cœur était enflammé. Tout en lui aspirait à la posséder. Jamais il n'avait autant désiré une femme.

— Une nuit, reprit-elle, les dieux descendirent sur terre et demandèrent aux êtres vivants : « Qui voudrait ne pas mourir ? »

La voix de Nabou était douce et aiguë à la fois, une voix qui invitait et repoussait à la fois.

— Par malheur, tous dormaient. Tous les hommes et tous les animaux. Seul le serpent était éveillé. Il dit : « Moi ! »

— Moi, répéta Kamosé, comme hypnotisé. Moi !

Il rêvait de frotter sa peau contre la sienne. Il voulait s'enfoncer en elle et sentir ses ongles lui entrer dans la chair.

— C'est pourquoi, ajouta-t-elle, tous les hommes et tous les animaux meurent, sauf le serpent, quand on ne le tue pas par traîtrise. Tous les ans, il change de peau. Ainsi, il reste fort et lui seul...

— Tais-toi !

Il s'empara d'elle et l'attira à lui. Nabou ne se défendit pas. Elle s'abandonna, soulagée, en écoutant son cœur qui battait d'excitation.

— Lui seul donne naissance aux enfants de l'esprit, susurra-t-elle à son oreille. C'est lui qui crée la pluie. Sa langue déclenche les éclairs et sa gorge produit le tonnerre. Il boit l'eau de la mer et l'apporte aux nuages. Et quand il aime, il sert l'objet de son désir comme...

— Tais-toi !

Cette fois, il avait presque crié. Il lui plaqua les épaules contre le sol, comme pour l'empêcher de s'enfuir.

— Oui, taisons-nous, grand Pharaon ! murmura-t-elle.

Son souffle lui caressa la joue. Ses hanches ondulaient comme des vagues chaudes. Il aurait voulu que ces mouvements ne cessent jamais.

— Taisons-nous enfin !

Par hasard, Sahti trouva Pani devant une paroi aux couleurs passées sur laquelle étaient représentées plusieurs divinités qui pointaient le doigt en direction d'une momie. Quand il aperçut la jeune fille, le petit garçon mit les mains dans le dos d'un air gêné.

— Qu'est-ce que tu fais ? l'interrogea-t-elle. Où sont les bandelettes que je t'ai demandé d'aller chercher ? Tu sais bien ce qui va se passer si Ut te surprend.

— Rien… prétendit-il.

Il avait un regard de chien battu.

— Je ne fais rien…

— Allez, ne mens pas ! Tu peux me faire confiance, je suis la seule qui soit de ton côté.

— J'étais en train de lire, avoua-t-il. Ne le raconte à personne, je t'en supplie.

— Tu sais lire ?

Pani remua la tête.

— Alors, vas-y ! ordonna-t-elle, incrédule, en désignant un endroit sur le mur. Qu'est-ce qui est écrit là ?

— « Ce que vous avez à faire à l'Ouest, écraser l'adversaire et faire jaillir l'eau originelle… »

Son petit index qui suivait avec lenteur les signes de bas en haut s'arrêta.

— Ici, cela devient trop flou. En plus, je ne comprends pas tout ce que cela veut dire. En fait, je n'ai pas été très longtemps à l'école des scribes.

— Tu sais aussi écrire ?

— L'un ne va pas sans l'autre, répondit-il en redressant la nuque. Mais mon père disait qu'un bon scribe doit continuer d'étudier toute sa vie. J'aurais encore eu beaucoup à apprendre, à vrai dire.

Il tendit son menton pointu en avant.

— Il te manque, n'est-ce pas ?

— Pas autant que maman ! murmura-t-il en pleurs. Elle m'aimait tant.

Sans réfléchir, Sahti le prit dans ses bras et le serra tout contre elle. C'était lui dont elle se sentait maintenant le plus proche. Il n'était rien resté, pensa-t-elle, de l'attirance qu'elle avait autrefois éprouvée pour Maj. Quand l'adolescent essayait de la toucher pendant que les autres dormaient, elle le repoussait avec force. Dans l'obscurité de leur prison, son propre corps lui apparaissait comme un ennemi inconnu. Voilà plusieurs jours qu'elle se sentait mal, à la fois abattue et énervée, sans cesse au bord des larmes. Depuis ce matin-là, elle avait même une crampe qui lui serrait les entrailles. Une terrible nostalgie monta en elle. Elle aurait souhaité que sa mère la prenne dans ses bras et l'entoure de son amour. Les yeux lui brûlaient.

— Nous allons sortir d'ici, chuchota-t-elle dans la chevelure sale et hirsute du petit garçon. Tu vas voir, nous y parviendrons. Il ne peut pas nous enterrer vivants dans ses chambres secrètes. Il n'a pas le droit !

— Chut ! l'exhorta-t-il. Laisse, n'y pense plus.

Sahti le lâcha. Malgré la pénombre, elle aperçut quelques gouttes sombres sur le sol. Sans s'en rendre compte, elle avait dû se blesser quelque part, car du sang lui coulait le long des jambes. Elle souleva sa robe et fut prise de panique. C'était la vengeance du scorpion, parce qu'elle avait échappé à la lame du couteau noir !

— Va en avant, commanda-t-elle de la voix la plus calme possible en portant la main à la patte de lionne. Je te rejoins !

— Mais les bandelettes ? objecta le petit garçon qui savait ce qu'il risquait. Il va me frapper si…

— Je les apporte tout de suite.

Lorsqu'il fut parti, elle en prit deux pour se nettoyer tant bien que mal. Les douleurs dans le bas-ventre étaient désormais intenables. Elle aurait pu se rouler en boule sur le sol. Par précaution, elle prit encore en urgence quelques bandelettes qu'elle enroula et attacha sous sa robe. Puis elle souleva le paquet avec peine et l'apporta à l'embaumeur devant lequel elle le laissa tomber.

— Tu ne peux pas faire attention ! hurla celui-ci en lui donnant une tape dans le dos. Allez, va rejoindre Ita maintenant ! Crois-tu qu'elle va nettoyer toute seule ?

Il plissa les yeux et la scruta de haut en bas.

— Mais tu as du sang sur la jambe !

— Ce n'est pas du sang, le contredit-elle en s'éloignant à vive allure.

Elle arriva toute tremblante dans la galerie voisine. D'un air maussade, l'autre jeune fille portait deux seaux d'eau vers la table d'opération.

— Tu sais pourquoi on n'ouvre les corps des jeunes femmes qu'au bout de trois jours, dans le meilleur des cas ?

Elle projeta avec force l'eau du premier seau sur la table.

— Je parie ce que tu veux ! continua-t-elle.

— Tu ne penses quand même pas que…

— Et quoi d'autre, à ton avis ? s'exclama-t-elle Il fait sans doute avec les mortes ce qu'il a entrepris avec moi. S'il me force à nouveau à venir dans sa chambre, je meurs sur place…

Elle renifla.

— Peut-être que j'aurai de la chance et qu'il prendra quelqu'un d'autre...

— Qu'est-ce que tu veux dire ? demanda Sahti tout bas. Pani ?

— Oui, pourquoi pas ? Ou bien toi...

Un chant aigu et monocorde arracha Sahti au sommeil. Elle entendait autour d'elle le souffle régulier des autres enfants. Pani ronflait comme à l'accoutumée, allongé sur le dos, les poings fermés. Une odeur terrible régnait dans la pièce car, dans un accès de mauvaise humeur subite, l'embaumeur leur avait interdit de se laver. Il faisait sombre. Seule la petite flamme timide d'une chandelle de suif luisait en hauteur, dans une niche.

La jeune fille avait une faim extraordinaire. Elle se leva avec précaution, tremblant de réveiller les autres. Ses saignements avaient diminué, mais elle portait toujours en haut des jambes des bandelettes qu'elle avait détournées. Elle se sentait plus vulnérable que d'habitude. Elle se demanda un instant si elle ne ferait pas mieux de prévenir Ita, mais elle y renonça. La veille, la gourmande l'avait accusée en termes violents de lui avoir volé un pain et, comme personne ne voulait la croire, elle l'avait même frappée. Elles ne s'étaient pas réconciliées et, maintenant encore, le visage tourné contre le mur, la jeune fille semblait grogner dans son sommeil.

Plus Sahti s'approchait de la chambre mortuaire qu'occupait l'embaumeur, plus le chant devenait perceptible. L'origine de cette mélopée ne faisait aucun doute. Les assistants du préparateur de momies avaient quitté les lieux, comme tous les soirs, et ne reviendraient qu'au matin, avec les corps d'un couple décédé dans un accident. Arrivée sur le seuil, la jeune fille s'immobilisa. Elle essaya en vain de discipliner sa respiration. Sa poitrine se gonflait et se baissait par saccades, elle avait la paume des mains humide. Sahti saisit la griffe de lionne, récita une prière à Isis et entra.

Elle ne vit d'abord que l'énorme postérieur du tyran, pareil à celui d'un éléphant, à une informe masse de suif grisâtre. Elle ne réalisa qu'il était nu qu'au moment où il se retourna. Elle évita de regarder entre ses jambes, mais leva les yeux vers son visage et recula d'effroi. Ut portait un masque d'Anubis. Ses yeux brillaient à travers deux fentes étroites. Il s'arrêta soudain de chanter.

— Tiens, la petite Noire !

Par bonheur, il ne fit aucun geste dans sa direction.

— Tu venais me tenir compagnie ? Ou bien est-ce le regret de ta statuette en or qui t'a poussée ici ?

Il pointa l'index vers une niche de la paroi.

— Elle est là, regarde, et son petit scorpion venimeux m'embrasse tous les soirs.

Sahti secoua la tête de dégoût, mais elle mémorisa l'emplacement.

— Où est Tama ? demanda-t-elle en se réjouissant que sa voix ne tremble pas. Est-elle enterrée ?

— Tama ? répéta l'autre, comme s'il ne se souvenait pas de ce nom.

— Tama, confirma-t-elle. La tisseuse. Ma mère.

— Ta mère a dû crever quelque part dans le Sud, entre la fiente et les mouches.

Sa voix était encore plus caverneuse que d'habitude.

— Mais passons, pour une fois. Tu as donc mené ton enquête pour trouver la fileuse, petite maligne... Et, par malheur, tu ne l'as pas trouvée, ma pauvre.

Son rire fit vibrer sa graisse.

— Comment aurais-tu pu, d'ailleurs ? Elle est avec moi. Viens voir !

Il tendit cette fois le doigt vers le fond de la pièce. Sahti aperçut entre les musiciennes et les danseuses aux lotus peintes sur le mur une porte entrouverte. C'est de là que provenait la puanteur insupportable.

— Qu'attends-tu ? la somma-t-il. Tu veux avoir la réponse à tes questions ou non ?

La jeune fille frissonna et éprouva un tel besoin de revoir le soleil et la lumière du jour qu'elle faillit se mettre à pleurer. Pourtant, elle prit son courage à deux mains et fit un pas en avant, puis un autre, et continua jusqu'à la porte. Comme Ita l'avait suggéré, une énorme pièce taillée dans la roche s'étendait devant elle.

— Tu as peur ?

Il s'était approché d'elle d'un bond. Sahti en eut le souffle coupé.

— Celui qui passe le seuil de la mort, déclara-t-il, a le droit d'admirer l'œuvre des dieux. Il est initié. Allez, avance !

Il la poussa avec rudesse.

— Qu'est-ce que c'est ? demanda-t-elle tout bas.

— Ça ? rit-il à gorge déployée. C'est mon laboratoire, pourrait-on dire. Ou, si tu préfères, l'atelier des dieux...

Les membres raidis, la prisonnière continua d'avancer. Sur une première table gisait une jeune femme, encore très belle dans la mort. Soudain, Sahti se remémora ce qu'avait raconté sa camarade au sujet du délai de trois jours. Elle s'approcha encore, emplie d'un mélange d'effroi et de curiosité.

— Cela te plaît ? murmura le serviteur d'Anubis.

Moi aussi, je trouve les morts plus beaux que les vivants. Et ils m'appartiennent ! À moi tout seul !

Sahti se retourna d'un mouvement brusque.

— Où est Tama ? réclama-t-elle. Parle ! Qu'as-tu fait d'elle ?

— Tu veux vraiment le savoir ?

L'odeur ambiante empêchait presque de respirer. Ut rit une nouvelle fois en la voyant se boucher le nez.

— On ne peut pas s'arrêter à de tels détails quand on tend vers les étoiles. J'expérimente, tu comprends ? Ou plutôt je crée ! Je suis comme Ptah, si l'on veut. Oui, c'est moi, Ptah. Je suis Ptah, Anubis et Osiris à la fois ! Parfois, j'enlève tous les viscères. Parfois je n'en prends qu'une partie et j'observe ce qui se passe. C'est mon matériau. J'en fais ce que je veux.

Ils avaient désormais atteint le centre de la pièce. Ut restait collé à elle. Sur une autre table se trouvait un homme dont l'embaumement semblait presque achevé. Son cadavre était sec et ridé. Il avait le ventre ouvert.

— Tu viens de me déranger au beau milieu de mon art, soupira-t-il. J'étais en train de le préparer pour l'éternité. Regarde !

Il saisit un seau rempli d'une pâte brunâtre qu'il mit sous le nez de la jeune fille.

— Voilà son nouveau cœur !

— Mais c'est du purin !

Elle recula.

— Tu n'as pas le droit ! Son cœur ne pourra jamais être pesé dans la balance de Maât !

— Je suis le roi de l'éternité, s'écria-t-il de manière hystérique. C'est moi qui décide s'il obtient un nouveau cœur pour se présenter devant Osiris !

D'un geste approximatif, il jeta du fumier dans la

poitrine du cadavre et recommença à chanter d'un ton perçant :

— Obéis-moi, mon cœur, car je suis ton maître ! Comme tu n'es pas dans mon corps, tu ne me feras pas de mal…

C'était la pire chose qu'on pouvait faire à un homme. Ce sacrilège ôtait tout espoir de vie future.

Il s'interrompit et jouit du silence stupéfait de la jeune fille.

— Et Tama ? parvint-elle à demander au bout d'un moment. Tu l'as aussi…

— Aucun mortel n'échappe à ma vengeance, répondit-il d'une voix sourde en prenant le couteau noir qui était posé sur la table.

Tout en Sahti se contracta.

— Elle n'est certes pas encore aussi avancée, précisa-t-il. Pour l'instant, je l'ai mise au rebut, tu comprends, sur le tas de cadavres des anonymes dont j'ai besoin pour mes expériences. Je teste la soude, par exemple. Sais-tu ce qui se passe quand on augmente la dose juste d'un rien et qu'on y ajoute de l'eau ? Approche, tu vas voir comme c'est drôle.

Il partit dans un coin en se dandinant. Sahti le suivit comme s'il l'avait ensorcelée. Il s'arrêta devant une grande baignoire.

— Comme Ptah, chuchota-t-il, je peux créer et détruire, je suis un dieu !

Il changea tout à coup de ton et parla de manière presque normale.

— Saignes-tu encore ?

La peur de Sahti céda la place à la colère. Comment osait-il lui parler de ses secrets les plus intimes ?

— Cela ne te regarde pas !

— Comment cela ? s'emporta-t-il. Tu crois que je

n'ai pas remarqué que tu me voles mes bandelettes ? Pour ce que j'ai l'intention de faire avec toi, j'ai de toute façon besoin que tu sois propre et pure.

Il effleura le bras de la jeune fille avec la lame de son couteau.

— Tu ne t'imagines tout de même pas que je vais te laisser rejoindre les autres, maintenant que tu sais ce qu'il y a ici ?

Il se serra contre elle. Sahti ne voyait plus que le couteau dans sa main.

— Laisse-moi, murmura-t-elle, incapable de bouger. Je ne leur dirai rien. Rien du tout, je te le jure.

— Non, tu ne leur diras rien, c'est vrai. Mais sais-tu pourquoi, petite ?

Il avait un air presque jovial.

— Parce que tu ne quitteras jamais cette pièce ! Ni vivante ni morte !

Il tenta de se jeter sur Sahti sans voir que celle-ci avait tendu l'un de ses pieds. Son gros corps culbuta et il se cogna le front contre la baignoire. Il perdit aussitôt connaissance. Le couteau noir tomba sur le sol.

— Mettons-le dans la baignoire, vite ! Dans la baignoire !

Une voix stridente tira Sahti de sa torpeur. Ita s'était précipitée dans la pièce avec les autres.

— Jetons-le dans le bain de soude ! Dépêchez-vous avant qu'il ne revienne à lui ! Maj et Amek, prenez les jambes. Bija, Sahti et Pani, les bras ! Pressez-vous ! S'il reprend conscience, il sera trop tard.

Les enfants saisirent le colosse à bras le corps et parvinrent, en conjuguant leurs efforts, à le soulever comme le cadavre d'un gros animal.

— Vous voulez le tuer ? demanda Sahti en le lâchant d'épouvante. Mais on n'a pas le droit !

— Tu préfères attendre qu'il se réveille ? Il nous a torturés bien assez longtemps !

Ut tomba dans le liquide avec un bruit énorme, en projetant des gouttes d'acide. Il resta un instant immobile dans la baignoire, puis son corps commença à remuer. Pani se mit à hurler.

— Il vit ! Il vit encore !

L'embaumeur essayait de se redresser, mais ses pieds glissaient dans le fond.

— Coincez-le ! ordonna Ita sans pitié. Appuyez ! Tous ensemble ! Il ne doit pas échapper à son destin !

Les enfants obéirent, quoique la soude leur brûlât la peau. Ut continuait de se débattre. Soudain, ses forces l'abandonnèrent. Il s'affala comme un énorme monstre marin qui s'échoue sur la plage. Il avait perdu son masque. Son visage était blême et absent, comme éteint.

— Sahti, le couteau ! s'exclama Ita. Le couteau ! Si tu ne...

Sahti saisit le couteau en pierre noire, ferma les yeux, pensa à Tama et frappa de toutes ses forces.

SEPTIÈME HEURE

Le monde des étoiles

Avait-elle vraiment tué l'embaumeur ? Depuis qu'ils avaient quitté le repère d'Ut, Sahti ne pensait plus à rien d'autre.

— S'il n'était pas tout à fait... Je veux dire, s'il vivait encore ?

Elle enfouit son visage dans ses mains, mais les laissa aussitôt retomber dans un geste de dégoût. Tous s'immobilisèrent.

— Tu veux rire ? déclara Ita d'un ton catégorique. Personne n'y survivrait. Tu n'as pas vu tout le sang qui coulait ? On aurait dit qu'on avait tué un cochon !

Les autres approuvèrent de la tête.

— D'ailleurs, continua-t-elle, il ne bougeait plus. Il ne fera plus jamais souffrir les autres, je te le promets.

Ils se remirent en marche. Au bout d'un certain temps, ils virent devant eux une longue rampe en pente douce. Ita s'écria :

— Nous voilà arrivés ! Je vous l'avais bien dit.

Ils s'avancèrent d'un pas timide.

— Qu'est-ce que c'est ? murmura Pani quand ils furent tout en haut. Un tombeau ? Un ancien palais ? Tu es déjà venue ici ?

— Oui, répondit-elle en souriant, comme métamorphosée. Il y a des années, quand mon père vivait encore…

— Cela devait être un temple, s'exclama Bija en se mettant à courir. Regardez toutes ces pierres taillées au milieu des éboulements !

Rempli de curiosité, il continua son enquête. Seules quelques colonnes étaient encore intactes. Le jardin était à l'abandon, calciné.

— Ceci ressemble à un autel. Et là, c'était sans doute la niche d'une statue. Peut-être que le dieu auquel ce sanctuaire était dédié nous protégera ? Mais il y a longtemps qu'on n'y fait plus de sacrifices.

— C'est bien pourquoi nous sommes ici ! expliqua l'adolescente. Personne ne viendra nous y chercher. Personne ne nous fera de mal. Nous pouvons sans crainte y attendre le moment d'aller au bord du fleuve. Pour commencer, nous devons nous restaurer. Je crois que je pourrais manger un bœuf.

Tous se réjouirent de constater qu'elle avait pensé à prendre de l'eau et de la nourriture. La jeune fille prévoyante tira de son sac du pain et des morceaux de viande séchée. En chemin, Amek et Maj avaient cueilli des figues et des fruits de cactus qui avaient un goût amer. Assis en rond, les enfants mangèrent, burent et se racontèrent des histoires drôles. Seule Sahti resta à l'écart, fixant en silence le ciel sombre.

— Tu n'as pas touché à ton pain ! lui reprocha Ita.

Les garçons s'étaient déjà roulés en boule et enveloppés dans leurs hardes pour se protéger de la fraîcheur nocturne.

— Tu n'as même pas pris un morceau de viande ! Tu es malade ? Qu'est-ce qui se passe ?

— Rien. Je ne sais pas. Tiens !

Sahti lui rendit la nourriture, ramena les jambes à elle, les encercla de ses bras et se fit toute petite.

— Je n'ai pas faim.

— Mais tu dois manger quelque chose ! l'admonesta son amie. Nous n'avons fait que la moitié du chemin. Qui sait ce qui nous attend demain ?

— Laisse-moi ! répliqua-t-elle d'une voix sourde. Je préfère rester seule.

— Bon, écoute, s'obstina la plus âgée. Je suis désolée pour cette histoire de pain. Je sais bien, maintenant, que ce n'était pas toi...

— Comme s'il s'agissait de cela ! Après tout ce qui s'est passé... Sans toi, je serais morte depuis plusieurs heures.

Sahti commença à pleurer. Ita s'approcha d'elle et lui entoura les épaules de son bras.

— Nous n'avions pas le choix, chuchota l'aînée.

Son corps était doux et chaud. Sahti pensa à Rouyou, même si l'odeur de sa camarade d'infortune était différente, plus aigre et plus forte.

— Il nous aurait tous éliminés les uns après les autres, expliqua-t-elle encore. Il était fou, ne l'oublie pas ! C'était un monstre qui méritait cent fois la mort.

Sahti se leva, le visage baigné de larmes.

— Sais-tu ce qu'il a fait avec Tama ? Avec toutes les petites gens ?

Elle butait sur les mots, transpercée de douleur.

— « Un tas de déchets », voilà comme il les appelait ! Il les découpait, les séchait, les replongeait dans l'eau, comme... comme... comme de vieux bouts d'étoffe ou des rouleaux de papyrus ! Et à la place du cœur, il leur...

— Quoi ? demanda l'autre suspendue à ses lèvres.

— Ah rien...

La jeune fille noire était incapable de poursuivre.

— Ce n'est pas grave, conclut Ita. Oublie les horreurs que tu as vues là-bas. Il est mort, mais nous, nous sommes vivants. C'est tout ce qui compte...

L'adolescente écarta les cheveux qui lui recouvraient le front.

— ... même si je n'ai pas la moindre idée de ce que nous allons devenir. Et toi ?

Sahti secoua la tête.

— Qui va nous donner du travail ? s'interrogea la plus âgée. Et à manger ? Qui pourrait bien nous recueillir ? Nous sommes trop jeunes pour vivre seuls... Tout ce que je sais, continua-t-elle, c'est que personne ne m'entraînera plus jamais sur la rive ouest, du moins tant que j'aurai en moi une étincelle de vie.

— Moi non plus ! renchérit Sahti. Même si... dans ma peur... j'ai oublié...

La statuette en or devait encore se trouver dans la niche obscure. Qu'adviendrait-il si quelqu'un la trouvait ? Y avait-il un indice qui pouvait trahir Namiz ? Elle ne se le pardonnerait jamais.

— Tu parles à nouveau par énigmes, lui reprocha Ita avec impatience. Qu'as-tu donc oublié ? Je n'y comprends rien. Le mieux serait que tu dormes. Je m'occupe de la première garde. Maj prendra la relève.

Elle ricana.

— Je suis sûre qu'il ferait tout pour être assis près de toi, comme moi maintenant. Qu'est-ce qu'il est amoureux !

— Comment ? répliqua Sahti. Qu'est-ce que tu inventes ?

— Je n'invente rien, continua-t-elle de se moquer.

Tu n'as pas remarqué comme il te regarde ? On dirait un veau qui a flairé du sel.

Son visage prit une expression rêveuse.

— Bon, assez, bonne nuit. Fais de beaux rêves !

Elle se releva, les yeux tournés en direction du Nil, bien qu'un massif rocheux empêchât de voir le fleuve. Elle ne résista pourtant pas longtemps au sommeil. Sorti en sursaut de sa torpeur, Maj la trouva endormie, mais il n'eut pas non plus le courage de faire le guet et se blottit contre elle, trop heureux de profiter de la chaleur de son corps.

Sahti fut la première à se réveiller. Le disque rouge et doré du soleil dominait déjà l'horizon. Elle passa d'un camarade à l'autre et les réveilla avec précaution. Ils se partagèrent le reste d'eau et de nourriture, puis se mirent en route. Comme la veille, Pani tint Sahti par la main. Il ne voulait pas la lâcher.

— Ta peau ne te fait pas mal ? chuchota-t-il. Cela me brûle et me gratte.

— Si, un peu, confirma-t-elle. Mais cela va passer. Le mieux est que tu n'y penses pas.

— Où allons-nous ? demanda-t-il, abattu. Je veux dire, sur l'autre rive. Tu ne vas pas me laisser seul, n'est-ce pas ?

— Jamais ! jura-t-elle. Mais maintenant, tu dois te taire. Sinon, à force de discuter, tu risques de tomber.

Pani lui obéit et ne parla plus jusqu'à l'embarcadère. Il n'y avait rien pour se protéger ou se dissimuler. Sans le vouloir, les enfants marchaient courbés, comme pour se rendre moins visibles. Enfin, Maj exprima ce à quoi chacun d'eux songeait.

— Que va-t-il se passer si les assistants d'Ut nous retrouvent et nous ramènent de force dans le monde souterrain ? Peut-être nous attendent-ils sur le premier bateau ?

— Ils peuvent bien nous traîner de force, s'exclama Bija qui était pourtant un peu plus petit et plus maigre que Maj. Mais pas avant de m'avoir tué !

— Et que peuvent-ils nous faire, de toute façon ? déclara Ita à la plus grande surprise de Sahti. Même s'ils découvrent le cadavre ?

Elle fit une grimace atroce.

— Nous n'avons jamais existé ! ironisa la plus grande. Nous existons à peine !

— Le bac ! s'écria Pani en agitant les bras. Il arrive, il arrive ! Regardez ! Avec une voile de la couleur de l'or pur.

Les enfants n'eurent bientôt plus rien à manger. La fière Ouaset n'avait guère de pitié pour les orphelins. La capitale leur semblait être un labyrinthe de ruelles sales et de maisons encastrées les unes dans les autres. Les larges avenues des processions, bordées de temples ombragés et de lacs artificiels, étaient trop éloignées pour eux. La maison de Nofret avait depuis longtemps été récupérée par d'autres gens. Une vieille revêche et sa fille, non moins désagréable, chassèrent la petite troupe venue en repérage.

— Déguerpissez, bande de mendiants !

La même scène se reproduisit devant l'habitation de Tama. Un voisin qui jalousait son atelier depuis longtemps n'avait pas tardé à occuper les lieux pour y produire ses tapis de roseaux. Comme Sahti ne disparaissait pas assez vite à son goût, il entra dans une colère effrayante.

— Antef et Tama n'avaient pas d'enfants, je le sais bien ! s'écria-t-il hors de lui. Comment auraient-ils pu mettre au monde une noire dans ton genre ? Cela suffit. Laissez-moi travailler en paix ou je lâche mes chiens.

— Et où se trouve Rédi ? insista Sahti. La grosse Rédi, tu sais bien... celle qui aidait toujours ma mère, je veux dire Tama...

La bouche de l'adulte s'étira en une affreuse grimace.

— Elle est au cimetière, si tu veux le savoir. Cela fait déjà deux lunes qu'elle est partie. Voilà ce que c'est de manger trop de poisson séché. Et maintenant, sauve-toi sur-le-champ.

Les enfants n'eurent plus qu'à retourner au marché. Avec un peu de chance, se dirent-ils, l'un des vendeurs ferait preuve de compassion et leur laisserait quelques déchets. Sinon ils devraient à nouveau dérober de la nourriture. La première fois, ils avaient eu beaucoup de mal à voler. Mais l'habitude et la faim qui faisait crier leur estomac estompèrent vite leurs scrupules.

— Si nous ne nous crevons pas un œil ou que nous ne nous coupons pas un pied, commenta Ita avec amertume, nous ne recevrons jamais d'aumônes. Je ne savais pas que les habitants de Ouaset avaient le cœur si dur.

Quelques pains, trois poissons maigres et des figues blettes furent tout ce que les malheureux eurent à se partager autour d'un feu modeste. Ils s'apprêtèrent à passer la nuit au bord du Nil, surveillant sans cesse les autres mendiants qui n'hésitaient pas à agresser les plus faibles.

— Que faire ? s'interrogea-t-elle à voix haute. Qu'allons-nous devenir ?

— Je pourrais travailler pour les charpentiers du

port, suggéra Maj d'une voix hésitante. Bija pourrait sans doute commencer avec moi, même si c'est tout d'abord à l'essai. Nous aurions à manger deux fois par jour et nous aurions un lit. Mais ce serait juste pour nous deux...

Personne ne releva.

— Ce n'est pas grave, murmura enfin Amek. Je voulais de toute façon partir vers le Sud. Peut-être qu'un bateau acceptera de m'emmener à Abou.

— Tu veux aller à la première cataracte ? demanda Sahti, surprise.

L'instant d'avant, elle se sentait si abattue qu'elle avait du mal à tenir les yeux ouverts. D'un coup, le souvenir des barrières de rochers noirs qui se dressaient au milieu du fleuve lui fit oublier son épuisement.

— Qu'est-ce que tu veux aller faire là-bas ? s'enquit-elle.

— Mon père était originaire de l'île d'Abou, se justifia l'adolescent, et il me parlait toujours de sa patrie. Si je ne me trompe pas, l'un de ses frères cadets y vit encore et fait le commerce des épices. Peut-être acceptera-t-il de m'accueillir.

— Amek, le vendeur de safran ! se moqua Ita pour dissimuler son désarroi. C'est drôle, comme idée. Et qu'est-ce que tu feras s'il ne vit plus ? Ou s'il a lui-même une table pleine d'enfants et qu'il ne veut pas entendre parler de toi ?

Soudain, sa voix s'érailla.

— Je croyais que nous voulions rester ensemble, remarqua-t-elle. Pour toujours.

Le garçon parut embarrassé.

— S'il ne veut pas m'héberger, se défendit-il, j'essaierai de me faire engager comme recrue. Il paraît que le nouveau Pharaon a besoin de soldats.

— Tu veux qu'on t'ordonne de tuer ? lui reprocha la meneuse qui ne voulait pas céder. Tu n'en as pas assez, des morts ?

— C'est toujours mieux que de chercher sa nourriture dans la boue comme si nous étions des cochons ! répliqua-t-il avec énergie avant de se détourner.

— Et nous, Sahti ?

Pani regardait la jeune fille de ses yeux écarquillés comme si toute son existence dépendait d'elle.

— Qu'allons-nous faire si tous les autres nous abandonnent ? demanda-t-il.

— Personne ne nous abandonne, Pani !

Sahti s'efforçait de réprimer sa propre inquiétude.

— Les autres, expliqua-t-elle, essaient juste de survivre et c'est mieux ainsi. Devons-nous tous mourir de faim en nous tenant par la main ?

Le petit secoua la tête d'un air peu convaincu.

— Tu vois ! Et en ce qui nous concerne...

Elle réfléchit un court instant.

— Je vais me présenter demain chez Namiz, conclut-elle en essayant de donner à sa voix une note de confiance. Il va bien finir par rentrer de son expédition. Alors, il nous...

— Moi aussi ? l'interrompit Ita.

Sans le vouloir, elle effleura de la main gauche la cicatrice sur la jambe de Sahti. Elle serrait dans l'autre le sac raide de saleté qu'elle n'avait pas lâché, même dans son sommeil, depuis qu'ils avaient quitté la sépulture. Les yeux des deux jeunes filles se croisèrent et se livrèrent un duel silencieux. Le regard de la plus âgée était éloquent : « Tu sais ce que j'ai fait pour toi. C'est ton tour. J'espère que tu comprends ce que cela veut dire... » Comme sous la contrainte, Sahti remua la tête de bas en haut.

Au petit matin, ils se séparèrent. Ita sauta au cou de Maj et l'embrassa sur les deux joues. L'adolescent resta impassible, incapable de lever les yeux. Quand il se trouva en face de Sahti, il lui fit une caresse timide sur le bras.

— Que les dieux te protègent ! murmura celle-ci en hâte pour cacher son émotion. Pars, maintenant ! Sinon tu risques de manquer le premier repas et de devoir porter les planches l'estomac vide.

Elle fit demi-tour et entraîna Pani, qui n'était pas pressé de quitter les lieux de leurs adieux. Ita les suivit en silence dans les rues de la ville jusqu'à ce qu'ils aient atteint la maison de Namiz.

— Que voulez-vous ? la rabroua un domestique quand Sahti eut frappé quelques coups discrets. Disparaissez ! On n'a pas besoin de gens comme vous.

— Le maître est-il là ? demanda-t-elle sur un ton poli.

— Le maître ? Je ne vois pas en quoi cela te regarde, rétorqua-t-il en s'apprêtant à lui claquer la porte au nez.

La jeune fille perçut un bruit provenant de l'intérieur, comme si l'on traînait de lourdes caisses sur le sol. Elle était si fatiguée et si affamée qu'elle avait du mal à tenir sur ses jambes. Pourtant, toute sa timidité s'évanouit d'un seul coup.

— Il faut que je lui parle, insista-t-elle. C'est mon ami.

— Ton ami ?

Le domestique considéra d'un air arrogant les trois enfants loqueteux.

— Je n'ai encore jamais entendu une impertinence pareille…

— Sahti, ma petite !

L'homme qui écarta le serviteur d'un geste impérieux avait la peau basanée et il était si maigre que l'adolescente ne le reconnut pas tout de suite. Un instant après, elle sentit néanmoins une larme de soulagement lui couler sur la joue.

— Mais à quoi ressembles-tu, ma petite ! ajouta l'adulte.

Il y avait longtemps que personne ne l'avait plus appelée « ma petite »...

— Et toi... répondit-elle dans un sanglot.

Namiz était pieds nus. Il n'avait qu'un simple pagne noué autour des hanches et portait une barbe rousse et négligée. Il fut pris d'un fou rire en se regardant lui-même.

— Oui, tu as raison. J'ai perdu du ventre dans le désert, et je n'ai pas souvent eu l'occasion de faire une toilette soignée !

— Namiz... parvint-elle encore à prononcer en se tenant au cadre de la porte, car le sol se dérobait sous ses pieds. Je pensais que tu ne serais plus jamais...

Elle fit un geste en direction de Pani et d'Ita qui se tenaient à côté d'elle sans bouger. Puis tout devint noir et elle s'effondra sur le seuil.

— Tu as été absent longtemps. Très longtemps...

Kamosé parlait d'une voix calme. Il recevait Namiz en audience dans l'une des pièces du nouveau palais, qui paraissait beaucoup plus vaste et plus claire depuis qu'on avait enlevé la plupart des meubles. Deux jeunes hommes minces se tenaient de part et d'autre de son trône en cèdre. Des peintures murales encore fraîches représentaient les fleurs et les plantes d'un jardin magnifique. Entre ces panneaux figuraient des scènes de chasse où l'on voyait, dans des buissons de papyrus, dans l'étendue infinie du désert ou entre des rochers escarpés, le jeune souverain se dresser victorieux au milieu de proies nombreuses.

— Tu as raison, Pharaon.

Namiz se jeta sur le sol devant le trône, ce qui lui était plus facile maintenant qu'il était moins lourd. Il s'était rasé et parfumé, il portait des vêtements en lin.

— Et j'ai failli ne jamais revenir, continua-t-il.

— Relève-toi, ordonna le roi.

Le bijoutier obéit.

— Les rebelles perdaient patience. Si la rançon n'avait pas fini par arriver…

— Nous avons reçu ton message très tard, expliqua le souverain, et par des voies détournées. En outre, nous avions d'autres affaires importantes.

Le sujet était clos.

— Mon cœur pleure aussi la mort du grand Séqénenrê… assura l'étranger en s'inclinant.

— Occupons-nous plutôt de l'avenir, décréta Kamosé. Kemet n'a pas le temps de songer au passé.

Le roi s'était levé d'un bond. *Un élégant félin*, pensa Namiz. Depuis leur dernière rencontre, il s'était joint à son ardeur juvénile quelque chose que le bijoutier ne parvint pas à qualifier d'emblée – une aura que le jeune homme ne possédait pas quand il n'était encore que prince.

— Je me suis laissé dire que tu nous as rapporté certaines choses… suggéra celui-ci.

— En effet, j'ai des turquoises, autant que ton cœur peut en souhaiter. Certaines sont d'un bleu pur comme le ciel, d'autres sont d'un vert tendre comme les jeunes pousses. Il y en a aussi de la couleur changeante de la mer…

Le jeune Pharaon ne laissa pas voir s'il avait compris ou non l'allusion aux goûts de son oncle.

— Mes hommes ont découvert une mine qui recèle des trésors inépuisables, poursuivit le bijoutier. Nous étions déjà très avancés quand les rebelles nous ont...

— Quoi d'autre ?

Namiz était fâché qu'il l'ait interrompu, mais il se garda de le montrer. Une ère nouvelle s'ouvrait. Il pourrait s'estimer heureux s'il survivait au changement de régime.

— Du cuivre, se contenta-t-il de répondre. Assez de cuivre pour que les fils de tes fils en aient encore. Et tes armées, bien entendu.

Les yeux de Kamosé brillèrent. Pour la première fois, il esquissa un sourire. L'homme mince à sa gauche se réjouit également tandis que celui de droite, qui était plus grand et d'une stature plus forte, resta impassible.

— L'or est la chair des dieux, Hori, commenta le Pharaon en se tournant vers sa gauche. Mais le cuivre est le cœur des armes. Et ce dont Kemet a besoin pour l'heure, c'est d'un cœur fort et courageux.

Il se tut pendant un bon moment. Namiz craignit même que l'entretien ne fût terminé.

— Puis-je me retirer, Horus d'or ? demanda-t-il après un toussotement discret.

— Pas encore, déclara le roi. L'homme du côté de mon cœur est le général Hori. Il est à la tête de mes troupes. Tu le connais ?

Il n'attendit pas la réponse.

— Il a trop de talent pour moisir dans une forteresse près de la deuxième cataracte.

Aussitôt, Namiz se rappela. Les années passées

dans le Sud avaient fait mûrir l'officier, mais celui-ci avait conservé une allure de jeune homme.

— À ma droite, poursuivit le souverain, se trouve le vizir Toto, mon ami d'enfance. Tous deux jouissent de mon entière confiance.

Namiz adressa une révérence à chacun des deux personnages.

— Qu'en est-il d'Ipi et de Seb ?

Il évita de se renseigner sur le sort réservé au cousin Ahmosis.

— Et de Nebnéfer ? ajouta-t-il avec inquiétude.

Le roi poussa un rire bref.

— Nebnéfer ? Il court à sa perte. Quant aux deux autres, ils ont déjà reçu un poignard de ma part.

La bouche de Kamosé se durcit.

— L'époque des vieux inutiles est révolue !

Namiz fut pris d'une sueur froide.

— Cela veut-il aussi dire que je...

— Tu sais lire ?

C'était moins une question qu'un constat.

— Oui, bien sûr, confirma le bijoutier avec une pointe de fierté. Je maîtrise les caractères de Kepni ainsi que ceux de l'île de Keftiou. Et je connais les signes les plus courants de l'écriture de Kemet.

— Bien. Tu évalueras donc en mon nom les compétences d'un grand nombre de scribes et d'artisans qui devront dans un avenir proche travailler à ma demeure d'éternité. Je n'ai pas envie de reposer, comme Séqénenrê, dans une sépulture inachevée.

Kamosé esquissa un sourire de satisfaction.

— Bientôt, presque plus rien ne sera comme sous son règne.

Les deux hommes à ses côtés échangèrent un

regard lourd de sens. Ils savaient ce à quoi le souverain faisait allusion.

— Je crains de ne pas comprendre, fit remarquer Namiz, qui se sentait perdu. Si je dois employer des scribes et des ouvriers en ton nom, cela signifie que…

— … que je te nomme aujourd'hui premier contrôleur du trésor royal, compléta le souverain.

Sur le coup, le bijoutier crut avoir mal entendu. Le rêve qu'il nourrissait depuis tant d'années devenait réalité au moment même où il s'apprêtait à y renoncer. Il était pétrifié.

— Je te remercie, Seigneur des deux terres, et je ne peux qu'espérer me montrer digne de cet immense honneur.

Il s'inclina aussi bas qu'il le pouvait et ne put empêcher sa voix de trahir son émotion.

— Vie, santé, force à Kamosé, mon maître ! Mes talents t'appartiennent tout entiers, ainsi que mon existence. Je ne te décevrai jamais. Je le jure par tous les dieux.

— Et si cela devait quand même se produire, rétorqua le Pharaon, tu perdrais ton immense honneur plus vite encore que la vie.

Il examina le bijoutier de la tête aux pieds.

— Tout va changer, déclara-t-il d'un ton allègre. L'administration, la levée des impôts et surtout l'armée ! Il faut des soldats plus nombreux, mieux formés, avec des armes et des tactiques nouvelles. Il nous faut des alliés sûrs. Il faut abolir les charges héréditaires – tous les fonctionnaires sont liés par des liens de parenté. Il faut mettre fin à la corruption des prêtres ! Oui, je veux créer un nouvel État. Je veux rendre à Kemet son pouvoir passé ; et pas dans des siècles, mais dans les années à venir…

Il regarda par la fenêtre et sembla tout à coup absorbé par le jeu du vent dans les feuilles.

— Quel sera mon rôle ? osa demander Namiz au bout d'un moment.

— Tout d'abord, tu prépareras une nouvelle expédition vers les mines de cuivre. Je t'exposerai sans tarder mes intentions et tu seras surpris de constater comme je suis avancé dans mes plans, mes calculs et mes décisions. Dès que tout sera comme je me l'imagine…

— … tu te mettras en route vers le Nord, conclut Namiz.

— Nous en reparlerons le moment venu, le rabroua Kamosé. Je suis un roi, pas un rêveur.

Le nouveau trésorier fit une révérence et regagna la sortie.

Nabou le trouva penché au-dessus de grands rouleaux de papyrus qui couvraient toute la surface de la table. Il était déjà tard. En dehors des deux eunuques fatigués qui l'avaient accompagnée à travers le jardin et de deux gardes personnels du Pharaon, tout le palais était plongé dans le sommeil. Elle toussota en entrant dans la pièce. Kamosé ne se retourna même pas.

— Viens ici ! ordonna-t-il. Tu dois voir cela.

Elle s'approcha à pas lents. Elle fut d'abord troublée par les lignes noires tracées sur un fond clair. Mais elle finit par reconnaître des rues et des bâtiments de diverses tailles.

— Qu'est-ce que c'est ? Une nouvelle ville ?

Il la tira d'un geste impatient. Elle pouffa de rire.

— Laisse-moi deviner ! En as-tu assez du vieux Ouaset ? En es-tu las… comme de ta maîtresse noire ?

Elle s'interrompit.

— Quelle absurdité ! murmura le roi sans lever les yeux. Regarde plutôt. Voilà où vont vivre mes artisans et mes ouvriers. Rien ne doit les distraire de leur travail, pas même la pénible traversée du fleuve le matin et le soir.

Ses mains caressaient les plans avec tendresse, comme le corps d'une femme.

— Il y aura des scribes, des peintres, des maçons, des mineurs, des porteurs d'eau, des bergers. Je mettrai à leur disposition des maisons, de la nourriture et des sanctuaires. Ils créeront en mon nom des œuvres comme personne n'en a plus vues depuis longtemps.

Il but une gorgée de vin.

— Même Ahmosis n'en croira pas ses yeux, se réjouit-il. Peut-être comprendra-t-il enfin pourquoi son père a fait de moi son successeur.

— Et pourquoi me caches-tu dès que Rê parcourt le ciel ? continua-t-elle sans s'intéresser à son projet.

Nabou parlait d'un ton glacial. Il leva les yeux de ses documents et la serra contre lui.

— Je te cache parce que je n'ai pas envie de te partager, la rassura-t-il à voix basse. Avec aucun homme ni aucun dieu. Pas même avec Rê ou avec Iah. C'est à moi que tu appartiens, Nabou, à moi seul !

Ses lèvres cherchèrent sa bouche.

— Peut-être aurait-il été préférable que tu m'oublies, le repoussa-t-elle.

— Sache que je n'oublie jamais : pas une vexation, pas une trahison, pas un service rendu et surtout pas une personne.

La sorcière noire resta figée dans ses bras. Elle détourna la tête. Le roi la dévisagea avec étonnement.

— Que se passe-t-il, Nabou ? Veux-tu de nouvelles robes ? Des bijoux ? Des domestiques ? Une terre ?

La courtisane émit un rire dur.

— Que veux-tu que j'en fasse ? Je ne suis de toute façon rien d'autre qu'un jouet ridicule que tu sors quand tu en as envie et que tu ranges dès que tu en as assez.

Une ride de colère apparut entre les sourcils du souverain.

— Moi, Pharaon, je pourrais…

— … faire tuer sur-le-champ un otage, lui coupa-t-elle la parole.

Elle poussa un soupir de mépris.

— Crois-tu que je l'oublie un seul instant, dans ce palais qui n'est pour moi qu'une splendide prison ?

Nabou était si près de lui qu'il distinguait le grain de sa peau et le moindre de ses cils. La poitrine de la belle tentatrice s'élevait à un rythme cadencé sous sa robe brodée de fils argentés. Elle dégageait une odeur terreuse que les parfums ne parvenaient pas à recouvrir tout à fait.

Kamosé la serra avec fougue. Il savait qu'elle était capable de rester inerte comme une pierre. Dans ces moments-là, rien n'y faisait : aucune parole, aucune supplique, pas même un ordre. Il espéra que cette magnifique nuit d'été ne s'achèverait pas de cette façon et, pour l'apaiser, lui replaça une boucle rebelle derrière l'oreille.

— Sois de nouveau la Nabou que j'aime ! Je souffre quand tu es dure et froide.

Elle se dégagea de son étreinte d'un mouvement prompt.

— Tu as oublié quelque chose, lui reprocha-t-elle.

Il la considéra avec attention. Elle se tenait devant lui, la tête haute.

— C'est que, dans cette chambre, nous ne sommes qu'homme et femme. Rien d'autre. Maintenant, tu peux venir à moi – si tu me veux.

L'approcher et la posséder était à chaque fois une nouvelle aventure. Elle soupirait sous son corps. Ses lèvres laissaient voir des dents blanches. Mais il n'aurait pu dire à quoi elle pensait quand les ongles de sa maîtresse se plantaient dans son dos et qu'elle poussait de petits cris. Parfois, il craignait même de l'avoir blessée lorsqu'elle avait les yeux révulsés. Il n'était jamais parvenu à lui faire avouer quoi que ce soit.

— Tu m'aimes, n'est-ce pas ? voulut-il s'assurer quand ils furent allongés l'un à côté de l'autre, trempés de sueur, et que les reflets de son corps sombre dans la lueur de la lampe d'albâtre lui donnaient envie de recommencer.

— Tu ne crois pas ? demanda-t-elle en guise de réponse.

Son souffle s'accéléra. Elle seule pouvait se permettre tant d'impertinences.

— Je voudrais que tu portes mon enfant. Donne-moi un fils, Nabou !

Elle se raidit.

— Un bâtard du roi ?

Nabou commença à sourire.

— Kouch et Kemet unies en un seul être ; quelle idée charmante !

Son sourire s'effaça aussi vite.

— Mais que dirait la cour ? Et surtout, qu'en penserait ta sévère grand-mère ? Elle me déteste du plus profond du cœur.

— Tu te trompes, la contredit-il. Et quand bien même... Cela ne regarde que moi.

— Dis-tu cela parce que ta petite colombe ne peut donner la vie ?

Quelque chose dans le ton de la jeune femme le fâcha. Kamosé lui saisit le poignet et lui secoua le bras sans ménagement.

— Laisse Ascha hors du jeu, s'il te plaît. La grande épouse royale n'a...

— ... rien à faire dans ce lit ? le coupa-t-elle. Sans doute as-tu raison.

Nabou se pencha au-dessus de lui jusqu'à ce que sa poitrine effleure la sienne. Puis elle le mordit dans le cou et l'embrassa avec une telle fougue qu'il gémit.

— Tu me rends fou, susurra-t-il. C'est cela que tu veux ?

Il l'allongea. Sa maîtresse ouvrit grands les yeux.

— Les serpents noirs ne portent pas d'enfants en dessous du cœur, murmura-t-elle tandis qu'il la pénétrait.

Elle redressa le buste comme une flamme fière.

— Ils déposent leurs œufs dans le sable, la nuit, en secret, et les laissent couver par le soleil jusqu'à ce qu'il en sorte une multitude de minuscules serpents...

— Mais qu'est-ce que tu racontes ? l'interrogea-t-il.

Immobile, Kamosé fixait son visage comme s'il était envoûté.

— Rien, répondit-elle en reprenant le mouvement interrompu. Rien du tout, maître !

Voilà quelques jours que Sahti avait avoué à Namiz qu'elle avait laissé la statuette en or dans l'atelier souterrain de l'embaumeur Ut. Depuis, le bijoutier était morose. Il essayait de se rassurer en se répétant qu'il ne pouvait rien leur arriver, mais il se sentait mal. Quand elle lui fit part de son désir d'apprendre à écrire, il ne put contenir sa mauvaise humeur.

— Et pourquoi ? voulut-il savoir.

— C'est toi qui me le demandes, rétorqua-t-elle, alors que tu sais parler et lire plusieurs langues ?

Elle le considérait avec colère et stupéfaction.

— Certes, mais je suis un homme et je suis bijoutier. Et puis, je suis maintenant...

— ... responsable du trésor royal, je sais, l'interrompit-elle de manière impertinente. Et moi, je ne suis qu'une gamine originaire du pays de Kouch.

Ses yeux se mirent à briller.

— Ne suis-je pas pour autant digne d'apprendre à lire ?

— Ne dis pas de bêtises ! la pria-t-il. Tu mérites bien entendu de savoir lire et écrire. Si tel est ton désir, nous allons essayer...

— Merci !

Elle s'approcha pour l'embrasser mais, une fois devant lui, elle resta indécise.

— Parfois, ajouta-t-elle à voix basse, je m'imagine que l'encre recouvrira le sang que j'ai sur les mains.

Namiz comprit à quoi elle pensait. Elle n'avait pas oublié le bain de soude. Sans doute ne parviendrait-elle jamais à effacer cet affreux souvenir. Toutes les nuits, elle se réveillait en nage et appelait la Daya ou Tama. Quand il lui demandait de lui raconter son rêve, elle ne se souvenait de rien. Mais elle avait des cernes sous les yeux et ses joues étaient creusées.

— Cela te fera du bien, approuva-t-il. Cependant, il faudra trouver une solution, car tu es trop âgée pour aller à la maison de la vie.

— Ne m'envoie pas chez les prêtres, je t'en supplie !

— Tu les aimes aussi peu que moi, constata-t-il en riant. Comme je te comprends…

— Pourquoi ne peux-tu pas me donner des cours ? l'interrogea-t-elle. Pani m'a déjà montré comment on taille les roseaux et comment on mélange l'encre.

— J'ai d'autres choses à faire, objecta-t-il. Mais je pourrais peut-être trouver un scribe qui accepte de t'héberger. Tu pourrais habiter chez lui et aider au ménage en échange de ce qu'il t'apprendra.

Il réfléchit un moment en silence.

— Je sais même quelle famille pourrait t'accueillir.

— Nous accueillir ! ajouta-t-elle aussitôt. Je n'irai nulle part sans Pani.

— Et Ita ?

Il était curieux d'entendre sa réponse. Namiz avait d'emblée été touché par le petit garçon aux yeux émouvants qui suivait Sahti comme un chiot dévoué. Il s'était en revanche tout de suite méfié d'Ita. Parfois, l'adolescente faisait preuve d'une grande maturité. À d'autres moments, elle lui paraissait au contraire puérile, voire stupide. Il était gêné par ses incessants bavardages et plus encore par le fait qu'elle ne le regardait jamais en face, mais qu'elle épiait le moindre de ses gestes.

— Ita aussi, bien sûr, déclara Sahti après une brève hésitation.

Dès qu'il eut achevé les préparatifs pour l'expédition vers les mines de cuivre, le trésorier se rendit chez le scribe qu'il avait décidé de nommer responsable de la colonie. Penjou était un homme mince aux cheveux grisonnants. Il proposa à Namiz de la bière et du pain et ne montra aucune surprise au moment où celui-ci lui exposa sa requête.

— Les dieux ne nous ont laissé qu'un seul fils,

expliqua Penjou d'un air songeur. Une fille serait la bienvenue. Quel âge a-t-elle, dis-tu ?

Son épouse suivait la conversation en silence. Hétépout était une femme maigre et peu loquace aux cheveux roux qui dépassait son mari d'une tête.

— Elle a quatorze ans, répondit le bijoutier sans quitter son interlocuteur des yeux. Elle s'appelle Sahti et vient du pays de Kouch. C'est une jeune fille gracieuse qui a beaucoup de caractère. Elle est intelligente et curieuse. Elle a juste besoin d'un endroit pour mûrir en paix et de braves gens pour prendre soin d'elle.

Penjou remua la tête. L'idée semblait lui plaire.

— Bien entendu, continua le trésorier, vous seriez dédommagés de ce service. Je vous verserais tous les mois quelques gouttes d'argent. Sahti ne doit manquer de rien... ni vous non plus, cela va de soi.

— Elle est la bienvenue, maître Namiz, déclara Penjou en s'inclinant. Tu peux nous l'amener quand tu veux.

— Il reste à vrai dire une petite chose..., ajouta le bijoutier. C'est qu'elle n'est pas seule.

Tout en parlant, Namiz avait décidé de ne pas évoquer Ita.

— Il y a aussi un petit orphelin, précisa-t-il, le fils d'un scribe, un gamin très éveillé d'à peine dix ans.

— S'agirait-il du petit Pani ? s'exclama Penjou qui faillit renverser une chope en bondissant de son tabouret. Le fils unique de Kaj ?

— Oui, c'est bien lui !

— Mais il avait disparu ! remarqua le scribe. On aurait dit qu'il avait été avalé par les entrailles de la terre ! Nous pensions tous qu'il lui était arrivé quelque chose.

— Les deux enfants ont derrière eux un moment

très difficile, expliqua le bijoutier. Ils n'y ont d'ailleurs survécu que parce qu'ils étaient ensemble.

— J'aimerais beaucoup avoir encore un petit à la maison, murmura Hétépout.

Ses joues avaient rougi.

— Je suis sûre que notre Nesmin aussi serait heureux d'avoir un petit frère, ajouta-t-elle.

— Votre fils ? demanda Namiz.

— Notre grand, confirma Penjou avec fierté. Il vient d'avoir dix-huit ans. C'est l'un des scribes les plus doués. Sahti ne pourrait avoir de maître plus talentueux.

— A-t-il le temps ? s'enquit le trésorier. Il a sans doute une famille ou s'apprête à en fonder une ?

Les époux échangèrent un regard soucieux.

— Dis-lui la vérité, conclut le mari. On peut faire confiance au maître.

— Nesmin souffre de la maladie sacrée, avoua Hétépout. Longtemps, nous avons craint de le perdre, mais il est résistant et il a beaucoup de volonté. Il a appris à vivre avec sa maladie et les crises sont de plus en plus rares. Bien sûr, il ne faut pas qu'il se fatigue trop, il doit éviter la bière et le vin. Il doit être plus prudent que les autres.

— Ce qui n'est sans doute pas facile pour un jeune homme, suggéra le visiteur.

Les parents se regardèrent à nouveau d'un air triste.

— Non, conclut le père. Parfois, j'aimerais prendre sur moi une partie de son fardeau. Cela n'est malheureusement pas possible.

Namiz poussa un soupir de soulagement en ouvrant la porte qui menait au jardin. Il sortit et regarda le ciel. La voûte d'un bleu profond que ne troublait aucun nuage l'apaisa. Il avait eu tant à faire qu'il en avait le vertige. La caravane était partie en direction des mines de cuivre, les préparatifs pour la cité des ouvriers battaient leur plein, Sahti avait un nouveau foyer.

L'adolescente avait d'emblée apprécié Penjou et avait même réussi à s'entendre avec la sévère Hétépout. Le couple avait montré à la jeune fille l'ensemble de la maison. Les pièces étaient basses et carrées. Le foyer se trouvait dans la cour intérieure et la chambre qu'elle occuperait avec Pani était à l'étage. Sahti avait apprécié l'extrême propreté de la demeure et le petit autel domestique dédié à Thot, le dieu de l'écriture. Mais elle s'était surtout arrêtée sur les ustensiles de Penjou : la palette avec des godets pour le noir et le rouge, le petit pot pour l'eau, les roseaux pointus et les rouleaux de papyrus.

— Vais-je aussi avoir tout cela ?

— Je pense que des éclats de calcaire ou des tessons de poterie suffiront pour commencer, expliqua Nesmin avec un sourire. C'est comme cela que nous avons tous débuté. Mais si tu te montres habile, tu auras aussi le droit d'écrire sur du papyrus.

Le jeune homme était grand et peu musclé. Il avait les traits doux de son père, mais les yeux marron de sa mère.

— Je t'aiderai ! s'écria Pani dans son excitation.

Le petit garçon débordait de joie à l'idée d'être recueilli par un ami de son père.

— Et tu apprendras vite, j'en suis sûr.

Namiz avait aussi trouvé un refuge pour Ita. Un cousin de Penjou, qui habitait à quelques rues de chez celui-ci, devait héberger la jeune fille. Le bijoutier avait le cœur triste. Il savait que sa solitude allait reprendre, maintenant que les pas et les cris des enfants ne retentiraient plus dans sa maison. Il rentra dans sa chambre, éteignit la lumière et mit du temps à s'endormir.

Il se réveilla en sentant quelque chose qui se frottait à lui. C'était le corps nu et chaud d'une femme qu'il tira vers lui sans le vouloir.

— Sahti ? murmura-t-il dans son demi-sommeil. C'est toi ?

— Si tu veux, je peux bien m'appeler Sahti, susurra une voix à son oreille.

— Ita !

Il avait reconnu son odeur. Il eut soudain l'esprit tout à fait clair.

— Que fais-tu ici ?

— Chut ! Ne parle pas si fort ! Les domestiques n'ont pas besoin d'être tout de suite au courant.

Elle posa ses doigts sur les lèvres de l'homme interloqué.

— Je voulais juste te donner un peu de plaisir…

Elle écarta les cuisses d'un geste obscène.

— Arrête, ordonna-t-il en tournant la tête. Tu n'es qu'une enfant.

Elle fit entendre un rire vulgaire et serra sa poitrine entre ses mains.

— Comme tu veux. Je suis une enfant, si tu préfères. Ne rêves-tu pas de jouer avec une petite fille ?

— Sans doute pas avec une fille de rien qui s'est glissée dans mon lit !

Namiz recula, saisit un vêtement et le jeta sur elle.

— Couvre-toi et va-t'en sur-le-champ !

Elle tenta à nouveau de l'enserrer.

— Ne me chasse pas, je t'en prie. C'est bien assez

que Sahti et Pani se soient débarrassés de moi. Je ferai tout ce que tu veux, tout ; mais laisse-moi rester ici !

— Je t'ai déjà expliqué la situation ! se fâcha-t-il. Il n'y a plus de place chez Penjou, mais tu seras chez des gens honnêtes, qui s'occuperont bien de toi et qui habitent tout près de chez Sahti. Que veux-tu de plus ?

Elle s'emporta à son tour.

— Sahti, toujours Sahti, rien que Sahti ! Qu'a-t-elle donc de plus que moi ? Parce qu'elle est noire ? C'est ça qui t'excite ?

Elle ne lui laissa pas le temps de répondre.

— Parce que moi, tu ne me tromperas pas. Je sais bien que tu la désires. Avoue-le.

— Tu peux retourner avec les mendiants si tu préfères, répliqua-t-il d'un ton sec. Dès demain matin. Je te déposerai en personne auprès de leur feu de camp.

— Tu n'as pas compris, Namiz, protesta-t-elle avec un accent de peur. Tu ne comprends rien. Je voulais juste avoir un chez-moi, et quelqu'un qui m'aime vraiment.

— Si tu quittes ma chambre, nous oublierons ce qui s'est passé, proposa l'adulte. Même Sahti n'en saura rien. Mais tu dois partir tout de suite.

Elle se leva à contrecœur, prit le drap et s'en revêtit. Puis elle resta immobile à côté du lit.

— Ta Sahti, la connais-tu vraiment ? se rebella-t-elle encore. Tu crois qu'elle est bonne et pure. Pour toi, elle est sacrée. Mais tu ne sais pas qui elle est. En fait, c'est une voleuse. Elle a presque rendu fou Maj. Je ne l'ai pas vue verser une seule larme au sujet de ses parents.

La voix de la jeune fille se cassa.

— Et c'est elle qui a planté le couteau dans le corps d'Ut, pas nous !

— Hors d'ici ! hurla-t-il.

— L'embaumeur l'avait fait venir en secret, continua-t-elle malgré tout. T'es-tu déjà demandé ce qu'ils ont fait dans sa chambre ?

Elle disparut dans l'obscurité, silencieuse comme un animal nocturne, laissant Namiz seul avec ses questions et ses doutes.

— Mais que fais-tu ici ? demanda Nesmin. Au beau milieu de la nuit ? Tu devrais dormir depuis longtemps.

— Je m'entraîne, répondit-elle. Tu crois que je saurai un jour vraiment lire et écrire ? Voilà presque un semestre que je suis chez vous et je n'ai toujours pas rattrapé Pani.

Elle poussa un profond soupir.

— J'aurais tant aimé commencer plus tôt !

La lumière tremblante de la lampe à huile jetait des ombres étranges sur son visage. Le jeune homme la trouva plus vulnérable que jamais et son assiduité lui parut presque inquiétante.

— Quelle stupidité ! la rassura-t-il. Tu as déjà fait d'énormes progrès. Bientôt, tu seras encore meilleure. Mais, pour cela, il faut que tu sois vraiment reposée le matin.

Il s'efforçait d'avoir l'air adulte et raisonnable.

— On dirait ta mère ! se moqua Sahti.

Ils rirent tous deux.

— Et que fais-tu ici, toi ? l'interrogea-t-elle alors.

Elle leva vers lui un regard intrigué. Nesmin s'était laissé pousser les cheveux jusqu'aux épaules et, depuis un moment, il passait beaucoup de temps à se baigner et s'oindre le corps.

— J'avais soif, prétendit-il sur un ton évasif. Veux-tu m'accompagner un instant devant la maison ?

— À cette heure-ci ?

Tous deux avaient sans le vouloir commencé à chuchoter.

— Oui. Je veux te montrer quelque chose.

Sahti, qui était assise en tailleur, se releva, lissa sa robe du plat de la main et le suivit. La porte de la chambre qu'elle partageait avec Pani était restée ouverte, et elle entendit le ronflement régulier du petit garçon. Ils sortirent. Nesmin pointa le doigt vers le ciel.

— Regarde. As-tu déjà vu quelque chose de semblable ?

Par hasard, une étoile filante passa juste à ce moment. Sahti en eut la gorge nouée. Elle crut soudain entendre Tama lui raconter une de ses légendes :

« Nout écarte tout grand ses bras sombres et les étoiles brillent le long de son corps ployé. Parfois, elle nous en envoie une. Cela annonce le bonheur, Sahti, un grand bonheur. »

— Tu peux faire un vœu, expliqua-t-elle. Mais vite, sans réfléchir.

Il fit un pas vers elle.

— Je sais bien ce que je désire, expliqua-t-il à voix basse. Et tu le sais aussi.

Il toussota.

— Je t'aime beaucoup, Sahti. Je t'aime…

— Moi aussi, je t'aime beaucoup, l'interrompit-elle. Tu es mon maître et mon…

— Ne va pas dire « grand frère » ! lui coupa-t-il à son tour la parole. Pani est mon frère. Mais toi, c'est autre chose. Tout à fait autre chose.

— Je ne suis pas prête, Nesmin.

Il perçut la prudence dans sa voix.

— J'ai besoin de temps, s'excusa-t-elle. Tu comprends ce que je veux dire ?

— Besoin de temps pour aimer ? murmura-t-il en posant un bras sur ses épaules.

Sahti répondit d'un geste lent de la tête et se dégagea de son étreinte.

— Tu ne crois pas que tu te sous-estimes ? insinua-t-il. Et moi aussi par la même occasion ?

— Sais-tu ce que moi, je souhaite plus que tout ? lui demanda-t-elle pour changer de sujet. Je voudrais juste être comme tous les autres, ne plus être étrangère. Je voudrais sentir comme vous, penser comme vous, vous ressembler en tout. Pour être enfin en paix avec moi-même. Voilà mon vœu le plus cher, Nesmin.

— Mais tu es comme tu es ! répliqua-t-il. Je ne peux pas t'imaginer autrement.

Elle ne répondit rien et baissa la tête. Quand elle releva les yeux vers lui d'un geste brusque, elle lui parut si attirante qu'il eut beaucoup de mal à se retenir de la prendre dans ses bras.

— Nous sommes tous les deux trop jeunes, répéta-t-elle tout bas.

— Oui, mais peut-être que je ne serai jamais vieux, opposa-t-il sans oser la regarder. J'ai déjà cru, parfois, que la maladie me rongeait. Le trou noir dans lequel je tombe me fait penser à la mort.

Il s'était à nouveau approché d'elle, mais elle s'éloigna avec souplesse.

— Je sens bien ta peur, confia-t-elle. Sens-tu aussi la mienne ?

Il confirma de la tête.

— Si tu veux vraiment de moi, grand frère, il te faudra beaucoup de patience. En auras-tu assez ?

— J'aurai toute la patience du monde, Sahti !

— Tant mieux, conclut-elle en suivant du regard une autre étoile filante qui s'éteignit dans le ciel infini. Je te prends au mot, Nesmin.

HUITIÈME HEURE

Le temps immobile et le temps qui coule

Le soleil était au zénith. Rien ne perturbait la sieste dans les cours et les maisons environnantes. Seul le souffle haletant de la jeune femme troublait le silence. Ita était bien trop énervée pour continuer à trier les haricots. Elle vivait maintenant avec Maj, dont elle attendait un premier enfant. Penjou était allé acheter de l'ocre pour l'encre rouge et Sahti en avait profité pour rendre visite à la future mère. Cela faisait plus de quatre ans qu'elles s'étaient enfuies du repère de l'embaumeur Ut. Une fois passée la joie des retrouvailles, une violente dispute s'était élevée entre les deux jeunes femmes.

— Moi, au moins, s'exclama la future mère, je tiens mes promesses !

Ita mit de côté la petite statuette de Thouéris, la déesse hippopotame, que lui avait apportée sa camarade. Sa robe effilochée était tendue au niveau de son ventre. Ses chevilles et ses poignets étaient gonflés. Chaque mouvement représentait pour elle un effort. Sa grossesse la rendait plus irritable que d'habitude encore.

— Ce n'est pas comme certaines... ajouta-t-elle.

— Tu peux dire sans détour ce que tu penses de mon mariage, répliqua Sahti en gardant son calme. Peu importe ce que tu trouves à y redire, je vais épouser Nesmin après-demain. Je ne l'ai fait attendre que trop longtemps.

Épuisée par la canicule, elle s'essuya la nuque et le front, couverts de sueur. L'inondation venait de commencer et la chaleur était insupportable.

— Bien entendu, continua-t-elle, je serais heureuse que vous veniez, Maj et toi, car vous êtes mes amis.

— Ah oui ? s'étonna l'autre. Et qui avait promis un jour de ne plus jamais aller sur la rive ouest ? Pour ma part, je ne supporterais pas de rester une heure entre toutes ces tombes et tous ces ossements. Mais il est vrai que nous n'avons pas un riche protecteur qui nous offre une maison toute neuve et une dot généreuse.

— Quand il y a le bonheur, c'est le bonheur, se contenta de répondre Sahti. Voilà ce que répétait toujours Tama et je sais maintenant qu'elle avait raison. En vérité, notre colonie n'a rien à voir avec la nécropole. Nous avons des maisons et des rues normales. Tout est beau et paisible. Viens et tu verras que tu t'y sentiras bien.

— Jamais je n'irai dans la vallée des morts, décréta la jeune femme, jamais de ma vie ! Veux-tu que je mette en jeu l'existence de mon enfant avant même qu'il ne naisse ?

— Bien sûr que non, s'insurgea Sahti. Comment peux-tu dire une chose pareille ?

Elle fit un pas vers Ita pour lui poser une main sur le ventre en geste de réconciliation, mais son amie se détourna avec lourdeur.

— Excuse-moi ! se défendit la visiteuse. Je voulais juste voir s'il bougeait.

— Tu n'as qu'à en faire un ! répliqua la future mère. Tu saurais ce que c'est quand il te donne des coups de pied du matin au soir.

— Mais tu es heureuse, non ? s'inquiéta Sahti.

— Je n'ai jamais rien imaginé de plus beau ! conclut l'autre d'un ton narquois.

Cette phrase ambiguë résonnait encore aux oreilles de son amie au moment où elle rejoignit Penjou à l'embarcadère. Elle y songeait toujours quand le bateau leva l'ancre et s'élança dans les flots du grand fleuve. Elle ne l'avait pas oubliée lorsqu'ils accostèrent sur la rive ouest et qu'ils se mirent en marche sur le chemin poussiéreux.

— C'est aujourd'hui que vous prenez tout votre temps, leur reprocha Hétépout quand ils furent arrivés. Il y a encore tant de choses à préparer ! Dois-je tout faire toute seule ?

Elle dévisagea Sahti.

— Tu es allée chez Ita ?

La jeune fille répondit d'un signe de tête. Elle savait que sa future belle-mère ne supportait pas sa camarade. Hétépout n'avait pas accepté que la jeune fille se fût enfuie au bout de quelques lunes parce qu'elle ne supportait pas sa famille d'accueil et qu'elle eût vécu un bon moment toute seule avant de s'installer avec Maj.

« Si tu veux que ton être soit bon, avait-elle l'habitude d'affirmer, éloigne-toi de ce qui est mauvais. C'est une vieille vérité. Je crois que tu ferais mieux de ne plus jamais revoir Ita. »

— Elle va bientôt mettre un enfant au monde, précisa Sahti en s'efforçant de prendre un ton guilleret. C'est pourquoi elle ne pourra pas assister à notre mariage. Mais elle nous envoie tous ses vœux de bonheur.

— Je parie qu'elle ne vient pas parce qu'elle ne supporte pas l'encre que tu as sous les doigts, marmonna la femme du scribe en remuant avec rage la soupe aux lentilles. Et je ne parle pas de notre Nesmin ! Elle devrait pourtant t'être reconnaissante de lui avoir laissé Maj, même s'il n'est que charpentier. Mais une fille pareille, ça ne sait pas ce que c'est, la reconnaissance.

Sahti courut à la citerne pour dissimuler un sourire. Hétépout était si fière du statut de son mari et de son fils qu'elle en devenait parfois arrogante. À la veille des noces, cette tendance s'était accrue, car c'était le premier mariage qu'on célébrait dans la nouvelle colonie. Voilà des semaines qu'elle ne pensait plus qu'à cela. Elle avait fait crépir les murs à neuf et paver le sol en terre battue, comme il se devait dans la maison du chef des scribes.

Elle avait acheté des tonneaux de vin et préparé de la bière de figues. Toute une armée de femmes cuisinait sous ses ordres. Elles enrobaient des morceaux de bœuf dans de la pâte à pain, un régal. Elles faisaient rôtir des oies en abondance. Quelques pélicans gavés devaient constituer l'apogée culinaire du banquet.

À la plus grande satisfaction des futurs époux, Namiz avait accepté de jouer le rôle du père de la mariée. Il avait fait établir un contrat de mariage détaillé qu'on avait signé chez lui : Sahti apportait au ménage des meubles, des vêtements, divers miroirs et toutes sortes d'ustensiles de cuisine ; Nesmin offrait à sa femme des bijoux en argent, lui garantissait un tiers du bien de la future famille et s'engageait à pourvoir à ses besoins en cas de divorce. Au moment où ils avaient discuté ce point, le jeune homme avait regardé Sahti d'un air si amoureux que toute l'assistance avait été prise d'un fou rire.

— Il ne la rendra jamais ! s'était exclamé Pani, un adolescent maintenant, dont les fossettes et les boucles châtain attiraient déjà le regard des filles. Quand je serai adulte, je ne veux de toute façon que d'une femme comme Sahti !

— « Sa chevelure est plus noire que la nuit obscure, que les grappes de raisin et que les figues », avait déclamé Nesmin. Il a bon goût, notre petit frère !

Aujourd'hui encore, en rentrant du « lieu secret » – comme on appelait le futur tombeau du roi –, le jeune scribe songea à ces vers dès qu'il aperçut Sahti.

— « Les lombes pleines et les hanches fines, elle dont les cuisses se querellent pour embellir son noble pas quand elle marche sur la terre, elle dérobe mon cœur d'un simple salut... »

— Arrête ! protesta Sahti en rougissant. Que va-t-on penser si quelqu'un nous entend ?

Il était sale et trempé de sueur. Néanmoins, il la serra dans ses bras.

— Qu'on pense ce qu'on veut, murmura-t-il. Je n'en peux plus. Ces dernières heures me paraissent des années.

— À moi aussi, susurra-t-elle en se laissant embrasser, mais en écartant de sa poitrine les mains téméraires de son futur époux.

— Sommes-nous vraiment obligés d'attendre ? insista-t-il.

Il pencha la tête pour lui parler à l'oreille.

— Qui peut nous interdire d'inaugurer notre maison dès cette nuit, à notre façon ?

— Moi, répondit-elle tout bas en se dégageant avec habileté. Moi, car je veux être ta femme à part entière.

Quelques heures plus tard, alors que tous étaient au lit et qu'elle seule ne dormait pas, elle regretta de l'avoir à nouveau repoussé. Elle savait combien Nesmin brûlait du désir de partager sa couche. Elle-même ressentait une profonde attirance, même si cette idée l'effrayait en même temps.

Chez elle, là-bas, songea-t-elle, elle aurait maintenant pris son dernier bain de fumée. De vieilles femmes l'auraient massée et parfumée d'huiles. Ensuite, elle aurait dû revêtir une longue robe serrée à la taille par des courroies. Elle se souvint des cris aigus qu'avait poussés Nabou quand Golo avait défait les nœuds. C'était un signe de courage et de force féminine, tandis que le silence passait pour de la faiblesse et un manque de dignité. On avait entendu ses hurlements dans tout le village. Cette nuit-là, Sahti s'était blottie contre Rouyou et le corps chaud de sa sœur l'avait rassurée...

En pensant au pays de Kouch, la jeune femme se sentit perdue. En secret, elle craignait toujours la vengeance du scorpion. Devrait-elle lui payer son tribut lors de la nuit de noces ? Elle était incapable de se confier à la farouche Hétépout, qui n'avait que les convenances à la bouche. Pourquoi Tama avait-elle suivi Antef dans la mort ? Sahti fixa ses pieds, ornés de dessins au henné qui donnaient à sa peau des reflets cuivrés, et elle fut prise d'un frisson.

Ahmosis se réveilla dès que Néfertari s'approcha de sa couche. Il s'assit dans son lit. La porte qui menait au jardin du palais royal était entrouverte et l'air de la nuit frémissait.

— Personne ne m'a vue, chuchota-t-elle en ôtant sa robe.

Ses lèvres cherchèrent sa bouche. Ils s'embrassèrent avec passion.

— Même Téti-Schéri ne se doute de rien, elle qui est toujours au courant de tout dans ce palais.

— Et quand bien même ! s'exclama-t-il. Ahhotep sait que nous nous aimons et elle approuve notre union. N'était-elle pas, elle aussi, la sœur de son mari ? Si j'étais Pharaon, j'aurais depuis longtemps fait de toi la grande épouse royale et ainsi étouffé les médisances une fois pour toutes.

— Par malheur, c'est notre cousin qui est sur le trône, rétorqua-t-elle en se serrant contre lui, comme pour adoucir par la chaleur de son corps la perfidie de ses propos. C'est Kamosé qui est Pharaon !

— Pour l'instant ! répliqua-t-il en s'appuyant contre le mur et en ouvrant grands les yeux, comme s'il regardait au loin. Mais qui sait pour combien de temps encore…

— Qu'est-ce que cela signifie ? l'interrogea-t-elle, curieuse. S'est-il passé quelque chose ? Parle !

— Il se passe tous les jours quelque chose, et toujours à notre avantage, même si cela n'en a parfois pas l'air. Un destin que nous ne comprendrons sans doute que plus tard est en train de se mettre en place.

— Que veux-tu dire ?

Il appuya un instant son front contre les épaules de sa sœur. Parfois, son envie de la caresser était si forte qu'il se sentait presque mal.

— Kamosé et ses conseillers ont imposé leurs réformes, répondit le prince à sa sœur, et beaucoup les détestent, même si, dans leur enthousiasme aveugle, ils ne remarquent rien. Les fonctionnaires, par exemple, sont tous les jours un peu plus insatisfaits parce qu'on touche à leurs anciens privilèges. Les soldats sont plus maltraités que jamais. Les artisans jalousent le sort de ceux qui se sont installés dans la nouvelle colonie, sur la rive ouest. Enfin, les prêtres sont furieux : le supérieur du temple d'Amon ne peut tolérer que son dieu soit rabaissé au profit d'une divinité lunaire.

— Nebnéfer ! s'écria-t-elle. Tu lui as enfin parlé !

— En effet, confirma-t-il d'un air satisfait. Il partage mes soucis. Il ne pense rien de bon du nouveau chef de l'armée. Il a une opinion encore plus mauvaise du vizir, qui était un élève médiocre dans sa classe à la maison de la vie. Mais celui qu'il déteste le plus est Namiz, ce bijoutier de Kepni bouffi d'orgueil. Je peux t'assurer qu'il le hait au moins autant que toi et moi.

— Cela n'est pas une nouveauté, commenta-t-elle avec impatience. Parmi les gens qui ont un peu de bon sens, personne n'aime ces trois incompétents qui ne causent que des malheurs, mais se croient supérieurs aux autres. À quelles conclusions en êtes-vous arrivés ? Que voulez-vous entreprendre contre Kamosé ?

Elle plissa les yeux.

— Car c'est à toi que revient le trône, mon cher, et non à lui, malgré la volonté de notre père.

— Je sais, répondit-il. C'est pourquoi j'y accéderai dans un avenir qui n'est pas si lointain.

— Comment penses-tu t'y prendre ?

Elle avait commencé à chuchoter sans s'en rendre compte.

— Veux-tu assassiner notre cousin ?

Il la regarda d'un air sérieux, mais un sourire faisait trembler les commissures de ses lèvres.

— Kamosé vient d'envoyer un émissaire dans le pays de Kouch pour proposer une alliance contre Apopi, déclara-t-il au bout d'un moment. Le Sud uni contre le Nord, ce n'est pas une mauvaise idée, mais cela ne peut aboutir.

— Pourquoi cela ?

— Parce que la seule langue que comprennent nos voisins du Nord et du Sud, c'est celle des armes ! s'emporta-t-il. Un jour viendra où je partirai vers le Delta, puis dans le pays de l'or pour reprendre ce qui appartient à Kemet. Ce sera un vaillant combat, d'homme à homme, et non des discussions de bonnes femmes qui ne mènent à rien. C'est moi qui achèverai ce que notre père n'a pu terminer.

— Crois-tu ce qu'on prétend partout ? demanda Néfertari. Que notre père n'est pas tombé au combat, mais…

— … qu'il a été tué par le serpent noir qui injecte son venin dans l'esprit de Kamosé ? l'interrompit-il.

Sa nuque se raidit.

— Plus cette sorcière l'empoisonne, ajouta-t-il, mieux c'est. Qui donc éprouve du respect pour un roi qui se laisse mener par une Kouchite ?

— Une des raisons pour lesquelles je t'aime, confia sa sœur, c'est que tu es intelligent. On ne peut pas dire la même chose de la grande épouse royale… Pauvre Ascha !

Néfertari rit en mettant la main devant sa bouche.

— Elle me fait presque pitié, reprit-elle. À sa place, il y a longtemps que j'aurais entrepris quelque chose contre cette Nabou. Elle, au contraire, attend et souffre en silence alors que l'étrangère fait preuve d'une impudence sans cesse croissante.

Ahmosis esquissa un geste de mépris. Néfertari le considéra soudain avec des yeux différents.

— Peut-être que ce serpent noir t'hypnotisera un jour, comme il a réussi avec notre père et avec Kamosé ?

Elle continua d'une voix stridente.

— Sais-tu ce que je ferais ? Je te tuerais ! De mes propres mains. Et elle en même temps.

— C'est absurde...

Il lui ferma la bouche de manière espiègle.

— ... et tu le sais très bien, la rassura-t-il. Ses charmes me laissent froid. Mon cœur n'appartient qu'à une femme, la plus belle de toutes : toi !

Dans le halo des lampes d'albâtre dont il avait besoin pour s'endormir, la pièce semblait tout entière plongée dans l'or. La peau et les cils de Néfertari paraissaient dorés eux aussi. Quand il la regardait, c'était comme s'il voyait dans un miroir son reflet féminin. Il aspirait à se mêler à elle pour ne plus former qu'un.

Il embrassa les lèvres fraîches de Nerfertari. Il passa la main sur son front brûlant, puis sur sa gorge qui battait. Les tétons foncés de la jeune femme se contractèrent. Tout en elle était à son goût. Sa sœur avait de belles épaules fines et des cuisses minces. Elle sentait l'amande, la cannelle et le musc. Elle resta tout d'abord inerte, comme morte, en dessous de lui. Peu à peu, elle commença à se mouvoir avec douceur. Elle bougea de plus en plus vite et finit par pousser un long cri perçant au moment où il pénétra en elle.

— « Unique, ma bien-aimée sans pareille, déclamat-il quand ils eurent fini, plus belle que tout au monde... »

Elle prit la tête de son frère dans ses mains.

— Je t'aime, murmura-t-elle. Je voudrais gouverner le pays à tes côtés. Te donner au moins une douzaine de fils. Servir les dieux et commander le monde entier.

— Moi aussi, je t'aime, répéta-t-il. Je t'élèverai un jour à la dignité d'épouse divine. Je te le jure sur ma tête !

Les yeux de Sahti étaient soulignés de traits noirs et sa bouche d'ocre. Elle avait refusé de se couvrir de poudre pour paraître plus claire, mais elle s'était oint le corps de la tête aux pieds. Dans sa robe bleue, sa peau luisait comme du cuivre et la couronne de fleurs de lotus blanches mettait en valeur ses cheveux noirs comme la nuit.

Nesmin fut stupéfait en l'apercevant. Le matin, il n'avait rien pu manger tant il était énervé. Maintenant qu'une bande de parents et d'amis venait chercher le jeune couple pour les mener à leur nouvelle maison, ses genoux tremblaient. Sahti lui jeta un regard inquiet, mais il rit et prit sa main dans la sienne.

— J'ai bien cru que ce jour n'arriverait jamais, murmura-t-il. Je suis tellement heureux que je pourrais mourir sur place !

— Je t'en prie ! protesta-t-elle en souriant. Je n'ai pas envie d'être veuve avant même d'avoir été mariée.

— Un instant, ajouta-t-il avant de sortir. J'ai quelque chose pour toi.

Il tenait une amulette en argent qu'il s'apprêtait à lui passer au cou.

— Un œil d'Horus ? Non ! s'écria Sahti en faisant un pas en arrière. Je ne peux pas porter cela.

— Pourquoi ?

Il la regarda d'un air surpris et presque fâché.

— Le symbole sacré de la lune doit te protéger du malheur, t'apporter joie et santé !

Sahti se jeta à son cou.

— Je sais bien que tu voulais me faire plaisir, expliqua-t-elle avec douceur. Mais je ne peux pas. C'est avec un œil d'Horus que tout a commencé.

Au regard qu'il lui jeta, elle se rappela qu'il ne pouvait comprendre.

— Peu importe ! suggéra-t-elle. Je te raconterai cela un jour. Nous conserverons l'amulette jusqu'à ce moment-là, d'accord ?

Le jeune homme prit entre les doigts le ruban usé au bout duquel pendait la bourse avec la patte de lionne.

— Tu crois peut-être que cela te protège mieux ? demanda-t-il.

— Oui, répondit la mariée. Mais, si tu y tiens, je veux bien l'enlever aujourd'hui. À titre exceptionnel.

Nesmin secoua la tête.

— Non, laisse. Parfois, je me dis que je ne te comprendrai jamais tout à fait, avoua-t-il. Peut-être que c'est justement pour cette raison que je t'aime.

En guise de réponse, elle lui serra la main à son tour.

— Allez-vous bientôt nous rejoindre ? cria de l'extérieur Pani, qui brûlait d'impatience. Ou faut-il que nous venions vous chercher ?

Ils sortirent sur le pas de la porte. L'adolescent sautillait dans son nouveau pagne. Penjou et Hétépout aspergèrent les pieds des mariés avec de l'eau du Nil qui devait leur apporter bonheur et fertilité. Ils leur donnèrent ensuite un morceau de gâteau enrobé de sel. Malgré toutes ses obligations, Namiz était là aussi.

— Tu es mon épouse, déclara Nesmin d'une voix forte, comme c'était l'usage. Je veux t'aimer et t'honorer aussi longtemps que je vivrai.

— Tu es mon époux, répéta-t-elle. Je veux t'aimer et t'honorer aussi longtemps que je vivrai.

Le cortège nuptial s'engagea dans les ruelles qui menaient à la nouvelle maison. En passant le seuil à la main de Nesmin, Sahti fit un sourire crispé. Quelques instants plus tard, en ressortant à la lumière du soleil, elle se détendit un peu. Tous applaudirent et jetèrent des fleurs au moment où les mariés s'embrassèrent.

Après cette cérémonie, on fit la fête chez Penjou et Hétépout. La table occupait presque toute la cour intérieure. On mangea et on but beaucoup. Pani joua quelques mélodies sur la flûte qu'il avait taillée lui-même. On félicita et bénit à plusieurs reprises le jeune couple.

— Si tu aimes ta femme comme il se doit, s'écria un voisin déjà saoul, donne-lui à manger et couvre-la. Sinon, elle risque un jour de te quitter !

— Prends soin de son cœur aussi longtemps que tu vivras, ajouta un autre en titubant, car une femme est un champ utile à l'homme ! Une maison pleine d'enfants pour Nesmin et Sahti ! Que Hathor soit avec vous !

— Ne lui donne pas de raisons d'aller au tribunal et ne lui laisse pas le pouvoir ! hurla un troisième en tendant son verre. Montre-lui à temps qui est l'homme à la maison – et au lit !

L'atmosphère devenait de plus en plus débridée. Au lieu de la traditionnelle bière de figues, on buvait surtout du vin. Même Nesmin en goûta. On raconta bientôt des plaisanteries qui ne plurent guère à la maîtresse de maison. Son mari, d'humeur joyeuse, la prit dans ses bras et s'écria :

— Aujourd'hui, tu n'as pas le choix, ma chérie. Ou as-tu déjà oublié comme nous avons nous-mêmes…

Hétépout n'eut d'autre moyen pour le faire taire que de l'embrasser, ce qui accrut encore l'allégresse. Néanmoins, elle se cala à nouveau bien droite sur sa chaise.

— N'est-il pas temps de partir ? demanda Nesmin en tirant sa femme à lui avec audace.

Au-dessus d'eux brillaient un nombre infini d'étoiles. Il n'y avait pas un nuage au firmament. Les bras de Nout enveloppaient la terre comme une lourde soie bleu foncé.

— Déjà ? protesta Sahti tout bas. La fête n'est pas finie !

— C'est bien pour cela que nous n'allons pas leur manquer ! s'exclama-t-il. Allez, viens enfin, mon épouse chérie !

Ils parcoururent tendrement enlacés les rues de la colonie. Nesmin entra le premier, alluma les lampes et se tint devant Sahti comme un grand garçon tout excité. Elle fut prise de tremblements et il la serra dans ses bras avec douceur.

— Ce sera magnifique, susurra-t-il à son oreille. Tu ne dois pas avoir peur. Te souviens-tu du moment où je t'ai promis toute la patience du monde ?

Sahti hocha la tête d'un mouvement lent.

— Tu me laisses seule un instant ? le pria-t-elle. Je t'appellerai dès que je serai prête.

— Bien sûr ! J'attends dehors.

Elle gravit avec lenteur les marches qui menaient à leur chambre et ouvrit la porte. Elle s'approcha du lit, caressa d'une main la couverture tissée de motifs multicolores et s'assit, tentant en vain de calmer les battements de son cœur. Elle récita une courte prière en serrant la patte de lionne. Ensuite, elle ôta son amulette et la plaça en dessous de son oreiller. Elle se releva, toujours énervée, et passa la chambre en revue. Pas la moindre trace de scorpion. Elle posa alors la lampe, enleva sa robe par la tête et s'allongea.

— Nesmin, appela-t-elle. Tu viens ?

Il devait attendre derrière la porte car il apparut aussitôt. Mais, au lieu de se blottir contre elle, il s'effondra, comme frappé par la foudre.

— Nesmin ! Que se passe-t-il ?

Elle bondit hors du lit.

— Je t'en supplie, dis quelque chose !

Il était livide. Ses pupilles étaient dilatées. Ses lèvres tombaient. Un instant, elle crut qu'il était mort. Soudain, il fut pris de terribles tremblements. Sa tête cognait contre le sol. De la salive et du sang sortaient de sa bouche. Il avait perdu tout contrôle de ses bras et de ses jambes.

Sans réfléchir, Sahti remit sa robe de mariée. Ensuite, elle parvint à le tourner sur le côté, ce qui sembla lui faire du bien. Les convulsions durèrent encore un moment, mais elles diminuaient peu à peu. Le jeune homme respirait trop vite et de façon haletante, mais du moins respirait-il.

— Mon amour, pleurait-elle. M'entends-tu ? N'aie pas peur, je suis là.

Elle eut l'impression qu'une éternité s'écoulait jusqu'au moment où il rouvrit les yeux.

— Je suis si fatigué, se plaignit-il, la langue engourdie.

Son visage était défait.

— J'ai le vertige. Tout me tourne. M'aimes-tu, Sahti ?

Il ravala sa salive avant d'ajouter :

— M'aimes-tu encore ?

— Bien sûr, répondit-elle en se penchant et en l'embrassant avec tendresse.

Elle le berça comme un enfant.

— Dors maintenant ! murmura-t-elle. Tu dois dormir.

Quand elle vit arriver Maj sur un brancard, Ita garda son calme. Il avait été écrasé par un tronc d'arbre. Les autres charpentiers avaient fabriqué une attelle de fortune et pansé la plaie tant bien que mal. Elle nettoya le sang avec de l'eau et enveloppa le bras de son mari dans un tissu propre. Au bout de plusieurs heures, le blessé ne parlait toujours pas. Il regardait devant lui sans reconnaître ni femme ni enfant. Son épouse parvint à lui faire avaler quelques gouttes d'eau, mais il était incapable de manger. Folle d'inquiétude, elle alla chercher la vieille qui habitait au bout de la rue et qui connaissait les plantes. Celle-ci examina Maj l'air dubitatif.

— Un mauvais démon s'est logé dans son esprit, affirma-t-elle pour finir. Il ne sera pas facile de l'en sortir. S'est-il plaint de douleurs ?

— Non, répondit Ita. Du moins n'a-t-il rien dit de compréhensible. C'est bien cela qui m'inquiète.

— Je pourrais certes te donner un remède, promit la vieille. Mais il faut beaucoup d'ingrédients et, de ce fait, ce n'est pas très bon marché.

La jeune femme alla chercher les quelques gouttes d'argent qu'elle possédait.

— Guéris-le, supplia-t-elle. C'est tout ce que je demande.

La voisine revint au bout d'un certain temps et fit brûler une poudre jaunâtre pour éloigner les démons. Ensuite, elle mit sur le bras de Maj un pansement imprégné d'huile.

— C'est du laudanum, des baies de genièvre, de l'encens, de l'ocre et de la graisse de bouquetin, expliqua-t-elle. Je pense que cela devrait être efficace.

Maj resta pourtant apathique. La vieille vint les deux jours suivants et modifia la composition de son emplâtre. Elle marmonnait d'étranges formules magiques et, à chaque visite, découvrait dans la maison quelque chose dont elle avait besoin.

Au bout de trois nuits de veille, Ita sortit la statue en or qu'elle conservait dans un vieux sac, sous leur lit. Pendant toutes ces années, elle l'avait gardée comme gage de bonheur, comme ultime recours pour des temps difficiles. Elle n'avait plus de raison d'attendre. Par précaution, elle l'avait recouverte d'une couche de suie. Elle rafraîchit le camouflage avec le plus grand soin. Ensuite, elle embrassa Maj sur le front. Il était encore plus pâle que les autres jours et murmura quelque chose.

— Je serai bientôt de retour, promit-elle. Tu verras, tout va s'arranger… et pour toujours, je te le jure !

Elle attacha le petit Tjaï dans son dos à l'aide d'un morceau d'étoffe, prit le sac contenant la statue et se mit en route, après avoir jeté à son mari un dernier regard soucieux. Elle avait choisi l'heure de midi exprès, mais elle éprouvait tout de même un sentiment étrange à déambuler dans les rues désertes. Des pigeons blancs s'envolèrent dans le ciel quand elle arriva devant l'entrée du temple d'Amon. Devant elle s'élevait un grand mur en grès. Elle dut se faire violence pour ne pas repartir aussitôt. Elle frappa plusieurs fois avant que ne s'entrouvre la lourde porte en bois.

— Que veux-tu ? lui demanda un jeune homme aux yeux maquillés, vêtu d'un long pagne et portant un bandeau blanc autour de son crâne rasé.

— J'ai faim, répondit Ita d'une voix rauque, et mon garçon aussi.

Comme s'il avait compris, Tjaï se mit à pleurer en gigotant.

— L'heure des aumônes est passée. La prochaine fois, tu viendras plus tôt.

— Je n'ai pas dormi de la nuit, rétorqua la mère, et je suis debout depuis l'aube.

Le prêtre tendit son cou mince et s'adoucit à la vue de l'enfant qui hurlait.

— Attends !

Il referma la porte. Peu après, celle-ci s'entrouvrit à nouveau et le jeune homme tendit quelques morceaux de pain rassis.

— C'est bon pour une fois, déclara-t-il d'un ton sévère, juste parce que j'ai pitié du petit. Tu ferais mieux de lui donner le sein, comme la divine Isis a nourri Horus.

Ita laissa tomber l'aumône dans la poussière avec une feinte indifférence.

— Je n'ai pas besoin de miettes, lança-t-elle. Car demain j'aurai à nouveau faim. Et après-demain. Ainsi que tous les jours qui suivent. Et mon petit aussi. Sans parler de mon mari malade qui attend à la maison et qui ne peut plus bouger. Ce que je veux, c'est un remède et un bon médecin qui me le remette sur pied.

Elle regardait maintenant le prêtre avec haine.

— Avec quoi veux-tu payer ? lui demanda-t-il en s'efforçant de se maîtriser.

— J'ai quelque chose qui pourrait être intéressant.

Elle ouvrit son sac et en tira la statue de Selkis.

— Que veux-tu qu'on fasse de cela ?

Il retournait dans ses mains la déesse noire de suie.

— Je ne vois pas ce que tu attends de cette relique toute sale, la rabroua-t-il.

Ita cracha sur la tête de la statue. Elle prit un pan de sa robe et frotta l'endroit où était tombée la salive. L'or se mit à briller dans la lumière du soleil. Le jeune homme lui accorda alors toute son attention.

— Il ne faut pas se fier aux apparences, observa-t-elle. Que donnerais-tu pour cette statuette ? Et ne recommence pas avec tes vieux bouts de pains !

Le prêtre produisit un sifflement en inspirant l'air entre ses dents.

— Je ne peux pas décider seul, lui répondit-il. Il faut que j'en parle au supérieur.

— Eh bien, vas-y !

Elle lui arracha la déesse des mains.

— Et dépêche-toi ! lança-t-elle. Nous devons manger d'urgence si nous voulons survivre.

— Comment t'appelles-tu ?

Elle hésita un instant. Ses yeux brillaient comme des charbons ardents.

— Ita, avoua-t-elle enfin.

— Reviens demain, Ita ! lui ordonna-t-il, les joues rouges. À la même heure. J'en saurai plus.

— Bien, je serai là.

Entre-temps, l'enfant s'était tu et suçait son pouce.

Il dormait. Sa mère prit le sac avec la statuette dans une main, se pencha pour ramasser les croûtons et s'éloigna sans se retourner.

Dès l'aube, Nesmin était parti au « lieu secret » avec son père. Après une période de dix jours de travail, il aurait droit à trois jours de repos. Sahti rangeait la maison, balayait et frottait jusqu'à ce que ce fût impeccable. Elle aimait cette heure de la journée où elle était seule.

Depuis qu'elle était enceinte, elle vivait dans un monde de rêve qui n'appartenait qu'à son petit et à elle. Elle ne voulait le partager avec personne, pas même avec Nesmin. Elle parlait à l'enfant et s'entretenait avec les statuettes de Thouéris qui entouraient le lit conjugal. Son ventre s'était déjà arrondi et, parfois, elle l'avançait de façon exagérée pour montrer à tout le monde son bien le plus précieux. Sans orge ni froment, elle était persuadée que ce serait une fille, quoique son mari et toute la famille eussent préféré un garçon.

Nesmin avait eu les larmes aux yeux quand elle lui avait appris la nouvelle. Pani était rempli de fierté à l'idée de devenir oncle. Seul Namiz l'avait examinée avec insistance lors de sa dernière visite et s'était montré réservé.

— Tu as des poches sous les yeux et les joues creusées, avait-il remarqué. Tout va bien ? Tu n'es pas malade ?

— Je suis enceinte, avait-elle répondu, mais je me porte mieux que jamais.

— Est-ce qu'il te rend heureuse, ton Nesmin ? s'était-il inquiété. Est-ce vraiment l'homme qu'il te fallait ?

— Je ne saurais imaginer de meilleur mari, avait-elle répondu avec surprise. Pourquoi me demandes-tu cela ?

Il avait hésité et fixé le mur d'un air gêné. Elle avait alors continué d'elle-même.

— Il a d'abord été mon maître et mon frère. Maintenant, il est mon mari et le père de mon enfant... Mais pourquoi cette question ?

— Eh bien, lui avait-il confié, Nesmin n'est quand même pas en très bonne santé. La nouvelle fonction qu'il assume depuis quelque temps est peut-être trop fatigante pour lui. Nous devrions en parler avec franchise.

— Mais il aime le défi ! avait-elle objecté.

Elle savait comme Nesmin était fier d'avoir été nommé chef d'équipe. C'était lui qui coordonnait le travail des tailleurs de pierre, des plâtriers, des peintres, des scribes et des dessinateurs de la galerie gauche du tombeau, tandis que son père surveillait celle de droite. Il se sentait épuisé en rentrant le soir et il ne mangeait que très peu avant d'aller se coucher. Mais dès que Sahti lui posait une question sur son métier, les yeux de son mari se mettaient à briller.

— Il ne fait plus de malaises, avait-elle prétendu.

Depuis leur nuit de noces, il y avait eu des alertes. Elles étaient certes de moindre importance, mais Sahti avait encore peur. Peut-être est-ce d'ailleurs la raison pour laquelle elle avait du mal à se donner tout entière. Elle aimait être dans ses bras, sentir son corps, écouter ses paroles éperdues, mais quelque chose la retenait. Parfois, on aurait même dit qu'il s'en rendait compte. Par bonheur, tout était devenu facile depuis qu'elle était enceinte. Nesmin se contentait de lui caresser la poitrine et de la tenir dans ses bras la moitié de la nuit.

— Je vais bientôt partir pour une longue période, avait annoncé Namiz pour changer de sujet.

— Où vas-tu, cette fois ?

— Je me rends à Keftiou, avait-il répondu. Et ensuite à l'île d'Asi. Mais ne me demande pas ce que j'ai à y faire. Ce sont des secrets d'État. Je n'aurais même pas dû te confier ma destination. Mais je sais que ma petite sait tenir sa langue.

— Oui, avait-elle juré, ne te fais pas de soucis. Tu vas me manquer, Namiz. Ne reste pas au loin trop longtemps !

Lorsque Ita revint du temple d'Amon, Maj ouvrit les yeux à plusieurs reprises et prononça quelques paroles. La jeune femme comprit qu'il avait toujours l'esprit confus. Même Tjaï sentait que quelque chose n'allait pas. De ses petites mains maladroites, il donna des tapes sur le visage de son père et pleura de colère quand sa mère l'éloigna du lit.

— Sahti ! murmura le malade en se cabrant. Sahti ! Sahti !

— Vas-tu te taire enfin ! hurla son épouse en passant la main sur le visage de son mari, comme si elle pouvait par là effacer la pensée de sa rivale. Ce n'est pas elle qui va t'aider ! C'est moi, c'est moi qui vais t'en sortir, tu vas voir...

Fébrile, elle attendit l'heure de retourner au temple en réfléchissant à sa situation et en forgeant des projets d'avenir. Elle aurait voulu partager des choses merveilleuses avec Maj. Mais après ce qu'il avait avoué sans le savoir, elle était blessée dans son amour-propre et il ne lui restait plus qu'à oublier l'infidèle. Juste avant de se mettre en route, elle décida de ne pas emmener l'enfant. Elle le prit dans ses bras et alla frapper chez une voisine pour le faire garder le temps de son absence. Comme personne ne répondit, il lui fallut bien le prendre avec elle.

Il était à nouveau midi, mais elle dut attendre plus longtemps cette fois pour que la place se vidât. La porte en bois s'entrouvrit avec lenteur. Elle reconnut le jeune prêtre auquel elle avait parlé la veille. Derrière lui se tenait un autre homme, grand et maigre, aux traits sévères, aux lèvres minces et autoritaires.

— C'est elle ? demanda celui-ci à voix basse. La fameuse Ita ?

— Oui, c'est elle, répondit-elle en personne. Et tu es le supérieur, j'imagine.

— Tu as la statue ? continua-t-il sans prêter attention à son impertinence.

Quelques gouttes de sueur perlaient au front de la jeune femme. Son dos était contracté sous le poids de l'enfant. Mais elle n'avait pas l'intention de se laisser intimider, même par le grand prêtre.

— Tu crois que je serais venue, sinon ? riposta-t-elle. Vous voulez la voir ou non ? Parce que j'ai autre chose à faire…

Elle fouilla dans son sac.

— Oui, cela nous intéresse. Mais rentre d'abord !

Le supérieur ouvrit juste assez pour lui permettre de pénétrer dans le temple. À peine eut-elle poussé un petit cri de surprise que la porte se rabattit derrière elle. Un jardin soigné s'étendait à l'ombre de grands arbres dont les cimes se balançaient au vent. C'est alors qu'Ita prit conscience de sa faim et de sa soif.

— Il me faut tout de suite à manger et à boire, réclama-t-elle. Surtout pour le petit.

— Tu nous montres d'abord la déesse, répliqua le grand prêtre.

Elle n'osa plus s'opposer et lui tendit la statuette. De son pagne, il en nettoya une partie et, une fois qu'il fut convaincu de sa valeur, il la tint à deux mains, comme s'il ne voulait plus la restituer.

— Rends-la-moi ! cria la jeune femme inquiète. Elle m'appartient jusqu'à ce que tu m'aies fait une offre correcte. Et n'essaie pas de me tromper, sinon je pars sur-le-champ.

Il lui tendit la statue à contrecœur. Par précaution, elle la remit dans son sac.

— D'où provient-elle ? voulut-il savoir.

— Je l'ai trouvée, affirma-t-elle. Il y a longtemps.

Ils se turent un moment.

— Combien m'en donnerais-tu ? reprit-elle. Réfléchis bien à ce que tu vas me proposer, car je n'ai pas envie de la brader.

— Où l'as-tu trouvée au juste ? s'obstina-t-il.

Elle haussa les épaules.

— Qu'est-ce que cela peut faire ? C'est à moi qu'elle appartient désormais. C'est bien suffisant, non ?

Tjaï se mit à gémir. Elle lui tapota la jambe pour le calmer.

— Je voudrais à manger et à boire, répéta-t-elle. Tout de suite.

— Emmène-la à la cuisine, ordonna Nebnéfer. Nous continuerons notre discussion plus tard.

Il se tourna vers la gauche et disparut en hâte derrière les arbres. Indécise, Ita suivit le jeune prêtre qui marchait d'un bon pas devant elle. Ils passèrent près d'une petite chapelle blanche et arrivèrent à proximité d'un bâtiment plat dont ils firent le tour.

— Est-ce encore loin ? se plaignit-elle. Je meurs de chaleur.

— Nous sommes presque arrivés.

Son guide s'écarta d'un mouvement brusque et la jeune mère se trouva soudain encerclée par quatre hommes au crâne rasé. Quelqu'un lui tordit le bras en lui collant une main sur la bouche. Elle aperçut la lame brillante d'un couteau. Son sac tomba par terre. Des mains puissantes sortirent son enfant de la bande de tissu. La dernière chose qu'elle perçut fut un coup violent sur le crâne. Elle s'écroula.

La Belle Fête dans la vallée du désert avait lieu le jour de pleine lune du deuxième mois des récoltes. La divine nacelle quittait le sanctuaire d'Amon et rendait visite au temple des rois morts. Ce bâtiment situé sur la rive ouest n'était plus en ruine, comme à l'époque où Ita et ses camarades y avaient trouvé refuge. Il avait été restauré en vertu d'un décret de Kamosé.

Les ouvriers de la nécropole se tenaient à une distance respectueuse pour regarder la longue procession qui passait en direction du temple. Des prêtres portaient le tabernacle sur leurs épaules nues et s'avançaient en titubant sous le poids de celui-ci. Sahti s'était placée au premier rang mais, à sa grande déception, les vantaux étaient clos et ne permettaient pas de voir la statue.

Du moins put-elle observer la famille royale qui suivait l'embarcation. Bien que plusieurs années se fussent écoulées, elle les reconnut tous aussitôt. Téti-Schéri, les cheveux plus gris, mais toujours aussi frêle qu'une enfant, était assise dans une chaise à porteurs dorée munie d'un baldaquin pour la protéger du soleil. La veuve Ahhotep, vêtue d'une robe en lin d'une blancheur éclatante et coiffée d'une couronne ornée de têtes de gazelle, avait le visage terne et tombant. Le prince Ahmosis était devenu un homme, il était accompagné d'une femme mince qui lui ressemblait de manière saisissante. Juste derrière eux marchaient les trois plus jeunes princesses, vêtues de robes précieuses qui mettaient plus leurs corps en valeur qu'elles ne le recouvraient. Le Pharaon venait en dernier.

Sous la couronne blanche de la Haute Égypte, le visage bronzé de Kamosé était plus mince que dans le souvenir de la jeune femme. Il avait des épaules musclées, des hanches étroites et une démarche de chasseur. Il portait un pagne à plis et tenait dans les mains le sceptre et le fouet. Au moment où il passa devant elle, un rayon de soleil se réfléchit dans le cobra qui se dressait sur son front et le visage du souverain s'illumina tout à coup. Sahti fut éblouie.

L'espace d'un instant, son cœur s'arrêta, puis il se mit à battre plus vite et plus fort. Elle ne vit pas la grande épouse royale qui marchait à côté de son mari. Elle eut l'impression d'aspirer du feu. Elle sentit un désir ardent lui traverser le corps. Jamais elle n'avait éprouvé cette sensation. Elle fit ce qu'elle put pour garder contenance et ne rien laisser paraître. Mais Nesmin, qui était derrière elle, remarqua son trouble.

— Tout va bien ? l'interrogea-t-il, inquiet. Ce n'est pas l'enfant ?

La future mère secoua la tête sans parler. Elle n'avait pas la force de répondre. Elle resta silencieuse et pensive toute la journée. Elle n'était toujours pas remise quand les habitants de la colonie se rassemblèrent devant les tombes de leurs morts pour y faire des sacrifices et partager un banquet.

La tradition voulait qu'on mange de la viande rôtie, des gâteaux au miel, de petits pains fourrés d'œufs durs, le tout accompagné d'une grande quantité de vin. Quelques femmes avaient apporté des cruches d'alcool de cactus qu'elles avaient fait elles-mêmes. Hétépout eut beau répéter qu'il était temps de rentrer, son mari ne voulut rien entendre. Nesmin avait l'air épuisé, mais il ne voulait pas, quant à lui, se ridiculiser devant les autres hommes. Sa mère finit par se lever d'un air fâché et s'apprêta à partir seule.

Sahti, trop heureuse d'avoir une excuse pour quitter l'assemblée, la suivit de plein gré. Elle resta longtemps éveillée dans le silence de la chambre. Ravie et troublée à la fois, elle donna libre cours aux sentiments qui déchiraient son cœur. Lorsqu'elle entendit le pas hésitant de Nesmin dans l'escalier, elle se tourna sur le côté et fit semblant de dormir.

Le lendemain matin, Penjou se plaignit d'être fatigué, d'avoir soif et mal à la tête. Nesmin faillit le convaincre de rester chez lui car les consignes, quoique strictes, autorisaient à prendre un jour de congé après une nuit de soûlerie. Mais Hétépout s'en mêla, parlant de sens du devoir et de conscience professionnelle. Son mari et son fils préférèrent fuir ses reproches et partirent travailler au tombeau avec leurs équipes.

Pour la première fois depuis qu'elle était enceinte, Sahti allait mal. Elle avait les tempes douloureuses, comme si elle avait trop bu la veille. Une grande agitation intérieure l'obligeait à changer sans cesse d'activité. L'enfant remuait beaucoup. Vers midi, elle s'allongea pour se reposer, mais se releva au bout de quelques instants. Elle se sentit un peu mieux quand les ombres commencèrent à s'allonger et qu'elle se mit à préparer le repas. Elle venait de pétrir la pâte à pain quand Hétépout déboula dans la cour, les mains sur la poitrine, les yeux écarquillés. Son visage était déformé par la douleur.

— Penjou ! sanglotait-elle. Penjou... et mon fils en plus !

C'était tout ce qu'elle parvenait à prononcer.

— Que s'est-il passé ? voulut savoir Sahti.

Les mains couvertes de farine, elle chercha un appui car elle craignait le pire.

— Une partie de la galerie s'est effondrée, expliqua sa belle-mère. Les rochers ont fait tomber Penjou de son échelle et l'ont écrasé. Les ouvriers ont fait tout ce qu'ils ont pu, mais quand ils l'ont déterré, il ne respirait déjà plus...

Sahti avait du mal à la comprendre à travers ses larmes.

— Pani est allé chercher Nesmin. En voyant son père immobile et couvert de sang...

Des sanglots violents l'empêchaient de continuer.

— Quoi ? Qu'est-il arrivé à Nesmin ?

— Une crise... tout à coup. En tombant, il s'est cogné à un rocher...

Hétépout se tut et regarda sa belle-fille comme si elle la voyait pour la première fois.

— Tu ne veux pas dire que... murmura Sahti.

Elle fut saisie d'une tristesse infinie. Bien qu'elle s'efforçât de garder l'espoir, elle savait ce qui allait suivre.

— Si ! s'écria la mère en se raidissant sous l'effet

de la douleur. Il est mort ! Nesmin aussi est mort, comprends-tu ?

La jeune femme était incapable de faire le moindre geste.

— Pitié ! gémit Hétépout. Qu'ai-je fait aux dieux pour mériter tant de souffrances ? Mon mari et mon fils ne sont plus... Je les ai perdus à jamais !

— Le nom !

La voix du prêtre trahissait son impatience, mais il répéta une nouvelle fois la question. Deux jours d'interrogatoire ininterrompu, sans manger ni boire, avaient fait d'Ita une pauvre petite chose gémissante.

— De l'eau, supplia-t-elle. De l'eau. Je t'en prie. Je meurs de soif.

Nebnéfer haussa les sourcils d'un air excédé.

— La cruche est là-bas, déclara-t-il. Elle n'attend que toi. Tu auras à boire dès que tu auras parlé. Alors, reprenons depuis le début : où as-tu volé cette statue ? Je veux maintenant un nom. Et ne t'avise pas de me raconter à nouveau n'importe quoi !

La pièce dans laquelle on l'avait enfermée était minuscule et, comme toutes les cellules des prêtres, tout juste équipée d'un matelas et d'un tabouret. Une odeur insupportable emplissait l'espace.

— Où est mon petit ? demanda Ita.

Sa vue était trouble, chaque mouvement une torture.

— Qu'avez-vous fait de Tjaï ? Et mon mari qui m'attend à la maison...

— Ne te fais pas de souci pour ton fils, Ita. Et nos prêtres s'occupent de ton mari.

Nebnéfer avait pris un ton plus doux.

— Tout pourrait s'arranger pour toi aussi. Pourquoi rendre les choses si compliquées ?

— Parce que tu ne me crois pas, de toute façon. Combien de fois dois-je répéter la même chose ?

Sa langue lui paraissait lourde et râpeuse. Elle s'était rongé les ongles. Elle avait la peau si sèche que celle-ci partait en lambeaux.

— Nous étions enfermés dans la sépulture de l'embaumeur, expliqua-t-elle. Après sa mort, j'ai dérobé la statuette. C'est tout, je n'en sais pas plus.

— Et comment était-elle arrivée là ? demanda-t-il sceptique.

— Sahti... murmura-t-elle alors. La Noire. C'est elle qui l'a apportée. C'est elle aussi qui a tué Ut. Ce n'est pas nous, crois-moi ! C'est elle qui a pris le couteau noir...

— La fille du pays de Kouch ?

Nébnefer émit un rire d'incrédulité.

— Tu veux me dire qu'elle était avec toi et que c'est grâce à elle que vous êtes sortis ? Tu recommences avec tes histoires à dormir debout ?

Il se détourna, l'air déçu.

— Cela ne sert à rien, Ita. Je crois que tu vas encore devoir attendre très, très longtemps avant d'avoir de l'eau.

— Non, s'il te plaît, je t'en prie !

Elle leva les bras dans un geste de supplique.

— Je meurs ! Ne me laisse pas mourir ! Je ferai ce que tu veux !

— Bien, la tortura-t-il encore, c'est toi qui décides. Comment un otage pourrait-il posséder une statuette en or ?

— Namiz, chuchota-t-elle à bout de forces. Peut-être est-ce lui qui...

— Répète ce que tu viens de dire ! ordonna-t-il d'une voix criarde.

— Namiz, l'homme de Kepni, précisa-t-elle dans un souffle. Tu le connais ?

Le prêtre lui saisit les cheveux, lui tira la tête en arrière et lui posa la cruche sur les lèvres. Prise au dépourvu, Ita ne parvenait pas à avaler. L'eau lui coulait sur le menton et le long du cou. Sa robe crasseuse était trempée. Elle lapait comme un animal assoiffé.

— Bois, ordonna-t-il d'une voix joyeuse. Bois tout ce que tu veux !

Dès qu'il faisait sombre, le beau Pharaon lui apparaissait en rêve. Il la caressait de ses lèvres et l'embrassait sans retenue. Elle s'unissait à lui avec une passion et une fougue qu'elle n'avait encore jamais connues dans la réalité. Puis elle apercevait l'image de Nesmin, le visage blême et des reproches dans les yeux, mais ce mirage s'effaçait dès qu'elle tendait les bras vers le défunt. Le matin, elle s'éveillait épuisée. Elle se levait dans une espèce de torpeur et passait la journée à attendre le moment de s'endormir.

Depuis le décès des deux chefs d'équipe, la mort planait au-dessus de la cité. Le rire et la joie s'étaient évanouis. Pani traînait autour d'elle, les épaules tombantes et les yeux rougis par les larmes. Enfermée, Hétépout donnait libre cours à sa douleur. Malgré son chagrin, elle avait organisé l'embaumement de son mari et de son fils. Sahti l'avait laissée faire. Bien entendu, ce n'étaient pas les anciens assistants d'Ut qui s'étaient vu confier ce travail. On avait engagé un honnête artisan qui venait d'ouvrir un atelier dans la nouvelle colonie. La jeune femme avait donné à sa belle-mère l'ensemble de ses bijoux ainsi que l'œil d'Horus en argent, qui devaient être placés dans le tombeau avec des amulettes salutaires.

Quand vint le jour des funérailles, un long cortège se forma pour se rendre en silence vers la nécropole. Chaque cercueil était porté par six hommes. Sahti avait refusé de prendre congé des momies. Elle voulait garder les deux hommes en mémoire tels qu'ils avaient été. Comme s'il avait perçu la tristesse de sa mère, l'enfant avait moins remué dans les derniers jours.

— Nous ne l'oublierons jamais, murmura Sahti à son bébé.

Elle posa les mains sur son ventre pour le protéger. Des larmes lui brûlaient les yeux et son cœur était lourd de culpabilité. Elle se rendait compte qu'elle n'avait pas aimé Nesmin à sa juste valeur.

— Tu auras sans doute ses yeux ou son sourire, continua-t-elle tout bas. Et, un jour, je t'apprendrai à lire et à écrire comme il l'a fait avec moi.

Ils étaient presque arrivés au champ de tombes quand ils aperçurent une troupe d'hommes venant du sud. Il n'y avait pas seulement des soldats, mais aussi des prêtres, qu'on reconnaissait à leurs crânes rasés. À leur tête se trouvait Nebnéfer. Arrivé près d'eux, celui-ci leva le bras d'un air autoritaire. Le cortège s'immobilisa.

— Est-ce toi, Sahti la Kouchite ? demanda-t-il sur un ton tranchant.

— Oui, c'est moi, répondit-elle.

Elle avait mal au dos, mais elle essaya de se tenir droite et de dissimuler son appréhension.

— Je suis la veuve de Nesmin, le chef d'équipe qui a perdu la vie au service du roi.

— Au nom de Pharaon, déclara-t-il, je t'arrête. Emmenez-la !

Deux hommes la saisirent avec brutalité et lui attachèrent les mains. Hétépout tira Pani en arrière et fit un pas de côté, comme si elle préférait ne pas s'en mêler.

— Qu'est-ce que cela signifie ? hurla Sahti hors d'elle-même. Vous êtes aveugles ? Vous ne voyez pas que j'attends un enfant ?

Elle essaya de se dégager avec rage.

— Nous te conduisons sur l'autre rive pour un interrogatoire, expliqua le grand prêtre. Tu t'expliqueras à ce moment-là.

— De quel crime m'accuse-t-on ? protesta-t-elle. Je n'ai rien fait de mal.

— Tu le sauras bien assez tôt. Dès que tu seras devant tes juges, ajouta Nebnéfer, glacial.

À la stupéfaction générale, les soldats poussèrent Sahti en direction du fleuve où un bateau les attendait. Des ibis s'envolèrent au moment où ils levèrent l'ancre. Personne ne parlait à la prisonnière, mais elle sentait qu'on lui jetait des regards à la dérobée. On devait savoir qu'elle avait tué Ut. Quelqu'un l'avait trahie. Mais qui ? Maj ? Ita ? Un autre ? De toute façon, cela ne changeait rien à sa situation.

Elle songea à l'enfant. C'était tout ce qui lui restait de Nesmin, maintenant qu'on portait le pauvre au tombeau. Le bébé n'y pouvait rien. Sahti prit son courage à deux mains et s'adressa à Nebnéfer, qui se tenait impassible à ses côtés.

— Namiz, le premier contrôleur du trésor royal, se portera garant de moi, commença-t-elle. Je sais qu'il est parti pour l'instant, mais c'est mon ami et je suis sûre...

— Tais-toi !

Le ton cinglant sur lequel le supérieur du temple d'Amon prononça cet ordre lui fit l'effet d'une gifle.

— Tu parleras quand on te le demandera. Tu m'as compris ?

Tremblante, elle ne répondit rien, entoura son ventre de ses bras et se balança en silence. Lorsqu'ils furent sur la rive est, les hommes la firent monter avec rudesse dans un chariot muni de patins et tiré par deux ânes. Des passants pressés regardaient avec curiosité dans sa direction, mais elle n'osa pas faire un geste. Devant le temple d'Amon, les soldats disparurent tout à coup. Elle n'était plus entourée que de prêtres et fut menée dans l'enceinte au pas de charge, comme une criminelle. Elle n'eut guère le temps d'admirer le jardin. Ils arrivèrent bientôt devant une petite porte et les prêtres la poussèrent à l'intérieur d'une pièce basse sans fenêtre. On ferma plusieurs verrous. Elle entendit leurs pas s'éloigner. Puis l'obscurité s'abattit sur la malheureuse.

NEUVIÈME HEURE

L'île des flammes

Les douleurs commencèrent vers le troisième jour de sa captivité. Un jeune prêtre venait de sortir le vase de nuit. Sahti crut d'abord que la nourriture frugale lui donnait mal au ventre. Lorsqu'elle perdit les eaux, elle sut que son enfant venait au monde, avec deux lunes d'avance. Ne sachant que faire, elle essaya de prier. Mais elle ne parvenait pas à se concentrer. Elle ne se rappelait aucune des nombreuses suppliques que Tama lui avait apprises avec patience. Elle sanglota. Maintenant qu'elle allait accoucher, elle pensa à toutes celles qui lui manquaient. Elle n'avait jamais connu la femme qui lui avait donné la vie. Elle avait vu mourir l'aïeule qui s'était occupée d'elle. Elle avait été trahie par l'épouse de son père et avait perdu sa mère d'adoption.

La jeune femme se calma. Pendant un certain temps, elle réussit même à combattre sa panique. Elle marchait de long en large, pour autant que ce fût possible dans son étroite cellule. Elle se recroquevillait sur sa paillasse dès que les souffrances reprenaient. Mais les contractions se succédaient à un rythme sans cesse plus rapide. Sahti n'arriva bientôt plus à reprendre son souffle et finit par se révolter.

— Ouvrez cette porte ! hurla-t-elle en frappant de toutes ses forces. Ouvrez tout de suite ! Mon enfant va naître, trop tôt, à cause de vous, parce que vous m'avez emprisonnée ! Ouvrez ! Je crierai tant que personne ne sera venu !

La colère lui faisait oublier la peur et redoublait son énergie. Même sa voix était plus puissante que d'habitude. Pourtant, il fallut un bon moment avant qu'elle n'entende les verrous coulisser. Quand la lumière pénétra dans la pièce, elle recula en clignant des yeux. Elle n'aperçut d'abord que deux silhouettes. Peu à peu, elle distingua Nebnéfer, accompagné d'un vieil homme au crâne rasé qui portait lui aussi un long pagne. Celui-ci la regarda de haut en bas. Prise d'une douleur extrême, Sahti ferma les paupières et suffoqua.

— Faites venir une femme ! réclama-t-elle à voix basse aussitôt qu'elle put de nouveau respirer. Vous ne pouvez pas me refuser cela !

— Agenouille-toi, murmura le vieux. Ou plutôt, accroupis-toi les jambes écartées dès que tu as mal. Cela te soulagera.

De ses mains fines et chaudes, il caressa le ventre rond de Sahti, puis toucha son sexe avec tant de savoir-faire qu'elle n'opposa aucune résistance.

— L'enfant arrive, déclara-t-il en se tournant vers Nebnéfer. Par bonheur, elle n'est pas mutilée comme la plupart des femmes du pays de l'or. Ce sera moins difficile. J'ai besoin d'eau chaude, de tissu, d'un couteau et d'une cassolette d'encens pour purifier l'air. N'oublie pas le vin épicé. Dépêche-toi !

Le grand prêtre se retourna.

— Attends ! lui ordonna l'autre. Laisse la porte grande ouverte. On étouffe ici !

Sahti eut une nouvelle contraction.

— Il faut qu'il vive, supplia-t-elle avant de recommencer à haleter. Je l'ai promis à son père.

Elle appuya son menton contre sa poitrine. Son visage se crispa.

— Cet enfant est son dernier cadeau, tu comprends ? l'interrogea-t-elle.

Elle expira profondément.

— Bien, approuva-t-il. Tu fais cela très bien ! Crie si tu veux. De toute façon, les pigeons du temple sont les seuls à pouvoir t'entendre.

Deux jeunes prêtres apportèrent ce que le vieux avait réclamé. Nebnéfer montait la garde sur le pas de la porte. Quand Sahti aperçut son profil sévère, tout son corps se raidit dans un mouvement de répulsion. Mais la voix tranquille du vieil homme la rassura.

— Vas-y, maintenant ! Pousse ! Pousse !

Dans un ultime effort, elle fit sortir l'enfant. Le vieux émit un son étrange. Sahti tomba en arrière et remarqua à peine qu'on coupait le cordon ombilical. Le prêtre essuya les impuretés sur le menton du nouveau-né et lui mit un doigt dans la bouche pour l'aider à respirer. Mais la petite poitrine ne se gonfla pas. Sahti n'entendait rien : ni hurlement de colère, ni gémissement de douleur.

— Qu'est-ce que c'est ? demanda-t-elle au bout de quelques instants.

— Un garçon, répondit l'accoucheur. Il est très beau.

— Et pourquoi ne crie-t-il pas ?

— Parce qu'il est déjà dans le royaume d'Osiris. Il

a dû s'étrangler avec le cordon ombilical. Cela fait sans doute plusieurs jours.

Il s'arrêta un instant.

— Tu veux le voir ? suggéra-t-il.

Sahti laissa tomber la tête de côté.

— Emmenez-le ! chuchota-t-elle.

Ensuite, elle eut l'impression d'entrer dans un rêve. On porta une cruche à ses lèvres. Un liquide chaud et épicé lui coula dans la gorge. Elle voulut arrêter de boire, mais on la força à avaler. Tout commença bientôt à tourner dans son esprit. Elle avait du mal à regarder la cellule, le visage des prêtres, les douces mains du vieux qui lui massaient le ventre tout en éliminant l'arrière-faix.

— Tu vas dormir longtemps, comprit-elle encore avant de sombrer dans une obscurité totale.

Ita gisait, le visage dans une mare de sang. Elle avait le bras droit tendu sur le sol. De la main gauche, elle se tenait la gorge comme si elle avait tenté d'en obstruer la plaie. Nebnéfer prit le poignard et le soupesa d'un air songeur.

— Elle s'est donné la mort ? l'interrogea le doyen.

— C'est la seule hypothèse, répondit le grand prêtre. Je me demande cependant comment elle s'est procuré l'arme. Nous avons fouillé sa cellule à plusieurs reprises. Il n'y avait rien.

— L'avez-vous fait depuis ses aveux ?

Le vieil homme avait la peau ridée et brûlée par le soleil. On aurait presque dit une statue en grès.

— Non, concéda le supérieur du temple d'Amon en posant le couteau sur le lit. Cela ne me paraissait pas nécessaire. On dit que celui qui a reconnu ses crimes se sent l'âme libérée et le cœur léger.

— Celui qui pèche, en revanche, grossit les rangs des assassins d'Osiris, répliqua son interlocuteur avec dureté. Dans l'empire de la mort, il n'y a aucun moyen de cacher ses méfaits. L'œil des dieux voit tout et juge tout.

Il poursuivit sur un ton plus serein.

— Cette mort subite doit arranger tes affaires.

— Tu as raison, concéda le supérieur. L'issue aurait pu être beaucoup plus gênante pour nous.

— J'en déduis, conclut le doyen, que tu as obtenu ce que tu voulais.

Nebnéfer fit un signe de la tête.

— Un aveu complet, expliqua-t-il, transcrit par mes soins et signé avec l'empreinte de son pouce en présence de deux témoins. J'y ai apposé le sceau du temple.

Son regard se perdit dans le vide.

— Ce document, reprit-il, suffirait à nous débarrasser à jamais de l'homme de Kepni. Nous pourrions au moins éliminer un des trois conseillers de Kamosé...

— Je comprends ta hâte, l'interrompit le vieux. Je sais bien, par ailleurs, que notre jeune prince est impatient lui aussi.

Ils sourirent tous deux d'un air complice.

— Mais il vaut mieux attendre, continua-t-il, que l'ennemi soit au faîte de sa carrière pour le précipiter dans la boue. Et il faut être sûr de soi.

— Que veux-tu dire ? demanda Nebnéfer, la mine renfrognée.

— Les confidences de ta morte, insinua le doyen, seront sans doute utiles quand le moment d'agir sera venu. Pourtant, nous devrions nous assurer que les choses se sont bien déroulées comme elle l'a prétendu.

— Pourquoi ne la croirait-on pas ? lui opposa le grand prêtre.

— Je connais tes méthodes, répliqua-t-il sans se laisser impressionner. Pour moi, la vérité est la seule chose qui compte. Nous devons faire parler la jeune Kouchite.

— Cela ne sera pas facile, soupira le supérieur après un moment de silence. Elle me semble d'une autre trempe que l'autre.

Il remua le corps d'Ita de la pointe du pied.

— Celle-ci était mauvaise, envieuse, cupide, expliqua-t-il. La Noire, elle, n'a plus rien à perdre maintenant que son enfant est mort.

— Si, elle peut perdre la vie, objecta le sage. Mais il vaudrait mieux que tu évites de te montrer.

— Pourquoi ? s'étonna Nebnéfer.

— Parce qu'elle te hait, répondit le vieillard. Cela t'étonne ?

— Et toi, elle t'aime ? s'emporta l'ambitieux. Tu es prêtre d'Amon, toi aussi !

— Oui, mais toi, tu l'as arrêtée comme une criminelle devant la tombe de son mari. Moi, au contraire, j'ai porté son fils dans mes bras.

Les premières mouches se posaient sur le sang. Aucun des deux hommes n'entreprit quoi que ce fût pour les en chasser.

— Et que fait-on de l'enfant de la morte ? demanda le plus âgé au bout d'un moment.

— Nous l'élèverons dans le temple, proposa Nebnéfer. Dès qu'il le pourra, nous le mettrons à la maison de la vie. Je crois que le petit Tjaï se sent bien ici. Les jeunes prêtres l'aiment beaucoup. Je ne serais pas surpris qu'il devienne un serviteur d'Amon plein de zèle.

— C'est sans doute la meilleure solution pour un garçon orphelin, approuva le doyen.

Son complice ne put s'empêcher de sourire en entendant cette phrase.

— Cela veut dire, je suppose, que son père a reçu notre visite ? se réjouit-il.

— Deux de nos prêtres se sont rendus chez lui, confirma le plus âgé en lissant son pagne de la main. Il faudrait qu'il soit fort comme un hippopotame pour résister à notre traitement.

— Ils n'ont pas vécu bien vieux, tous les deux... railla le grand prêtre.

— Dans toute partie de *Senet*, conclut le vieux avec calme, il y a des chiens et des chacals. Mais il ne peut y avoir qu'un seul vainqueur.

Un silence paisible régnait sur le temple. Une lumière douce baignait la cellule en ce début d'après-midi. Le cadavre dégageait une odeur désagréable.

— Il est temps de brûler du soufre, observa Neb-néfer en faisant une grimace. Je vais tout de suite envoyer quelqu'un.

— Si tu veux purifier l'air, ajouta l'autre avant de sortir, tu ferais mieux de prendre un mélange de myrrhe, de baies de genévrier et de mastic. C'est idéal pour lutter contre les relents du passé. Et, quand on effectue ce rituel soi-même, on écarte de soi toute malédiction.

Téti-Schéri était sortie dès l'aube pour parler à son petit-fils à l'abri des oreilles indiscrètes. Rentrant d'une course au galop, le jeune homme ne faisait qu'un avec son étalon noir. Devant l'écurie, il descendit de cheval et sourit à sa grand-mère avec distraction. Il attacha l'animal et lui frotta le corps avec de la paille. La reine le regarda un moment en silence.

— Tu penses d'abord à ta bête, constata-t-elle.

— Voilà longtemps qu'aucun être vivant ne m'a servi avec une telle abnégation, expliqua-t-il. Le trône isole, grand-mère.

— Cela t'étonne ? Un Pharaon a des soucis que les autres hommes ne peuvent partager, car leur nature ne le leur permet pas. Dans toutes les affaires importantes, tu dois rester seul avec ton cœur. Il doit être ton unique conseiller.

— Une leçon de politique de si bon matin ? s'étonna-t-il. Qu'est-ce qui me vaut cet honneur ?

Un sourire radieux éclaira son visage. L'espace d'un instant, Téti-Schéri revit le petit garçon qui jouait à l'ombre du trône, sans espoir d'y accéder jamais. C'était maintenant un homme mûr qui mettait tout en œuvre pour rendre enfin à Kemet son unité. Elle lui était reconnaissante de ce qu'il faisait pour la mémoire de son fils Séqénenrê mort au combat, de même qu'elle admirait celui-ci d'avoir su préférer les intérêts du pays à ceux de son propre fils.

— J'aime apprendre les nouveautés de vive voix, précisa-t-elle.

L'étalon s'ébroua. Il avait l'air d'apprécier l'attention que lui accordait son maître. Sa robe brillait comme de l'onyx dans la lumière du soleil.

— Quel beau cheval ! s'exclama Téti-Schéri. Si je n'étais pas aussi vieille, je te demanderais de me le prêter.

— C'est le meilleur de tous, confirma le jeune homme avec enthousiasme en donnant quelques tapes sur le cou puissant de la bête. Même pour tirer mon char. C'est pourquoi je l'ai appelé Or.

— Or ?

— Oui, cela signifie « roi » en kouchitique. Mais viens...

Kamosé avançait à pas lents, car il savait que sa grand-mère avait du mal à marcher. L'hiver précédent, elle était restée alitée pendant plusieurs semaines à cause de douleurs dans les articulations. Pourtant, elle possédait encore une grande force de caractère. Elle n'avait rien perdu de sa lucidité ni de son intelligence. Lorsqu'ils furent arrivés dans les jardins du palais, il la mena à un banc en pierre et il s'assit à côté d'elle.

— Que veux-tu savoir ? lui demanda-t-il.

— Ahmosis raconte partout que tu projettes une guerre contre Apopi dans un proche avenir...

— Le Nil aura recouvert plusieurs fois les champs, l'interrompit-il, avant que nous ayons rattrapé le niveau des Hyksôs ! Bien entendu, j'ai déjà des projets précis – auxquels mon cousin ne donnerait sans doute pas son aval.

— Ces magnifiques bêtes qui hennissent dans tes écuries font partie de tes plans ? devina-t-elle.

— Elles en sont en effet un élément indispensable. J'ai fait construire des chars sur le modèle de ceux que possèdent nos ennemis. Mais cela ne servira à rien tant que nos hommes ne sauront pas s'en servir.

Téti-Schéri approuva d'un hochement de tête.

— C'est pourquoi nous avons besoin de temps, poursuivit le Pharaon, de beaucoup de temps. Nos soldats ne savent manier que les traîneaux en bois qui glissent sur le sable. Ils sont incapables de combattre sur des véhicules tirés par des chevaux rapides.

Ils doivent encore s'entraîner. Je vais entreprendre une inspection. Peut-être ma visite les stimulera-t-elle.

— Quand pars-tu ? l'interrogea-t-elle.

— Après-demain.

— Ahmosis va-t-il t'accompagner ?

— Il est déjà sur place, l'informa-t-il. C'est lui qui m'a demandé l'autorisation d'y aller. Il semble fasciné par ces chars. Hori m'a rapporté qu'il s'exerce avec acharnement.

— On dirait que cette idée te déplaît, remarqua-t-elle. Fais attention, Kamosé ! Ton cousin peut devenir très dangereux, surtout s'il se sent à l'écart.

— Qu'y faire ? soupira le roi. J'ai d'autres soucis pour l'heure. Namiz n'est toujours pas rentré. J'attends son retour pour savoir si nous pourrons fabriquer des armes en bronze.

— Tu as confié cette mission à l'homme de Kepni ? releva-t-elle. N'y avait-il personne d'autre ?

Kamosé lui prit la main et la serra dans la sienne.

— Tu avais raison de te méfier d'Ipi et de Seb. Mais tu te trompes au sujet de Namiz. La plus sage des femmes ne peut-elle pas se débarrasser enfin de ses vieux préjugés ?

Elle fit un geste vague.

— J'apprécie ta rigueur, déclara-t-elle en évitant de répondre. Seul un fou partirait à la conquête d'Hout-Ouaret sans être vraiment prêt.

— De toute façon, ajouta-t-il en lui lâchant la main, il nous manque toujours la chose la plus importante.

— De quoi parles-tu ?

— D'alliés, répondit-il. Si nous partons en campagne contre le Nord, nous devons pouvoir compter sur le Sud. J'ai déjà prié deux fois le souverain de Kerma de se ranger à nos côtés. Mais je n'ai obtenu aucune réponse jusqu'à présent.

— Ahmosis, précisa l'aïeule, clame que le roi de Kouch s'apprête à repousser les frontières de son pays jusqu'à la première cataracte.

— C'est faux, affirma-t-il. Notre forteresse d'Abou Rési est toujours intacte. Il n'y a aucune raison que cela change. Compte tenu de la situation, nous ferions mieux de toute façon de ne plus considérer les Kouchites comme nos ennemis ou nos vassaux. Le seul moyen de rendre à Kemet son unité et sa puissance d'antan est de les traiter en voisins.

— C'est elle qui t'a convaincu ?

Téti-Schéri évita de le regarder. Elle joua avec ses bracelets, qui étaient aussi petits que ceux d'une enfant.

— On murmure, ajouta-t-elle, que tu écoutes tout ce qu'elle dit.

— Nabou ?

Il fut pris d'un fou rire.

— Elle m'a beaucoup appris, se justifia-t-il. Personne ne m'a autant apporté… mis à part toi.

Kamosé fit une révérence en direction de sa grand-mère.

— Ne me compare pas à elle, je t'en prie ! s'insurgea-t-elle.

— Qu'a-t-elle fait pour que tu la détestes à ce point ? voulut-il savoir.

— Elle a empoisonné l'âme de mon fils, comme elle est en train de te pervertir peu à peu. Cette femme porte malheur : à Kemet, à toi, à tous ceux qui l'approchent.

Le visage du souverain s'assombrit, mais elle continua ses reproches.

— Il serait temps que tu penses à l'avenir. Tu n'as toujours pas d'enfant, ni d'Ascha ni d'aucune de tes femmes.

Elle commençait même à se fâcher.

— Comment pourrait-il en être autrement, d'ailleurs, puisque tu ne fréquentes plus que ce serpent noir !

— Et si c'était Nabou qui me donnait un héritier ? la provoqua-t-il.

— Comment ? s'écria-t-elle en se levant tout à coup. Elle n'est pas enceinte, j'espère ?

— L'idée seule suffit à me plaire, répliqua-t-il. Le jour où il en sera ainsi...

— Que le divin Iah nous épargne cette épreuve ! s'exclama-t-elle.

Alors, le roi se leva d'un bond et lui saisit les poignets avec une telle force qu'elle poussa un petit cri.

— Grand-mère, je t'aime et je te vénère, déclara-t-il d'une voix grave. Kemet a peu d'hommes qui puissent se mesurer à toi en intelligence et en perspicacité. Jamais je n'oublierai ce que je te dois. Mais retiens bien, une fois pour toutes, que c'est moi le Pharaon. Je ne suis pas une marionnette en cire que tu peux modeler à ta guise.

Il fit demi-tour et s'éloigna à grands pas, laissant Téti-Schéri stupéfaite à l'ombre des sycomores.

Quand elle sortit de sa torpeur, Sahti réalisa qu'on l'avait transportée ailleurs. La pièce dans laquelle elle se trouvait ne contenait qu'un lit et un petit tabouret, mais elle était propre et claire. Une fenêtre laissait passer la lumière du soleil. Près de sa couche se trouvaient une cruche d'eau et une coupe remplie de fruits. D'un geste machinal, elle porta les mains à son ventre et tressaillit. Aussitôt, les larmes lui vinrent aux yeux. Elle se retourna d'un mouvement brusque et fixa le mur. Au bout d'un moment, des pas discrets la sortirent de sa langueur. Le vieux s'assit avec précaution à son chevet.

— Tu auras mal encore longtemps, expliqua-t-il à voix basse. Pourtant, même si tu ne peux le croire pour l'instant, le temps panse toutes les blessures, celles du corps et celles de l'âme. Un jour, tu parviendras à nouveau à sourire, Sahti.

— Que veux-tu ? l'attaqua-t-elle.

Elle s'assit, appuya le dos contre le mur et le regarda avec méfiance.

— Ce que vous m'avez fait ne vous suffit pas ? ajouta-t-elle. C'est ma vie que vous voulez ?

— Cela dépend de toi seule, répondit-il avec calme. Si tu es prête à dire la vérité, une nouvelle vie commencera pour toi.

— La vérité ? se révolta-t-elle. Quelle vérité ? Je n'ai pas confiance en toi. Je ne fais confiance à aucun prêtre !

— Tu en as le droit, continua-t-il sans s'énerver. Dans ta situation, ce sentiment est même légitime. Néanmoins, tu ferais mieux de réfléchir à ma proposition.

De la main droite, il lui souleva le menton. Leurs regards se croisèrent et Sahti sentit la force intérieure qui émanait du vieil homme.

— Ton mari est mort, rappela le doyen. Ta belle-mère ne veut plus entendre parler de toi. Tu ne peux quitter le temple sans notre accord. Quelle alternative as-tu ?

— Qu'attends-tu de moi ? demanda-t-elle au bout

d'un moment. Ne crois pas que vous me fassiez peur ! Que pourrait-il encore m'arriver ?

Elle tourna la tête. Elle n'avait plus la force de le regarder.

— Qu'avez-vous fait de lui ? poursuivit-t-elle tout bas. Où avez-vous mis son petit corps ?

— Nous l'avons inhumé avec la bénédiction d'Amon, expliqua-t-il. Il repose dans les bras protecteurs de Nout... Lève-toi ! Je vais te montrer quelque chose.

Il lui tendit la main pour l'aider. Elle la repoussa d'abord, mais fut finalement obligée de prendre appui sur son bras car elle était encore très fragile. Le vieux prêtre la mena à travers le jardin ombragé. Elle éprouvait du plaisir à sentir le sol irrégulier sous ses pas et la chaleur du soleil sur sa peau. Une brise légère soufflait. Des pigeons roucoulaient au sommet des arbres. À nouveau, Sahti eut des larmes dans les yeux. Si le doyen ne l'avait soutenue, elle serait tombée. Ils arrivèrent dans une pièce à l'aménagement modeste où planait une odeur étrange. Il la fit s'asseoir sur un tabouret et verrouilla la porte. On ne pouvait plus les déranger.

— Ferme les yeux, lui ordonna-t-il, et concentre-toi. Dis-moi quand tu seras prête.

L'odeur épicée se faisait toujours plus forte. Sahti avait l'impression qu'elle n'entrait pas simplement par la bouche et le nez, mais par chacun de ses pores. La tête lui tournait. Ses oreilles se mirent à siffler.

— Je suis prête, murmura-t-elle.

— Regarde-moi !

Il était assis en face d'elle et tenait la Selkis en or. Un instant, la jeune femme crut que l'encens provoquait ce mirage. Il la détrompa.

— Ce n'est pas un jeu, déclara-t-il d'un ton grave. J'attends beaucoup de toi, Sahti. J'attends la vérité... D'où vient cette statue ?

On aurait dit que l'animal sur la tête de la déesse bougeait. Les pensées se bousculaient dans l'esprit de la prisonnière. Qu'est-ce que le vieux savait ? Les souffrances de Nofret ? La tristesse de Maj ? L'atelier souterrain ? La mort de l'embaumeur ? Voulait-il accuser Sahti de crime ? Était-ce la vengeance du scorpion ? La jeune femme pinça les lèvres pour s'interdire de parler.

— Comment as-tu obtenu cette statue ? continua-t-il. Je sais qu'elle était en ta possession. Qui te l'a donnée ? Pour quelle raison ?

La fumée avait envahi les poumons de Sahti. Plus elle respirait, plus elle avait de mal à résister à la voix du doyen. L'odeur lui rappelait quelque chose, mais elle ne parvenait pas à savoir ce que c'était.

— Serait-ce Namiz ? Est-ce le bijoutier de Kepni qui te l'a procurée ?

De quel droit la faisait-il autant souffrir ? Une terrible colère s'empara d'elle.

— Laisse-moi sortir ! s'exclama-t-elle. Je n'en peux plus ! Je ne veux plus !

— C'était donc bien Namiz... conclut-il. Il suffit que tu dises son nom et la porte t'est ouverte.

La rage ne cessait de croître en elle. Elle avait perdu Rouyou et la Daya. Antef et Tama étaient morts. Chaque nuit, elle revoyait Ut dans ses cauchemars. Nesmin et son fils étaient décédés. Elle n'avait ni patrie ni refuge. Pani lui manquait. Devait-elle encore renoncer à Namiz ?

— Laisse-moi en paix ! hurla-t-elle.

Elle eut envie de se jeter sur le vieux et de lui griffer

le visage. Mais, en même temps, une image s'épanouissait dans son esprit confus.

— Volontiers, répondit-il. Mais tu dois d'abord me confier d'où vient cette statue. Tu finiras par l'avouer, Sahti, j'ai le temps. Beaucoup de temps. Je te le demande une dernière fois : Namiz t'a-t-il fourni cette déesse en or ?

Malgré sa faiblesse, Sahti se leva de son tabouret et serra les poings.

— Jamais ! cria-t-elle. Jamais je ne te le dirai, tu m'entends ?

Elle fut prise d'une quinte de toux et dut se rasseoir. La fumée lui troublait les pensées. « Parle ! croyait-elle entendre à son oreille. Il sait de toute façon déjà tout. Ensuite, tu seras tranquille. Tu seras enfin tranquille. »

Le vieux prêtre reprit son interrogatoire.

— Tu finiras par me le dire, Sahti. Je le sais, et tu le sais aussi. Je veux juste la vérité !

Il parla ensuite d'un ton mielleux.

— Ne complique pas les choses. Tu aimes la vérité, je le sens bien. Alors, je t'écoute.

Soudain, un rideau se leva dans l'esprit de Sahti. Elle reconnut l'odeur qui régnait dans la pièce. C'était de la sauge séchée, comme en utilisait la Daya dans de nombreux remèdes. Aussitôt, la jeune femme posa la main sur la patte de lionne. Après tant d'années, elle sentit à nouveau le pouvoir de l'amulette. L'espace d'un instant, elle crut voir la silhouette de sa grand-mère et même entendre sa voix : « Ne parle pas, Sahti ! Ils te tueront si tu parles. La petite-fille d'une sorcière n'est pas une lâche traîtresse. » Jamais elle ne livrerait Namiz à ces rapaces, à ces maudits prêtres qui ne pensaient qu'à faire le mal.

— Tu n'apprendras rien, déclara-t-elle de manière aussi distincte que possible, même par des menaces de mort. Si c'est ce que tu appelles la vérité, alors tue-moi.

Les chevaux s'ébrouaient et leurs sabots soulevaient des nuages de sable. Les soldats étaient rangés en ordre des deux côtés de la place d'armes. Un murmure d'excitation se fit entendre lorsque les deux chars s'affrontèrent. Le premier était conduit par le Pharaon, l'autre par le prince Ahmosis. Même si leurs épées n'étaient que des armes d'entraînement en ébène, tous deux portaient un casque et un plastron en bronze. Les roues en bois s'enfonçaient dans le sol du fait des décorations en métal. Malgré le poids, les animaux avançaient à une vitesse étonnante.

Au milieu de la place d'armes, le prince tira son épée et en porta un coup si violent à son adversaire que celui-ci faillit tomber. Le Pharaon rétablit son équilibre au dernier moment. En serrant les rênes, il fit alors un brusque virage pour donner un nouvel assaut. La dernière fois qu'ils avaient combattu, se rappela-t-il, ils étaient encore adolescents. C'était lui qui avait gagné.

Bien que ses bras lui fissent mal, Kamosé se concentra sur son cheval. L'étalon noir dressa les oreilles comme s'il percevait les intentions de son maître. Une simple traction sur ses rênes suffit pour que la bête s'élançât à nouveau. De l'autre côté de la place, Ahmosis s'approchait de façon non moins audacieuse. Cette fois pourtant, le Pharaon ne lui laissa pas le temps de viser. Il l'attaqua de biais avec beaucoup d'habileté. Le prince était ainsi à découvert. Le coup que lui porta Kamosé l'atteignit à la poitrine et le fit tomber de son char. Aussitôt, il se redressa en poussant un juron.

— Tu es blessé ? lui demanda son cousin. Dis-le et nous arrêtons tout de suite.

— Ce n'est rien, prétendit le plus jeune. Ne te fais pas de faux espoirs ! Notre duel n'est pas encore fini.

Il remonta sur son char en boitillant. Les deux rivaux se remirent en position. Les soldats étaient maintenant silencieux. Ils regardaient fascinés le stupéfiant spectacle qui se déroulait sous leurs yeux. Ce qui n'était au départ qu'une simple démonstration de talent militaire était devenu un duel acharné dont un seul combattant sortirait vainqueur. Les chars roulaient à nouveau au milieu de nuages de sable. Dans sa hargne, Ahmosis frappa de toutes ses forces son cheval avec un fouet en cuir. Effrayée, la bête fit un bond de côté et renversa le véhicule. Le conducteur en fut éjecté comme un mannequin en paille et resta un moment inerte sur le sol.

Le poids qui le ralentissait rendait l'animal furieux. Il se cabra et faillit écraser son maître sous ses sabots. Kamosé parvint néanmoins à le calmer. De son char, il saisit les rênes et le contraignit à s'arrêter en joignant la force physique à des paroles apaisantes. Le général Hori envoya aussitôt quelques hommes s'occuper du vaincu. On lui ôta son casque. Sa joue gauche était déchiquetée et son œil injecté de sang.

— Es-tu blessé ? lui demanda Pharaon en écartant les hommes qui l'entouraient, pour constater en personne l'état de son cousin.

— J'ai l'impression qu'un troupeau d'éléphants m'est passé sur la poitrine et je ne peux pas bouger la jambe droite, geignit-il.

Des gouttes de sueur traçaient des lignes sombres sur son front couvert de sable.

— Mais je vis ! poursuivit le prince. Il y aura donc une prochaine fois, Kamosé. Tu peux me croire ! Tu me dois une revanche. Et si tu ne veux pas me l'accorder de plein gré, je t'y forcerai.

— N'oublie pas que c'est toi qui as eu l'idée de ce duel, répondit avec calme le vainqueur. Ce fut une belle démonstration pour nos troupes.

D'un large geste de la main, il désigna l'ensemble des soldats. Puis il leva la voix.

— Personne ne peut vaincre s'il traite son cheval comme un esclave qu'il peut frapper à merci. Ces animaux ne sont nos alliés que si nous les respectons.

Il prit un ton sévère.

— Celui qui les fouette par colère ou arrogance mérite lui-même le fouet. M'avez-vous compris ?

Il tournait le dos au blessé qu'on déposait au même moment sur un brancard pour le porter à la tente des malades, mais celui-ci savait bien que ce discours s'adressait à lui.

— Je te hais, cousin, marmonna-t-il. Je te déteste du plus profond de mon cœur et tu comprendras bientôt ce que je veux dire.

Tous les matins, à l'aube, la sentinelle sonnait le cor depuis le toit du temple. Les serviteurs d'Amon étaient déjà prêts. Avant le lever du soleil, ils étaient allés se laver dans le grand fleuve. Certains d'entre eux avaient rempli des cruches avec l'eau du lac sacré. Au signal, la journée commençait. Le chœur entonnait de longs hymnes qui glorifiaient le sanctuaire. Les scribes arrivaient avec la liste des sacrifices du jour. À l'abattoir et dans la cuisine, on préparait les dons destinés aux dieux. Des prêtres bénissaient des fruits et toutes sortes de légumes posés sur des assiettes avant de les porter dans la chambre aux offrandes.

Sahti savait depuis longtemps qu'après l'appel du cor, on lui apporterait à manger et à boire. Elle attendait surtout les instruments d'écriture et les textes inconnus. Au tout début de sa captivité, le doyen lui avait en effet rendu visite et lui avait montré des papyrus d'un air impénétrable.

— J'ai entendu dire que tu connaissais les signes sacrés, l'avait-il interrogée.

— C'est exact, avait-elle avoué malgré sa méfiance.

Quelle ruse avait-il en tête ?

— Sais-tu aussi ce qu'est le *Livre pour sortir le jour* ?

— Le *Livre des Morts* ? avait-elle rectifié. Mon mari était chef d'équipe dans le tombeau royal. Il m'en a parlé.

— Tant que tu es ici, tu pourrais te rendre utile, avait suggéré le vieux prêtre. Par ailleurs, cela tromperait ton ennui.

— Pourquoi ne me laisses-tu pas partir ? avait-elle objecté. Ou bien tue-moi ! Ce serait plus simple.

— Tu connais la réponse, répliqua-t-il sans se laisser troubler. C'est toi seule qui détermines la durée de ton séjour parmi nous.

Elle ne parviendrait pas à lui faire perdre contenance, avait-elle songé. Elle l'avait regardé en poussant un soupir.

— Recopie ces papyrus avec minutie, avait-il commandé. Je m'assurerai en personne du soin que tu y apportes.

Depuis lors, elle se mettait à écrire dès qu'il faisait

jour. Hormis de brèves interruptions, elle ne s'arrêtait qu'au coucher du soleil. Parfois, son poignet était raide d'avoir tenu trop longtemps le calame. Mais elle se réjouissait de pouvoir ainsi échapper à ses pensées moroses. Sahti avait déjà reproduit de nombreuses strophes dont le sens mystérieux occupait son esprit, la nuit, au milieu des images affreuses de ses cauchemars.

La porte s'ouvrit. Comme chaque matin, un jeune prêtre lui apporta du pain, des haricots et de l'eau. Mais, cette fois, la jeune femme remarqua un bol de thé jaunâtre dont l'odeur lui répugna.

— Bois ! la somma-t-il. Le doyen a dit que tu as besoin de ce médicament.

Il se tenait devant elle, les jambes écartées. Elle obéit car elle craignait qu'en cas de rébellion, elle ne fût privée de tout. Elle porta le bol à ses lèvres. Le breuvage avait un goût si amer que tout en elle se contracta. Elle le vida néanmoins.

— Que dois-je recopier aujourd'hui ?

— Ceci.

Le jeune prêtre lui prit le bol des mains et lui donna en échange un paquet de papyrus sales.

— Dépêche-toi, ajouta-t-il. Je viens le chercher cet après-midi.

Elle avait à sa gauche un plumier contenant des roseaux fraîchement taillés. Devant elle se trouvait une palette avec deux godets, l'un pour l'encre noire, l'autre pour la rouge. Elle s'assit en tailleur et ouvrit le premier rouleau.

Ici commencent les chapitres
Qui racontent le voyage de l'âme
Dans la claire lumière du jour.

Sa résurrection en esprit,
Son entrée et son voyage
Dans les régions de l'au-delà...

Sahti tenait le calame entre deux doigts et le faisait glisser avec rapidité à la surface du papyrus vierge posé sur ses genoux.

Ce sont les paroles que l'on doit prononcer
Le jour de l'enterrement,
Au moment où, séparée du corps,
L'âme pénètre dans les mondes de l'au-delà...

Sahti frissonna. Elle écrivit plus vite, comme si cela pouvait la réchauffer. Puis elle entendit des voix lointaines qui répétaient de façon monocorde un vers indistinct. Un autre son vint s'ajouter au premier : c'était un battement sourd, plus régulier que la litanie des prêtres qui provenait du cœur du temple. Elle plissa les yeux. Les lignes de son modèle devenaient troubles. Sa main droite, qui tenait le roseau, ne lui obéissait plus. Elle la remua et en retrouva l'usage un instant. Mais les signes étaient désormais tout à fait flous. Ils formaient des dessins étranges qui dansaient devant ses yeux.

Elle s'arrêta, posa ses instruments de travail et tendit ses jambes, qui lui paraissaient toutes gonflées. Elle n'avait plus de salive. Elle avança la main vers la cruche sans pouvoir l'atteindre. À ce moment, la cellule se rétrécit et Sahti eut peur d'être écrasée. Ensuite, les murs reculèrent en se fissurant. Des bestioles noires en sortirent et se mirent à courir sur le corps de la prisonnière. Elle poussa un cri d'effroi.

Un rayon menaçant entra par la fenêtre et se dirigea vers elle.

Elle ferma les yeux mais, derrière ses paupières closes, elle fut éblouie par une lumière fulgurante. Des personnages étranges se mirent à planer dans son esprit. Ils récitaient des vers du *Livre des Morts* que Sahti connaissait, mais qui lui paraissaient plus effrayants que jamais.

Cœur de ma mère,
Mon cœur aux formes changeantes,
Ne te lève pas pour témoigner contre moi !
Ne m'accable pas devant le tribunal !
N'honore pas à mes dépens le maître de la pesée !

Les paroles devenaient de plus en plus fortes. Elles emplirent toute la pièce et semblaient devoir briser les murs.

— Assez ! murmura Sahti. Arrêtez tout de suite !

— Est-elle prête ?

— Bientôt.

Dans le vacarme insoutenable qui retentissait à ses oreilles, elle crut reconnaître la voix du vieux prêtre.

— Je crois qu'il en faut encore un peu.

On lui donna à boire. Le liquide était encore plus amer qu'auparavant. Sa soif s'intensifia.

— J'étouffe, s'écria-t-elle. Je meurs ! Donnez-moi de l'eau, je vous en prie, de l'eau !

— Ce n'est que le début de tes souffrances, lui répondit une voix effroyable. Tu n'as pas péché contre le seul Osiris, mais aussi contre le dieu du Soleil. Sur sa barque divine, Rê s'avance dans le monde souterrain pour juger tes crimes…

Elle eut l'impression de sentir sur sa poitrine un

nœud de vipères qui grouillaient. Elle se recula d'effroi, mais elle ne pouvait échapper à elle-même. Son corps tout entier était en flammes. Ses bras et ses jambes étaient engourdis.

— Vais-je mourir ? gémit-elle. Je ne veux pas mourir !

— Toute personne qui a enfreint les lois de *Maât* est exclue à jamais du royaume de l'au-delà. Tu n'y échapperas pas. Mais tu peux alléger ta peine. Avoue ! Avoue la vérité !

Elle essaya de parler, mais aucun son ne sortit de sa bouche. Les voix poursuivirent encore plus fort.

— Les criminels comme toi devront vivre dans l'horreur qu'ils s'inspirent à eux-mêmes. Ils seront privés d'air pour respirer. On leur ôtera la vue et l'ouïe. Ils seront rejetés pour l'éternité dans la nuit originelle…

L'obscurité se fit soudain.

— Suis-je déjà morte ? chuchota-t-elle à bout de forces.

— Des épées de feu s'enfonceront dans ta chair. Des serpents se dresseront pour t'étrangler.

Dans la clarté qui était revenue, un reptile se dressa. En s'approchant de Sahti, il se transforma. Deux longues oreilles et un museau pointu apparurent sur sa tête triangulaire. Quand sa métamorphose fut achevée, Anubis montra les dents en s'apprêtant à la mordre. Sahti savait qui se cachait derrière le masque. C'était Ut, qui était revenu pour la dévorer et l'emmener à jamais dans le royaume des morts. Elle poussa un cri strident.

— Non, pas lui ! Tout, mais pas lui !

— Vite, l'antidote ! crut-elle entendre sans comprendre ce qui se passait.

On lui donna à boire. Cette fois, c'était un liquide tiède qui lui fit du bien. Elle avait à nouveau de la salive. Elle retrouvait la cellule qu'elle connaissait. Les couleurs pâlirent. Elle retrouva l'usage de ses membres et put ouvrir les yeux. Elle était seule. Ses instruments et les papyrus étaient toujours posés devant elle. Elle parvint à saisir la cruche et la vida d'un trait. Puis elle se roula en boule et tomba dans un profond sommeil.

Téti-Schéri se rendit dans les appartements d'Ascha en milieu de journée. Elle aurait préféré la nuit, l'heure du dieu qu'elle vénérait, mais sa confidente, Méret, lui avait appris que la jeune femme se couchait tôt. Surtout, la première épouse du Pharaon avait l'habitude de boire du vin mêlé de graines de pavot pour chasser les mauvais rêves. Or, il fallait qu'elle eût l'esprit clair. La vieille reine ne put donc retenir une moue de désapprobation en apercevant dès midi une carafe sur la table de chevet.

Ascha aurait pu être belle si elle n'avait pas eu la bouche tombante et des rides d'insatisfaction entre les sourcils. Sa peau était très claire, car elle ne se mettait jamais au soleil, se baignait souvent dans du lait d'ânesse et se couvrait d'une très fine poudre d'albâtre. Ses yeux aux reflets verts comme le Nil étaient soulignés par de la poussière de malachite. Elle était nue sous la robe en lin qui laissait deviner ses formes juvéniles. Elle portait un collier de perles agrémenté de coquillages dorés et des bracelets de turquoise, de cornaline et de lapis-lazuli.

— Vas-y ! Regarde-moi, vénérée grand-mère ! s'écria Ascha avec une affreuse grimace. Tu me méprises sans doute autant que ton petit-fils préféré.

Sais-tu quand il m'a rendu visite pour la dernière fois ?

Elle parlait comme une enfant en colère.

— Il y a plus de huit lunes, poursuivit-elle. Et encore, il n'a pas fait le moindre geste en direction de ma couche ! Il m'a scrutée de la tête aux pieds, puis il est reparti aussi vite retrouver sa maîtresse noire. Je ne suis que de l'air pour lui. Pire, je suis la lie du genre humain !

— C'est pour cette raison que je suis venue, expliqua la vieille dame. Puis-je m'asseoir ?

Sans attendre l'autorisation, elle choisit le siège en cèdre le plus confortable, couvert d'une peau de panthère. Ascha quitta son lit et prit place sur un tabouret.

— Je ne suis sans doute pas aussi intelligente que toi, déclara-t-elle. Mais j'ai quand même compris qu'il ne m'aime pas... et qu'il ne m'aimera jamais. J'ai perdu tout espoir depuis qu'il a rencontré cette Kouchite.

— Que penses-tu faire pour te défendre ? s'enquit l'ancêtre avec calme.

— On ne peut pas obliger à aimer, répondit son interlocutrice d'un ton résigné.

— Je ne parle pas d'amour, Ascha, mais des devoirs d'une reine. Le pays a besoin d'un faucon dans le nid. Si tu refuses, c'est une autre qui donnera à Kemet un héritier.

— Je vais la tuer ! s'exclama l'épouse en éclatant de rire. Je vais lui arracher les yeux ! Je vais lui dévorer le cœur !

— On croirait entendre Néfertari, remarqua la vieille souveraine. Il n'est pas question de fomenter une vengeance. Il faut agir, Ascha, et vite. Tu as déjà perdu beaucoup trop de temps.

Saisie d'une agitation intérieure, la jeune femme se leva et parcourut la pièce de long en large. Elle rentrait la tête dans les épaules comme si elle craignait un danger imminent. Elle se déplaçait avec maladresse et Téti-Schéri se demanda une nouvelle fois pourquoi Kamosé avait fait de cet être immature son épouse principale. Quelles qu'en fussent les raisons, il était maintenant trop tard. Ascha ne serait pas la première que la vieille femme aiderait à grandir.

— Assieds-toi ! ordonna-t-elle. Tu me donnes le vertige.

La jeune reine obéit, mais son visage garda une expression de défi et de refus.

— Tu ne veux pas savoir ce que cela fait de porter la vie ? continua l'ancêtre. Voir ton ventre s'arrondir et ta poitrine gonfler, sentir ton corps se préparer au miracle de la naissance, ce moment divin réservé aux femmes...

— Tais-toi ! l'adjura la pauvre en se cachant le visage dans les mains. Arrête !

— Il y a donc des nuits où tu ne peux pas dormir et où tu rêves d'un petit qui serait le tien ?

— Que veux-tu ? Pourquoi me fais-tu autant souffrir ?

— Pour que tu te réveilles ! répondit la vieille reine. Pour que tu sortes de ta léthargie.

D'un geste de colère, Téti-Schéri renversa la cruche posée sur la petite table.

— Pour que tu cesses de t'étourdir ! Que tu combattes comme une reine !

Ascha la fixait. Un sourire infime fit trembler sa bouche.

— Je parie que tu as déjà élaboré un plan, se réjouit-elle.

— Il y a toujours moyen d'obtenir ce qu'on désire, déclara la vieille dame. Il faut juste du courage et de la résolution. Et il faut agir au bon moment.

— On dirait que je dois nuire au Pharaon !

Ascha avait l'air effrayée.

— Quelle absurdité ! rétorqua la grand-mère. Un héritier, voilà ce que j'attends de toi. Te sens-tu prête à remettre ton destin entre mes mains, ma petite-fille ?

C'était la première fois qu'elle l'appelait ainsi. Les yeux verts de la jeune reine se remplirent de larmes. Pendant quelques instants, le silence régna dans la pièce. On entendait juste le bruissement des palmes de dattiers que la brise agitait comme de grands éventails. Des coupelles d'encens répandaient des parfums suaves. Un lézard, jusque-là immobile comme une décoration peinte sur le mur, s'élança à la verticale. Les deux femmes furent prises d'un fou rire. Elles plongèrent leurs regards dans les yeux l'une de l'autre.

— Je me sens prête, déclara la grande épouse.

Une des scènes que Sahti connaissait bien reprit une nouvelle fois. Elle entendit des sons abominables. Elle dut arrêter d'écrire. Les murs se déformèrent, des animaux en sortirent et se volatilisèrent dès qu'elle voulut les attraper. Dans les rares moments de lucidité qui lui restaient, elle savait que ses troubles provenaient du thé qu'on l'obligeait à boire. Mais elle ne pouvait rien y faire. Elle avait perdu toute notion du temps, plus encore que dans le souterrain de l'embaumeur. Il n'y avait plus de frontière entre rêve et réalité. Parfois, elle était sûre que c'étaient les prêtres qui murmuraient des paroles effrayantes. À d'autres moments, elle avait l'impression au contraire que c'étaient les signes sacrés qui prenaient vie pour lui crier qu'elle était perdue à jamais.

— Voulez-vous me tuer ? demanda-t-elle tout bas. Tuez-moi enfin !

— On peut tuer quelqu'un sans l'assassiner, murmurèrent les voix avec un rire affreux. Celui qui n'obéit pas doit mourir... mourir... mourir... Les flammes attendent ceux qui ont bravé la loi universelle. Regarde le lac de feu. Tous les oiseaux s'envolent dès qu'ils sentent ses eaux pestilentielles. Toi, tu vas y sombrer dès que les dieux t'auront jugée.

Elle s'était presque habituée à cette vision. Osiris, le maître du monde souterrain, siégeait en compagnie d'Anubis. Un être monstrueux aux grosses pattes d'hippopotame ouvrait toute grande sa gueule de crocodile et s'apprêtait à la dévorer. Une balance contenait d'un côté le cœur de Sahti et de l'autre la plume blanche de la vérité.

— Avoue ! ordonna une voix tonitruante.

— Je n'ai commis aucun crime envers les hommes, affirma-t-elle. Je n'ai insulté aucun dieu. Je n'ai pas volé. Je n'ai fait souffrir personne. Je n'ai pas causé de larmes. Je n'ai pas tué...

Elle fut incapable de continuer. Comme à chaque fois, le plateau portant son cœur s'abaissa tandis que la plume s'élevait triomphante.

— Pitié ! hurla-t-elle en prenant appui sur le sol. Pitié !

Cette fois, elle sentit qu'on la soulevait et qu'on la transportait à l'extérieur. Elle était trop faible pour marcher par elle-même. Deux hommes la traînèrent à travers le jardin du temple.

— Nous n'avons pas progressé d'un pouce, murmurèrent les pigeons dans les branches. Toute cette jusquiame n'a servi à rien. Je n'ai jamais vu quelqu'un d'aussi têtu.

— Faisons une dernière tentative. Si elle ne parle toujours pas, nous savons ce qu'il nous reste à faire.

Ils entrèrent dans le sanctuaire. À l'extrémité de la salle hypostyle, une porte donnait dans la chambre des offrandes, qui contenait des autels pour les sacrifices. Sur le mur du fond, une autre ouverture menait au saint des saints.

— Tu es vraiment sûr de ce que tu fais ? murmurèrent cette fois les murs en pierre. C'est un sacrilège de la faire pénétrer ici.

— Tous ceux qui passent ce seuil sont métamorphosés au plus profond d'eux-mêmes, répondit la barque divine avec la voix du vieux prêtre.

Sahti était si épuisée qu'elle vacilla. Les deux hommes la rattrapèrent et la forcèrent à regarder droit devant elle. Il faisait sombre dans la petite pièce, mais elle aperçut une niche en pierre. À nouveau, les objets se dilatèrent, puis rétrécirent. Peu à peu, la malheureuse parvint à se concentrer sur le tabernacle. Les vantaux en étaient ouverts et la jeune femme put voir une statue qui brillait dans la pénombre.

— Parle !

On la secoua avec brutalité.

— Que dois-je dire ? bredouilla-t-elle.

— Les dernières paroles avant ton jugement ! Dépêche-toi !

— Je te salue, Grand Dieu, Maître de la vérité parfaite ! récita Sahti dans un effort surhumain. Je suis venue à toi, Amon…

— Le nom, Sahti ! Le nom ! Veux-tu te taire même en face du dieu de la Vérité ?

Un éclair illumina le visage de la statue. La prisonnière crut distinguer un disque solaire orné de plumes de faucon. Le dieu portait une barbe postiche. Il s'avançait vers elle d'un pas jeune et élastique. Son pagne remuait. Il allait la toucher.

— Pardon ! s'exclama-t-elle en glissant par terre sans que les deux hommes ne puissent la retenir. Protège-moi, Amon !

Nebnéfer leva le poing et la frappa à la nuque. Elle s'effondra.

— Terminons-en demain, déclara-t-il. Elle n'a rien mérité d'autre.

Le doyen approuva d'un hochement de la tête. Ils la portèrent jusqu'à sa cellule.

Elle se réveilla avec de terribles douleurs. Elle avait mal aux tempes et sentit une énorme bosse à l'arrière de son crâne. Pourtant, son habituelle torpeur l'avait quittée et elle avait les idées claires. Elle se souvenait qu'ils viendraient la tuer. Elle se dirigea vers la fenêtre. À l'est, une tendre lumière éclairait l'horizon. Tout était encore calme, mais le cor ne tarderait pas à retentir. Son regard tomba sur la cruche. Elle se garda bien d'y toucher. Elle marcha ensuite vers la porte et s'y appuya sans réfléchir. À sa plus grande surprise, celle-ci s'ouvrit. Ses bourreaux avaient dû oublier de l'enfermer pendant la nuit.

Aussitôt, elle s'avança dans la cour du temple. Chaque pas lui coûtait un immense effort. En passant devant l'aile des cuisines, elle aperçut quelques prêtres penchés sur de grands récipients. Son cœur battait à tout rompre. Elle continua pourtant en direction du mur d'enceinte. Elle était trempée de sueur. Quand elle vit un homme venir à sa rencontre, elle crut que tout était perdu. Il était maigre et de taille moyenne. Il portait une grande coiffe blanche qui lui rappelait quelque chose, mais qu'elle ne reconnut pas tout de suite.

Au même moment, le cor se fit entendre depuis le toit du temple. Alors, elle reconnut le visage qui l'avait éblouie la veille. Ses jambes flageolèrent. Derrière elle, elle perçut les hurlements de Nebnéfer.

— Vite ! Dépêchez-vous ! Elle essaie de s'enfuir !

Sahti se jeta alors aux pieds de l'homme à la couronne blanche.

— Pardon ! l'implora-t-elle le regard baissé. Protège-moi, Amon !

Des bras puissants la relevèrent avec précaution. Quand elle ouvrit les paupières, son regard plongea dans les yeux de Pharaon.

DIXIÈME HEURE

Les flots de Noun

Le son d'une flûte pénétra dans ses rêves. En ouvrant les yeux, elle s'attendait presque à voir Pani jouer de son instrument. En réalité, elle était seule. Elle resta allongée un bon moment, écoutant la mélodie qui venait du jardin et observant les frises sur le mur. Elle avait l'esprit clair et se sentait reposée. Elle tenta de se lever, elle était faible. À peine fut-elle debout qu'elle tomba par terre.

— Elle est réveillée ! Venez ! Elle a fait une chute !

Une jeune domestique voulut l'aider à se redresser. Elle n'y parvint qu'avec l'aide de Nabou qui était accourue. Elles allongèrent la convalescente sur son lit.

— Où suis-je ? demanda Sahti.

Elle fut prise d'une suée.

— Dans le harem du palais royal, répondit l'ancienne épouse de Golo. Par bonheur, tu as repris connaissance.

— Que m'est-il arrivé ? Suis-je malade ?

— Tu as failli mourir, répondit la favorite. J'ai demandé à Pharaon l'autorisation de m'occuper de toi en personne. Qui sait ce que ces charlatans auraient entrepris ?

— Depuis quand suis-je ici ? murmura la jeune femme.

— Presque deux lunes.

— Deux lunes ? s'étonna la malade. Comment est-ce possible ?

— Tu as eu beaucoup de chance, expliqua l'autre. Tu étais au seuil du royaume dont on ne revient pas.

Dans son étroite robe de lin blanc ornée d'abeilles brodées au fil d'or, la courtisane parut à Sahti plus attirante que jamais.

— Je me souviens ! s'exclama la jeune femme. Je parcourais sans cesse un champ de roseaux…

— Les herbes et les poisons de la nuit sont puissants, expliqua la sorcière aux serpents, surtout quand on en consomme longtemps. Au bout d'un moment, on ne distingue plus le rêve de la réalité. La folie et parfois la mort guettent l'homme à la fin de cette expérience.

Nabou se pencha sur elle.

— Tu as perdu ton enfant ?

Sahti répondit d'un geste de la tête. La voix de Nabou avait trahi un sentiment indéfinissable qui attira l'attention de la malheureuse. Était-ce du soulagement, de la satisfaction ? La jeune femme n'avait ni la force ni l'envie d'y réfléchir pour l'instant.

— Qui t'a fait cela ?

La curiosité de Nabou n'était pas assouvie.

— Est-ce le grand prêtre d'Amon ? Est-ce lui qui provoquait ton délire ? Raconte !

Un doute empêcha Sahti de se confier. Elle se contenta d'esquisser un geste vague.

— Tu devras bien parler un jour, affirma la favorite. Pharaon ne se contentera pas d'un haussement d'épaules. N'oublie pas que c'est lui qui t'a fait sortir du temple !

— Pharaon ! Où est-il ? demanda Sahti avec naïveté.

— Kamosé ? répondit la maîtresse en riant. Le plus souvent, il passe la nuit dans mes bras, ce qui me vaut la haine de l'épouse royale. Mais ses journées appartiennent tout entières à Kemet, à ses dieux et aux affaires de l'État. Ne t'inquiète pas, il saura bientôt que tu es réveillée.

— Comment ?

— N'oublie pas que nous sommes ses otages, l'avertit la courtisane. Nous sommes sous surveillance. Ne te fais pas d'illusions. Méfie-toi de lui.

Nabou voulut se lever, mais Sahti s'agrippa à sa robe.

— Pourquoi fais-tu cela pour moi ?

Elle chercha en vain la réponse dans les yeux couleur miel de sa protectrice.

— Je croyais que tu me détestais, ajouta-t-elle.

— Comment pourrais-je haïr l'enfant de Golo ?

Elle se leva d'un geste agacé et montra l'intérieur de sa lèvre, tatoué de bleu.

— C'est mon mari, précisa-t-elle. Comment pourrais-je l'oublier ?

— Mais nous vivons ici depuis tant d'années ! objecta la jeune femme. Kemet est notre seconde patrie.

— La tienne peut-être ! répliqua la sorcière. Moi, je suis un serpent noir de *Tanoub* et je le resterai toute ma vie. Ne me regarde pas avec cet air surpris. L'Horus d'or m'a accordé ses faveurs. J'ai manipulé Séqénenrê et je tiens Kamosé. Mais quand bien même j'en envoûterais un troisième, qu'est-ce que cela changerait ? Sais-tu ce qui compte pour moi ?

Sahti secoua la tête sans un mot.

— Comment le pourrais-tu ? Tu n'étais qu'une enfant quand ils nous ont entraînées de force.

Sa voix trahit un instant une blessure secrète.

— Mon corps a beau se trouver à Ouaset, reprit-elle, mon cœur n'abandonnera jamais le pays de l'or. C'est là que se trouve tout ce qui m'appartient, tout ce pour quoi je vis, tout ce que j'aime.

Elle rejeta la tête en arrière d'un air de défi.

— Que veux-tu dire ? demanda Sahti sans la quitter des yeux.

La sorcière aux serpents exerçait sur elle aussi une fascination irrésistible. Elle lui paraissait mystérieuse et dangereuse.

— Je mène une guerre contre ce pays, murmura la favorite d'un ton résolu. À ma manière, avec mes propres armes. Et c'est moi qui remporterai la victoire, même si je dois y perdre la vie.

— Qu'attends-tu de moi ? s'inquiéta Sahti en tremblant de tout son corps.

— Tu dois d'abord savoir qui tu es, répondit l'autre. Ensuite, tu pourras décider de ce que tu veux.

— Je sais qui je suis. Je suis moi.

— Non, tu l'ignores, affirma la sorcière. Seule une femme qui connaît ses charmes peut changer de peau comme les serpents et traverser le feu sans que les flammes ne la consument.

Sur ces paroles étranges, elle sortit.

La Fête du Ciel en l'honneur du dieu Iah avait lieu dans le deuxième mois d'*akhet*, quand le Nil recouvrait les champs comme un lac immense. Après le coucher du soleil, tous les membres de la famille royale arrivèrent devant le temple d'Amon dans des chaises à porteurs. Nebnéfer, vêtu d'une longue robe de cérémonie, les accueillit à la porte du sanctuaire. Il les conduisit à travers les jardins baignés par la lumière de la lune. Les autres prêtres attendaient dans le temple.

En tête du cortège, Kamosé allait si vite que la grande épouse royale avait du mal à le suivre. Ascha finit par marcher derrière lui en fixant son dos d'un air sombre. Elle s'était plainte à plusieurs reprises qu'il cherchait à l'éviter en public, ainsi qu'en privé. Depuis lors, il l'obligeait à assister à toutes les fêtes officielles. Mais cela n'avait rien changé à son attitude. Son indifférence blessait à chaque fois la jeune femme. Dans ces moments-là, elle était prise d'une haine qui l'effrayait elle-même. Téti-Schéri perçut son trouble et lui serra brièvement la main entre ses doigts.

— Quand ? murmura la jeune reine. Je ne supporte plus l'attente.

— Bientôt, répondit l'ancêtre en souriant. Aie encore un peu de patience. La fête d'Hathor approche. Quelle meilleure protectrice pourrions-nous souhaiter que la déesse de l'Amour et de la Fertilité ? Sois forte et fais-moi confiance, ma petite.

La veuve de Séqénenrê, entourée de ses trois cadettes, qui ricanaient comme d'habitude, s'efforçait en vain de comprendre ce que les deux femmes murmuraient. Derrière venait son fils. Ahmosis avait mal au genou, mais il faisait un effort extrême pour ne pas traîner la jambe en présence de son cousin. Malgré tous les soins qu'on lui prodiguait, la blessure qu'il s'était faite en tombant de son char ne guérissait pas.

Il gardait l'espoir de pouvoir un jour se déplacer sans entraves, mais le moindre faux mouvement lui rappelait son infirmité. Comment pourrait-il devenir Pharaon s'il ne retrouvait pas la rapidité et l'habileté d'antan ? Comment pourrait-il battre l'usurpateur du Delta s'il boitait ? Ces pensées torturaient le prince qui rêvait d'accéder au trône.

Devant le temple, le cortège se divisa. Nebnéfer et Kamosé pénétrèrent côte à côte dans le lieu sacré. Par un escalier dérobé, un autre prêtre conduisit la famille royale sur le toit plat du bâtiment.

— J'ai besoin du doyen, déclara le Pharaon à voix basse lorsqu'ils traversèrent la salle de la nouveauté pour s'approcher du dieu lunaire. Où se trouve-t-il ?

— Il nous manque à tous, répondit le grand prêtre. Il est notre modèle, celui auquel voudraient ressembler les plus jeunes.

Ils étaient arrivés devant le coffre aux portes fermées. Kamosé baissa la tête. Nebnéfer l'imita.

— Il part souvent chercher la solitude dans le désert, continua le supérieur du temple, pour y prier, y jeûner et y faire pénitence. Personne ne sait jamais pour combien de temps. Un jour sans doute ne reviendra-t-il plus. Le sable sera son cercueil et les bras de Nout le berceront pour l'éternité.

Il s'apprêtait à ouvrir le tabernacle, mais le roi le précéda. Dans la pénombre, la statue en argent brilla comme l'astre nocturne. Au-dessus du croissant de lune, Iah portait la couronne d'Osiris qui symbolisait le devenir et le déclin de la nature. Un court instant, le dieu sembla échanger un regard de reconnaissance mutuelle avec le Pharaon. Celui-ci se jeta par terre et embrassa le sol, suivi du grand prêtre. Puis il se releva et sortit la statue de son réceptacle. Il laissa la barque cultuelle à l'intérieur. Il prit avec précaution et presque avec tendresse le corps entre ses mains.

— Aller sur la rive ouest n'est pas sans danger, poursuivit Kamosé à voix basse.

Les feuilles pennées des hauts sycomores bruissaient dans le vent de la nuit. Le cri d'un chat retentit dans la pénombre.

— N'oublie pas que Ouadjet, la puissante déesse cobra, protège les morts qui ont la conscience pure, mais dévore ceux qui ont péché contre les lois de *Maât*.

Nebnéfer fut pris d'un frisson. Il allait répondre quand le souverain se détourna. L'escalier qui menait au toit du temple était si étroit qu'ils durent marcher l'un derrière l'autre. Dès qu'ils furent arrivés au sommet, Ascha s'avança vers eux et accompagna son mari en direction du petit kiosque devant lequel ils se rassemblaient chaque année. Le roi y déposa la statue et alluma les cassolettes d'encens avec une torche. Ensuite, deux jeunes prêtres versèrent sur la tête du Pharaon deux récipients d'eau bénite. Ainsi purifié, le maître de l'Égypte s'agenouilla devant le dieu.

— Les portes du ciel s'ouvrent, pria-t-il à voix haute. Les portes de la terre sont ouvertes. J'entonne des chants pour toi, vénéré soleil de la nuit. Tu es le grand voyageur à la tête d'ibis ou de faucon. Nous t'honorons sous des noms différents. Tu es le seigneur de l'eau. C'est à toi qu'obéissent les flots du Noun. Ta poitrine renferme la sagesse et la magie. Tu restes pour toujours le pâle frère de Rê...

Quand il se redressa pour oindre la statue d'huiles parfumées, un nuage passa devant l'astre de la nuit. Seules brillèrent alors les lampes à huile qui émettaient une lumière tremblante. Sur le toit du temple, tous retinrent leur souffle. Nebnéfer et Ahmosis échangèrent un regard complice. Le nuage inquiétant disparut et le Pharaon put parfaire son offrande face à la pleine lune. Pourtant, Kamosé n'éprouvait ni la paix intérieure ni la joie profonde qu'il avait ressenties à cette occasion, les années antérieures.

Après avoir remis la statue dans son tabernacle, le jeune souverain resta triste et taciturne. Au lieu de repartir avec les autres en chaise à porteurs, il rentra à pied. Les sentinelles du palais le virent arriver seul, sans garde ni serviteur. Le Pharaon s'assit au bord de l'étang couvert de lotus et fixa pendant un long moment les fleurs closes qui ressemblaient à des perles au milieu des feuilles. Il avait eu un étrange pressentiment. Il attendait avec impatience un événement qu'il ne connaissait pas encore. Il finit par se lever et partit d'un pas lent dans sa chambre, où il voulait passer la nuit sans Nabou.

Un instant après, Sahti s'éloigna, le cœur battant, du vieux tamaris derrière lequel elle s'était cachée.

Le bain de roses lui avait semblé un rêve, mais la cire chaude avec laquelle on l'avait épilée lui avait causé de grandes douleurs. L'huile dont on avait ensuite couvert son corps avait soulagé ses souffrances et faisait briller sa peau. Plusieurs servantes avaient lissé sa chevelure rebelle et cette coiffure de courtisane mettait en valeur la minceur de son cou. Son visage était poudré avec soin. Ses paupières et ses cils étaient maquillés de noir. Sa bouche était couverte d'ocre. Le reflet qu'elle avait aperçu dans le miroir lui avait paru étranger.

Elle suivit les deux eunuques à travers un grand

nombre de couloirs. En traversant une cour intérieure, elle fut heureuse de respirer l'air frais. À chacun de ses pas, les souvenirs l'oppressaient un peu plus. Elle ressentait encore la peur que la petite fille noire avait éprouvée lorsqu'elle était arrivée en otage dans le palais royal.

À son grand étonnement, ils ne pénétrèrent pas dans la salle du trône, mais dans les appartements du Pharaon. Kamosé lui tournait le dos, penché sur des papyrus. Cela permit à la jeune femme de regarder autour d'elle. C'était une pièce claire meublée d'un lit, d'une table et de plusieurs sièges. Un homme mince et bronzé sortit du coin opposé et vint à sa rencontre en souriant.

— Sahti ! Enfin !

— Namiz !

Oubliant toute retenue, elle se jeta dans les bras de son vieil ami.

— Te voilà revenu !

Il recula de quelques pas pour mieux la contempler.

— Tu es magnifique ! Et si adulte ! Comment vas-tu maintenant, ma petite ? Tu dois tout me raconter...

— Oui, Namiz, mais je ne peux quand même pas...

— J'aimerais aussi beaucoup savoir ce qui s'est passé.

Kamosé s'était retourné tout à coup. Il n'avait pas de coiffe. Ses cheveux sombres et plats tombaient sur ses épaules puissantes. Ses yeux étaient plus clairs que dans le souvenir de la jeune femme. L'iris marron était entouré d'un cercle vert.

— J'ai quelques questions à te poser, continua-t-il.

Ses paroles la troublèrent au plus profond d'elle-même. Elle fut prise d'un vertige.

— Puis-je m'asseoir, Seigneur ?

Elle chercha un appui. Namiz glissa aussitôt un tabouret en dessous d'elle.

— Elle me paraît encore bien faible, l'excusa-t-il.

Tout en parlant, il lui fit une rapide caresse sur le bras. Le froid de sa main trahit combien il était tendu derrière ses airs joyeux.

— Nous n'avons pas le temps de nous occuper de détails, commenta le Pharaon avec un sourire. Te sens-tu mieux, maintenant ?

Elle remua la tête de haut en bas. Il s'assit sur un tabouret en face d'elle, et Namiz resta à ses côtés. Sahti aurait voulu se lever et s'enfuir en courant. En même temps, elle aurait souhaité que cet entretien ne prenne jamais fin.

— Nebnéfer m'a expliqué dans quelles circonstances tu es arrivée au temple, continua le souverain. Mais j'aimerais que tu m'expliques ce que tu as vécu.

— Il m'a arrêtée, expliqua-t-elle à voix basse. C'était pendant l'enterrement de mon époux, mort dans un accident.

Elle avait du mal à parler de Nesmin en présence du roi. Elle avait honte.

— Pourquoi t'a-t-il capturée ?

— Je ne sais pas, mentit-elle. Il n'a fait que des allusions. Il n'avait pas d'accusation précise.

— Et ensuite ?

— Ils m'ont conduite sur la rive est et m'ont enfermée dans une sombre cellule à l'intérieur du sanctuaire. Alors...

Sa voix se mit à trembler.

— ... j'ai perdu les eaux.

Elle regardait par terre d'un air gêné.

— Les prêtres t'ont-ils frappée ? demanda Kamosé

avec insistance. Ont-ils fait quoi que ce soit qui ait nui à l'enfant ?

— Non, répondit-elle, le doyen m'a même aidée à accoucher. Mais mon fils était déjà mort.

Un silence pesant régna dans la pièce pendant quelques instants.

— Et ensuite ? reprit le Pharaon avec douceur.

— Quand je fus plus ou moins remise, continua-t-elle en s'étonnant elle-même de son calme, ils me firent recopier sans fin des papyrus. Il s'agissait du *Livre pour sortir le jour*. J'aimais beaucoup ce travail.

Elle jugea préférable de ne pas évoquer l'encens de la vérité, la statue de Selkis et les interrogatoires concernant Namiz. Elle se garda aussi de raconter l'épisode de la dernière nuit.

— Ils me donnaient à manger et à boire, mais je n'allais pas bien. Je suis tombée malade. Tout se brouillait dans mon esprit. J'avais l'impression que les murs se déformaient et me parlaient. J'avais peur en permanence. C'est pourquoi je me suis enfuie.

— Ils doivent lui avoir fait ingérer de grandes quantités de jusquiame pendant plusieurs semaines, expliqua le Pharaon à Namiz. Mais quel but poursuivaient-ils ?

— Sans doute voulaient-ils se débarrasser d'elle, répondit le bijoutier. Cela ressemblerait assez à Nebnéfer et sa clique.

Il avait blêmi et avait du mal à cacher son trouble. Elle aurait souhaité pouvoir le rassurer. Elle espérait qu'il ne doutait pas d'elle. Même au Pharaon, auquel elle était pourtant toute dévouée, elle ne ferait pas une seule confidence qui pourrait nuire à son ami.

— Pourquoi ne l'ont-ils pas tuée sur-le-champ ? s'entêta Kamosé d'un air songeur. Cela aurait été plus simple et plus sûr. Ils voulaient sans doute gagner du temps. Mais pourquoi ?

Sa voix était maintenant glaciale, son visage dur.

— Quelle raison avaient-ils de te torturer ? demanda-t-il à Sahti. Parle !

Elle se crispa et eut envie de toucher la patte de lionne qui pendait sous sa robe de courtisane. Kamosé était-il au courant de la mort de l'embaumeur ? Pouvait-elle lui raconter ce qui s'était passé sans qu'il la fasse juger et punir ?

— Que voulaient-ils apprendre ? insista-t-il encore une fois. C'est très important. Tu dois me le dire…

— Je ne sais pas.

Elle avait parlé si bas qu'il n'avait pu l'entendre. La déception se peignit néanmoins sur le visage du jeune souverain. Son mensonge la mettait elle-même au supplice, mais elle ne pouvait pas livrer son secret.

— Je pourrais t'obliger à dire la vérité, déclara-t-il en se levant d'un bond.

— À quoi cela servirait-il ? répliqua-t-elle en tremblant intérieurement.

Désappointé, Kamosé détourna le visage. Namiz eut l'air soulagé.

— Kemet est divisée depuis plus de cent ans et le pays saigne de mille plaies, expliqua le roi en froissant un papyrus dans un geste de colère mal contenue. Pendant que nous aspirons à mettre fin à cet état de fait déplorable, une poignée de prêtres s'amusent à faire la justice. Dis-moi, Namiz, cela peut-il être la volonté d'Amon auquel ils ont voué leur vie ?

— Seule la volonté des dieux est intangible, répondit le trésorier. Celle des mortels n'a qu'à s'y plier.

— C'est bien parlé, homme de Kepni ! estima le souverain. Le dieu éternel peut défier notre fragile existence, mais les hommes qui le servent n'en ont pas le droit. Ils restent soumis aux lois que Pharaon a reçues de ses pères. Ils me doivent obéissance.

Il fit une courte pause et poursuivit avec véhémence.

— Je pense qu'il est temps de le leur rappeler.

Sahti regardait le Pharaon sans comprendre. Namiz était manifestement à nouveau inquiet.

— Vous ne songez pas à leur demander des comptes sur cette affaire, Majesté ?

— Mais non ! s'exclama Kamosé en souriant. Je parle d'une inspection générale du temple. Nous allons faire l'inventaire de tout le matériel, vérifier les listes des sacrifices, examiner les bulletins de livraison, contrôler les biens fonciers – bref enquêter sur ce qui se trouve et ce qui se passe dans le sanctuaire. Et c'est toi, premier trésorier, que je nomme pour mener à bien cette mission.

D'un geste brusque, il se tourna vers Sahti comme s'il venait de se rappeler sa présence. Il frappa deux fois dans les mains. Les eunuques apparurent aussitôt.

— Ramenez-la ! ordonna-t-il. Mais faites attention. Elle ne doit pas se fatiguer.

Sahti se leva avec difficulté. L'audience était terminée. Kamosé n'avait plus besoin d'elle. Elle avait dû se baigner, se coiffer, se parfumer pour être renvoyée dans le harem au bout de quelques phrases. Sans doute des semaines, voire des mois s'écouleraient-ils maintenant avant que l'occasion de le revoir ne se présente. Peut-être oublierait-il son existence ? Des larmes de déception lui montèrent aux yeux. Dans un accès de désespoir puéril, elle s'adressa à Namiz.

— J'aurais au moins voulu te parler !

Elle brûlait d'envie de lui raconter tout ce qu'elle avait souffert. Il fallait qu'elle se confiât.

— Plus tard, ma petite, répondit le bijoutier de manière évasive. Je pense que nous nous reverrons bientôt. J'espère que cela sera possible à la fête d'Hathor. D'ici là, fais bien attention à toi. Je veux te retrouver en bonne santé, Sahti. En bonne santé, tu m'entends ?

Kamosé méditait à nouveau au-dessus de ses papyrus. Il ne restait plus à la jeune femme qu'à faire une révérence et à suivre les deux esclaves.

La barque de la lune ne flottait plus au-dessus du nouveau palais, mais l'est ne rougeoyait pas encore. La nuit embrassait le pays endormi dans une ultime étreinte. Sur la rive attendaient une foule de bateaux en papyrus, prêts à s'élancer sur le grand fleuve au son des tambours et des sistres. À quelque distance, Téti-Schéri découvrit l'embarcation royale. Elle était faite de roseaux elle aussi, mais elle était plus grande que les autres et deux toiles formaient une cabine pour protéger le Pharaon du soleil.

La vieille dame regarda autour d'elle, mais n'aperçut aucune sentinelle. Elle s'avança sur le madrier et monta à bord du bateau qui oscillait au gré des flots. Malgré l'heure matinale, des serviteurs avaient déjà pourvu aux besoins du souverain. Des coussins étaient posés sur le plancher. Deux grands éventails en plumes de canard étaient prévus pour lui procurer de la fraîcheur. Un panier contenait des fruits appétissants. Une outre était posée sur une table basse pour apaiser sa soif en chemin.

Une légère brise ridait la surface des eaux sombres.

Dans les branches, les premiers oiseaux chantaient. Elle n'avait pris qu'une lampe minuscule pour éviter qu'on la remarque. Il faisait maintenant assez clair pour s'en passer. Elle était tranquille bien qu'elle n'eût presque pas dormi. Elle sortit de la ceinture de sa robe une petite boîte en albâtre. Celle-ci contenait deux granules de couleur sombre. La vieille saisit l'outre, l'ouvrit et introduisit l'une des pilules à l'intérieur.

— Divine Hathor, murmura-t-elle en agitant la gourde, mère de tous les dieux et de toutes les déesses, les eaux sacrées d'Hâpy jaillissent de ton sein. Puissante vache céleste, toi qui portes le soleil entre tes cornes, j'implore aujourd'hui ton aide. Tu es éternelle et cependant changeante. En t'unissant au taureau divin de Rê, tu as autrefois créé Ihi, ton fils divin.

Malgré les souffrances qui lui bloquaient les articulations, la vieille souveraine se mit à genoux.

— Fais que se réveille le désir de Pharaon ! Ouvre le croissant lunaire de la grande épouse royale ! Offre à Kemet l'héritier dont le pays a besoin !

Elle hésita un instant, puis ajouta la deuxième pilule.

— Lumière rayonnante, tu sors du lotus et crées la vie avec l'eau et la boue de la terre. Maîtresse de l'existence, fais que Ascha mette au monde un enfant !

Elle se releva en haletant, reposa l'outre sur la petite table et fit quelques pas en arrière. On ne voyait rien. Personne ne s'apercevrait de son intervention. Elle sourit.

De la racine de mandragore, une once de réglisse, quelques pointes de jusquiame, des feuilles de mûrier séchées, un scarabée noyé dans le lait d'une vache noire, cuit dans du vin de bois, écrasé et mélangé à des pépins de grenade broyés, quelques ingrédients secrets qu'elle préférait ignorer : Méret s'était procuré le remède chez une vieille sorcière qui passait pour discrète et compétente. Par précaution, Téti-Schéri avait pris des mesures afin que la nourriture de Kamosé fût très salée ce matin-là. Le jeune homme devait avoir soif au cours du voyage. Il suffirait ensuite que Ascha se tienne à sa disposition.

Le fleuve était couvert de bateaux à rames. Certains étaient si petits qu'ils pouvaient tout juste accueillir deux personnes, l'une debout, l'autre assise dans un siège en forme de panier. D'autres embarcations ressemblaient au contraire à des radeaux sur lesquels un grand nombre de gens pouvaient prendre place. Au milieu de ce tumulte, la barque divine d'Hathor s'avançait dans un nuage d'encens et de fumée de papyrus brûlé. Des femmes faisaient retentir des tambours et des sistres, les instruments de la vache céleste.

Sur la rive, on avait allumé des feux de joie dans lesquels on jetait des herbes. Des rires et des chants retentissaient dans la lumière du soleil. Des cris s'élevèrent au moment où deux bateaux faillirent se percuter. Grâce à une manœuvre audacieuse, les pilotes évitèrent le pire. Il y aurait cependant d'autres incidents car on buvait beaucoup, en ce jour de fête.

Sahti occupait une barque avec une servante d'un certain âge. Elle appréciait la chaleur, mais ne partageait pas l'allégresse. Elle n'avait vu Namiz nulle part et Nabou devait être restée au harem. La jeune femme ne quittait pas des yeux le bateau du Pharaon et aperçut Kamosé à plusieurs reprises. La plupart du temps, néanmoins, les toiles qui le protégeaient empêchaient la jeune femme d'admirer le souverain.

Soudain, l'embarcation royale tourna et parut s'éloigner. Sans réfléchir, Sahti se leva. La servante prit peur et fit un pas de côté. Aussitôt, leur nacelle s'inclina. La domestique commit l'imprudence de se pencher. La Kouchite perdit alors l'équilibre et tomba en arrière. Les flots étaient sombres et froids mais, après un instant de surprise, elle commença à bouger par réflexe et refit surface. Au même moment, un homme la saisit dans ses bras puissants et la retourna sur le dos.

— Lâche-moi ! hurla-t-elle en se démenant. Je sais nager.

Elle reçut un coup et faillit perdre connaissance.

— Ordre de Pharaon ! hurla son sauveur.

De toute évidence, le jeune homme n'avait pas plongé de son plein gré.

— Si tu n'arrêtes pas de remuer, je te frappe à nouveau.

Il la traîna jusqu'à la barque royale. Deux serviteurs la sortirent de l'eau. Elle se tenait trempée devant Kamosé que la scène amusait manifestement. Sur la poitrine, il portait un pectoral en or relevé de turquoises. Des gouttelettes de sueur brillaient à son front.

— Une fille du désert dans le Nil, n'est-ce pas pousser trop loin la plaisanterie ? se moqua-t-il. N'as-tu pas peur des crocodiles et des poissons ?

— Le même fleuve traverse ma patrie, répliqua-t-elle avec sérieux. Les hommes du pays de Kouch lui doivent la vie, comme les hommes de Kemet. Sans lui, tout ne serait que sable.

Un éclair traversa les yeux du jeune roi, comme s'il la voyait pour la première fois. Il parcourut du regard le corps de la jeune femme. Sa robe mouillée était transparente. La vieille bourse en cuir qui pendait à son cou ressortait avec netteté. Elle se détourna, toute gênée. Kamosé remarqua sa pudeur et lui tendit un drap en lin pour qu'elle s'essuie.

— As-tu faim ? demanda le souverain.

Mal à l'aise, elle secoua la tête.

— Tu as soif ? Tiens, bois un peu de vin en ce jour de fête !

Il lui tendit l'outre mais, comme elle hésitait, il en prit une gorgée. Sahti fut bien obligée de l'imiter.

— Assieds-toi ! ordonna-t-il.

Elle obéit, le cœur oppressé. Un bateau d'apparat s'approchait. Sahti y reconnut Téti-Schéri et la grande épouse royale. Celles-ci tenaient toutes deux sur les genoux un sistre avec lequel elles avaient honoré la déesse. Les deux souveraines considéraient l'intruse d'un air hostile. Pendant un instant, on aurait dit que leur embarcation s'apprêtait à aborder celle du Pharaon. Mais Kamosé ne les invita pas à se joindre à eux et elles firent demi-tour.

— Pourquoi ne parles-tu pas ? demanda le roi. N'as-tu pas encore oublié ta frayeur ? Ou est-ce ma présence qui te paralyse ?

— Tu ne m'en veux plus ? l'interrogea-t-elle à son tour.

— T'en vouloir ? s'étonna-t-il. Pour quelle raison ?

— Lors de l'audience, je ne pouvais te donner ce que tu exigeais.

Elle avait prononcé cette phrase d'une voix fluette. Kamosé but une nouvelle gorgée et lui tendit l'outre.

Le vin au goût épicé devait être fort. Elle se sentait déjà mieux.

— Tout Kemet est aujourd'hui en fête, reprit le Pharaon. L'union d'Hathor et d'Horus remplit nos cœurs de joie. Mais toi, tu es grave, presque triste. Pourquoi ?

Elle ne répondit pas.

— Parce que ta patrie te manque ?

Elle crut avoir mal entendu tant la question la surprenait.

— Dans un pays où tu n'as pas de famille, ton cœur est ton seul parent, déclara-t-elle de manière évasive.

— Ce n'est pas la réponse à ma question.

— Parfois, Kouch me manque, concéda-t-elle. En particulier le soir.

— Le soir ? répéta-t-il en la fixant droit dans les yeux.

— À la nuit tombante, quand la fumée s'élevait au-dessus du feu, le ciel brillait comme une opale et le monde entier retenait son souffle. Ma grand-mère comparait alors l'univers à une coupe de silence... Mais tu dois croire que je suis folle, s'excusa-t-elle.

Elle tenta de se relever, mais il la retint avec gentillesse.

— Comment penserais-je cela de toi ? la rassura-t-il en portant à nouveau l'outre à ses lèvres. Les dieux t'ont imposé des épreuves difficiles. Bien des gens n'y auraient pas survécu. Tu as su y faire face. Je crois que tu es forte. Tu sais ce que tu veux.

Il tourna les yeux vers l'horizon.

— Les gens qui sont nés dans le désert ne perdent jamais l'habitude de regarder au loin, continua-t-il, songeur, en lui donnant le vin. Cela les distingue des autres.

Les flots frappaient contre la coque du bateau. Les gens de la suite s'étaient retirés à l'arrière.

— Ne veux-tu pas m'en dire plus sur ton pays ? la pria Kamosé après un moment de silence.

— Pourquoi ? s'étonna-t-elle.

Le vin lui chauffait la gorge.

— Parce que je suis comme ma grand-mère : j'aime apprendre les choses de vive voix...

Il sourit dans le vide.

— ... et puis parce que j'aime t'écouter. Tu parles très bien notre langue mais, pourtant, on entend que tu n'es pas d'ici. Ton accent est doux et sauvage. Sais-tu ce qu'il me rappelle ?

Elle secoua la tête de gauche à droite. En tournant les yeux vers lui, elle eut l'impression d'être dans un rêve. Elle oublia le fleuve, sa robe humide, le soleil, les gens autour d'eux. Elle ne voyait plus que son sourire. Une sensation de chaleur monta en elle.

— Dis-le-moi, murmura-t-elle à moitié inconsciente. Je t'en prie !

— Il me fait penser à une tempête qui se serait posée sur le fond d'un grand lac pour dormir.

— Et que se passe-t-il quand elle se lève à nouveau ? susurra-t-elle.

Chacune des paroles de Kamosé lui paraissait un délice. La moindre de ses phrases dépassait en beauté tous les poèmes que lui avait récités Nesmin. Son cœur se repaissait des mots qu'il prononçait.

— C'est à toi de me le dire, Sahti...

Lors de la sixième nuit de solitude, l'inquiétude de Nabou se mua en humeur chagrine. Elle faisait les cent pas dans les appartements qu'elle occupait depuis la fête de la nouvelle année. Elle se regardait sans cesse dans l'un de ses nombreux miroirs en cuivre poli. Elle détestait le visage qu'elle y apercevait et qui ne lui ressemblait pas. Elle avait sous les yeux des ombres de résignation et, autour de la bouche, des rides de suspicion.

Elle appela une servante et ordonna qu'on la masse. Mais les mains expertes de la domestique ne parvinrent pas à la détendre. Quand la jeune femme arrêta, la favorite se sentait au contraire encore plus nerveuse et elle déambula à nouveau de long en large. Elle s'allongea sur son lit et se releva presque aussitôt. Enfin, un eunuque apparut. Elle le suivit avec mauvaise grâce.

Le Pharaon ne la reçut pas dans sa chambre, mais dans l'une des pièces spacieuses qu'il avait fait ajouter au palais de ses prédécesseurs. Un grand nombre de lampes à huile étaient posées à même le sol, et le sol était jonché de ses habituels coussins. On avait l'impression d'entrer dans une tente du désert.

— Je pensais que tu m'avais oubliée, lança-t-elle en entrant. Ta passion se fane comme une fleur assoiffée. Il est temps de lui redonner vie !

— Que sais-tu de ma passion ? riposta-t-il.

Nabou fit quelques pas vers lui.

— Je vois, commenta-t-elle avec ironie, nous jouons l'incompris. Tu as envie de faire durer la chose ? Qu'à cela ne tienne…

— Ce n'est pas pour cette raison que je t'ai fait venir, répliqua-t-il avec froideur.

— Pourquoi alors ?

C'était la première fois qu'elle le voyait aussi taciturne. D'habitude, c'était elle qui donnait le ton. Devait-elle le repousser pour qu'il se montre amoureux ? Il l'observait en silence. Elle sentit un trouble la gagner. Il était différent. Il la regardait avec surprise, comme s'il venait de découvrir quelque chose.

— J'ai longtemps cru que tu étais mon avenir, expliqua-t-il au bout d'un moment. Mais je me suis trompé.

Elle comprit qu'elle l'avait perdu. Une autre l'avait conquis. Elle tenta néanmoins de le séduire une dernière fois.

— Ne nous fâchons pas. Une nuit aussi belle invite à l'amour.

Elle s'approcha en souriant et s'apprêta à le caresser.

— Je ne suis pas fâché, rétorqua-t-il en reculant. Mais je n'éprouve plus de désir. Je me suis réveillé. Bien des choses ont changé dans la lumière du jour. C'était un beau rêve, Nabou. J'y ai cru, mais ce n'était qu'un mirage. Il a disparu à jamais.

— Pourquoi ? murmura-t-elle.

— Parce que tu n'es pas mon arbre de vie et que tu ne le seras jamais. Hathor, la déesse de la Beauté, de l'Amour et de la Fertilité, règne sur trois empires, comme toute femme qui aime. Elle gouverne la terre sous la forme d'une vache. Elle domine le ciel quand elle est vautour. Et comme serpent, elle appartient…

— … au monde des morts, l'interrompit Nabou en levant le bras droit vers le visage de Kamosé. Quoi qu'il arrive, n'oublie jamais que mes tatouages noirs sont les ambassadeurs du sommeil éternel.

Un bruit à peine perceptible troubla le sommeil de Sahti. Quand elle ouvrit les yeux, elle savait qu'il y avait quelqu'un dans la pièce. Mais elle n'osa pas prononcer le nom qui habitait son esprit jour et nuit.

— Nabou, chuchota-t-elle à la place. C'est toi ?

En guise de réponse, une main osseuse se posa sur

sa bouche et elle sentit contre sa gorge la lame froide d'un poignard.

— Un seul geste et tu es morte ! grommela une voix masculine qu'elle reconnut aussitôt. Veux-tu savoir comment Ita a péri ?

Nebnéfer fit entendre un sifflement moqueur.

— C'est nous qui l'avons tuée ! Elle a eu beau geindre, rien n'y a fait. Au moment de mourir, elle aurait trahi la terre entière : son mari, son fils, sa mère... Alors tu penses si elle t'a épargnée...

Sa main libéra la bouche de Sahti. La pauvre reprit sa respiration par petits coups rapides, et tenta de lutter contre la peur profonde que lui inspirait le prêtre.

— Pourquoi ne m'avez-vous pas tuée lorsque vous me teniez prisonnière ?

Il avait allumé une lampe à huile. Des ombres étranges se formaient sur son visage haineux.

— Nous avons nos raisons. Peut-être nous seras-tu un jour utile.

Il se racla la gorge.

— Je voulais juste te prouver que tu n'es nulle part à l'abri. Que ce soit dans une cabane au bord du Nil ou dans le palais de Pharaon, nous te retrouverons où que tu te caches.

— Que veux-tu ?

La crainte cédait la place à la colère.

— Qu'as-tu raconté à Kamosé ? l'interrogea-t-il. N'essaie pas de me mentir !

— As-tu oublié que je ne parle pas ? répliqua-t-elle.

— Tu veux dire que tu ne nous as pas trahis ? s'étonna Nebnéfer. Je ne te crois pas.

— Peu m'importe que tu me croies ou non, continua-t-elle avec fierté. Un jour, j'aurai à rendre des comptes à d'autres que toi. Voilà ce qui importe.

Il se tut quelques instants. Sahti songea à appeler à l'aide, mais elle garda le silence. Mieux valait que les autres femmes du harem ne fussent au courant de rien. De toute façon, si le grand prêtre avait soudoyé les eunuques, personne ne viendrait à son secours.

— Si tu dis la vérité, objecta l'homme cruel, pourquoi Pharaon aurait-il ordonné une grande inspection du temple ? Surtout, pourquoi aurait-il confié cette entreprise à Namiz ? Je ne te crois pas. Tu as dû bavarder.

— Ne penses-tu pas que l'Horus d'or vous connaît ?

Elle émit un petit rire moqueur.

— Vous lui avez donné un prétexte pour mettre en œuvre un projet qu'il nourrissait depuis longtemps, reprit-elle. Je n'ai rien à voir avec cela.

— Je n'en suis pas si sûr, menaça-t-il. N'oublie pas que nous te suivons à la trace. Si je t'épargne aujourd'hui, je peux te retrouver demain. Ne t'avise pas d'informer Pharaon…

— … de ce que ses prêtres font en secret ? l'interrompit-elle. Il n'a pas besoin de moi pour le savoir !

Elle distingua dans la pénombre un reflet argenté et sentit, plus surprise qu'effrayée, une douleur perçante dans le cou.

— Cette nuit, je me contente de quelques gouttes de ton maudit sang de noire, murmura-t-il. Mais je n'hésiterai pas à te vider les veines, sale Kouchite !

Elle entendit ses pas s'éloigner en hâte et boucha la plaie avec le drap.

Dès l'aube, Sahti quitta son lit et se rendit dans l'une des salles d'eau pour y faire une rapide toilette. L'incision était moins profonde qu'elle ne l'avait cru. La jeune femme pansa la cicatrice rouge avec une bande de lin, puis se lava les dents avec du sel, comme la Daya le lui avait appris dans son enfance. Elle revint ensuite à sa chambre. Le harem était encore endormi. On n'entendait rien. Elle fut d'autant plus surprise de trouver chez elle non pas un eunuque, mais un serviteur du roi.

— L'Horus d'or m'envoie te chercher, déclara-t-il après une espèce de révérence qui l'étonna.

— Maintenant ?

Sahti portait une simple robe et un bandeau dans les cheveux.

— Il est très tôt. Je ne suis ni baignée ni parfumée.

— Veux-tu le faire attendre ?

Elle se tut et le suivit. Ils ne rencontrèrent personne dans les couloirs qui menaient aux appartements du roi. Le Pharaon les accueillit avec un sourire et renvoya le domestique. Il désigna de la main une petite table sur laquelle se trouvaient du lait et un gâteau au miel, et invita Sahti à se servir. Celle-ci prit place sur un tabouret et commença à manger. Kamosé s'assit en face d'elle et la regarda. Elle ne l'avait pas revu depuis la fête d'Hathor. Il ne parla pas avant qu'elle eût terminé.

— Tu t'étonnes sans doute que je te convoque à cette heure inopinée, commença-t-il.

Il toussota. Ses doigts jouaient en permanence avec l'*Ankh*, le symbole de vie, qui pendait à son cou au bout d'une longue chaîne en or.

— Je vais te poser une question tout aussi inattendue, continua-t-il.

— Je t'écoute, déclara-t-elle avec respect.

— Es-tu prête à m'accompagner dans le désert ?

— Moi ?

Elle écarquilla les yeux.

— Quand ?

— Tout de suite, répondit-il. Si nous partons à l'instant, nous profiterons de la fraîcheur du matin.

Il avait rougi.

— J'aurais aimé emmener mon étalon noir, précisa-t-il. Mais les chevaux ne sont pas faits pour marcher dans le sable. C'est pourquoi nous devrons nous contenter d'ânes. Des domestiques de confiance nous accompagneront.

Il se leva et tendit une main vers elle.

— Acceptes-tu ?

Elle acquiesça d'un signe de tête, incapable de prononcer le moindre mot. Ses doigts touchèrent le bandage.

— T'es-tu blessée ?

Il avait le visage radieux. Elle sourit, le cœur débordant de bonheur.

— Ce n'est rien, prétendit-elle en plongeant le regard dans ses yeux, juste une égratignure.

Rê était déjà haut dans le ciel quand Ascha déboula dans les appartements de la vieille souveraine. Téti-Schéri jouait une partie de *Sénet* avec sa sœur de lait et sourit en voyant arriver la femme du Pharaon.

— Tu me sauves au dernier moment, plaisanta-t-elle. Méret me tenait en échec.

— Il faut que je te parle, s'exclama la jeune femme en agitant un éventail. Seule à seule.

Méret se leva en faisant la moue et sortit sans un mot. La grande épouse royale la suivit du regard.

— Je ne la supporte pas, cette vieille. Comment fais-tu pour l'aimer ?

— J'en ai assez de vos commentaires, répliqua la grand-mère. Méret fait partie de ma vie comme mes yeux ou mon nez. Elle m'a rendu des services inestimables.

Après une pause, elle ajouta :

— Et je ne suis pas la seule dans ce cas.

— Des services si inestimables que je suis morte de honte et de douleur, répliqua la jeune reine. Je n'oublierai jamais qu'il n'a pas bu le philtre d'amour avec moi, mais avec cette misérable Kouchite. Nous aurions dû leur arracher l'outre des mains et la jeter aux crocodiles !

— Tu aurais voulu que nous nous trahissions ? objecta l'aïeule à son tour. Ce n'est pas sérieux. Un scandale n'aurait fait qu'aggraver la situation. Notre première tentative a échoué. Nous recommencerons à un moment propice... par d'autres moyens.

— Il est trop tard, décréta Ascha. Nous avons commis une erreur irréparable.

— Que veux-tu dire ?

— Sais-tu ce qui s'est passé ?

Sa voix tremblait.

— Kamosé a quitté le palais ce matin et il est parti dans le désert avec cette femme !

Pour gagner du temps, Téti-Schéri prit une datte dans une coupe placée à côté d'elle. Tout en mâchant, elle ordonna ses pensées. Elle décida de commencer par consoler l'épouse.

— Tu devrais te réjouir ! annonça-t-elle.

— Comment ? s'étonna la jeune reine. Je ne comprends pas.

— Ce départ soudain ne peut signifier qu'une chose, affirma l'ancêtre. Ton mari s'est détourné du serpent noir. La sorcière a perdu son pouvoir, ou du moins une partie de celui-ci. Pour ma part, je suis très satisfaite de cette nouvelle. C'est un pas décisif.

— Mais il en a pris une autre ! s'insurgea la malheureuse.

— Il s'agit d'une pauvre fille venue du Sud ! la rassura l'aïeule. Elle est faible, pitoyable et insignifiante. De quoi as-tu peur ?

Elle tapota la cuisse d'Ascha.

— Toi qui es la première épouse, ajouta Téti-Schéri, tu devrais quand même avoir plus de confiance en toi ! Sois raisonnable. Kamosé est un homme et, en plus, c'est le roi. Laisse-le prendre un peu de plaisir avec son otage ! Il ne tardera pas à l'oublier. Le plus important est ailleurs.

— Oui, confirma la jeune femme à voix basse, c'est un héritier qui montera un jour sur le double trône de Kemet…

— Tu me vois soulagée, approuva la grand-mère. Retourne chez toi et essaie de te distraire. Prends un bain. Fais venir des musiciens. Demande à un scribe de te lire des poèmes. Pendant ce temps, je vais m'occuper de notre affaire. Fais-moi confiance.

Longtemps après le départ d'Ascha, la vieille souveraine méditait encore tout en continuant sa partie de *Sénet* avec sa sœur de lait. Elle se rappelait très bien la petite fille qu'elle avait souvent rencontrée dans les jardins du palais. Elle gardait de Sahti un souvenir agréable. Depuis la fête d'Hathor, elle avait mené son enquête. Elle avait appris ce qui s'était passé après la mort d'Antef, le mariage avec un scribe de la rive ouest, ainsi que l'arrestation et la captivité dans le temple d'Amon. Mais cela ne lui suffisait pas. Elle voulait maintenant tout savoir sur cette jeune femme. Téti-Schéri décida de continuer ses recherches. En un coup, elle renversa tous les chiens de Méret. Un sourire parcourut le visage de son adversaire.

— Tu m'as battue tout en ayant l'air de dormir, s'amusa-t-elle. Autrefois aussi, tu gagnais toujours quand tu semblais absente.

— Parfois, il faut prendre les choses comme elles viennent, déclara la souveraine sans rapport apparent. On n'a pas toujours le choix.

— Tu veux encore faire une partie ? proposa la dame de compagnie. À moins que tu ne sois fatiguée ?

— Pourquoi pas ? accepta-t-elle. Je me sens très bien, en fait. Il fait de toute façon trop chaud pour une sieste.

Téti-Schéri regarda Méret disposer les pièces sur l'échiquier et la laissa jeter les dés en premier. Une idée lui était venue et prenait forme peu à peu.

— C'est ton tour.

Sa partenaire la sortit un instant de ses rêveries.

— Ah oui !

La reine avança un chacal avec nonchalance. Cette fois encore, songea-t-elle en même temps, elle pourrait peut-être gagner la partie. Il fallait jouer avec finesse. Tout dépendait de la tactique. Il n'y avait pas de raison de s'inquiéter. La seule chose qui comptait, c'était un héritier. Mais il n'était pas nécessaire que le faucon dans le nid fût le fils de Kamosé.

Le soleil qui descendait transforma le désert en un océan rouge. La crête des dunes formait comme des vagues de feu. Il régnait un silence absolu. Ni Sahti ni Kamosé ne parlèrent avant que le disque de Rê eût disparu de l'horizon. L'obscurité amena aussitôt la fraîcheur.

— Allons près du feu, suggéra le Pharaon.

Sahti le suivit sans un mot. De longues branches en forme de serpent brûlaient en flammes claires. La gazelle qu'ils avaient abattue rôtissait à la broche et dégageait une odeur succulente.

— C'est dans le désert que j'ai découvert la liberté, déclara le souverain en remuant les braises.

Les serviteurs, qui avaient monté les tentes et préparé le repas, se tenaient maintenant auprès d'un autre feu, à une distance respectueuse.

— Tout ici est sans limites. Le temps est aboli.

Il s'arrêta un instant de parler.

— C'est comme la mort au milieu de l'existence.

— Je sais, intervint Sahti. Il m'a presque coûté la vie et m'a privée à jamais de ma patrie.

Il lui jeta un regard d'incompréhension.

— Toute petite, j'ai été piquée par un serpent et ensevelie par une tempête de sable.

— Qui t'a sauvée ?

— C'était un brave soldat de Kemet. Depuis, je n'ai plus jamais revu le pays de l'or.

Ils se turent. On entendait à peine la conversation des serviteurs. Sahti se roula dans une couverture. Les étoiles brillaient dans le ciel pur, et les dunes luisaient comme des flots argentés.

— Dans des hymnes anciens, ajouta Kamosé en s'enveloppant à son tour, nous remercions les dieux de la fertilité qu'apporte chaque année le grand fleuve. Mais nous oublions trop souvent l'essentiel. Osiris ne règne pas seulement sur le pays noir. L'empire de Seth fait aussi partie de l'Égypte…

Il prit du sable et le mit dans les mains de Sahti.

— … le désert au ciel transparent, au soleil impitoyable, aux rochers brûlants. Ce silence que ne trouble que le vent.

Sahti ouvrit les doigts et fit couler le sable.

— Au pays de l'or, il avait la même couleur et la

même consistance, confirma-t-elle. Le désert est sans fin.

À ce moment-là, le pharaon posa son doigt sur la bouche de la jeune femme et l'emmena sous la tente où brûlaient de petites lampes. Les coussins sur le sol rappelaient la chambre du souverain à Ouaset. Il caressa les sourcils de Sahti, ses joues et ses lèvres, comme s'il voulait s'imprégner à jamais de son visage. Elle ferma les yeux tant elle était émue. Elle sentait la chaleur de son corps contre le sien. Il lui prit la tête entre les mains et l'embrassa.

— Je suis fou de toi, confia-t-il. Depuis la fête d'Hathor, je n'arrive plus à dormir ni à manger.

— Tu es toute ma vie, susurra-t-elle.

Ses lèvres se posèrent sur les siennes. Elle effleura sa peau de l'extrémité de ses doigts. Il en eut la chair de poule et les poils se dressèrent sur ses bras. Il cligna des yeux.

— Parfois, avoua-t-il, le désir me fait presque mal.

Ses baisers se firent passionnés.

— La vie est morne sans toi, soupira-t-elle.

Derrière ses paupières closes, elle vit dans un éclair le visage amoureux de Maj, puis l'expression triste de Nesmin. Mais ces deux images s'effacèrent aussi vite.

— T'attendre est insupportable, continua-t-elle. Ton absence est comme la mort.

— Alors, vivons ! s'exclama-t-il. Vivons ensemble, Sahti !

Elle ne répondit pas et blottit son visage dans le creux de son cou. Il releva avec douceur la tête de la jeune femme. Elle avait les yeux brillants et les traits détendus. Elle se donnait à lui sans crainte, comme s'ils appartenaient depuis longtemps l'un à l'autre et qu'ils se retrouvaient après une longue séparation.

Il fit glisser sa robe. Après un instant d'hésitation, elle ôta la bourse qui contenait la patte de lionne et la laissa tomber sur le sol.

— Ta peau est comme de l'or sombre, murmura-t-il en se repaissant de sa beauté noire. Tu es pareille à la déesse Hathor. Tu es ma reine céleste.

Elle prit sa main et la posa sur sa poitrine.

— Tu es mon soleil et ma lune, répondit-elle d'un ton grave.

Kamosé défit son pagne. Il attira Sahti. Serrés l'un contre l'autre, ils s'étendirent dans les coussins.

ONZIÈME HEURE

La porte de l'Ouest

Le bonheur illuminait la vie de Sahti. Elle aurait voulu clamer sa joie sur les toits de Ouaset. Après les jours merveilleux qu'ils avaient passés dans la solitude du désert, Kamosé l'avait installée dans des pièces contiguës à ses propres appartements. Elle n'était pas une quelconque favorite. On murmura bientôt que le souverain lui confiait des secrets d'État.

Les membres de la famille royale acceptaient mal cette situation. Ahhotep, la veuve du précédent Pharaon, ignorait l'étrangère. La grande épouse, Ascha, détestait sa nouvelle rivale. Le prince Ahmosis et sa sœur Néfertari ne cachaient pas non plus ce qu'ils pensaient de la passion du souverain. Même leurs trois cadettes, des adolescentes encore, se montraient pleines de mépris. Téti-Schéri était la seule à accorder quelque attention à la Kouchite

En compagnie de Méret, la vieille dame avait rendu visite à la jeune femme. Après quelques formules de politesse, elle l'avait fixée avec un petit sourire, puis elle lui avait posé des questions sur ses origines. Surmontant sa timidité, Sahti avait regardé la reine. Elle avait reconnu certains traits du visage de Kamosé : les pommettes saillantes, le nez fort et surtout les yeux vifs auxquels rien n'échappait.

— Mon petit-fils a bon goût, avait quant à elle conclu la grand-mère. Il a l'air heureux. Je m'en réjouis. Non seulement parce que je l'aime beaucoup, mais aussi parce qu'il est le roi. Il a de lourdes responsabilités. Il faut qu'il ait l'esprit serein. J'espère que tu en as conscience.

— Son bonheur est tout ce qui compte pour moi, avait assuré Sahti.

— Voilà de belles paroles, ma petite ! s'était félicitée Téti-Schéri en continuant de l'observer. Tu sembles sincère. N'oublie pas néanmoins que notre destin est dans les mains des dieux. Nous devons nous y plier, quel qu'il soit...

Elle avait ensuite pris congé. Depuis, il ne se passait pas une semaine sans qu'elle n'arrangeât une entrevue. Sahti s'habituait à Méret, sa dame de compagnie, qui se montrait de plus en plus aimable. Par l'intermédiaire de celle-ci, la souveraine lui faisait parvenir de petits cadeaux : une coupe de dattes, un bracelet en argent, des sandales aux lacets dorés. Chaque fois, la jeune femme se réjouissait comme une enfant.

— Je crois qu'elle commence à m'aimer, confia-t-elle un jour à Kamosé, allongé à ses côtés.

— Bien entendu, répondit-il. Grand-mère est plus intelligente que les autres. Elle sait ouvrir les yeux.

— Et que voit-elle ?

— Que mon cœur t'appartient, affirma-t-il. Et que tu es très belle.

Il lui caressa le visage d'un geste tendre.

— Tes cheveux crépus, ton grand front, tes lèvres

douces, et surtout les ailes de ton nez… Tu es une vraie fille d'Hathor !

Ses mains continuaient leur parcours audacieux. Elle fit semblant de se défendre.

— Mais ce que je préfère, ajouta-t-il pour conclure, c'est ta peau. Elle est précieuse comme l'or.

Il se leva en souriant, fit sa toilette et s'habilla. Le chef de l'armée et le vizir attendaient déjà dans la salle d'audience. Après son départ, Sahti resta pensive au milieu des coussins. N'aurait-elle pas dû lui confier la vérité ? Plusieurs fois, elle avait été tentée de lui raconter son secret. Mais elle hésitait, car elle ne savait que penser de la rencontre qu'elle avait faite quelques jours auparavant dans les jardins du palais.

Par hasard, elle avait aperçu Nabou coupant des feuilles charnues d'un petit aloès. Voilà des mois que les deux otages du pays de Kouch ne s'étaient pas revues. Sahti n'avait jamais osé demander au Pharaon si son ancienne favorite vivait encore au harem. Aussi avait-elle été surprise de la trouver là, grave et triste. Par réflexe, elle avait posé les mains sur son ventre. Elle avait repris sa respiration et avait souri, mais Nabou était restée impassible. Elle avait les yeux cernés ; autour de sa bouche se dessinaient de petites rides que Sahti n'avait jamais remarquées.

— Ah ! c'est toi ! avait-elle marmonné tout en déposant dans un panier les feuilles qu'elle venait de tailler.

— Je suis désolée, s'était excusée la jeune femme. Je ne voulais pas…

— … prendre ma place ? l'interrompit la sorcière. Pourtant, tu n'as pas perdu de temps !

Avec une remarquable intuition, Nabou avait aussitôt examiné la taille de son interlocutrice.

— C'est toi qui vas lui donner l'héritier tant attendu ? s'était-elle moquée. Il doit être fou de joie...

— Personne n'est au courant, s'était empressée d'expliquer Sahti. J'aimerais qu'il en soit ainsi pour encore un moment.

— Pour continuer de le séduire et affirmer ta position ? avait insinué la femme aux serpents. C'est habile. Je te félicite. Mais tu ne pourras pas cacher longtemps que tu es enceinte. Et que se passera-t-il alors ?

— Je suis heureuse de mettre un enfant au monde, avait répondu la future mère avec fierté, et de donner à Kemet un faucon dans le nid.

— Un héritier d'une Kouchite ? s'était écriée l'autre dans un éclat de rire. Tu ne connais pas encore les gens de ce pays, ma pauvre ! Ils vont te le prendre dès qu'il aura poussé son premier cri – du moins si c'est un garçon. Ensuite, on n'aura plus besoin de toi. Nous ne sommes que des otages, ne l'oublie pas !

— Tu l'as pourtant aimé, toi aussi, avait remarqué la jeune femme.

— Aimé ? s'était insurgée Nabou. J'ai partagé sa couche, c'est tout !

Elle avait fait une grimace de mépris.

— Je n'ai pas trahi mon pays, moi, avait-elle décrété en se retournant.

Depuis lors, cette phrase habitait l'esprit de Sahti. Elle ne parvenait pas à oublier l'expression avec laquelle Nabou avait prononcé ces paroles. Ce n'était pas seulement de la déception. C'était du dégoût. Les yeux de la sorcière aux serpents lui avaient fait peur. Pouvait-elle lui jeter un mauvais sort ?

À cette pensée, la maîtresse du Pharaon se raidit dans les coussins. Sa décision était prise. Elle se redressa d'un mouvement brusque et appela Hési, une jeune servante discrète dont la présence la rassurait. Elle lui demanda de la masser avec de l'huile parfumée et de la maquiller.

Dès qu'elle fut prête, la favorite quitta ses appartements. En cette fin d'après-midi, tout était calme. Elle ne rencontra que quelques domestiques. Elle traversa le palais et s'arrêta devant une porte en cèdre où un soldat montait la garde. Il portait un cimeterre au côté, comme en avaient les officiers depuis quelque temps. Un poignard en argent repoussé était passé à sa ceinture.

— Je ne peux pas te laisser entrer, déclara-t-il. Personne n'a le droit de pénétrer dans la salle du trône.

— Je dois parler à Pharaon, insista la jeune femme. Ce que j'ai à lui dire ne peut attendre.

Il savait qui elle était et se trouvait devant un dilemme. Après un instant d'hésitation, il se décida en faveur d'un refus poli.

— C'est un ordre exprès du roi, expliqua-t-il. Je me vois obligé de te prier de rentrer chez toi.

Au lieu de céder, Sahti se mit à hurler. Le jeune officier la considéra avec un mélange d'effroi et de stupéfaction. Il était désemparé. La porte s'ouvrit.

— Qui ose perturber le travail de Sa Majesté ? s'écria un autre militaire.

— Moi, déclara Sahti, la Kouchite.

Elle jeta un coup d'œil à l'intérieur. Toto et Hori continuaient de s'entretenir l'un avec l'autre. Namiz la fixait au contraire, l'air consterné.

— Laissez-moi passer !

Elle s'avança, très droite. Kamosé était sur son trône. Devant lui, la table était couverte de listes portant le sceau du temple d'Amon.

— Je dois te dire quelque chose, Roi de mon cœur.

Sa voix était ferme et joyeuse.

— J'attends un enfant... ton enfant. Fassent les dieux de Kemet et de Kouch qu'il vienne au monde en bonne santé !

Kamosé ne broncha pas. Elle crut s'être trompée et frémit. Soudain, il bondit et s'approcha d'elle à grands pas. Il la prit dans ses bras sans un mot. Elle sentit des larmes couler des yeux du Pharaon et sourit, rassurée.

La nouvelle se répandit très vite dans l'ensemble du palais. Téti-Schéri fut la seule à offrir à la future mère une statuette de Thouéris. Dès qu'elle fut au courant, Ascha se précipita chez la vieille souveraine.

— Il faut agir tout de suite, s'exclama-t-elle en oubliant toute bienséance. Nous n'avons perdu que trop de temps !

— Pourquoi tant de hâte ? répondit l'aïeule avec calme. Assieds-toi.

— Ne vois-tu pas le danger ? Ne veux-tu rien entreprendre contre cette misérable Kouchite ?

La colère rendait la grande épouse royale plus pâle encore que d'habitude. Elle titubait. Sans doute avait-elle déjà bu plus de vin qu'il ne convenait.

— Il paraît qu'elle est enceinte, poursuivit-elle.

— Je sais, répondit Téti-Schéri. Que veux-tu faire ? La tuer ?

— Pourquoi pas ? Si cela me ramenait l'amour de Pharaon...

Elle s'arrêta, effrayée par ses propres paroles.

— Tu te rends compte de l'absurdité de tes propos ? lui reprocha la vieille dame. Cela ne nous fait pas avancer. Pourquoi t'énerves-tu ? Attends que l'enfant soit né. Ensuite, nous verrons.

— Ce n'est pas ce que tu me conseillais auparavant ! rétorqua la jeune reine. N'est-ce pas toi qui m'exhortais à donner un héritier à Kemet ?

Téti-Schéri considérait ses mains d'un air distrait.

— Peu t'importe qui est la mère, n'est-ce pas ? poursuivit Ascha. Tu es du côté de la Noire ! Je sais bien que tu lui rends visite depuis longtemps et que tu lui offres des cadeaux...

La grand-mère se leva avec difficulté. Cette discussion la fatiguait.

— Je ne serai redevable de mes actes que devant les dieux, déclara-t-elle d'un ton sec, face au tribunal des morts. Je ne me sens pas bien, j'ai besoin de repos.

La grande épouse sortit sans un mot. Elle passa une soirée et une nuit agitées. Le lendemain matin, elle était prête à tout. Elle convoqua Néfertari.

La sœur d'Ahmosis prit son temps avant de répondre à l'invitation. Elle apparut au bout d'un long moment dans une tenue très soignée. Ses paupières étaient couvertes de malachite, elle avait souligné sa bouche de rouge vif et portait des bracelets en or qui provenaient de la collection de sa mère.

— Prends place, la pria la reine en lui désignant des coussins. Je me réjouis de te voir.

— Qu'attends-tu de moi ? rétorqua la princesse en lui jetant un regard glacial.

Les deux femmes n'avaient jusqu'alors jamais eu de conversation personnelle.

— Tu me crois peut-être stupide, répondit Ascha, mais je n'ignore pas que ton frère veut gouverner et que tu aspires au trône. Pour ma part, je suis sûre que vous régnerez un jour sur Kemet.

Néfertari haussa les épaules. Ses yeux en revanche trahissaient sa surprise.

— M'as-tu fait venir pour me raconter ces histoires ? demanda-t-elle en dissimulant ses sentiments.

— Je te parle sans détours car la situation est grave. Pour l'heure, il n'y a pas d'héritier. Mais veux-tu que ce soit un bâtard à la peau noire qui succède à Kamosé ?

Elle était sûre maintenant que la princesse l'écoutait. Elle lui parla du philtre d'amour, de la trahison de Téti-Schéri et de la haine qu'elle portait à la maîtresse de son mari.

— Tu veux donc enfin te battre ? conclut Néfertari. Je me demande pourquoi tu as tant attendu. Cela fait longtemps que nous t'aurions aidée.

— Explique-moi ce que vous avez en tête ! l'exhorta la reine, soulagée.

— Tu dois d'abord promettre de te plier désormais à nos règles et de faire ce que nous te dirons, quoi qu'il arrive.

L'espace d'un instant, Ascha fut prise de peur. Peut-être avait-elle eu tort de s'en remettre à la princesse ?

— Soyons honnêtes, continua celle-ci. Je ne t'aide pas par compassion, et tu n'as guère le choix.

— Certes... concéda l'épouse du Pharaon. J'accepte ton marché.

— Je te prends au mot, la prévint Néfertari. Nous ne tolérerons aucun écart de conduite.

— Quel est votre plan ? voulut savoir la nouvelle complice.

— Tu n'as rien contre l'idée de te venger en même temps du serpent noir ? ironisa la sœur d'Ahmosis.

— Comment ? s'exclama la reine. Vous voulez tuer les deux Kouchites ?

— Que vas-tu imaginer? répliqua l'ambitieuse d'un ton méprisant. Elles vont s'éliminer l'une l'autre...

Le vent nocturne faisait trembler les torches des soldats groupés à l'entrée monumentale du temple. À leur tête, Kamosé avait revêtu un pectoral et la couronne bleue, comme s'il s'apprêtait à livrer une bataille. De son cimeterre, il frappa plusieurs fois à la lourde porte. Il se tourna ensuite vers ses conseillers.

— Venez à mes côtés, ordonna-t-il. Hori à gauche ! Namiz à droite !

Ils obéirent sans un mot. Un prêtre apparut, somnolent. Il resta bouche bée en apercevant toute une compagnie de soldats en armes, précédée du Pharaon en personne.

— Va chercher Nebnéfer, exigea le souverain. Dépêche-toi.

À peine le serviteur d'Amon s'était-il retourné que les hommes prirent position dans le jardin du temple. Ils contrôlèrent le portail. Des sentinelles se placèrent devant les accès secondaires. Nebnéfer accourut, suivi d'un groupe de jeunes prêtres. Malgré l'heure tardive, il n'avait pas l'air endormi. Il jeta un regard rapide sur l'ensemble des militaires, repéra Namiz et Hori, puis fixa le roi.

— Amon est le maître de cette demeure. Pourquoi vos armes viennent-elles troubler son repos ?

— Nos épées et nos poignards ne lui sont pas destinés, rétorqua le vizir à la place du chef de l'État. Amon est éternel, infaillible et invulnérable. Ses ministres, en revanche, ne le sont pas.

— L'inspection du temple a révélé de graves lacunes que nous tenons à éclaircir, ajouta Namiz. Nous attendons de toi que tu nous rendes des comptes.

— Le moment est mal choisi pour se disputer au sujet de quelques offrandes, rétorqua l'inculpé. Vous me dérangez au beau milieu d'un office.

— Tu auras bien assez de temps pour prier Amon, intervint alors Kamosé. J'espère qu'il t'inspirera de bonnes réponses car nous ne parlons pas de quelques erreurs bénignes, de petits pains distribués à mauvais escient, d'un peu d'argent égaré ou de devoirs négligés. Nous t'accusons de malversation, d'abus de pouvoir, de chantage et de tentative de meurtre.

Nebnéfer garda le silence, mais sa pomme d'Adam traduisit sa nervosité. Le souverain poursuivit d'un ton tranchant.

— Mon oncle t'a nommé grand prêtre. En ma qualité de Pharaon, je te destitue.

Les questions se précipitaient dans l'esprit du religieux. La Kouchite avait-elle quand même parlé ? Y avait-il une autre personne au courant de ses agissements ?

— À partir de cet instant, décréta le roi, tu ne toucheras plus la moindre statue du dieu et n'entonneras plus un seul hymne. Je t'interdis de pénétrer dans le sanctuaire et d'entrer en relation avec les autres prêtres, en particulier avec le doyen.

— Tuez-moi plutôt !

Nebnéfer fit un pas vers lui en exposant sa maigre poitrine. Aussitôt, les soldats qui entouraient Kamosé levèrent leurs épées et le contraignirent à reculer.

— Arrêtez-le, ordonna le Pharaon, impassible. Par respect pour la charge que tu as occupée jusqu'à aujourd'hui, je t'épargne le cachot jusqu'à ce que ta culpabilité soit établie. Mais ne te fais aucune illusion. Tu es désormais placé sous surveillance, et toute tentative de fuite sera punie de mort.

— Mais qui va honorer Amon ? protesta Nebnéfer. Qui va ouvrir son tabernacle tous les matins ? Qui va l'oindre et le vénérer ?

Il était livide.

— Sois sans crainte, répliqua le Seigneur des deux couronnes. Je vais nommer à ta place une personne au cœur pur.

Il adressa un signe à Hori.

— Attachez-le !

Le prisonnier n'opposa aucune résistance. Il suivit la troupe sur le chemin qui menait au Nil. Son pouls se calma. Il retrouva ses esprits. Il était dans une situation dangereuse, songea-t-il, mais tout n'était pas perdu. Ahmosis et Néfertari étaient des alliés précieux. Et surtout, il possédait lui-même un gage irremplaçable. Un sourire flotta sur ses lèvres. La statue de Selkis et la confession d'Ita discréditeraient le trésorier et lui coûteraient sans doute la vie.

Minuit était passé quand Pharaon vint rejoindre Sahti dans sa chambre. Elle avait cédé au sommeil et sursauta en entendant sa voix.

— Tu dors ? chuchota-t-il.

Elle ne répondit pas tout de suite. Quand elle l'eut reconnu, elle lui fit une place entre les coussins. Depuis le début de la crue, les nuits étaient si moites qu'ils ne se serraient plus l'un contre l'autre. Elle saisit la cruche à côté d'elle et se servit du thé.

— Tu vas bien ? demanda-t-il.

— Il fait lourd, chuchota-t-elle. J'ai tout le temps soif.

Elle but une gorgée et lui tendit le bol.

— En veux-tu ? proposa-t-elle.

— J'ai juste envie de dormir, répondit-il. Namiz et Toto viennent à peine de partir ; je dois être au temple demain, dès la première heure.

Soudain, les yeux de Sahti se révulsèrent.

— Qu'as-tu ? s'inquiéta-t-il.

— Je ne sais pas, soupira-t-elle. Je ne me sens pas bien tout à coup. J'ai des palpitations. Je suis gelée.

Elle fit un geste vers la cruche, mais il la retint avec précaution.

— Que se passe-t-il ? s'interrogea-t-il à haute voix.

— Je ne sais pas, répéta-t-elle.

Elle s'agitait en tous sens.

— Cela empire, gémit-elle. J'ai l'impression qu'une pince me serre le cœur.

Puis, sans prévenir, elle se mit à crier.

— Kamosé, où es-tu ? Ma vue devient floue.

— Je suis là, la rassura-t-il. Calme-toi ! Il ne peut rien t'arriver.

Il appela ses domestiques et sa garde personnelle.

— Faites venir mes médecins sur-le-champ ! ordonna le souverain. Apportez une cuvette d'eau pour la rafraîchir ! Dépêchez-vous. Je veux une sentinelle devant chaque porte. Contrôlez les entrées et les sorties !

Les serviteurs s'élancèrent dans toutes les directions. Les soldats se postèrent en faction.

— C'est plus chaud que le feu, se mit-elle à délirer, et plus froid que l'eau des sources.

Elle claquait des dents et roulait sur elle-même. Il était impossible de lui appliquer des compresses.

— Et le ciel… poursuivit-elle. Il pleut sur mon visage… Je brûle…

— Pense à l'enfant ! supplia Kamosé, pris d'angoisse.

Sahti se contracta. Elle bava, la puanteur était insoutenable.

— Nabou, appela-t-elle. Je veux Nabou…

— La Kouchite ! commanda le Pharaon. Allez chercher la Kouchite ! Qu'elle se presse !

Les médecins n'étaient toujours pas là et il eut l'impression qu'une éternité s'écoulait avant l'arrivée de la sorcière aux serpents. Celle-ci s'était pourtant hâtée. Ses cheveux étaient en désordre et elle n'avait qu'un bout de tissu autour du corps. Les deux eunuques qui la suivaient haletaient. Elle portait un panier contenant des plantes et divers instruments.

— Depuis quand cela dure-t-il ? se renseigna-t-elle en se penchant sur Sahti qui la fixait d'un regard absent.

Le pouls était imperceptible.

— Bien trop longtemps, s'exclama Kamosé. Depuis qu'elle a bu ce thé. Fais quelque chose !

Nabou prit la cruche dans une main, agita l'autre au-dessus de l'ouverture et inspira l'odeur qui s'en dégageait. Son visage resta impassible. Elle prit la cuvette à côté d'elle. Avec l'aide d'une servante, elle assit la malade. Ensuite, elle lui mit un doigt dans la bouche et la força à vomir. Sahti recracha un liquide verdâtre et souffla bruyamment.

— Ce n'est pas assez, déclara la sorcière à son assistante. Tiens-la bien droite.

Elle prit dans son panier une feuille d'aloès, en gratta la surface avec une épingle et en fit couler le jus dans un petit récipient.

— Mettez la tête en arrière, ordonna-t-elle à la domestique et au Pharaon qui obéirent aussitôt.

Nabou écarta les lèvres de la malheureuse avec douceur et l'obligea à avaler le liquide. Quelques instants après, Sahti vomit à deux reprises. Puis elle glissa dans les coussins.

À ce moment, quatre médecins entrèrent. Kamosé leur jeta un regard furieux tandis qu'eux-mêmes dévisageaient l'étrangère avec dédain.

— Ne lui donnez surtout pas d'eau salée, s'écria l'un d'entre eux. Cela resserrerait les intestins !

— Fermez tout de suite les portes et les fenêtres ! ordonna un deuxième aux domestiques. Il faut empêcher les démons de rentrer.

— Mais non ! contredit le troisième. Il faut de l'encens pour qu'ils s'en aillent !

— Dois-je continuer ? demanda Nabou au Pharaon. Ou préfères-tu qu'ils s'occupent d'elle ?

— Je te fais décapiter sur place si tu t'arrêtes, répondit-il d'un ton brusque.

La sorcière sortit alors quelques pilules d'un petit sac en lin.

— Elle doit prendre ce traitement, expliqua-t-elle, et le garder dans l'estomac aussi longtemps que possible.

À nouveau, elle ouvrit de force la bouche de Sahti. Les médecins la considéraient d'un air sceptique.

— Bien des remèdes du pays de l'or sont nocifs, Majesté, commenta l'un d'eux. Elle risque de la tuer.

— Un autre a déjà essayé de l'empoisonner avant moi, répliqua la guérisseuse en massant la gorge de la malade. Et il a bien failli y parvenir.

Sahti avala les médicaments et s'étouffa à moitié, mais elle ne vomit pas.

— De l'acacia, de l'aloès, du lait de chèvre et de la farine d'orge, voilà mon secret. Priez plutôt qu'elle ne recrache pas trop vite mon cachet.

La malade haletait, mais ses yeux étaient moins troubles. Nabou posa une main sur son front encore brûlant. Elle tendit à Kamosé une racine de mandragore.

— Tu en écraseras un petit morceau dans de l'eau, préconisa-t-elle, et tu lui en donneras à heures régulières. Pour le moment, je ne peux rien faire d'autre. Elle a surtout besoin de repos. Je pense qu'elle a rendu tout le poison.

— Le poison... répéta le Pharaon. Tu es sûre de ce que tu avances ?

— Presque, répondit-elle. Puis-je partir maintenant ?

Kamosé la retint par le poignet.

— Pourquoi t'a-t-elle appelée au secours ?

— Tu n'as qu'à l'interroger toi-même, répliqua Nabou.

Elle se dégagea d'un geste irrité, comme si le contact de sa peau la faisait souffrir.

— Pourquoi avais-tu l'antidote sur toi ? l'attaqua-t-il en lui saisissant à nouveau le bras. Comment pouvais-tu savoir de quel poison il s'agissait ? Voulais-tu la tuer ?

Après s'être libérée pour la seconde fois, la sorcière haussa les mains avec lenteur. Comme d'habitude, le serpent tatoué sur son bras droit sembla se dresser et menacer son interlocuteur.

— Si telle avait été mon intention, déclara-t-elle en pinçant les lèvres, Sahti serait morte. Je croyais que tu me connaissais mieux, grand Pharaon. Il y a bien d'autres gens dans ton splendide palais qui lui en veulent plus que moi. Certains te sont très proches. Tu n'as qu'à le leur demander.

— Oses-tu accuser ma famille ? s'exclama-t-il.

— J'affirme juste que je n'y suis pour rien. Pour quelle raison un otage devrait-il en éliminer un autre ?

Ses yeux luisaient.

— Imagine que tu aies bu, continua-t-elle. Ce n'est sans doute pas moi que tu aurais appelée. Et tu serais mort dans les pires souffrances...

Le visage du souverain frémit.

— Attachez-la ! ordonna-t-il d'une voix grave. Qu'on la questionne jusqu'à ce qu'elle avoue la vérité !

Nabou ne broncha pas. Au moment où les soldats la poussèrent hors de la pièce, elle se retourna et regarda Sahti comme pour la dernière fois. Puis on l'emmena.

Sahti guérit. Elle voulut remercier Nabou mais, après plusieurs jours de cachot et de vains interrogatoires, on avait reconduit la prisonnière au harem. Elle y était désormais enfermée dans une chambre minuscule sans le moindre confort. Des eunuques la surveillaient en permanence. La favorite du Pharaon dut user de toute son influence pour les convaincre de la laisser passer.

En voyant la détenue, la jeune femme fut stupéfaite. On lui avait tondu la tête dans l'espoir de vaincre sa résistance. Son crâne oblong paraissait fragile. Comme elle ne mangeait plus rien, elle avait beaucoup maigri. Elle flottait dans sa robe en toile grossière.

— Tu dois confier ce que tu sais, l'exhorta Sahti. Ou bien tu n'as qu'à revenir sur tes accusations et implorer son pardon. Tes insinuations ont mis Kamosé hors de lui. Moi-même, je n'arrive pas à l'apaiser.

Elle n'osa pas avouer que la violence de son amant l'effrayait et qu'il lui était tout à coup devenu étranger.

— Croit-il toujours que j'ai voulu t'empoisonner ? s'enquit la sorcière.

— Je ne sais pas, répondit la favorite. C'est peut-être l'incertitude qui le met au supplice.

— Quelle farce ! s'exclama Nabou. L'issue ne fait de toute façon aucun doute.

— Que veux-tu dire ? s'étonna Sahti.

— S'il me croit coupable, répondit l'autre, il me fera tuer. Dans le cas inverse, il me condamnera quand même, parce qu'il se sera ridiculisé. Une malheureuse Kouchite ne peut pas vaincre un roi !

— Tu le connais mal, le défendit sa maîtresse. Kamosé est un homme juste et bon...

Au même moment, elle ne put s'empêcher de penser qu'elle était venue en secret, profitant de l'absence du souverain parti en manœuvre. Elle préférait ne pas imaginer ce qu'il adviendrait s'il apprenait sa visite.

— Je n'ai que faire de sa pitié, décréta la prisonnière. Le serpent fut la première créature de la terre. Son sang est froid et chaud à la fois. Il trouve toujours une issue.

Elle se tut. Ses yeux remplis de haine ressortaient de son visage creusé.

— Je n'ai jamais aimé Kemet, continua-t-elle. Les Pharaons nous ont tout pris : l'or, les pierres précieuses, le bois, les animaux, les hommes... et notre dignité. Je voulais abattre ses rois, responsables de notre malheur et de celui de notre pays. J'ai dominé

Séqénenrê. J'espérais y arriver avec Kamosé. Je voulais qu'il meure de désir. Mais c'est toi qu'il aime. Je l'ai vu dans ses yeux.

Sahti était incapable de prononcer la moindre parole. D'un mouvement brusque, la sorcière s'approcha et colla le serpent tatoué sur son bras droit contre la peau de la jeune femme, qu'elle retint de la main gauche. Une étrange chaleur se dégageait de son corps.

— Je ne suis qu'un serpent noir, lança Nabou. Mais toi, tu es l'héritière de la lionne blanche. La Daya n'était pas une femme quelconque. C'était une princesse de Kerma, la capitale proche de la troisième cataracte.

— La Daya, une princesse ! s'exclama la favorite.

— Toi aussi, continua la prisonnière d'une voix plus faible, tu es de sang royal. Je l'ai appris par Golo. Il le tenait lui-même de ta mère. Là-bas, le roi emmène ses proches dans le tombeau : ses femmes, ses enfants, ses vassaux, ses domestiques et même ses bêtes. Mais ta grand-mère a réussi à s'échapper. Apédémak la protégeait. L'invincible dieu lion, le roi du Sud, le maître du pays de l'or te viendra en aide à toi aussi...

Soudain, ses yeux se renversèrent. Elle porta la main à son cœur et tomba par terre. Elle claquait des dents. Sahti était pétrifiée.

— Sois la lionne de Kouch ! l'exhorta la sorcière de façon presque inaudible. Deviens toi-même ! Vengenous de Kemet...

— Que se passe-t-il ? s'écria la jeune femme impuissante en se penchant au-dessus de la malheureuse. Ne me laisse pas seule !

Un sifflement la fit reculer. Un instant, elle crut que

celui-ci provenait de la bouche de la prisonnière. Mais, au même moment, un reptile noir s'échappa de la robe de Nabou. Sahti poussa un petit cri. Derrière la lucarne, Néfertari s'éloigna. Elle n'avait pas attendu en vain que la nouvelle maîtresse du Pharaon vienne rendre visite à l'ancienne. Son plan n'avait pas fonctionné comme prévu – le poison n'avait pas tué la favorite –, mais elle s'était débarrassée de la sorcière et en avait appris assez pour donner à la favorite le coup de grâce. Folle de joie, elle courut annoncer la bonne nouvelle à son frère.

Bien préparée, l'évasion du grand prêtre fut l'affaire de quelques minutes. Le capitaine reçut un coup d'épée dans le dos, et sa troupe fut abattue à l'aide de poignards. Tout se passa sans bruit. Les cigales continuèrent de striduler dans le vent nocturne. De temps à autre, un animal criait au loin.

Ahmosis en personne menait cette action. Il aurait pu faire appel à l'un des nombreux officiers qui rêvaient de le voir Pharaon et qui étaient de son bord, mais il voulait leur prouver que le duel contre Kamosé ne l'avait pas affaibli et que son genou était guéri. Il se sentait prêt à s'emparer de la double couronne, puis à partir à la conquête du Nord et du Sud.

Nebnéfer ne cacha pas son étonnement en le voyant pénétrer dans la pièce où il était détenu. Quand le prince le somma de le suivre, il le considéra avec une certaine méfiance.

— Où m'emmènes-tu ? Au temple ?

— Non, bien entendu ! répondit le chef des séditieux avec exaspération. Le sanctuaire est sous le contrôle de ton remplaçant.

— Je te préviens, menaça le prêtre. Au moindre faux pas, je dévoile tout.

Ahmosis le poussa vers la porte sans ménagement.

— Tu dois apprendre à reconnaître tes amis, lui reprocha-t-il. Allez, avance ! La prochaine patrouille risque d'arriver à tout moment.

À la sortie du bâtiment administratif où l'on retenait Nebnéfer, le prince le fit monter dans une charrette en bois tirée par deux chevaux. Il monta lui-même sur sa jument et regarda de haut celui qu'il venait de libérer. Il savourait sa victoire. Il n'aimait pas le grand prêtre déchu, mais il pouvait avoir besoin de lui. Quand il aurait atteint son but, pensa-t-il, il serait toujours temps d'éliminer ce complice gênant.

— Nous te conduisons en lieu sûr, déclara-t-il en laissant flotter les rênes. C'est un paradis au milieu du sable. Tu pourras y reprendre des forces pendant que nous nous occuperons de Kamosé.

— Qu'est-ce que cela signifie ? s'insurgea le prêtre. Je ne veux pas aller dans le désert. J'exige une garde personnelle.

— Nous ne te laisserons pas sans protection, le rassura le prince. Nous ne voulons pas non plus te faire mourir de soif dans l'empire de Seth. Nous t'envoyons dans la grande oasis où t'attend le doyen.

Le jour de la naissance était enfin arrivé. Dès que le travail avait commencé, Sahti s'était retirée dans une chambre à l'écart, décorée de guirlandes. Téti-Schéri avait envoyé sa sœur de lait pour assister la sage-femme. La future mère avait attendu toute la nuit sur une espèce de chaise percée. La peur qui l'habitait depuis des mois l'avait quittée. Cette fois, l'enfant n'était pas mort. Jusqu'au bout, elle avait senti ses coups de pied.

Quand les contractions se firent plus rapprochées et plus longues, Sahti se souvint de la méthode du vieux prêtre et s'accroupit, les jambes écartées. La souffrance s'intensifia. La jeune femme respirait par petits coups rapides. Méret lui humidifiait les lèvres. L'accoucheuse était satisfaite de l'évolution.

— Je vois déjà la tête, l'encouragea-t-elle. Il n'y en a plus pour longtemps.

Sahti rassembla toutes ses forces. Elle contracta ses muscles abdominaux tant qu'elle put. Elle crut qu'elle allait mourir de douleur. Mais son enfant sortit soudain sans difficulté et poussa aussitôt son premier cri.

— C'est une fille ! s'exclama Méret, émue. Elle a la peau dorée de sa mère.

La sage-femme trancha le cordon avec un couteau d'obsidienne. Les deux femmes essuyèrent la petite avec un tissu doux et la posèrent sur la poitrine de sa mère. La bouche minuscule esquissa un mouvement de succion. Sahti éprouva une joie intense mêlée de fierté. Elle avait à jamais vaincu le scorpion noir.

De ses mains expertes, la sage-femme lui massait le ventre. La délivrance fut rapide. Aussitôt, Méret mit l'arrière-faix et le cordon dans un bassin.

— Je vais jeter cela dans le Nil, se justifia-t-elle, pour remercier Hâpy de t'avoir donné la fertilité et pour éviter que cela ne tombe dans de mauvaises mains. Tu sais que tu n'as pas que des amis.

Cette allusion assombrit un instant le bonheur de la jeune mère. Depuis la mort de Nabou et la disparition du prêtre, il régnait dans le palais un air vicié. Le Pharaon ne parlait plus à Ahmosis et à Néfertari.

Il refusait de voir son épouse, qui s'était retirée dans l'ancien palais. La favorite elle-même ne savait pas avec exactitude ce qui le préoccupait. Dès qu'elle abordait ce sujet, il se renfrognait ou parlait d'autre chose. Elle espérait que la naissance le rendrait heureux, même si ce n'était pas un garçon et que la dynastie n'était pas assurée.

— Il faut lui trouver un nom, reprit Méret tandis que la sage-femme préparait un fortifiant à base de miel, de vin et de mélisse. Je suis sûre que Téti-Schéri y a déjà réfléchi.

— Nouya, déclara Sahti.

— Nouya ? s'étonna la vieille.

— Ma mère s'appelait ainsi, expliqua-t-elle. Elle est morte en me mettant au monde.

Elles se turent. On entendait juste les lèvres de l'enfant. La dame de compagnie s'éclaircit la voix.

— Tu vas avoir besoin d'une nourrice, reprit celle-ci. Je connais une servante qui vient de mettre au monde un garçon vigoureux...

— Je vais allaiter Nouya moi-même, l'interrompit la jeune femme. Mon lait lui donnera des forces et la protégera.

— Comme tu veux... dut admettre Méret, vexée. Peut-être accepteras-tu quand même cette formule magique ?

Elle lui tendit un fragment de papyrus. Surprise, Sahti commença à lire :

« Va-t'en, démon de l'obscurité qui s'approche de dos et qui oublie pourquoi il est venu ! Tu voulais embrasser cet enfant ? Je ne le tolérerai pas ! »

— Je te remercie, conclut-elle, émue.

Méret enroula le texte minuscule et l'enfouit dans une bille creuse qui pendait à une chaîne en argent.

Avec précaution, elle passa celle-ci autour de la tête du nourrisson.

— Désormais, elle n'est pas seulement protégée par l'amour infini de sa mère, déclara-t-elle, mais aussi par sa première amulette.

Sahti se sentait faible. Elle avait mal au périnée et envie d'être seule. Les deux femmes sortirent, non sans avoir promis de revenir bientôt. Il faisait jour, mais des rideaux bleus protégeaient du soleil et de la chaleur. La favorite ferma les yeux. Soudain, elle reconnut l'odeur de Kamosé.

— C'est une petite fille, chuchota-t-elle inquiète. Es-tu déçu ?

— Déçu ? répéta-t-il. Elle est magnifique ! Elle te ressemble.

— Mais non, elle a ton nez et ton menton pointu ! protesta Sahti en le regardant droit dans les yeux. Tu es sûr que tu n'es pas triste ?

Le père tendit les mains et la mère lui confia l'enfant.

— Le sommet de ton crâne est le dieu Rê, murmura-t-il en embrassant Nouya. Ta nuque est Osiris, ton front Satis et tes tempes Neith. Tes sourcils sont le maître de l'Est, tes yeux celui de l'humanité. Ton nez est le nourricier des dieux. Tes oreilles sont les deux serpents-rois. Tes coudes sont les éperviers vivants. L'un de tes bras est Horus, l'autre est Seth. Tes poumons sont Min, ta rate est Sobek, ton nombril est l'étoile du matin. Ta première jambe est Isis, la seconde est Nephtys... Chacun de tes membres est protégé par un dieu !

— Pourquoi as-tu l'air triste ? s'inquiéta sa maîtresse.

— Tu me connais mieux que les autres, soupira-t-il en lui rendant le nouveau-né. Nous allons être séparés pendant un bon moment.

— Je sais… le rassura Sahti en détournant les yeux. Il faut que je sois pure à nouveau.

— Ce n'est pas ce que je veux dire, rectifia-t-il. Je crains que cela ne dure plus longtemps.

— Que se passe-t-il ? s'inquiéta-t-elle.

— Je pars en guerre, déclara-t-il. Je me mets en route demain.

— À la guerre ? Je croyais que tu voulais attendre avant d'attaquer le Delta !

— Je ne me rends pas vers le nord, expliqua-t-il. Je n'envoie que des troupes d'observation en direction d'Hout-Ouaret. Je pars moi-même au sud avec le gros des troupes. Les souverains de Kerma refusent toute alliance et nous provoquent depuis plusieurs années. Le fils est plus audacieux encore que le père. Il a besoin d'une leçon.

Ce que Sahti avait appris sur ses propres origines lui traversa l'esprit. Peut-être ce lien de parenté pouvait-il permettre d'éviter le pire ? Mais elle renonça aussitôt à cet espoir trompeur. Voilà trop longtemps qu'elle se taisait. Comment Kamosé réagirait-il si elle lui avouait la vérité ?

— Je ne veux pas d'une guerre sur deux fronts, poursuivit le Pharaon, même si je sais que mon cousin et quelques officiers en rêvent. Je n'ai pas envie d'éliminer le roi de Kouch. Je veux juste lui démontrer notre puissance.

Il se pencha au-dessus de Sahti et posa sur sa peau quelque chose de froid. C'était un cadeau d'adieu qu'il lui passa au cou. Il s'agissait d'une *Ankh*.

— Cette croix est le don de la vie éternelle, murmura-t-il, l'union du soleil et du Nil, d'Isis et d'Osiris. Elle est aussi puissante et durable que mon amour…

Il l'embrassa.

— Je reviendrai aussi vite que possible, promit-il. J'ai pris des mesures extrêmes pour vous protéger toutes les deux.

— Attends ! s'exclama-t-elle.

Elle se redressa avec peine.

— Qu'adviendra-t-il de nous si tu es touché par une flèche empoisonnée ou qu'une lance te transperce le corps ? Séqénenrê n'est pas revenu vivant...

— Chacun de mes membres aussi est protégé par un dieu, l'interrompit Kamosé en souriant.

Il caressa une dernière fois la tête de Nouya et sortit sans se retourner.

DOUZIÈME HEURE

Celui que loue Khépri

Dans le deuxième mois de *Péret*, les paysans labouraient et semaient. Dans les temples, on faisait des offrandes à Osiris, le dieu assassiné par son frère Seth, car sa résurrection symbolisait la renaissance annuelle de la nature. Après la canicule, on appréciait la fraîcheur de l'automne.

Kamosé revint avec son armée par une de ces journées à la lumière dorée. S'il n'avait pas été battu, il n'était pas vainqueur non plus. À l'issue de violents affrontements, il avait reconquis le fort d'Abou Rési et avait repoussé les ennemis par-delà la deuxième cataracte. Cependant, la guerre avait fait de nombreuses victimes. Les soldats avaient très vite perdu courage. Diverses maladies avaient sévi et achevé d'affaiblir le moral des troupes.

Le butin se limitait à quelques centaines de *débens* d'or et de pierres précieuses. Le Pharaon avait renoncé à en rapporter plus car il aurait fallu construire des bateaux et il avait tenu à rentrer le plus tôt possible. En revanche, il avait recruté plusieurs douzaines d'archers kouchites, des Medjaï, qui le suivaient moitié par contrainte moitié par intérêt.

Une grande agitation s'empara du palais quand on apprit le retour du souverain. Des rumeurs pessimistes l'avaient précédé. On avait prétendu qu'il avait été blessé lors d'une attaque imprévue. Malgré ses douleurs articulaires, Téti-Schéri fit donc préparer une chaise à porteurs pour aller au-devant de l'armée. Elle craignait que le destin de Séqénenrê ne se fût répété. Quand elle vit son petit-fils, elle fut rassurée. Il était très amaigri par la traversée du désert, qui avait duré plusieurs semaines. Mais il était vivant et lui semblait en mesure d'affronter ce qui l'attendait.

La favorite n'était pas moins impatiente de le revoir. Voilà des mois qu'elle attendait. Nouya avait fait ses premiers pas quelques jours auparavant. Mais quand Sahti voulut sortir de ses appartements, une sentinelle lui barra le chemin. Elle eut beau ordonner, menacer, supplier, le soldat ne la laissa pas passer. La jeune femme ressentit de la haine pour Ahmosis et Néfertari. Elle savait combien ils étaient dangereux. Peu après le départ de l'armée, ils étaient en effet venus troubler son repos et l'avaient interrogée sur ses origines.

— Pharaon sera ravi d'apprendre ce que tu lui caches avec tant de soin, s'était moquée la princesse. Nous sommes au courant que tu n'es pas la fille d'un chef de village, mais que tu appartiens à la famille de nos ennemis !

— En tant que régent, avait ajouté son frère, je pourrais te faire exécuter sur-le-champ. Selon moi, tu n'es qu'une espionne. Mais je préfère laisser cette décision au roi…

Sahti l'avait fixé sans rien dire. Les yeux verts d'Ahmosis avaient lui de plaisir.

— Mon cousin déteste le mensonge et la trahison,

avait-il poursuivi. Il ne supporte pas qu'on le trompe. Je crains qu'il ne te pardonne pas.

Cette menace avait abattu la jeune mère, qui s'était sentie plus faible qu'après l'accouchement. Cependant, une rage violente s'était emparée d'elle. S'ils avaient touché à son enfant, elle aurait été capable de les tuer. Mais ils étaient sortis en se tenant enlacés, le sourire aux lèvres. La malheureuse était restée seule, à la fois effrayée et révoltée.

À la même époque, la grande épouse royale avait quitté l'ancien palais où elle s'était auparavant retirée de dépit. Elle était revenue en grande pompe dans ses appartements comme pour revendiquer ses droits.

Le plus inquiétant avait pourtant été le changement d'attitude de Téti-Schéri. Juste après la naissance, la vieille dame était venue voir Nouya et avait paru satisfaite, mais elle n'avait presque pas parlé à Sahti. Ensuite, elle ne lui avait plus fait ni visite ni cadeau. Seule Méret passait de temps à autre prendre des nouvelles du nourrisson. Un mur invisible s'était dressé autour de la favorite. Même les domestiques se montraient distants.

Depuis des mois, la pauvre vivait donc dans l'anxiété. Souvent, elle touchait la patte de lionne de sa grand-mère et la croix ansée que lui avait donnée le Pharaon à son départ. « Elle est aussi puissante et durable que mon amour… » avait-il déclaré. Cela suffirait-il ? Enfermée dans sa chambre, elle était maintenant nerveuse. Elle avait entendu des pas de chevaux et des cris de soldats. Kamosé devait être arrivé. Sans doute s'était-il retiré avec ses conseillers.

Sahti essaya de se calmer en donnant la tétée. Nouya but goulûment. Bientôt, sa mère n'aurait plus assez de lait. Après l'avoir changée, elle prit la petite dans ses bras, et elles s'endormirent toutes deux. Du bruit dans le couloir tira la jeune femme du sommeil. Elle posa son enfant dans les coussins et ouvrit la porte. Le gardien avait disparu. Elle resta un instant à réfléchir sur le seuil. Alors, elle aperçut Kamosé.

Elle eut la gorge nouée. Il avait la peau bistre, le crâne rasé et l'air vieilli. Il était très maigre. Au niveau de l'aisselle droite, il avait une cicatrice rougeâtre. Sans doute avait-il reçu un coup de lance.

À peine fut-il près d'elle qu'il l'entraîna dans la chambre et l'embrassa avec fougue. Ses lèvres étaient desséchées, mais il ne s'en souciait guère. D'un geste précipité, il lui déchira la robe. Il la toucha avec sauvagerie et la poussa dans les coussins. Sahti eut les larmes aux yeux. Elle ne le reconnaissait pas. Trempé de sueur, il se frottait à elle comme une bête. Elle eut un mouvement de rejet. Depuis la naissance, elle vivait en symbiose avec son enfant. Tout à coup, un soldat se précipitait sur elle.

— Pas si vite ! suffoqua-t-elle en le repoussant.

Elle sentit du sang dans sa bouche. La colère monta en elle.

— Je n'ai plus l'habitude, protesta-t-elle. Tu as été parti si longtemps !

— Tu as raison, soupira-t-il. Mais je n'en peux plus.

Il la posséda contre son gré. Dès qu'il eut fini, il se leva et se pencha sur l'enfant endormie.

— Mon petit soleil, laissa-t-il échapper, je n'ai jamais rien vu d'aussi beau qu'elle…

Il sourit en regardant Sahti et la prit dans ses bras, cette fois avec tendresse.

— … en dehors de sa mère, bien sûr.

Allongé à côté d'elle, il la caressa longuement. Elle lui pardonna alors la violence qui avait précédé, et se sentit à nouveau proche de lui. Elle allait tout lui avouer : la statue de Selkis, les menaces de Nebnéfer, les révélations de Nabou. Le désir montait en elle. Sa respiration s'accélérait en même temps que la sienne. Il lui fit l'amour une seconde fois. Elle s'abandonna et enfonça ses ongles dans son dos.

— La plus fascinante des femmes est timide et sauvage en même temps, commenta-t-il ensuite. Ma petite chatte est une vraie lionne.

À ces mots, elle pensa à la Daya et à son village.

— As-tu vu mon père ? demanda-t-elle. Vit-il encore ?

— Je ne sais pas, répondit-il. Il y avait tellement de guerriers, il y a eu tant de morts...

Il s'assit, appuya les coudes sur ses genoux et enfouit son visage dans ses mains. Tout à coup, il eut l'air si épuisé qu'elle s'inquiéta. Elle ne voulait pas le perdre.

— Apopi va bientôt nous attaquer, continua-t-il d'une voix lasse. Mes observateurs rapportent qu'il se vante d'être le souverain légitime de Kemet. Il m'appelle « le prince de Ouaset » alors que c'est moi, le descendant de Rê. Pourquoi le roi de Kerma a-t-il refusé de s'allier à nous pour attaquer les Hyksôs ?

Sahti garda le silence.

— S'il n'avait pas été aussi obtus, nous aurions épargné la vie de bien des soldats, dans son camp comme dans le nôtre.

Se ressaisissant, le Pharaon se leva et remit son pagne.

— Tu t'en vas déjà ? demanda sa favorite, attristée.

Elle n'avait pas eu le temps de lui confier ses secrets et de se justifier avant que le prince ne parle.

— Je reviendrai bientôt, promit-il.

Il l'embrassa et se dirigea vers la porte. Elle le suivit des yeux et resta pensive une fois qu'il fut sorti. Elle comprit peu à peu qu'elle était tombée dans un piège. Si Ahmosis ne l'avait pas encore trahie, c'était pour qu'elle s'enfonçât dans sa lâcheté. Désormais, elle n'aurait plus aucune excuse aux yeux de Kamosé.

À l'aube, un détachement d'éclaireurs captura un étranger qui se dirigeait vers le sud. Depuis la campagne de Kouch, le Pharaon avait fait renforcer la surveillance des routes du désert, et cette mesure de sécurité se révéla efficace. Quoique l'inconnu n'eût rien de suspect, les guetteurs le conduisirent à l'oasis pour vérifier son identité. C'était un homme mince au nez busqué qui faisait penser à un marchand plutôt qu'à un espion. Ils le fouillèrent par routine.

L'individu se montra de plus en plus nerveux au fur et à mesure qu'ils examinaient ses affaires. Quand ils essayèrent d'ouvrir un petit coffret en bois, il fut pris de panique. Il saisit un poignard et les menaça. Aussitôt, l'un des soldats lui enfonça son épée à travers la poitrine. Le pauvre expira sur le coup. Sans se troubler, les militaires traînèrent le corps aux confins du Sahara. En quelques heures, les chacals et les vautours auraient dévoré le cadavre.

La boîte contenait un papyrus. Les éclaireurs firent venir celui qu'on appelait le doyen pour qu'il déchiffrât le texte. Le vieillard parcourut celui-ci sans rien laisser paraître. Au bout d'un moment, il leva les yeux.

— Je ne comprends pas tout, déclara-t-il avec calme. Cette lettre est mal écrite et abîmée par endroits.

Pas un instant, les militaires ne soupçonnèrent qu'il mentait.

— Je vais l'étudier en détail, ajouta-t-il. Venez chez moi dans une heure. J'en saurai plus.

Le prêtre se retourna et partit sans hâte vers son humble demeure. Il se retira dans un cabinet d'étude et considéra le message étonnant que le hasard lui avait apporté. Il tenait dans les mains le destin de Kemet.

Après un instant de réflexion, il chercha une tige de jonc et se mit à écrire. Il traça des lignes propres, mais irrégulières. On aurait dit la graphie de Sahti, qu'il avait fait travailler pendant des semaines au temple d'Amon. Le doyen était décidément un faussaire très doué. Quand il eut terminé, il signa et attendit que l'encre fût sèche. Puis il déchira le bord inférieur du document, comme si l'on avait voulu détruire le nom de l'expéditeur. Enfin, il plia plusieurs fois la contrefaçon et la plaça dans le coffret.

Peu après, les éclaireurs frappèrent à sa porte. Il les pria d'entrer, les fit asseoir et leur proposa un thé et un verre de vin miellé. Il sentait qu'ils étaient nerveux, mais il ouvrit la boîte avec lenteur et en sortit deux papyrus.

— Vous avez découvert un message très important, déclara-t-il d'un air soucieux. En fait, il s'agit de deux lettres. Vous devez les faire parvenir à Pharaon au plus vite.

— De quoi est-il question ? demanda l'un des hommes.

Le vieux répondit d'une voix tremblante.

— Je peux juste vous confier que l'avenir de Kemet est en jeu.

— Peut-être serons-nous décorés, se flatta le

second soldat. Il paraît que Kamosé est très généreux quand on lui rend service.

— Comment se fait-il qu'il y ait deux documents ? s'étonna le premier, qui avait l'air plus intelligent que l'autre. Je n'en ai qu'un seul en mémoire.

— Sur le moment, aucun de nous n'a fait attention, expliqua le doyen. Dans le fond du coffret se trouvait une lettre plus petite, mais non moins précieuse. C'est la preuve d'une trahison. Chaque heure compte.

Ils le quittèrent. Il était sûr qu'ils ne perdraient pas un instant. Nebnéfer rentra alors du marché.

— Rase-toi la tête et le corps ! lui ordonna le vieillard.

Avec sa chevelure grisonnante, le grand prêtre était méconnaissable.

— Que se passe-t-il ? demanda-t-il, surpris.

— Le temps de l'exil tire à sa fin, annonça son complice. Nous partons pour Ouaset aujourd'hui même.

— Tu veux que Kamosé me condamne à mort ? s'insurgea Nebnéfer.

— Il n'en aura guère le temps ! le rassura son interlocuteur. Apopi projette de s'allier au roi de Kerma pour prendre Kemet en tenaille. Pharaon ne pourra plus se contenter de quelques patrouilles de reconnaissance. Dès qu'il apprendra cette nouvelle, il devra se mettre en route vers Hout-Ouaret avec l'ensemble de ses forces… et je doute qu'il en revienne vainqueur.

Il sourit. Le visage de Nebnéfer traduisait à la fois la stupéfaction et la joie.

— Cela signifie, jubila-t-il, que Ahmosis pourrait bientôt accéder au trône et moi, reprendre ma place dans la demeure d'éternité d'Amon ?

— Ne précipitons pas les choses, le freina son mentor. Le souverain doit d'abord mourir pour qu'on lui succède. C'est la règle.

— Rien n'est donc sûr, conclut l'exilé, déçu.

— Non, concéda le vieillard. À moins d'aider un peu le destin...

Ses yeux brillèrent de malice. Son acolyte ne put cacher son impatience.

— Qu'as-tu fait ? s'écria-t-il.

— J'ai joint au message d'Apopi une petite lettre de la Kouchite qui a offert un bâtard à Pharaon. Tu sais qu'elle a ensorcelé le roi. Sa prétendue trahison va le briser.

— Mais s'il remarque la supercherie ? s'inquiéta Nebnéfer.

— Douterais-tu de mes talents ? s'offusqua l'autre.

Le grand prêtre secoua la tête.

— De toute façon, ajouta le faussaire, je suis sûr qu'il déchirera le papyrus dès qu'il l'aura lu. Il est si prompt à s'enflammer. Dans sa rage, il détruira ce qu'il préfèrerait ne pas savoir. Pourtant, il sera trop tard. Le doute s'insinuera dans son esprit. Jamais il ne pourra renoncer à la mère de son enfant, mais il ne s'en remettra pas. Quand nous lui parlerons de la statue de Selkis, il se sentira en outre trompé par Namiz. Il aura l'impression que tous ceux qui l'entourent lui ont menti. Il ne laissera rien paraître mais, au plus profond de lui-même, il aura perdu confiance et cette solitude l'accablera.

Le vieillard retors but une gorgée d'eau.

— Un roi affaibli n'est pas un bon guerrier, remarqua-t-il.

— Tu crois vraiment qu'il va échouer ? insista Nebnéfer.

— Il n'a même pas écrasé l'armée du Sud ! conclut le doyen. Comment vaincrait-il Apopi ?

Des pas rapides arrachèrent Sahti à sa torpeur. Elle se leva. Le Pharaon déboula dans la chambre, suivi de deux officiers qu'il renvoya dans le couloir. Il portait le *némès* et un pectoral en or. Nouya se mit à pleurer. Sa mère ne bougea pas. L'inévitable s'était produit. Jamais Kamosé n'avait regardé sa maîtresse avec cette expression de mépris et presque de dégoût. Ahmosis avait craché son venin. La jeune femme eut l'impression que son cœur s'arrêtait de battre. Elle avait la tête vide.

— Le désert est sans pitié, déclara le souverain en évitant de la regarder. Quand on a de la chance, on y trouve un buisson qui offre un peu d'ombre pour se protéger la tête.

Il tendit la main vers la gorge de Sahti. Elle crut qu'il allait l'étrangler, mais il ne la toucha pas.

— Pourtant, continua-t-il, la soif devient vite insupportable. On se remet en route. Après des heures sous le soleil, on commence à délirer. Plus on marche, plus le sable est brûlant. On s'imagine voir un lac devant soi. Mais c'est un mirage.

Sa maîtresse était paralysée. Elle avait la bouche sèche.

— L'existence est pareille au désert, conclut-il. Elle ne pardonne pas. Il y a la vie et la mort, la confiance et la trahison. J'avais cru trouver l'amour, mais c'était une illusion.

Enfin la jeune femme eut la force de faire un pas. Mais il se retourna sans lui prêter attention. La porte se referma derrière lui.

Le maître de Hout-Ouaret au maître de Kouch.

Pourquoi vas-tu au combat sans m'en prévenir ? Sais-tu ce que Kemet a entrepris contre moi ? Celui qui y règne, Kamosé, s'apprête à m'attaquer. Pourtant, comme toi, je n'ai rien fait. Il a décidé de ravager nos deux pays. Il veut nous détruire. Viens ! Pars vers le nord ! N'aie pas peur. Il sera chez moi. Personne ne s'opposera à toi. Je le retiendrai jusqu'à ton arrivée. Ensuite, nous nous partagerons les villes de son royaume.

Kamosé laissa retomber la main dans laquelle il tenait la missive, s'approcha d'une fenêtre et dirigea son regard à l'extérieur. Au bout d'un moment, il trouva la force de lire l'autre message. Il survola le texte assez mal écrit. Sa figure se crispa. Il relut une deuxième, puis une troisième fois. Il ne comprenait pas. Quand il réalisa ce que les hiéroglyphes voulaient dire, il déchira le papyrus. Les éclaireurs qui lui avaient apporté les documents ne bougèrent pas. Ahmosis, qui avait introduit les soldats dans la salle du trône, toussota.

— De mauvaises nouvelles ? se risqua-t-il à demander.

— Cela dépend pour qui, répondit son cousin.

Le souverain avait du mal à contenir sa colère. Il s'approcha.

— Convoque tous mes conseillers, ordonna-t-il. Toto, Hori et Namiz, mais aussi les autres hauts fonctionnaires.

Il hésita un court instant.

— Si tu veux, ajouta-t-il, tu peux venir aussi. Kemet a besoin de tous.

— La guerre ? s'exclama le prince tout énervé. La guerre contre Apopi ?

— C'est bien ce que tu voulais depuis longtemps, observa Kamosé d'une voix abattue.

Le vizir exposa ses objections. Il importait, expliqua Toto, que le souverain reste dans la capitale pour assurer la paix intérieure. Les réserves d'or n'étaient pas suffisantes. Le cuivre n'arrivait qu'avec lenteur, ce qui ralentissait la fabrication des armes. Namiz confirma ce bilan. Hori ajouta que l'armée ne s'était pas encore remise de la campagne de Kouch : il fallait réparer les chars, les chevaux avaient besoin de repos et les archers medjaï n'étaient pas assez formés. À ce moment, Kamosé l'interrompit.

— Pourquoi Rê m'a-t-il choisi comme héritier et m'a-t-il confié l'armée ? Mon nom signifie « le taureau est né ». Il est temps que je le prouve. Je suis étouffé par un traître de Kouchite et un Hyksôs ambitieux. Tous deux rêvent de se partager mon territoire. Je n'attendrai pas qu'ils m'attaquent. Je veux sauver Kemet et réunir à jamais les deux terres.

Son regard erra sur l'assemblée et s'arrêta songeur sur son cousin.

— Je vous ordonne par conséquent d'organiser sur-le-champ le départ de l'armée.

L'après-midi même, les sentinelles annoncèrent la visite du doyen. Kamosé le fit attendre un assez long moment. Il le reçut quand tous ses conseillers furent sortis. Le vieillard, qui portait un sac en toile à la main, se jeta à terre devant le trône.

— Tu as quitté le désert ? constata le roi après l'avoir invité à se relever.

— La solitude nous coupe de nos pensées, de nos souhaits et de nos ambitions, répondit le prêtre. Tout paraît insignifiant face à l'immensité de sable et de lumière dans laquelle l'oreille ne perçoit que le vent.

— Je sais, laissa échapper le souverain irascible. Mais pourquoi es-tu revenu ?

— Je voulais avertir Sa Majesté, prétendit le fourbe.

Il passa la langue sur ses lèvres comme si elles étaient toujours couvertes de sable.

— Horus dans son palais, reprit-il selon une formule consacrée, nourrit sans le savoir une vipère en son sein.

Il s'interrompit à nouveau.

— Ou plutôt, Seigneur du Double Pays, c'est un scorpion qui attend le moment propice pour te tuer de son dard.

Il ouvrit son sac et en sortit un rouleau de papyrus qu'il tendit à Kamosé.

— Voilà ce qu'on m'a remis...

— Encore une lettre ? murmura le roi.

Le doyen sourit de manière imperceptible.

— Qu'est-ce que c'est ? demanda le Pharaon à voix haute.

— Il s'agit de l'aveu d'une femme qui s'est donné la mort il y a quelque temps. Cette criminelle aurait vendu père et mère. Elle ne mérite pas notre pitié. Mais sa confidence est précieuse.

Kamosé lut le texte avec un calme apparent.

— C'est un faux, conclut-il en relevant les yeux et en posant le papyrus à côté de lui. Mais comment se fait-il qu'il ne me parvienne que maintenant ? Et pourquoi par ton intermédiaire ?

— Le sceau du temple d'Amon, objecta le doyen, prouve qu'il ne s'agit pas d'une contrefaçon, Majesté. Nebnéfer avait caché le document avant son arrestation. Les prêtres l'ont trouvé à l'occasion de l'inspection que tu as ordonnée. Ils ont attendu mon accord pour te le transmettre.

Le doyen jubila en voyant la mine du Pharaon s'assombrir.

— Si tu préfères, Dieu parfait, je peux tout oublier. Nous mettrons la statue dans un tabernacle et personne n'apprendra ce qui s'est passé.

— Tu as la déesse ? s'enquit le roi, abattu.

Le prêtre sortit l'objet de son sac et le lui tendit. Kamosé le posa sur ses genoux avec précaution. L'or brillait dans la lumière vive du soleil.

— Selkis a envoyé à Isis sept scorpions pour la protéger de Seth, récita le souverain en posant le doigt sur l'animal qui décorait la tête de la déesse, car celui-ci avait tué son frère pour accéder au trône...

Leurs regards se croisèrent. Le vieillard baissa le sien en premier. Mais il avait reconnu dans les yeux du monarque une terrible blessure, la solitude et la soif de vengeance.

— Laisse-moi seul, ordonna Kamosé d'un ton brusque.

Il faisait nuit quand des coups retentirent à la porte de Namiz. Inquiet, il alla ouvrir en personne.

— Hori ! Toto ! s'exclama-t-il. Que se passe-t-il ? Entrez.

Son sourire s'effaça dès qu'il remarqua la mine de ses collègues. Il réalisa qu'ils étaient en armes.

— Pharaon nous envoie, déclara le général avec froideur. Ou plutôt c'est nous qui l'avons prié de pouvoir t'arrêter en personne.

— M'arrêter ?

— Ne fais pas l'étonné ! le rabroua le vizir. Nous

avons tous trois juré de servir Kamosé de façon loyale, sans réserves, de toutes nos forces. Toi, tu as menti. Tu n'as pas seulement trompé le roi et le pays, tu nous as trahis, nous aussi.

— Je ne vous ai pas trahis ! s'exclama le trésorier sans comprendre. J'ai toujours été fidèle et dévoué.

— Et que fais-tu de l'or que tu donnes à des étrangers ? lança Hori. La chair des dieux n'appartient qu'à Pharaon. Tu en es le garant. Toute personne qui déroge à cette loi mérite une punition implacable.

— La Selkis... murmura le malheureux qui commençait à comprendre.

— Tu vois que tu sais ! s'exclama le vizir d'un ton sans appel. As-tu détourné d'autres trésors ?

— C'était pour venir en aide à une mourante ! se défendit Namiz. Je l'ai donnée à son fils par pitié.

Malgré sa situation, le bijoutier n'avait pas l'intention d'évoquer Sahti. Elle n'avait pas révélé son nom aux prêtres qui l'avaient torturée. Il saurait se taire lui aussi.

— Selkis soigne les maladies des poumons... poursuivit-il.

— ... et elle protège les morts, l'interrompit le général Hori. Nous n'avons pas besoin d'un étranger pour connaître nos dieux, espèce de voleur !

— Je ne suis pas un voleur, protesta le trésorier. Je n'ai jamais pris le bien d'autrui.

Il avait survécu à l'exil, aux jalousies, à la mort de Séqénenrê, mais la chance avait tourné. Les deux conseillers du roi lui mirent les mains dans le dos, lui attachèrent les poignets et le poussèrent vers la porte.

— Jette un dernier coup d'œil sur ce que tu ne reverras jamais, lança le vizir.

Namiz regarda les meubles, les vases, les frises et

le marbre sur le sol. *Des années d'efforts*, songea-t-il. Quand il avait débarqué de Kepni, il n'était qu'un pauvre réfugié. Il avait tout perdu : sa famille, sa patrie, son honneur. Sa vie n'avait plus de sens à l'époque. Depuis, il avait tout fait pour parvenir au pouvoir et à la richesse. Bien qu'il fût étranger, il avait atteint l'un des postes les plus élevés de Ouaset. Et voilà qu'il perdait tout à nouveau pour une étourderie, pour une faiblesse, pour un moment de bonté.

Ils sortirent. Par bonheur, la rue était vide. Les voisins ne seraient pas témoins de sa honte. Namiz secoua la tête. Comme si cela importait alors qu'on allait lui couper les mains et le laisser se vider de son sang !

— Où m'emmenez-vous ? demanda-t-il.

— Au cachot, répondit le général.

Le matin suivant, deux officiers de la garde royale se présentèrent dans les appartements de la favorite, accompagnés de Méret. Ils empoignèrent Sahti. La vieille femme prit la petite fille dans ses bras. Surprise et apeurée, Nouya ne pleura pas. Sa mère en revanche hurla de toutes ses forces quand la dame de compagnie de Téti-Schéri quitta la pièce avec l'enfant. Au bout d'un long moment, elle s'arrêta de crier. Les deux hommes la lâchèrent et sortirent en fermant la porte derrière eux. Hébétée, la malheureuse passa toute la journée à attendre qu'on vienne l'arrêter.

Le soir, elle s'allongea dans les coussins et serra ses genoux contre elle comme pour se protéger. C'était la première fois qu'elle était séparée de sa fille. Elle avait l'impression qu'on l'avait amputée. La lumière déclinait, un papillon de nuit virevoltait dans l'air encore chaud. Un gardien lui apporta du pain et une cruche d'eau. Elle ne mangea pas, mais but une gorgée en se demandant si c'était du poison. Elle ne sentit rien et finit par s'endormir.

La lueur d'une lampe la sortit de ses rêves agités. Kamosé se dressait devant elle avec un air impénétrable. Voilà quatre mois qu'elle ne l'avait pas vu.

— Où est Nouya ? gémit-elle en se levant.

— Téti-Schéri s'occupe d'elle, répondit-il d'un ton glacial. C'est elle qui va éduquer l'enfant.

Sahti frissonna.

— Tu vas me tuer ? devina-t-elle.

— Oui, décréta-t-il, bien que la mort soit une punition encore trop douce pour tes crimes.

— Qu'ai-je fait, Kamosé ?

— Comment oses-tu me le demander ? s'emporta-t-il. Le silence sur tes origines ne pouvait pas être indifférent. J'aurais dû me douter que tu étais du côté de mes ennemis !

Que lui reprochait-il ? s'étonna-t-elle. Qu'avait-il pu se passer pour qu'il crût être trahi ?

— Je ne sais pas ce que tu veux dire, promit-elle. Je te jure que je n'ai rien entrepris contre toi.

À ces mots, il leva la main comme pour la frapper.

— Et tes contacts avec Apopi et le roi de Kerma ? lança-t-il.

Son bras retomba avec lenteur.

— Il faut que ce soit la femme que j'aime le plus au monde qui fasse le lien entre mes ennemis...

— Jamais je ne ferais quoi que ce soit pour te nuire, assura-t-elle.

Cette fois, il la gifla avec violence. La lèvre de la malheureuse se mit à saigner.

— Cesse de mentir ! hurla-t-il. Sois honnête avant de mourir, au moins. J'ai compris qui tu es, maintenant.

L'oreille droite de Sahti bourdonnait. La tête lui tournait. La poitrine lui faisait mal. Il la poussa dans les coussins et s'abattit sur elle. Sans un mot, il lui écarta les jambes. Elle essaya de se défendre, mais elle était épuisée. Il était de toute façon beaucoup plus fort qu'elle. On aurait dit un fauve qui se jetait sur sa proie. La vaine résistance de la jeune femme augmenta sa hargne. Il porta la main à sa gorge et lui arracha la croix qu'il lui avait offerte à son départ. Alors, elle ferma les yeux tandis qu'il la pénétrait.

Quand il eut terminé, leurs regards se croisèrent. Ils étaient tous deux bouleversés. De sa main tremblante, il caressa la joue de Sahti. Ce geste ne dura qu'un instant. Presque aussitôt, la lueur s'éteignit dans ses yeux. Son regard dur n'exprimait plus à nouveau que la haine.

— Et qui suis-je, à ton avis ? l'interrogea-t-elle quand il se fut relevé.

Il se détourna. La jeune femme ne se donna pas la peine de se couvrir. Dans leur combat inégal, la patte de lionne lui était entrée dans la chair. Son corps était brûlant. Elle pensa à Nabou.

« Seule la femme qui se connaît peut changer de peau comme les serpents, lui avait appris la sorcière. Ce n'est pas la mort qui la guette. C'est la vie qui l'attend après sa renaissance. »

Sahti eut l'impression d'entendre la voix traînante de la défunte et de comprendre enfin ce qu'elle avait voulu dire. Elle sentit une force nouvelle monter en elle. Elle n'avait plus rien à perdre.

— Tu parles de vérité, déclara-t-elle. Alors, écoute la vérité. Tu viens de me traiter comme moins que rien pour me punir de quelque chose que je n'ai pas fait. Malgré tout, je reste la mère de ton enfant et la femme qui t'aime. Un dieu puissant veille sur moi. Un jour viendra où tu devras rendre des comptes à Apédémak.

— Tu oses me menacer, Kouchite ?

Il avait pâli et semblait sur le point de perdre tout contrôle.

— As-tu oublié que je suis le Pharaon ?

— Et moi, je suis Sahti, la petite-fille de la Daya. J'ai été lâche et j'ai peut-être eu tort de ne pas tout t'avouer. Mais je ne t'ai pas trahi.

Elle redressa la tête.

— Je suis comme le pays de l'or. Je te résisterai si tu cherches à m'humilier. Tu peux me faire mal, Pharaon, tu peux me tuer, mais tu ne me vaincras pas.

— Et pourquoi cela, espèce de sorcière ? marmonna-t-il.

— Parce que mon sang coule dans les veines de ta fille, rétorqua-t-elle. Elle me vengera, bien après ma mort. Il y a des choses plus importantes qu'un trône. Quand tu l'auras compris, Kamosé, tu sauras qui je suis.

La haine, la tristesse et la déception se peignaient sur le visage du roi. D'un coup, il se retourna et sortit à grands pas. La porte claqua. Alors seulement, il remarqua que l'*Ankh* en or s'était enfoncée dans la paume de sa main.

Il se réfugia dans ses appartements. Jamais il ne s'était senti aussi faible. Au moment où il entra chez lui, sa femme se leva du coussin sur lequel elle était assise. C'était la première fois qu'elle pénétrait dans sa chambre sans sa permission. Il y avait des mois qu'ils ne s'étaient pas parlé. Surpris et défait, il se rendit pourtant compte de l'agitation de son épouse. Sa perruque était bancale, sa poitrine palpitait sous sa robe légère.

— Enfin te voilà, susurra-t-elle d'une voix langoureuse.

Elle sentait le vin. Il fut pris de dégoût et la regarda avec horreur. Elle s'approcha.

— J'attends ce jour depuis longtemps, continua-t-elle. Le voici enfin arrivé ! Je t'aime, Kamosé, et toi aussi, tu m'aimeras bientôt plus que tout.

— De quoi parles-tu ? demanda-t-il interloqué.

Comme s'il ne suffisait pas qu'il eût perdu Sahti à jamais, il fallait qu'elle le dérangeât dans son désespoir !

— Je suis venue, répondit-elle, pour te faire mes adieux.

Elle écarquilla les yeux en apercevant la croix en or et le sang qui coulait, mais elle ne fit aucun commentaire.

— Je viens remplir le devoir de toute reine dont le mari part au combat, continua-t-elle en plissant le front. Fais-moi un enfant, Kamosé. Tu me dois bien cela. Tu ne peux refuser un héritier à ton pays.

— Ma journée fut longue et épuisante, l'éconduit-il en se maîtrisant à grand-peine. Je suis fatigué. Laisse-moi en paix.

Ascha prit la statue de Selkis qui était posée sur une table et la tint comme un sceptre.

— La déesse, déclara-t-elle, baise les pieds de Pharaon quand il donne vie à un descendant. Le scorpion de sa couronne est un symbole de l'amour qui pénètre dans le corps de la reine...

— Va-t'en ! hurla-t-il, hors de lui.

Il n'arrivait plus à contenir sa douleur. Il lui arracha la statue des mains et la poussa dans le couloir sans se soucier de ses hurlements. Elle mit un certain temps à comprendre ce qui s'était passé. Dans son esprit confus, l'amour se mua en haine définitive.

— Tu vas me le payer, bougonna-t-elle en se dirigeant vers le jardin où l'attendaient Ahmosis et Néfertari. Je te promets la mort, Pharaon !

Les premières nouvelles qui parvinrent à Ouaset étaient prometteuses. Avec neuf chars, le roi avait vaincu sans peine Téti de Néférousi, le vassal au sud du territoire des Hyksôs. Les troupes de Kamosé descendaient le fleuve comme une bande de faucons menée par Horus lui-même. Les soldats tuaient beaucoup de bêtes, dévastaient maisons et greniers et laissaient derrière eux une terre ravagée. Néanmoins, la suite du parcours était plus difficile. Le fleuve ralentissait et redevenait navigable, mais les soldats du Pharaon se risquaient moins souvent à attaquer de peur d'user leurs forces. Quand ils eurent dépassé Mennefer, les informations se firent rares. Bientôt, on n'entendit plus parler d'eux.

En fait, on ne sut jamais vraiment ce qui s'était passé à Hout-Ouaret. La seule certitude était que Kamosé n'était pas parvenu à prendre la capitale du Delta. Au cours d'un siège de plusieurs mois, des pertes constantes avaient affaibli son armée. Des difficultés d'approvisionnement considérables, provoquées par la résistance des populations locales, s'étaient ajoutées à la putréfaction rapide des réserves. Le typhus s'était répandu à toute allure, accompagné de maladies transmises par les moustiques et les autres insectes des marécages. Les archers venus du pays de Kouch s'étaient montrés particulièrement vulnérables. À la mort du dixième d'entre eux, une émeute s'était déclenchée, et le roi avait été obligé de sévir. La répression avait coûté la vie à de nombreux hommes et provoqué un malaise. Le Pharaon avait envoyé les Medjaï survivants à la conquête de l'oasis nord sous la direction d'un de ses meilleurs généraux. L'opération avait réussi, mais cela n'avait guère fait avancer la conquête d'Hout-Ouaret.

Personne ne pouvait dire pourquoi le roi avait un jour ordonné le repli et le retour à Ouaset. Il avait dû admettre que les chars et les archers ne lui permettraient pas de vaincre son adversaire. Sans doute avait-il eu peur de perdre en vain plus d'hommes encore. Mais il n'avait confié à personne les raisons précises de sa brusque décision. Même Hori, qui avait cherché sans relâche le moyen de faire tomber la capitale, avait paru apprendre la nouvelle en même temps que la troupe.

Dès qu'on annonça le proche retour de l'armée, les conjurés se donnèrent rendez-vous dans une remise. C'était une nuit fraîche et claire qui obligea à faire un feu. Ils discutèrent pendant plusieurs heures et furent plus d'une fois au bord de la querelle. Néfertari imaginait le pire.

— Que se passera-t-il si les officiers refusent de t'obéir ? demanda-t-elle à son frère.

— Personne n'a envie de servir un Pharaon qui n'a pas réussi à rétablir l'ordre dans son royaume, répondit-il avec sérénité. Kamosé a perdu la faveur des dieux. Qui prendra sa défense s'il n'est pas capable de protéger Kemet ?

— Il y va de l'avenir de notre famille et de notre pays, intervint Téti-Schéri d'un air triste.

Son cœur saignait, expliqua-t-elle, car elle aimait

son petit-fils. Elle avait cru jusqu'au bout qu'il serait capable de relever le défi. Mais elle avait dû se rendre à l'évidence, et comme toujours dans sa vie, la raison d'État l'avait emporté sur ses sentiments.

— Le royaume, conclut-elle, a besoin d'un souverain fort, capable de réunir le pays du lotus et celui du papyrus.

— Qu'arrivera-t-il si l'on apprend que nous l'avons tué ? objecta Ahhotep.

Elle n'était pas vraiment inquiète, mais elle voulait manifester sa présence. Elle avait souffert du mépris de son neveu. Maintenant que ses deux aînés s'apprêtaient à monter sur le trône, elle entendait exercer une grande influence.

— Il ne viendra à l'idée de personne de nous soupçonner, lui garantit son fils. Cela aura l'air d'une malheureuse agression. Nous ferons tout pour mettre la main sur l'assassin, mais il restera introuvable.

— Qu'en est-il des condamnations à mort ? s'enquit alors Ascha, qui rêvait surtout de se venger de Sahti.

— Kamosé les signera dès son arrivée, affirma Ahmosis toujours très sûr de lui. Bien entendu, j'aurais pu le faire moi-même depuis longtemps. Mais il est préférable de ne pas attirer l'attention.

— J'aimerais parler une dernière fois à la Kouchite, annonça Nebnéfer.

— Pour quelle raison ? demanda le doyen d'un ton sec. Pour te repaître de son malheur ? Est-ce digne d'un serviteur d'Amon ?

— Cela ne regarde que moi, répliqua le grand prêtre en se tournant vers le prince. M'en donnes-tu la permission ?

— Tu ne dois pas tarder si tu veux la voir, décida le chef des insurgés avec une apparente indifférence.

En son for intérieur, il était pourtant fâché. Il se reprochait sa négligence. Incapable de maîtriser ses sentiments, Nebnéfer était faible et représentait un danger. Voilà longtemps qu'ils auraient dû l'éliminer. On se débarrasserait de lui dès que Kamosé serait mort.

En entrant, le grand prêtre mesura tout de suite combien les mois de détention l'avaient changée. Sahti était accroupie, enveloppée dans une couverture pour se protéger de la fraîcheur. Son visage avait mûri et exprimait une grande force morale. Elle était en prison, vêtue de haillons, mais elle avait une allure majestueuse. Dès qu'elle l'aperçut, elle se releva et serra le tissu contre elle. Ses yeux s'assombrirent.

— Que veux-tu ? lança-t-elle, agressive. Te repaître de mon malheur ?

Il fut frappé qu'elle utilisât la même expression que le doyen. Pour qui se prenait-elle, pensa-t-il, cette Noire qui lui avait toujours échappé jusqu'alors ?

— Peut-être, avoua-t-il avec franchise. Je t'avais bien prévenue que je te retrouverais. Tu ne voulais pas me croire ?

— Que veux-tu ? répéta-t-elle, exaspérée.

Il remarqua qu'elle regardait avec inquiétude le mur devant lequel étaient étalées de vieilles couvertures.

— Je perds mon temps, poursuivit-elle. J'ai plus important à faire.

— Ici ? s'étonna-t-il en faisant le tour de la cellule. De toute façon, tu n'en as plus pour longtemps.

Il aurait aimé la voir blêmir.

— Je sais, répondit-elle avec calme. Nous devons tous mourir.

Pourquoi ne pleurait-elle pas ou ne se mettait-elle pas à genoux pour le supplier ? Il aurait tant voulu lui refuser toute marque de pitié.

— Pharaon rentre, déclara-t-il. Demain, il sera à Ouaset.

Il s'en voulut d'avoir parlé, mais elle le fascinait et l'amenait à faire des choses qu'il n'avait pas prévues. Tout à coup, il comprit qui elle lui rappelait. Il se souvint du serpent noir. La sorcière kouchite était morte, mais il eut l'impression que la jeune femme avait hérité d'une partie de ses pouvoirs.

Contre son gré, il fit un pas en direction de la prisonnière et lui saisit le bras. Elle se dégagea d'un mouvement brusque. La couverture glissa et il découvrit la vérité. Il fut aussitôt hors de lui. Elle était enceinte ! Kamosé était-il au courant ? L'enfant pouvait-il être de lui ?

— Un jour, la haine te rongera le cœur, déclara-t-elle. C'est un poison dangereux. Je sais de quoi je parle.

À sa plus grande honte, il eut les larmes aux yeux. La rage et le désespoir l'étouffaient. Il fut pris du désir de se jeter sur elle et de la violer.

— Je veillerai en personne à ce que ton agonie soit lente, bredouilla-t-il. J'espère que tu souffriras beaucoup. Au lieu de t'enterrer, on donnera ton corps aux hyènes…

Sa voix se cassa. Elle le considérait, impassible.

— Tu me fais pitié, conclut-elle en serrant la couverture contre son corps. Au moment de mourir, nous sommes tous seuls. Mais toi, tu seras face à ton pire ennemi : toi-même.

Elle se retourna.

— Vas-tu enfin me laisser seule ? l'adjura-t-elle.

Depuis qu'il était rentré au palais, plus rien n'était pareil. Il voyait et entendait les autres, on continuait à lui obéir, mais tout lui semblait faux. Il avait peur de se trahir et se méfiait de tous. La nuit, il ne parvenait pas à dormir. Dès que Nout avait avalé le soleil, il était pris d'une inquiétude insupportable. Il déambulait dans sa chambre en attendant le matin et ne se reposait que quelques instants, à l'aube. Son épuisement croissait de jour en jour et il avait de plus en plus de mal à se concentrer.

Ahmosis fut le premier à oser lui parler. Un matin qu'ils étaient seuls dans la salle du trône, il s'adressa au Pharaon sur un ton presque fraternel.

— Hâte-toi de mettre fin à tes souffrances, cousin. Dès qu'elle sera morte, tu te sentiras mieux. Tu le sais bien toi-même.

Le souverain le regarda d'un air dubitatif.

— Il est grand temps aussi de punir le traître de Kepni, ajouta le prince rusé. Pourquoi ne pas faire enfin ce que tu aurais dû régler avant de partir au combat ?

Il sortit, laissant le souverain seul avec ses contradictions. Kamosé passa tout l'après-midi dans l'incertitude. À la tombée de la nuit, il appela le vizir, ordonna le châtiment immédiat de Namiz et signa la condamnation à mort de Sahti avec un délai de six jours. Puis il commanda du vin épicé et but jusqu'à sentir une légère ivresse. Il n'en devint pas plus calme pour autant.

Soudain, il se précipita vers les écuries. Dès qu'il fut en selle, son étalon s'élança au galop. Le supplice avait lieu dans une cour intérieure de la prison car le Pharaon avait interdit les exécutions publiques. Au moment où il attachait son cheval, il entendit un cri terrible. Il courut dans cette direction. Il voulait hurler que le jugement était annulé, mais il était trop tard. Namiz n'avait plus de main gauche. Le bourreau tenait son épée en l'air et s'apprêtait à lui couper la droite. En apercevant le Pharaon, il s'immobilisa.

— Détachez-le ! ordonna le souverain. Bandez la plaie et conduisez-le d'urgence au palais. Mes médecins s'occuperont de lui.

Quand on ouvrit le chevalet dans lequel ses bras étaient coincés, le bijoutier perdit connaissance.

Téti-Schéri était déjà couchée quand on annonça Kamosé. Elle s'assit, le dos contre le mur, et regarda entrer son petit-fils. Elle renvoya la servante dès que celle-ci eut apporté du vin et du gâteau au miel.

— Aide-moi, la supplia-t-il en s'asseyant au bord du lit. Tout a échoué.

— Confie-toi ! l'encouragea-t-elle.

— Je ne sais par où commencer, expliqua-t-il d'une voix rauque. J'en ai assez, tu comprends ? Je ne supporte plus toutes ces morts, toutes ces batailles et tous ces vains efforts pour reconquérir la double couronne. Tout le monde me méprise. Toi aussi, tu es déçue.

Elle allait le contredire, mais il ne lui en laissa pas le temps.

— Ne mens pas ! l'exhorta-t-il. Surtout pas toi ! J'ai toujours cru que Rê m'avait choisi pour vaincre le chaos et rétablir l'ordre. Mais je me suis trompé. Je suis trop faible pour défendre *Maât*.

— C'est à cause de Sahti, n'est-ce pas ? devina la vieille dame.

— Je l'ai condamnée à mort, confirma-t-il. Depuis des mois, je suis persuadé qu'elle est coupable. Je suis fou de rage, de chagrin, de désespoir. Mais, depuis mon retour, une voix intérieure me répète qu'elle est innocente. Je ne sais pas ce qui a pu se passer. Tout parle contre elle, mais je n'y crois pas.

— Tu l'aimes donc toujours...

— Plus que ma vie...

Il laissa un instant sa phrase en suspens.

— ... plus que mon trône, plus que Kemet. Sans elle, rien n'a de sens.

— Alors, il faut te dépêcher, déclara l'aïeule. Quand doit-elle être exécutée ?

— Dans six jours. Non, dans cinq.

Il enfouit son visage dans la poitrine de sa grand-mère, comme quand il était enfant.

— Namiz a déjà perdu la main gauche, murmura-t-il. J'ai sauvé l'autre de justesse. Après l'avoir condamné, j'ai perdu toute certitude. Je n'arrive plus à distinguer le vrai du faux.

— « C'est là où l'obscurité est la plus profonde que la lumière est la plus proche », récita Téti-Schéri. Les hymnes sont faits pour nous aider. Eux seuls nous enseignent la sagesse éternelle.

— Je ne comprends pas, avoua-t-il en relevant la tête.

— « Tu t'endors pour te réveiller. Tu meurs pour revivre », continua-t-elle. C'est la seule issue, Kamosé, pour toi et pour Kemet. Il te faudra beaucoup de confiance, même s'il peut te sembler que nous t'avons tous trompé, même moi.

Elle lui caressa la joue. Il ferma les yeux.

— Auras-tu du courage ? Auras-tu assez de force ?
— Parle ! adjura-t-il. Je veux savoir ce qui m'attend.

Toute la journée, Sahti avait gardé un léger espoir qui l'avait réchauffée comme une petite flamme. À la nuit tombée, elle dut se rendre à l'évidence. Pharaon ne viendrait pas. Le lendemain matin, elle mourrait. À travers son ventre, elle caressa le petit qui grandissait en elle et qui ne savait pas ce qui les attendait. Il ne verrait jamais Khépri sortir des cuisses de Nout pour illuminer la terre. Il ne verrait jamais l'horizon se parer de mille couleurs au moment où la mère céleste aspire le soleil.

— Je t'aime, murmura-t-elle en soulevant les vieilles couvertures posées en tas dans un coin de la cellule.

Elle saisit une des pinces à cheveux et les tessons de poterie qu'elle y avait cachés, et se mit à graver son testament pour combattre sa tristesse. Elle pensait à Nouya bien sûr, mais aussi à Kamosé. Elle aurait souhaité le voir une dernière fois. Il l'avait condamnée à mort, mais elle n'arrivait pas à le détester.

Il l'avait condamnée à mort par peur de se perdre, mais il s'était condamné en même temps. Il avait voulu la vaincre et l'humilier, mais c'était à lui-même qu'il avait fait le plus de mal. Elle espérait qu'il aurait la force de supporter sa faute. Elle mourait sereine et ne lui en voulait pas. Elle arrêta un instant d'écrire et pria en silence Apédémak de venir en aide à celui qu'elle aimait. Puis elle recommença à graver des lignes irrégulières, en espérant avoir fini à temps.

L'obscurité régnait dans la chambre de Pharaon. Les lampes d'albâtre étaient éteintes. Quatre hommes entrèrent par une fenêtre sans faire le moindre bruit. Ils étaient pieds nus. On les avait choisis pour leur agilité. Ils ne savaient pas qu'ils accomplissaient leur dernière mission. Tous en même temps, ils commencèrent à frapper sur la tête de leur victime à coups de hache ou de massue. Le malheureux n'eut pas le temps de se réveiller. Ils le massacrèrent. Pour terminer, ils lui plantèrent un poignard dans la poitrine et sortirent aussi vite qu'ils étaient entrés. Le dernier d'entre eux essuya le sol avec un chiffon pour effacer toute trace. Ils disparurent dans la nuit noire.

Ce fut Téti-Schéri qui découvrit le cadavre. Des cauchemars, expliqua-t-elle ensuite, l'avaient arrachée au sommeil et attirée au chevet de son petit-fils. Elle faillit perdre connaissance à la vue du cadavre. Il ne restait plus qu'un tronc difforme au milieu de coussins baignés de sang. Le crâne était broyé et le cerveau réduit en bouillie. La vieille reine dut prendre appui contre une table. Elle se mit à hurler.

Très vite, la chambre fut remplie de gardes et de domestiques. La souveraine était incapable de prononcer une seule parole. Quelques instants plus tard, Ahmosis entra dans la pièce, suivi de la grande épouse.

— Que s'est-il passé ? demanda-t-il en regardant sa grand-mère.

Quand il aperçut le corps, ses yeux s'écarquillèrent. Ascha poussa juste un petit cri.

— Pharaon est mort, murmura Téti-Schéri. Kamosé n'est plus.

Pour la première fois, elle avait une voix de vieille femme.

Épilogue

J'ai épargné sa vie. Ou plutôt, c'est elle qui m'a rendu la mienne. Comment aurais-je pu laisser mourir celle que j'aimais plus que tout ? C'est elle qui m'a sorti de l'obscurité et ramené dans le monde des vivants. J'avais oublié ce qu'était la confiance. J'étais incapable de distinguer le mensonge de la vérité. Par chance, une voix intérieure fut plus forte que mes doutes. Il m'était impossible de ne pas l'entendre.

Mes pensées revenaient sans cesse à ce jour de malheur où les éclaireurs m'avaient apporté deux messages fatidiques. Hors de moi, j'avais déchiré la lettre de Sahti, mais je n'étais pas parvenu à en effacer le contenu. Je le connaissais par cœur. Plus je voulais l'oublier, plus mon inquiétude grandissait. Quelque chose me troublait. Le papyrus était une preuve irréfutable. Pourtant, je n'étais pas sûr.

Soudain, alors qu'il était déjà presque trop tard, je compris. Un détail en apparence insignifiant m'apporta la certitude. Une ligne mal écrite se dégagea des autres et se mit à danser devant mes yeux comme une flamme :

Au nom de Seth, qui gouverne ton empire et le mien…

Jamais Sahti n'aurait écrit cela. Elle était fille d'Apédémak. Seth n'était pour elle qu'un dieu parmi beaucoup d'autres. Elle vivait parmi nous depuis l'enfance, mais elle n'était pas devenue tout à fait des nôtres. Je m'étais laissé abuser par un faux.

Peut-être fallait-il que je perde confiance en tout pour accepter la proposition de Téti-Schéri. Elle et moi avons de concert projeté ma mort, que des traîtres avaient de toute façon fomentée depuis longtemps. Mon aïeule me raconta tout. Elle s'était ralliée à eux par calcul et avait assisté sans broncher à leurs réunions. Ahmosis n'aspirait qu'à ce trône que je rêvais d'abandonner. Sa sœur brûlait de l'épouser et de devenir grande épouse royale. Sa mère était avide d'or et de pouvoir. Ma femme ne m'avait pas pardonné que je lui eusse refusé mon amour. Nebnéfer me détestait et espérait retrouver ses fonctions dans le temple d'Amon. Seuls les motifs du doyen échappaient à ma grand-mère.

Il m'était très pénible qu'un autre dût mourir à ma place. Néanmoins, c'était la seule façon de mener à bien notre plan. Téti-Schéri me suggéra de choisir l'un des officiers qui s'était rangé dans le camp d'Ahmosis et qui n'aurait pas hésité à me sacrifier. Nous repérâmes parmi les traîtres un jeune homme qui avait une certaine ressemblance avec moi. Je le nommai dans ma garde rapprochée pour avoir l'occasion de l'observer. Assez vite, il m'apparut que l'illusion ne trompait guère.

Ma grand-mère décréta donc que le crime devait avoir lieu dans une obscurité complète pour éviter que les assassins ne se rendissent compte du stratagème. Lors de la dernière rencontre des conjurés, elle s'exprima en faveur d'une violence extrême. Loin de s'étonner, tous parurent soulagés de la voir s'engager activement dans le complot. On décida de remplacer les épées par des haches et des massues.

Le soir venu, on servit un somnifère à l'officier qui ne s'aperçut de rien. Quand il fut endormi, je l'allongeai à ma place dans les coussins. Les meurtriers survinrent peu après. Je les entendis à peine dans l'obscurité. Caché derrière une tenture, je vis ensuite Téti-Schéri entrer dans ma chambre et donner l'alarme. La vue du cadavre et la comédie qui suivit la bouleversèrent. Ahmosis et Néfertari, en revanche, jouèrent leur rôle à la perfection. Ahhotep resta impassible. Ascha poussa un petit cri avant de fondre en larmes.

Tout le monde partit à la recherche des assassins. La pièce fut bientôt vide et je pus à mon tour m'échapper par la fenêtre. On avait soudoyé les sentinelles de Sahti, qui m'attendait dans une chaise à porteurs à l'extérieur du palais. Dès qu'elle me vit, elle se jeta à mon cou et se mit à pleurer. Les larmes me vinrent aussi. Je la pris dans mes bras et la serrai comme un trésor que je n'abandonnerais plus jamais.

Le jour se levait déjà sur Ouaset. Nous trouvâmes refuge chez de fidèles serviteurs. Méret nous amena Nouya. Quand la nuit fut tombée, nous pûmes sortir de la capitale en compagnie de Namiz et nous joindre à une petite caravane qui n'attirerait pas l'attention. Nous nous mîmes en route au moment où, dans le palais, devaient retentir les premières lamentations en l'honneur du Pharaon mort.

Pendant notre long périple, j'eus l'occasion de découvrir tous les visages de Sahti. Plus le temps passait, plus j'étais sûr qu'elle réunissait toutes les divinités que je vénère. Un jour, je lui dis qu'à mes yeux, elle était à la fois Nout et Hathor, Isis et Sekhmet, Neith et Selkis. Elle rit en déclarant :

— Je ne suis qu'une femme. Ta femme.

Je demandai si elle m'avait pardonné. Son visage se durcit et elle répondit qu'il valait mieux ne pas poser certaines questions. J'eus alors l'impression de voir à quoi elle ressemblerait quand elle serait vieille.

Nous avons trouvé refuge dans la grande oasis. Au cours d'une longue discussion, Namiz et moi avons reconnu avoir tous deux commis des erreurs. Il m'a assuré qu'il ne m'en voulait pas et qu'il s'était habitué à n'avoir qu'une main. Pourtant, il a désormais dans les yeux une tristesse que je ne lui connaissais pas. Il ne m'a pas confié pour quelle raison il avait autrefois quitté sa patrie. Quelques jours après, il a continué seul son chemin en direction de Kepni. Nous nous sommes quittés comme de vieux amis qui se respectent et il a promis qu'il nous donnerait de ses nouvelles.

Malgré son départ, Sahti a l'air sereine. Car aujourd'hui, Rouyou est venue au monde. C'est une petite fille qui a le nez de son père et les yeux de sa mère. Chaque nuit engendre un jour nouveau. Mais, cette fois, Nout a donné la vie à un matin exceptionnel. J'achève ces lignes avec une joie extrême, heureux de me consacrer tout entier à celle qui m'a sauvé, à la mère de mes enfants : à Sahti, ma belle et mystérieuse femme noire.

Postface

Pendant longtemps, les Européens ont intégré à leur image de l'Histoire les grandes cultures antiques de l'est du bassin méditerranéen. Ainsi, l'ancienne Égypte a été considérée comme le berceau d'une tradition qui se poursuit en Grèce et à Rome et conduit à l'époque moderne. Quelle que soit la richesse d'une civilisation qui a perduré pendant trente générations, depuis ses débuts mythiques jusqu'à l'époque romaine, on ne doit pourtant pas oublier une chose : c'est que le Nil est un fleuve africain et que la culture de l'ancienne Égypte porte à maints égards la trace de son enracinement dans le continent noir. Aujourd'hui encore, on néglige trop cet aspect de l'empire des Pharaons, dont la géographie et l'histoire appartiennent à l'Afrique.

Cette vérité vaut en particulier pour la Nubie, le pays situé au sud de l'ancienne Égypte, qui s'étend d'Assouan jusqu'au cœur du continent (c'est-à-dire entre la première et la sixième cataracte) et qui correspond à l'actuel Soudan. Les eaux du lac Nasser ont recouvert à jamais le nord de ce territoire et tout ce que le sol pouvait contenir de trésors archéologiques. Mais l'espace restant est immense et les fouilles, qui n'ont commencé qu'assez récemment, ont déjà permis de mettre au jour des témoignages d'une culture autonome et fascinante, propres à corriger le cliché d'une Nubie « primitive » dominée par une Égypte « supérieure » du point de vue culturel.

Nous ignorons encore beaucoup, surtout en ce qui concerne le panthéon de la civilisation de Kerma (2500-500 av. J.-C.). Le royaume nubien est resté indépendant pendant presque un millénaire. Nous avons la preuve de sacrifices humains lors d'étranges cérémonies funéraires. Aujourd'hui encore, on peut visiter deux énormes monceaux de ruines, les « défoufas », qui ont rendu Kerma célèbre dès le XIXe siècle. Mais nous ne savons rien sur les croyances de cette époque.

C'est pourquoi je me suis permis d'emprunter des éléments à la religion qui s'est développée à Napata et à Méroé mille ans plus tard. Il s'agit d'un monde mythique non moins intéressant et non moins complexe que le panthéon égyptien. Mais comme celui-ci risque déjà de troubler de nombreux lecteurs, j'ai préféré me concentrer sur un seul dieu nubien, Apédémak, le lion au corps de serpent, un dieu très ancien dont l'origine n'est vraisemblablement pas égyptienne.

La Nubie est une région aride, prise en étau entre d'immenses déserts, soumise au terrible soleil d'Afrique, rythmée par les barrières rocheuses des cataractes du Nil. Mais c'est un carrefour important entre l'Afrique centrale et le bassin méditerranéen. Connue sous des noms divers selon les sources : Tanoub, Kouch, pays de l'Arc, Yam, Ouaouat, la Nubie reste le pays de l'or (*Noub* est le mot hiéroglyphique qui désigne ce métal). Depuis toujours, ce pays livre à l'ancienne Égypte des pierres précieuses, de l'ivoire, des bois rares, des animaux exotiques, des hommes – soldats et ouvriers –, mais surtout de l'or. « Chair des dieux », comme l'appelaient les Égyptiens, l'or est inaltérable et a la couleur du soleil. Être couvert d'or signifiait faire partie des dieux. Être enterré avec de l'or garantissait la vie éternelle.

Dans l'Ancien et le Moyen Empire déjà, les Pharaons ont donc cherché à reculer leurs frontières vers le sud. Ils ont renforcé celles-ci par de puissantes forteresses pour s'assurer l'importation du métal sacré. Malgré ces mesures imposantes et la supériorité militaire, les Égyptiens ont longtemps eu peur des gens du Sud. Ces craintes se firent très fortes à la fin de la deuxième période intermédiaire, c'est-à-dire au milieu du XVIe siècle av. J.-C. C'est l'époque où régnait la XVIIe dynastie, celle des Ahmosides, un moment très sombre et pourtant très intéressant dans l'histoire de l'ancienne Égypte, dont les innovations en matière d'art, de culture ou de religion ne sont reconnues que depuis peu.

Le protecteur de cette dynastie était le dieu lunaire Iah. À quelques exceptions près, les membres de la famille, hommes et femmes, portent d'ailleurs des noms en l'honneur de ce dieu : Ahmosis signifie « Iah est né ». Originaire de Thèbes, la dynastie doit faire face à une situation critique. Dans le delta du Nil, des envahisseurs asiatiques, les Hyksôs, ont fondé au siècle précédent un État autonome. Au sud, le roi nubien de Kerma menace de repousser les frontières de son pays et de limiter le territoire du Pharaon à la Haute-Égypte.

En réaction à cette crise politique s'est développée

une atmosphère intellectuelle très fructueuse. C'est notamment l'époque où furent recopiés d'anciens textes religieux sous le titre de *Livre des morts*. Cet ouvrage se compose de presque deux cents formules magiques qu'on prétend inspirées, voire écrites par le dieu Thot, et qui doivent aider le défunt au cours de son dangereux voyage dans l'au-delà.

La symbolique de la course du soleil n'apparaît qu'au début de la dynastie suivante dans les tombeaux royaux, mais de grands égyptologues comme Erik Hornung et Jan Assmann estiment que cette légende s'est développée dès cette époque. Les initiés savaient que tous les matins, l'astre du jour sortait du ventre de la déesse Nout et que celle-ci l'avalait à nouveau chaque soir dès qu'il avait atteint les limites du monde des vivants. Toutes les nuits, les morts assistaient aux métamorphoses du soleil qui mettait douze heures à traverser les douze régions du « Douat » (l'espace caché).

Les spéculations sur la généalogie des Ahmosides a donné lieu à de nombreuses hypothèses contradictoires. Pour les uns, Séqénenrê et Kamosé sont frères. Pour les autres, ils sont père et fils. Je me suis décidée pour la variante oncle et neveu parce qu'elle me semblait avoir plus de potentiel et qu'elle supposait par ailleurs une filiation maternelle, ce qui n'était pas pour me déplaire.

Il y a en effet un point sur lequel tous les chercheurs sont d'accord, c'est l'influence des femmes dans cette dynastie. Je me suis régalée à faire le portrait de femmes fortes, volontaires et ambitieuses et à imaginer dans une perspective personnelle la condition féminine dans l'ancienne Égypte. J'ai absolument tenu à intégrer à mon roman l'abominable sujet de l'excision, quoique les chercheurs ne soient pas convaincus qu'elle fût déjà pratiquée à l'époque. Les sources n'en parlent pas, contrairement à la circoncision. Il ne fait toutefois aucun doute que cette pratique inhumaine et dégradante n'a pas commencé avec l'Islam.

D'après les enquêtes des Nations unies, cette forme de mutilation est encore courante dans vingt-huit pays africains. Environ cent trente millions de femmes souffrent à l'heure actuelle des séquelles de cette opération. Seul le courage de quelques militantes qui ont mis en jeu leur popularité et osé briser ce tabou devant l'opinion publique a permis de lancer un débat virulent qui durera, espérons-le, aussi longtemps que des jeunes filles seront soumises à ce rituel avilissant. J'éprouve le plus grand respect pour les pionnières de cette cause, en particulier Iman et Waris Dirie. J'ai donné à Sahti leur force de caractère.

Bien entendu, une romancière se permet quelques libertés par rapport aux faits établis en art, histoire, religion, mythologie, philosophie, géographie et géologie. C'est ainsi que Kamosé, d'après les connaissances actuelles, n'aurait régné que cinq ans selon une thèse, six selon une autre thèse, et trois selon une troisième. Mon Kamosé reste huit ans sur le trône. Par ailleurs, il n'est nulle part question d'une mise en scène de sa mort. Quand il accéda au pouvoir, son successeur, le vainqueur des Hyksôs et le fondateur de la XVIIIe dynastie, était notablement plus jeune que dans mon roman.

En revanche, il est avéré que Kamosé fut enterré dans un cercueil assez modeste, plus digne d'un particulier que d'un roi – circonstance qui m'a suggéré la fin de mon roman. Il est également établi qu'une de ses femmes, dont le nom ne nous est pas parvenu, était nubienne et lui donna une fille. J'espère que le personnage que j'ai imaginé sous le nom de Sahti saura plaire à mes lecteurs et à mes lectrices.

Lexique

Akhet : Nom de la première saison du calendrier égyptien, l'inondation, qui dure de juin à octobre.
Ankh : Croix ansée symbolisant la vie.
Dében : Unité de mesure équivalent à 91 grammes.
Djed : Pilier dont l'érection constitue l'un des rites essentiels du jubilé (*heb Sed*) et qui symbolise à la fois la résurrection d'Osiris et la stabilité.
Hyksôs : Populations originaires d'Asie qui prirent le pouvoir en Égypte et installèrent leur capitale dans le Delta oriental.
Kité : Unité de mesure équivalent à 9,1 grammes (10 kités = 1 dében).
Maât : Déesse symbolisant la vérité et la justice, garante de l'ordre universel. Dans l'au-delà, c'est elle qui détermine le poids des péchés.
Némès : Coiffe striée à trois pans retombant sur les épaules et le dos, un des attributs du Pharaon.
Péret : Nom de la deuxième saison du calendrier égyptien, les semailles, de novembre à février.
Sed : Mot désignant le jubilé royal. Au cours du heb Sed (la fête Sed), le Pharaon renouvelle symboliquement ses pouvoirs et sa force vitale.
Sénet : Jeu de société.
Tanoub : Une des dénominations du pays de l'or.

Toponymes

Pour désigner les principaux lieux de l'action, l'auteur a utilisé les noms hiéroglyphiques qui correspondent aux dénominations modernes suivantes :

Abdiou : Abydos.
Abou : Éléphantine.
Ament : Le désert de l'Ouest.
Asi : Chypre.
Biau : Sinaï.
Hout-Ouaret : Avaris (aujourd'hui Tell el-Dab'a).
Ipet-Reset : Louqsor.
Ipet-Sout : Karnak.
Keftiou : Crète.
Kemet : Égypte.
Kepni : Byblos (aujourd'hui Djebail au Liban).
Kerma : Soudan.
Kouch : Basse-Nubie (aujourd'hui Nord du Soudan).
Mennefer : Memphis.
Ouaouat : Haute-Nubie (aujourd'hui Nord du Soudan).
Ouaset : Thèbes.
Semna : Qoumna.
Sounou : Assouan.

Dieux

Amon : Dieu du Vent, divinité nationale et dynastique à partir du Moyen Empire.
Anubis : Dieu de la Mort, représenté en chacal.

Apédémak : Dieu nubien à corps de lion.
Chou : Dieu de l'Air.
Geb : Dieu de la Terre.
Hâpy : Personnification de la crue du Nil.
Hathor : Déesse de l'Amour, de la Fertilité et de la Mort, représentée en vache ou en femme coiffée de deux cornes de vache enserrant le disque solaire.
Horus : Dieu du Ciel à la tête de faucon, roi des dieux.
Iah : Dieu de la Lune.
Ihi : Fils d'Hathor, dieu de la Musique.
Isefet : Personnification du chaos et de l'injustice.
Isis : Sœur et épouse d'Osiris, mère d'Horus, déesse protectrice de la femme et de l'enfant.
Khépri : Dieu du soleil levant, symbolisé par un scarabée.
Maât : Déesse symbolisant l'ordre universel, la vérité et la justice.
Meresger : Personnification de la nécropole de Thèbes, déesse à tête de serpent.
Min : Dieu de la Fertilité.
Nabaïa : Grand Serpent de Nubie.
Neith : Ancienne déesse de la Chasse et de la Guerre.
Nephtys : Épouse de Seth, mère d'Anubis.
Noun : Océan originel précédant toute création, représentant le néant et le chaos.
Nout : Personnification de la voûte céleste.
Osiris : Dieu des morts, personnification du renouveau annuel de la végétation.
Ouadjet : Déesse cobra du nord de l'Égypte.
Pakhet : Déesse à tête de lionne.
Ptah : Dieu créateur, représenté en homme enserré dans une momie, patron des orfèvres et artisans.
Rê : Dieu du soleil.

Satis : Déesse gardienne des sources du Nil, coiffée d'une couronne et de cornes d'antilope.
Sekhmet : Épouse de Ptah à tête de lionne, déesse destructrice.
Selkis : Déesse scorpion, guérisseuse des morsures et autres piqûres, protectrice des poumons.
Sépédet : Mère de l'étoile du matin.
Seth : Dieu du désert et de l'étranger à tête d'animal mythique.
Sobek : Dieu crocodile, fils de Neith.
Souty : Nom de Seth chez les Hyksôs.
Tefnout : Déesse de l'Humidité et de la Rosée.
Thot : Dieu des scribes à tête d'ibis.
Thouéris : Déesse hippopotame, protectrice des femmes enceintes.

Personnages

Ahhotep : Épouse de Séqénenrê.
Ahmosis : Fils de Séqénenrê et d'Ahhotep, cousin de Kamosé.
Amek : Camarade d'infortune de Sahti.
Améni : Commandant de la forteresse d'Abou Rési.
Antef : Aide de camp du général Ipi, mari de Nouya.
Apopi : Roi des Hyksôs dominant la Basse-Égypte.
Ascha : Abréviation d'Ahhotep, épouse de Kamosé.
Bija : Camarade d'infortune de Sahti.
Boutou : Orfèvre, chef des ateliers de Namiz.
Daya : Grand-mère de Sahti.
Golo : Père de Sahti.
Héoua : Deuxième épouse de Golo.
Hési : Domestique de Sahti.
Hétépout : Épouse de Penjou, mère de Nesmin.

Hori : Successeur d'Améni, puis chef de l'armée égyptienne.
Ipi : Général de Séqénenrê, chef de l'armée.
Ita : Amie de Sahti.
Kaj : Père de Pani.
Kamosé : Prince, neveu de Séqénenrê.
Maj : Ami de Sahti.
Méret : Sœur de lait de Téti-Schéri.
Nabou : Troisième épouse de Golo.
Namiz : Bijoutier originaire de Byblos.
Nebnéfer : Premier prêtre d'Amon au temple de Louqsor.
Néfertari : Fille aînée de Séqénenrê et d'Ahhotep, sœur d'Ahmosis.
Nesmin : Fils de Penjou et d'Hétépout.
Nofret : Première assistante de Tama, mère de Maj.
Nouya : Mère de Sahti ou fille de celle-ci.
Pani : Camarade d'infortune de Sahti, fils du scribe Kaj.
Penjou : Scribe, mari d'Hétépout, père de Nesmin.
Rédi : Deuxième assistante de Tama.
Rouyou : Sœur aînée de Sahti.
Sahti : Fille de Golo et de Nouya.
Seb : Vizir de Séqénenrê.
Séqénenrê : Pharaon, mari d'Ahhotep.
Tama : Épouse d'Antef.
Téti : Vassal d'Apopi.
Téti-Schéri : Mère de Séqénenrê, ancêtre de la dynastie.
Tjaï : Fils de Maj et d'Ita.
Toto : Vizir de Kamosé.
Tounbée : Assistante de la Daya.
Ut : Embaumeur.

Table

Aubin Imprimeur
LIGUGÉ, POITIERS

Achevé d'imprimer en janvier 2005
pour le compte de France Loisirs
123, bd de Grenelle, 75015 Paris

N° d'édition 42081 / N° d'impression L 67911
Dépôt légal, février 2005
Imprimé en France